COLD CASES

Vergessene Morde gibt es nicht

Hass

Auf der Reeperbahn nachts um...

Eiskalter Kriminalroman
von
H. Peter Duhm

Titelbild: Frank van Nuenen
Herausgeber: Malte Temmen

Der Autor

H. Peter Duhm schreibt über sein aufregendes Leben und über Verbrechen aus der Nachkriegszeit. In seiner neuen Heimat, Elten, Ortsteil von Emmerich am Rhein schreibt und recherchiert er. Neue, interessante Themen lassen sich überall finden. Man muss sehen und hören können. Auch am Niederrhein, der ihn seit Jahren begeistert.
Sport und Arbeit haben ihn lebenslang motiviert, sich nicht unterkriegen zu lassen.
1942 in Hamburg geboren, überlebte er die Vernichtungsangriffe der britischen und amerikanischen Bombenangriffe. Das Trauma dieser Bombennächte blieb. Vielleicht ist er deshalb jahrzehntelang in der Modebranche tätig gewesen, weil er dort seine Kreativität und Reiselust, seinen Drang nach Neuem, insbesondere während der zahlreichen und ausgedehnten Auslandsreisen, die häufig zu asiatischen Bekleidungsherstellern führten, ausleben konnte. Der Hamburger Modemacher und Professor für Fashion-Management gab nie auf Neues zu entdecken.

Sein Schreibstil ist kurz und direkt, sein Auftreten überzeugend. In seinen weiteren Büchern vereint er sorgfältige Recherche und Tatsachen mit einem prägnanten Schreibstil.
Das zeichnet alle seine Bücher aus.
Er selbst bezeichnet diesen neuesten Roman als ein Feature, als eine Reportage.

Elten am Niederrhein im Juli 2020

Bibliografische Informationen der Deutschen Nationalbibliothek

Die Deutsche Nationalbibliothek verzeichnet diese Publikation

in der Deutschen Nationalbibliografie, detaillierte bibliografische

Daten sind im Internet über dnb.dnb.de abrufbar

TWENTYSIX

Eine Marke der Books on Demand GmbH

© 2021, H. Peter Duhm

Herstellung und Verlag:

BoD – Books on Demand, Norderstedt

ISBN: 9783740785703

Vorwort

Dieses Buch soll eine Warnung an diejenigen sein, die die Taten, die Gedanken der Nazis verdrängen wollen. Deren unvorstellbaren Gräueltaten lassen sich nicht negieren. Dennoch gibt es heute Neo-Nazis, die glauben, an die NS-Zeit anknüpfen zu müssen. Zwölf Jahre NS-Macht haben Menschen so geprägt, dass sie vergaßen, Mensch zu sein. Gerade als das Nazi-Regime ab 1945 endete, konnten einige nicht verstehen, was über Nacht von Recht zu Unrecht geworden war. Die eigene Menschlichkeit war verloren gegangen. Nichts darf vergessen werden! Daran hat jeder Einzelne permanent zu arbeiten. Jeder muss Verantwortung für Vergangenes übernehmen.

Axel Springer hat nach dem Credo im Hinblick auf die Nazi-Zeit gelebt: „Eine Kollektivschuld gibt es nicht, aber schämen müssen wir uns kollektiv."

Meinem Herausgeber Malte Temmen aus Elten am Niederrhein danke ich.

Frank van Nuenen aus Lent/NL fotografiert ausdrucksstarke Motive für die Titelbilder meiner Bücher.

Beiden besten Dank.

Alle Personen, Namen und Tathergänge sind Fiktion. Die Handlungsorte sind jedoch authentisch.

All den Museen, Gedenkstätten und Bibliotheken danke ich für ihre Unterstützung und den Zugang zu nicht öffentlichen Dokumenten.

Kapitel 1

Kriegsende in Hamburg, Mai 1945

Endlich war auch in Hamburg der fürchterliche Krieg seit drei Tagen vorbei. Wie viele Hamburger saß auch die Familie Sesilski, Vater Karl, Frau und Mutter Emma-Luise, deren unehelicher Sohn Rolf und die gemeinsame Tochter Eva, an diesem Nachmittag sehr angespannt vor dem kleinen schwarzen Kasten, ihrem Volksempfänger-Radio. Sie versuchten, die Anweisungen der britischen Besatzungstruppen über die Neuordnung des Lebens in Hamburg genau zu verstehen. Besonders Emma-Luise interessierte sich sehr für die Verlesung der Namen von Nazi-Verbrechern, die dringend gesucht wurden. Insgemein hoffte Sie, dass ihr Mann dabei sein würde. In diesen unsicheren Zeiten fürchtete sie wieder und wieder von ihm zusammenschlagen zu werden. Ihre Angst saß zu tief. Ihr Mann verhielt sich zu nervös. Die gesamte Bevölkerung wurde aufgerufen, die Aufenthaltsorte jeglicher Nazis, von Parteimitgliedern und Mitgliedern der Geheimen Staatspolizei (Gestapo), den britischen Besatzungstruppen umgehend zu melden. Unter dem Krieg, besonders unter den Bombenangriffen auf Hamburg, waren sie alle vollkommen verstört und lauschten angespannt am Nachmittag des 6. Mai 1945 in den Apparat hinein. Blitzschnell griff Vater Karl zum

Radio, schaltete das Gerät unvermittelt aus. „Den Quatsch müssen wir uns nicht anhören. Wir alle haben unsere Befehle gehabt. Was wollen die Tommys denn." Seine eiskalten Augen richteten sich auf seine Frau: „Du weißt, ich habe meine Befehle ausgeführt". Er trat einen Schritt auf sie zu: „Oder bist du etwa anderer Meinung?" Wütend drehte sich Vater Karl um, ging zum Fenster, kratzte sich am Kopf.

Niemand aus der kleinen Familie wagte etwas, zu sagen. Wie eine viel zu schwere, grau verfilzte Wolldecke hatte sich die Angst vor den Bomben, vor den Gewalttaten des Vaters um sie gewickelt.

„Mama, was heißt das ‚Kriegsende'? Die dreijährige Eva sah ihre Mutter fragend an. So wie immer beachtete sie ihren Vater nicht.

„Keine Bomben mehr, meine Kleine. Jetzt kannst du ruhiger schlafen!", meinte die Mutter. Sie ließ sich dabei ihre Sorgen nicht anmerken.

„Was wohl jetzt wird? Ich werde einfach wie immer zum Dienst gehen. Oder was meinst du?" Unterbrach sie Karl Sesilski. Sah sie herausfordernd an. „Klar, warum denn nicht? Du wirst schon sehen, wie es in deinem Gefängnis am Holsten Wall weitergeht. Du bist schließlich Beamter!" Sie drehte sich um, ging über den kleinen Flur zur Haustür.

Bloß weg von diesem Mann, ich brauche unbedingt frische Luft, dachte sie. Ihre Gedanken an die vergangenen Monate jagten ihr einen eiskalten Schauer über den Rücken. Hoffentlich ändert sich doch etwas,

schwirrte es durch Ihren Kopf. Etwas Freudiges setzte sich undeutlich, nebelhaft in ihr fest. „Vielleicht sind wir jetzt endlich frei. Ich kann nicht mehr, der Krieg und Karl, ich drehe bald durch," murmelte sie. Auf dem Gartenweg, zwischen den hohen Hecken. Sie atmete erst einmal tief durch.

Ihr Mann hatte sich in den letzten Monaten zum brutalsten Menschen entwickelt, von dem sie je gelesen oder gehört hatte. Sie wusste nicht, was mit ihm geschehen war. Ohne jedes Gefühl, ohne jeden Grund schlug er sie windelweich. Immer wieder auf die Beine, auf die Brust. Immer so, dass niemand etwas sah. Im Bett vergewaltigte er sie schlimmer als je zuvor. Zusätzlich drückte er ihr ein Kissen auf Mund und Kopf. Kurz vor dem Ersticken stieß er in sie hinein, dabei schliefen die Kinder fest, denn sie sollten von dieser Gräueltat nichts mitbekommen.

„Kinder kommt raus. Draußen ist was los. Vielleicht treffen wir Onkel Albert, Opas Bruder", rief Emma-Luise ins Haus.

In Hamburg, am Eidelstedter Weg, unter den dicken Eichen vor dem alten Forsthaus, standen viele Nachbarn aus den Nachbarhäusern zusammen. Sie diskutierten verstohlen, sehr leise über das Kriegsende. Endlich, die Frauen sahen sich mit grauen Gesichtern, tiefen schwarzen Ringen unter den Augen, an. Sie nickten sich zur Begrüßung nur kurz zu. Die gespenstische Ruhe über diesem Teil der Stadt lag wie ein Leichentuch auch über den Menschen. Endlich

schüttelte sich Frau Hansen, aus Haus Nummer 47. Sie ging direkt auf Emma-Luise zu: „Was meinst du, kommen unsere Männer von der Front zurück? Wie das wohl alles weitergeht. Du hast ja Glück, deiner war nicht an der Front. Immer am Holsten Wall. War bestimmt nicht leicht." „Nee, war es wirklich nicht," sie sah auf den Boden. Schweigen: „Nee, ich weiß auch nicht, wie's weitergeht. Seine Partei ist jetzt weg. Wo ist denn Nickel der Fettwanst. Als Ortsamtsleiter wusste der doch immer, wo es lang ging!" „Der ist verschwunden. Der lässt sich bestimmt nicht blicken. Das fette Schwein. Und seine Alte, so aufgetakelt, wie die immer war." Frau Hansen konnte vor Schreck den Satz nicht beenden, denn unten vom Weiher, dem kleinen Park am Anfang der Straße, aus Richtung der Nivea-Fabrik Beiersdorf, brummten schwere Lastwagen den Eidelstedter Weg hinauf. Neugierig, vorsichtig, aber auch sehr verängstigt zogen sich die Bewohner dieser Straße unter die dickste Eiche am Straßenrand zurück. Als ein offener Jeep vor ihnen anhielt, verschlug es einigen von ihnen die Sprache. Zwei riesige Farbige in englischen Uniformen, mit schweren Waffen im Arm, stiegen langsam aus. Kamen auf sie zu. Die weißen Zähne blitzten in ihren dunklen Gesichtern. Sie lachten, winkten mit der freien Hand. Einer sprach etwas Deutsch: „Kein Angst, nix tun. Kommen aus England. Alles besser jetzt!" Aus der Jackentasche zog er mehrere braune, flache Tafeln hervor. Cadbury's Schokolade. „Komm her Junge,"

sprach er Uwe an. „Nimm, hier Schokolade." Uwe traute sich nicht gleich. Da rannte Rolf los, nahm dem Soldaten eine Tafel aus der Hand, rannte wieder zurück an die dicke Eiche, um sich dahinter halb zu verstecken. Er hielt die Tafel hoch und schrie: „Schokolade!" Plötzlich lachten die meisten der versammelten Bewohner. Schokolade hatten sie lange nicht mehr gesehen. Auf dem Kopfsteinpflaster polterten und dröhnten schwere Panzer und Lastwagen an ihnen vorbei. Immer in Richtung Hagenbecks Tierpark und Volksparkstadion. Mit offenen Mündern sahen die Bewohner sich an.

„Das ist also das Ende deines Tausendjährigen Reiches", fauchte Emma-Luise ihrem Mann Karl ins Ohr. Der hatte sich neben sie geschlichen. Unauffällig, unbemerkt von anderen Bewohnern: „Sieh dir die Trümmer an, alles kaputt. Und du Idiot hast daran geglaubt. Was jetzt? Willst du für die Tommys arbeiten? Immer hab' ich dir gesagt, lass mal Fünfe gerade sein, aber nein, du musstest den Tausendprozentigen machen. Immer drauf hauen auf die Schwachen." Sie spukte vor ihrem Mann aus. Humpelnd, sich vor Schmerzen immer wieder bückend, an ihr Schienbein fassend, ging sie langsam auf den farbigen Offizier zu. Mit einer Hand hielt sie ihre lange Turnhose fest. Der Gummibund war gerissen.

Ihr Mann hatte sie, in einem winzigen unbeobachteten Moment, ganz nah an sich heran gerissen. Seine wässerigen, eisig strahlenden hellen

Augen starrten sie wütend an. Blitzschnell trat er mit voller Wucht gegen ihr linkes Schienbein. Sie knickte zusammen, biss sich auf die Lippen. Schmeckte Blut. Als seine Hand auf sie zuflog, beugte sie sich noch weiter nach unten. Der Schlag ihres Mannes ging daneben. Zum ersten Mal in ihrer Ehe. Nur vor ihrem Mann hatte sie Angst. Nie hatte sie gewagt, sich zu wehren, doch das sollte sich jetzt ändern. Immer wieder hatte er ihr gedroht, ihren Sohn Rolf den Behörden zu melden. Er würde ihn als Schwachsinnigen anzeigen. Sie wüsste ja, was dann passieren würde. Dabei fuhr er sich manchmal mit der flachen Hand über den Kehlkopf. „Rübe ab," meinte er höhnisch lachend. Diese Gedanken gingen ihr durch den Kopf, als sie in diesem Moment die Hand ausstreckte und den britischen Offizier mit schmerzverzerrtem Gesicht anlächelte. Ohne zu fragen, ohne auch nur etwas zu denken, nahm sie dem, vor ihr nahe den Jeeps stehenden, riesigen Soldaten, der seine Waffe auf sie richtete, einen zerknüllten, dreckigen Zettel aus der linken Hand. Sie hatte genau beobachtet, als er dieses Papier aus seiner Brusttasche zog. Als wenn sie es geahnt hätte, es standen tatsächlich Namen darauf. Mit weit ausgestrecktem Arm zeigte sie auf Karl Sesilski, ihren Ehemann. Der stand ganz oben auf der Liste. Blitzschnell machte der Soldat einen riesigen Satz auf Karl zu. Der alles beobachtet hatte. Er versuchte wegzurennen. Da versperrten ihm seine Nachbarn den Weg. Mit hängendem Kopf, nach unten gebeugtem

Nacken, die Hände auf dem Rücken fest im Griff des Soldaten, stand Karl für ein paar Sekunden hilflos da. Der Soldat schubste ihn vorwärts in den Jeep. Emma-Luise erfror fast von dem Blick, den ihr Mann ihr zuwarf. Sie spukte aus. Die Nachbarn klatschten. Die Kolonne der englischen Soldaten fuhr langsam wieder an. Hielt plötzlich auf den Bürgersteig fahrend nochmals an. Der Offizier zeigte auf Max Kruse aus Hausnummer 47. Zeigte ihm die Liste, zeigte sie nochmals Emma-Luise, beide schüttelten den Kopf. Die anderen gesuchten Männer waren abgehauen. „Die Nazis sind nicht mehr hier, sind weggelaufen, nächste Straße, Hellkamp Nummer 15, Ortsamtsleiter, Nazipartei", erwiderte Kruse und nutze dazu sein bisschen Englisch. Der Offizier grinste. „Danke, dein Name, komm mit uns." Als Max Kruse nicht sofort antwortete, hob der Engländer die Waffe. Scharf fragte er erneut:

„Name." Kruse erklärte ihm, wer er sei. Der Soldat zog den Mann in den Jeep. Der jammernden Frau Kruse gab er Schokolade, versuchte sie, zu beruhigen: „Er ist jetzt unser Übersetzer. Er kommt bald zurück." Die ersten schweren Lkws bogen bereits in den Hellkamp ein, als sich der Jeep mit den beiden Soldaten, dem Offizier, Kruse und Karl Sesilski, noch vor weiteren Panzern, in die Kolonne einreihte. Plötzlich löste sich die Anspannung der wartenden Anwohner. Alle rannten auf Emma-Luise zu. Herr Jungk aus Haus Nummer 45 stütze sie. Ihr Schienbein tat höllisch weh.

„Wer stand auf der Liste? Was hast du gelesen? Mach zu, welche Namen?" Emma-Luise sah hoch, sah in die vielen fragenden Gesichter, antwortete unsicher: „Viel konnte ich nicht lesen. Karl stand ganz oben, Fritz Wellmann und Heini Krasunke, der Scheißbonze, auch noch. Sonst weiß ich nichts. Ging alles viel zu schnell." „Diese verfluchten Nazis", brummte Richard Wisch, der alte SPD-Mann. Er hatte wegen seiner politischen Überzeugung so viel gelitten, war aber um längere Aufenthalte im Gefängnis herumgekommen. Wieder und wieder holten sie ihn nachts ab, aber er kam zum Glück immer nach Hause zurück. Manchmal hatte er blutrote Striemen im Gesicht und auf den Händen. Dann blieb er für einige Tage in der Wohnung. Seine Frau sagte bei Beiersdorf Bescheid. Dort leitete er den technischen Wiederaufbau. Nach jedem Bombenangriff fingen er und seine Kollegen von vorne an. Sein Wissen um die Maschinen in diesem kriegswichtigen Betrieb rettete ihm wahrscheinlich das Leben. Langsam zerstreute sich die nachbarliche Ansammlung. Emma-Luise nahm ihre Kinder Rolf und Eva in die Arme. Sie humpelte in ihre Gartenlaube, neben dem Forsthaus am Eidelstedter Weg in Hamburg-Eimsbüttel, zurück. Die Kinder versuchten, sie zu stützen. Schweigend saßen sie noch lange im kleinen Wohnzimmer. Es war bereits spät abends, als die kleine Eva zum ersten Mal zu ihrem Bruder Rolf ins Bett krabbelte. Am nächsten Morgen kam seine Mutter nicht wie sonst in sein Zimmer gestürmt, um ihn zu schütteln. Er sollte aufwachen,

bevor sein Vater ihn durch Schläge und Gebrülle wecken würde. Die letzten Jahre konnte er nicht vergessen. Das Zusammenleben mit seinem Vater war, je älter er geworden war, schwieriger, fast unmöglich geworden. Es gab nur noch Schläge für seine Mutter und ihn. Kam der Vater nach Hause, konnte der nicht anders. Zuerst war Rolf dran, egal was immer er machte, falsch oder richtig, sein Vater schlug zu. Rolf hatte sehr früh angefangen, seinen Vater zu hassen. Von dessen Arbeit wusste er fast nichts, nur, dass er im Gefängnis arbeitete. Nie hatte der etwas erzählt, nie konnte der lachen, nie kamen Freunde, Bekannte oder Nachbarn zu Besuch. Rolf, seine Mutter und seine kleine Schwester führten ein Leben ohne Vater. Dessen Familienleben bestand aus Terror gegen seine Frau und seinen Sohn. Eva, die kleine Tochter blieb verschont, sie wurde langsam zum Mittelpunkt des Familientrostes. Der Kontakt zu den Großeltern in Hamburg-Bergedorf war im Laufe der Jahre vollkommen abgerissen. Ihre Mutter nahm die Kinder zum Kuscheln in den Arm, wenn der Vater aus dem Haus war. Rolf, ihr großer, starker Bruder beschützte seine Schwester, wenn die Bomben fielen, wenn das Gartenhaus, ihr Zuhause, wackelte und zitterte. Nur er wusste, wie er seine Schwester beruhigen konnte. Wie oft hatte das kleine Mädchen mitbekommen, wie ihr Bruder bestraft wurde, wie oft die Mutter ihn vor dem Vater warnte. Ihr Bruder tat ihr oft leid, denn er konnte sich nicht wehren. Aber erinnern konnten sie sich alle gut, an die

tägliche Angst, vom Morgen bis zum Abend, Terror vom Krieg mit den Bombennächten, mit den Trümmern ringsumher, mit den Zwangsarbeitern, die die Trümmer wegräumen mussten. Jeder ging an denen vorbei, blickte woanders hin, wollte damit nichts zu tun haben. Angst und Gewalt bestimmte tagaus und tagein das Leben draußen auf der Straße, in der Familie, im Bunker, einfach überall. Rolf hatte gelernt, dass nur Kraft, Mut und Brutalität sein Überleben sichern konnten. Nie wollte er die Schläge seines Vaters vergessen; er musste ihm eines Tages zeigen, wer der Herr im Hause war. Er musste stärker werden als der Verrückte, wie er seinen Vater heimlich nannte, als er mit dreizehn Jahren begriff, dass der Mann gefährlich für ihn wurde. Das war ihm bewusst geworden, als ihn sein Vater eines Tages zu einem Spaziergang durch die Kleingartenanlage ESV hinter dem Sportplatz mitnahm. Rolf hatte sich über dieses Zeichen der Ruhe gefreut, bloß raus aus dem Haus, wenn Vater da war. Zuerst schwiegen Vater und Sohn sich an. Dann, als sie vor dem Eisentor des Sportplatzes nach links abbogen, begann sein Vater von seiner Arbeit zu erzählen. „Weißt du, wie schwer es ist, unser Land zu schützen? Ich muss jeden Tag aufpassen, dass unsere Stadt nicht von Feinden zerstört wird. Verstehst du, was ich sage?" „Nicht so richtig Papa", antwortete Rolf ausweichend, machte einen großen Schritt nach rechts. Er tat so, als ob er über die dicke Hecke in den Kleingarten reingucken wollte. Er verschaffte sich dadurch einen Abstand zu

seinem Vater. „Ach Junge, wir müssen die Feinde bestrafen, einsperren, manchmal sogar sterben lassen, weil sie sehr gefährlich sind." „Und, was hast du damit zu tun?", fragte Rolf, neugierig geworden. „Ich muss auf alle aufpassen." „Tun dir manche nicht leid, so im Gefängnis?" „Hör mal," fing sein Vater erneut an zu erzählen, dabei wurde seine Stimme gefährlich leise. Rolf blieb etwas zurück und lauschte angestrengt, immer auf der Hut, möglichen Schlägen ausweichen zu können. „Wenn bei uns Zuhause die verfluchten Kakerlaken unter der Tür durchkriechen, wenn im Herbst die dicken Spinnen die Wände hochkrabbeln und Fliegen, die eben noch auf der Hundescheiße vor dem Haus gesessen haben, mit ihren dreckigen Füßen auf deinem Marmeladenbrot tanzen, hast du dann Mitleid?" Mit einem ernsten Blick, der keinen Widerspruch duldete, sah er zu seinem Sohn hinunter: „Hast du das verstanden?" Fragte er nochmals nach.

„Ja, habe ich. Du passt auf, damit das Ungeziefer keinen Dreck macht. Aber das sind Menschen, Papa, vielleicht Hamburger, Deutsche, oder?" Unbeholfen blickte der Junge auf den Boden. Er wollte viel mehr sagen und fragen, traute sich aber nicht, weil es ihm schwerfiel, die richtigen Worte zu finden. Drohend machte Karl Sesilski einen großen Schritt auf seinen Sohn zu. „Merk dir Eines Junge, Dreck muss weg, Menschen können Dreck sein. Alles, was anderen Menschen schadet, ist Dreck. Ist das klar?" Schweigend gingen sie weiter. In Rolfs Kopf arbeiteten die

Gedanken. Wie Mühlsteine, die alles in kleinste Teile zermahlen mussten, damit er richtig verstand, was sein Vater gesagt hatte. Waren er und seine Mutter auch Ungeziefer, das totgemacht werden sollte? Und seine kleine Schwester, war die was anderes? Warum prügelte der Vater nur ihn und seine Mutter. Täglich übte er in den Trümmern Liegestütze und auf dem Sportplatz lief er stundenlang seine Runden, obwohl die Aschenbahn löchrig und mit fleckigem Gras bewachsen war. Stark wollte er werden, er musste einfach erst seine Schwester und dann seine Mutter retten. Immer wieder kamen seine Erinnerungen an die Schläge seines Vaters hoch, spornten ihn an, stachelten ihn auf, nichts zu vergessen, weil er sich rächen wollte. Er wollte seinen Vater bestrafen, wollte dessen Grausamkeiten an der Familie wieder gutmachen. Besonders abends im Bett, wenn er nicht mit seiner Schwester kuscheln konnte, spiegelten sich seine Erinnerungen in der schmutzig grauen Glasscheibe. Fratzen, Monster, Ungeheuer pressten sich durch das Glas des Fensters und tanzten im flackernden Licht der vor dem Haus stehenden Gaslaterne. Wenn diese denn brannte, was selten genug war. Auch seine Mutter tauchte in seinen Erinnerungen immer wieder auf. Wie sie sich seit den Zeiten in Bergedorf bei den Großeltern mehr und mehr verändert hatte. Das alles schob er auf seinen Vater. Der hatte seine Mutter kaputtgemacht, hatte sie zur harten, unterwürfigen, gefühllosen Schaufensterpuppe geschlagen, hatte sie zu seiner

Sklavin gemacht. Irgendwann würde sein Vater sie totschlagen, doch das musste er verhindern. Diese Erinnerungen verfolgten ihn, sein Hass, seine Wut gegen diesen gewalttätigen Mann, der nicht sein richtiger Vater war, fraß sich mehr und mehr in seinem Kopf fest. Warum hatte sie sich nie gewehrt? Warum mich nie beschützt? Mich nie richtig getröstet? Immer wieder murmelte er diese Gedanken vor sich hin. Er verstand seine Mutter nicht, nicht wirklich. Noch nicht. Je älter er wurde, je besser begriff er jedoch das Verhalten seiner Mutter. Sie hatte Angst um ihn, ihren Sohn gehabt. Seinen Stiefvater hatte er aus seinem Leben gestrichen, den wollte und konnte er niemals verstehen. Den wollte er nur bestrafen, so wie er selbst jahrelang für nichts bestraft wurde.

Jetzt, da etwas Ruhe in die Familie eingekehrt war, wanderten die Gedanken quälend, Furchen in seinem Geist hinterlassend, durch seinen Kopf. Gerade seine Mutter, manchmal weinte er leise vor sich hin, wenn die schwarzen Gedanken ihn in seinem Bett erdrückten. Wo sollte er hin mit seiner Wut, seinem Hass. Schon mit vierzehn Jahren entdeckte er an sich selbst ein Ventil, das Druck aus ihm herausnahm, dass ihn beruhigte und befriedigte. Zum ersten Mal in ihrem Leben schliefen sie am nächsten Morgen alle länger. Eva lag wieder in ihrem Bett. Ihr Bruder hatte sie im Halbschlaf zurückgebracht. Vati war weg. Irgendwie war die Luft jetzt sauberer in ihrem kleinen Gartenhaus. Man konnte endlich durchatmen. Rolf ging noch nicht zur Schule.

Alles war zerstört, ungeordnet. Seine Mutter stützend, zogen sie zum Verschiebebahnhof Eidelstedt. Sie wollten ein paar Kohlen sammeln. Vom letzten Tritt des Vaters schmerzte Mutters Bein höllisch. Vati konnte nun nichts mehr für sie tun. Nicht schlagen, nicht schreien, aber auch nichts mehr mitbringen. Von seiner Arbeit hatte er immer genug Essen und Kohle mitgebracht. Gefroren und gehungert hatten sie nie. Auch gefragt hatten sie nie, woher er all die Sachen hatte. Rolf wunderte sich nur, dass die Nachbarn seinem Vater immer aus dem Weg gingen, aufhörten sich zu unterhalten, wenn er ihnen entgegenkam, ihn nie direkt ansahen. Selbst im Bunker, wenn alle jammerten und klagten, Angst hatten, manche Frauen weinten, herrschte Totenstille, wenn sein Vater mit ihnen dorthin geflüchtet war. Meistens blieb der aber in solchen Momenten zu Hause, oder er war auf seiner Arbeit im Gefängnis am Hamburger Holstenwall. Zärtlich strich Emma-Luise ihrem Sohn über das Haar. Erstaunt blickte Rolf zu ihr hoch. „Jetzt wird alles besser", brummelte sie. Die Kinder verstanden nichts. Ihre Angst saß zu tief. Nur eine Sache hatte Rolf für sein Leben von seinem Vater gelernt. Auch Menschen können Dreck sein, der weggeräumt werden musste. Vielleicht war er selbst auch Dreck, denn lernen konnte er nur schwer. Sein Vater hatte sich in der Schule für ihn eingesetzt, war in seiner schwarzen SS-Uniform zum Direktor gegangen. Zuhause prahlte er damals am Esstisch, sah seine Frau dabei mit eisigen Augen

grinsend an: „Dem Jungen passiert nichts, die Gestapo wirkt immer. Dass du das man weißt, benimm dich also mir gegenüber, so wie ich es will, dann ist alles gut." Dabei reckte sich Karl genüsslich, streckte die Arme zur niedrigen Decke. Zu Rolf gewandt meinte er nur: „Lass den Streit mit den anderen Kindern und Lehrern in der Schule. Ich will das nicht, klar?"

„Klar" antwortete Rolf und starrte auf die geblümte Tischdecke." Er wusste ja bereits, dass menschlicher Dreck weg musst und sein Ventil funktionierte jede Nacht. „Lass das nachts sein Junge. Das ist nicht gut. Du machst du kaputt damit." „Lass mich in Ruhe. Ich bin jetzt der Mann im Hause."

Kapitel 2

Das Mädchen Ella Kruse
Hamburg–Eimsbüttel,
August 1946 - Ende 1947

Es regnete in Strömen. „Ungewöhnlich" dachte Elfriede Kruse. „Jetzt mitten im Jahr. Wir haben doch erst Anfang August." Bestürzt sah sie aus dem Küchenfenster auf die Straße. Blutrot verwässerte der Regen Wasserfälle vom gegenüberliegenden Trümmerberg. Die vielen roten Mauersteine aus den Ruinen gaben ihre Farbe ab. „Sie bluten aus," sagten die Nachbarn. „Ja, genau wie wir alle ausbluten. Sogar die Steine lösen sich auf, so wie alles sich langsam auflöst," ergänzte sie das Gerede der Nachbarn. Sie strich sich mit ihrer mageren Hand eine graue Haarsträhne aus dem Gesicht. „Was soll bloß werden." Sie konnte ihrer Tochter nicht einmal Brote zur Schule mitgeben, nichts zu trinken. „Heute gehe ich runter zum Einkaufen, mal sehen, was wir bekommen. Irgendwas haben die bestimmt. Wenigstens Brot und Schmalz, vielleicht hat Remmel Wurst." „Ella hörst Du?" Rief sie und lachte zynisch auf: „Wenn ich bloß etwas bekommen würde." Immer wieder dachte sie daran. Die Verzweiflung stand ihr ins Gesicht geschrieben, denn heute hatte sie gar nichts Essbares mehr im Haus. Ein Jahr und gut zwei Monate nach Kriegsende, Anfang August 1946,

hungerten sie alle, immer noch. Sie lief wieder in die Küche. Ella, ihre Tochter musste zur Schule. Das Mädchen sah sie mit großen Augen an. Ein Glas Fliederbeerensaft hatte sie schon getrunken. Ella Kruse besuchte die Helene-Lange-Mädchen-Oberschule in der Nähe zum Grindel. „Habt ihr heute Schwedenessen?" Verschämt blickte ihre Mutter aus dem Küchenfenster, werkelte dabei am großen Herd herum. Wenigstens in der Küche hatte sich die Familie Kruse gemütlich eingerichtet. Der große Herd auf der einen Seite und direkt gegenüber der Tür zum Flur stand das rote Sofa, davor der Tisch mit dem Wachstuch, rechts der alte Küchenschrank, der schon so oft gestrichen worden war. Die Türen schlossen nicht richtig, zu viel Farbe dazwischen. In diesem Sommer leuchtete er in lindgrüner Ölfarbe. In der linken Eisblumenscheibe der oberen Tür fehlte ein Dreieck, aber Glas war nicht zu bekommen. Das Loch bleibt also so, weil es den ganzen Krieg so überstanden hatte. Ihr Familienleben spielte sich in eben dieser Küche ab. Genau. Seit Anfang August waren die meisten Schulen, die nicht zerbombt waren, wieder eröffnet worden. In Ellas Klasse waren sie bis jetzt nur vierzig Schüler, hatte sie der Mutter stolz berichtet. „Weißt du, bei Cousin Holger haben sie sechzig in der Klasse," erzählte ihr Uschi Gora, ihre beste Freundin. „Bei mir sind wir jetzt vierzig Kinder, weil noch Flüchtlinge dazu gekommen sind. Ist jetzt echt voll. Uschi berichtete oft aus der Volksschule an der Lutterothstraße. Beide Mädchen

gingen früher gemeinsam auf dieser Schule. Sie waren stolz wieder lernen zu dürfen. Elfriede Kruses Mann, Max Kruse, hatte sich gestern in der Nacht mit Nachbarn wieder auf den Weg gemacht. In Eidelstedt klauten sie sich Kohlen für den kommenden Winter zusammen. Herr Hansen sprang auf den langsam fahrenden Zug, kletterte auf den Kohlenberg hinauf, warf Kohlenbrocken herunter. Die anderen Männer und Frauen warteten eng an den Bahndamm gepresst, bis die roten Lampen am Ende des Zuges verschwunden waren. Die dreißig Zentimeter von den Kanten der Waggons mussten reichen. Sonst wären sie selbst im trüben Licht der Straßenlaternen zu sehen gewesen. Ihre Gesichter und Hände hatten sie vorher mit Kohlenstaub aus ihren Beuteln und Taschen geschwärzt. So konnten sie sicher sein. Die englischen Soldaten würden sie nicht erkennen, nicht auf sie schießen, weil sie unentdeckt blieben. Oft schossen die in die Luft. Hansen sprang dann vom Waggon ab, rollte sich den Bahndamm runter und kam zu seinen wartenden Bekannten und Nachbarn zurück. Sie alle benötigten dringend diese Kohlen für den bevorstehenden Winter. Vor dem sie Angst hatten. Wenn Hansen zurückgeschlichen kam, dann passte immer jemand auf, ob nicht versteckte Soldaten auf sie warteten und schossen. Manchmal robbten sie auf die andere Seite der Gleise. Jedoch war es immer ein Spiel mit dem Tod. Werner Bleifink bekam das zu spüren. Sie sahen ihn nie wieder. Vor einem Monat brach plötzlich

ihr Mitbewohner oben auf dem Kohlenwaggon zusammen. Ein Schuss musste ihn erwischt haben. Alle mochten den mutigen Mann sehr. Wie hatte er immer gesagt und dabei herzlich gelacht: „Die Nazis habe ich als Jude überlebt, jetzt werde ich das mit den Tommys auch noch hinkriegen. Und dann, irgendwann geht es uns wieder besser." Alle wussten, dass er viele Jahre in einer Gartenlaube in Eidelstedt versteckt gewesen war. Das hatte ihn vor dem KZ gerettet. Auch wenn er so manche Nacht in einem eiskalten, nassen Erdloch unter dem Regenfass verbringen musste, er hatte so die Kriegsjahre überlebt und nun starb er mit vierundzwanzig Jahren auf einem Kohlenwaggon. Genau in der Gegend Hamburgs, in der er sich so lange vor den Nazis versteckt hatte.

Ella blickte ihre Mutter an. Sie saß an der rechten Ecke des großen Küchenherdes; in dem einige Kohlen leicht glühten: „Ja Mama, jeden Tag haben wir Schwedenessen. Und Lebertran nehme ich auch. Ekelhaft."

„Du musst los, vielleicht hast du Glück und deine Bahn fährt heute."

„Ja Mama, die fährt. Sonst laufe ich. Immer die Bundesstraße runter. Ich weiß." Ella drehte ihre Augen nach oben. Die ewigen Ermahnungen ihrer Mutter nervten sie. „Iss dich satt, bitte gib nichts ab. Auch wenn die anderen Kinder noch so betteln." Um ihre Tochter kreisten ihre mütterlichen Gedanken tagein und tagaus. Sie hatten gemeinsam den Krieg überlebt, jetzt hieß es,

an die Zukunft zu denken. Ihr Mann Max kam verschlafen in die Küche. „Ein bisschen zu warm hast du es hier, aber das tut richtig gut." Er griff zu der braunen Steingutkanne, die immer rechts auf dem Herd stand. Beherzt nahm er einen großen Schluck vom Ersatzkaffee direkt aus der Tülle. Erst als er den Kaffeesatz auf der Zunge spürte, setzte er die Kanne ab. „Nimm doch eine Tasse, wie oft habe ich dir das gesagt. Wenn Ella das macht, meckerst du rum." Seine Frau sah böse zu ihm rüber. Er setzte sich auf den Stuhl, von dem seine Tochter gerade aufgesprungen war. „Heute gebe ich dir keinen Kuss Papa, du bist nicht rasiert. Und Muckefuck hängt dir im Bart." Lachend lief sie aus der Küche, verschwand im Flur. Die beiden hörten die Wohnungstür ins Schloss fallen. Ella war Ella war weg. Jetzt konnten sie nur hoffen, dass sie gesund zurückkommen würde. Sie sahen sich an. „Gehst du heute wieder los?" Fragte seine Frau besorgt. Sie schien beunruhigt zu sein.

„Um zwei werde ich abgeholt. Wie immer, ich soll bei Verhören wieder dabei sein und übersetzen. Es geht immer nur um die Nazi-Verbrechen. Woher die Tommys das alles wissen, ist mir ein Rätsel, aber die wissen wirklich über jeden Bescheid."

„Auch über dich?" Nervös stocherte Ellas Mutter in der roten Glut des Küchenherds.

„Auch über mich wissen die etwas. Was soll sein. Ich war nicht in der Partei, ich war kein Nazi." „Aber du hast immer als Lehrer gearbeitet."

„Und?" Hob Max Kruse aufgebracht seine Stimme: „Und, was habe ich falsch gemacht. Nichts, oder? Ich will wieder als Lehrer arbeiten. Heute frage ich den Major Hillery. Sie müssen mich doch freigeben. Mir werden die ewigen Verhöre zu viel. Heute frage ich wirklich." „Ich weiß nicht, du hast als Lehrer für die Nazis gearbeitet. Wenn sie dich dabehalten?" „Was willst du, warum sollten sie mich beschuldigen." „Was weiß ich. Wir müssen los. Hoffentlich ist im Garten alles noch vorhanden und nichts gestohlen worden." Sie sah ihren Mann sorgenvoll an: „Bleib du hier. Ich gehe alleine einkaufen, hoffentlich kriege ich was. Um eins bin ich wieder zurück. Irgendetwas Essbares werde ich schon finden."

„Und ich suche nach reifem Obst im Garten", antwortet Max Kruse, sah seine Frau nachdenklich an. „Wenn sie nicht alle Birnen geklaut haben, kannst du heute Birnen machen." „Sei vorsichtig. Bitte. Nimmst du das Rad? Es regnet." „Ja, dann bin ich schneller wieder zurück. Ich lege die Jacke über. Danach muss ich zu den Vernehmungen." Ein paar Minuten später kam ihr Mann an der offenen Küchentür vorbei. Sein altes Fahrrad, das er den ganzen Krieg über gerettet hatte, trug er auf der Schulter. Leicht schwankend, sich mit einer Hand am Geländer festhaltend, schlich er sich die fünf Etagen herunter. So wie jeden Tag, dachte seine Frau. Hoffentlich bleibt er gesund, so dünn, wie der Mann jetzt ist.

Über das Treppengeländer gebeugt, blickte sie ihrem Mann durchs Treppenhaus hinterher. Erst als sie im Erdgeschoss die Haustür zuschlagen hörte, schlurfte Elfriede Hansen die drei Schritte zurück in ihre Wohnung, schloss leise die schwere Tür. „Wie klapperdürr er geworden ist. Mein Gott, hoffentlich wird er uns nicht krank," verzweifelnd murmelnd schlich sich Ellas Mutter in die Küche. Heute brauchte sie keine Kohlen nachzuwerfen. Sie wollte ja nur kochen, nicht heizen. Und Birnen, ja Birnen würden nicht viel kochendes Wasser brauchen. Und wenn ihr Mann Birnen mitbringen würde, Mehl für Klöße gab es in ihrem Haushalt nicht mehr. Sie setzte sich neben den Herd, stützte den Kopf in die Hand, schluchzte dabei leise. Starrte aus dem offenen Fenster zum Hof. Draußen war es warm, aber regnerisch. „Ich muss endlich einkaufen gehen. Mehl muss ich haben. Das wird es wohl irgendwo geben. Ohne Mehl komme ich nicht zurück," sprach sie sich selbst Zuversicht zu.

Elfriede Kruse stand auf, zog ihr Schürze fester zusammen, band sich ein geblümtes Kopftuch um, nahm ein Einkaufsnetz vom Haken, das neben der Kaffeemühle hing, warf einen kurzen Blick in den fleckigen Spiegel in der brauen, leicht abgestoßenen Flurgarderobe. Nachdenklich verließ sie die Wohnung.

Ella und ihre Freundin Uschi rannten durch den langen Flur ihrer Schule. Ihre Zöpfe flogen hin und her, genauso wie die Henkelmänner, wie sie scherzhaft die Blechtöpfe mit Henkel nannten. „Langsam Kinder,

langsam. Jeder bekommt etwas. Langsam!" Frau Pfeilschmidt, ihre Bio-, Mathe- und Deutschlehrerin ermahnte die beiden. Wie jeden Tag.

Aus der, von Bomben unbeschädigt gebliebenen Turnhalle duftete es nach Milchsuppe. Kinder drängten sich wuselnd und schubsend vor der breiten Eingangstür. Die Jungen in kurzen Hosen schoben die Mädchen einfach zur Seite. Frau Pfeilschmidt griff sich den größten Schreihals am rechten Ohr. Zerrte ihn ganz ans Ende der Schlange. Alle Mädchen lachten. Auf ihren, vom vielen Waschen schon leicht grau gewordenen, ehemals weißen Kleidern ließen sich die bunten Blumenmuster nur noch erahnen. Eigentlich hatten beide Mädchen kaum noch Kleider, die richtig passten. Alles wurde zu klein. Jetzt, da sie wieder zur Schule gingen, besonders an dieser Oberschule, mussten sie sauber aussehen. Das wurde kontrolliert. Ihre vom Regen durchweichten, ehemals weißen Socken lagen ausgewrungen unter ihren Schulpulten zum Trocknen. Beim täglichen Schwedenessen, wenn alle Schüler ihre Milchsuppe, den schrecklichen Löffel Lebertran bekamen, achteten die netten Frauen, mit den Rote-Kreuz-Zeichen an den weißen Blusen und Hauben, auf die gewaschenen Hände, saubere Beine und Knie. Manchmal griffen sie sich ein Kind und guckten in die Ohren, besonders bei Jungen. „Bei dir kann man Petersilie säen." Gab es oft als Kommentar. Und die Schüler wussten, wenn diese Bemerkung von einer der Frauen kam, musste das Kind seinen Namen

in eine Liste schreiben. Am nächsten Tag wurden die Ohren wieder kontrolliert. Das war ja so peinlich. Zur Entlausung brauchten sie nicht mehr zu gehen, das war Gott sei Dank vorbei. Aber, wenn die Lehrer oder die Schwestern vom Roten Kreuz merkten, dass sich jemand immer wieder kratzte, wurden der oder die kontrolliert. Mit Läusen durfte niemand in die Schule kommen. Salmiakgeist als Haarwaschmittel gegen die Quälgeister in den Haaren roch zwar stark, half aber sehr gut. Alle Kinder wussten das. Es war immer noch besser, als nackt in der Entlausungskabine draußen auf dem Schulhof zu stehen. Dann stanken die Haare, Haut und Sachen immer so sehr   nach Desinfektionsmittel.

Ellas Mutter meinte jeden Tag, bevor ihre Tochter die Wohnung verließ: „Deine Kleider und deine Schlüpfer müssen sauber sein. Das ist wichtig! Es kann ja immer mal was sein. Sonst kommst du nicht aus dem Haus." Fröhlich lachte Ella, wenn ihre Mutter sie ermahnte. „Mama ich bin sauber, das siehst du doch!" Manchmal nahm sie ihre Mutter in den Arm, sagte ganz lieb zu ihr: „Du machst dir viel zu viele Gedanken. Es wird schon wieder besser mit unserem Leben."   „Wie groß und vernünftig du geworden bist," erwiderte die Mutter, schloss nachdenklich an solchen Tagen hinter ihrer Tochter die große, schwarz gestrichene Wohnungstür. Ein langer Riss unterbrach mit seiner gezackten Linie das Eisblumenglas in der rechten Scheibe. Das ganze Haus hatte bei Bombenangriffen gewackelt. Jeden Tag erinnerte sie dieser Sprung im Glas an den letzten

Bombenangriff. Von ihrer Familie verließ niemand die Wohnung, ohne ein fröhliches Auf Wiedersehen. Niemand ging so nach Draußen, nie. Die vergangenen zwölf Jahre mit den Nazis hatten Ängste hinterlassen, gerade an der Wohnungstür und bei Geräuschen im Treppenhaus. Sie hatten viel gehört. Jeder kräftige Schritt, jedes Klopfen an Wohnungstüren, jedes laute Gespräch schallte hinauf bis zu ihrer Wohnung im vierten Stock. So oft hatten ihr Mann und sie über das gesprochen, was in den letzten Kriegsjahren im Haus geschehen war, dabei vermieden sie es gewissenhaft, Einzelheiten preiszugeben. Dass nun alles vorbei sein sollte, konnten beide nicht so recht glauben. Und was war mit den Tommys in Hamburg. Manchmal hatte sie vor denen Angst.

„Das sind die Uniformen," murmelte dann ihr Mann. „Weißt du, die Uniformen kriegen wir nicht aus dem Kopf." Neben der Haustür klebte immer noch der Aufruf der britischen Besatzer mit den neuen Regeln und Gesetzen nach dem Ende der Nazizeit. Die Anweisungen an die Hamburger mussten strikt eingehalten werden. Ihr Mann hatte den Aufruf von seiner Dienststelle mitgebracht, damals, als endlich das Dritte Reich zu Ende war und die britischen Truppen Hamburg übernommen hatten. Mehrfach bat ihn seine Frau den Aufruf abzunehmen. „Mache ich, irgendwann mache ich das weg. Aber lass das mal, denn wenn die Tommys, für die ich arbeite, mal nach oben kommen, dann sehen die, dass wir uns an ihre Anweisungen

halten." Seine Frau gab dann Ruhe. Sie wusste, dass ihr Mann recht hatte. Wenn er wieder als Lehrer arbeiten wollte, musste er sich mit den Besatzern gut stellen. Lehrer fehlten in Hamburg, das wusste er. Übersetzer aber auch. Er war in seine derzeitige Aufgabe einfach so reingerutscht. Jetzt saß er fest. Von seiner Arbeit, von seinen Übersetzungen, von anderen Einzelheiten, vom Wincklerbad in Bad Nenndorf erzählte er weder seiner Frau noch seinen Freunden aus der Sozialdemokratie Hamburgs. Major Hillery hatte ihn vor einiger Zeit gefragt: „Was wissen Sie von Bad Nenndorf, Mann?" Überrascht hatte Max Kruse von seinen Papieren aufgesehen und geantwortet: „Nichts, Sir, nichts!" Lange hatte ihn der Offizier angesehen, war dann plötzlich im Nachbarzimmer verschwunden. Bevor er jedoch die schwere Eichentür hinter sich zuschlug, drehte er sich um. „Gut so. Besser Sie wissen nichts. Lassen Sie es dabei." Irgendwie hatte er es geschafft, aus einigen seiner SPD-Parteifreunde etwas herauszubekommen. Sie wussten von Bad Nenndorf und dem Wincklerbad. Die paar Sätze, die sie preisgaben, reichten ihm. Er arbeitete schließlich bei den Tommys. Von Folterzellen und Todesfällen, von verhungerten Deutschen wollte er nichts mehr hören. Auch wenn das höhere Beamte und Parteimitgliedern bei den Nazis gewesen waren. Angst hatte er jedoch immer, besonders von diesem Tag an. Er konnte die Engländer nicht einschätzen. Jeden Tag kam die Angst in ihm hoch, Fehler zu machen. Er musste von denen

fort, musste und wollte wieder Lehrer sein. Diese Angst beherrschte den Alltag, auch wenn die kleine Familie Hansen von seiner Arbeit Vorteile hatte. Oft genug kam er mit einem Paket zurück, das ihm britische Offiziere zugesteckt hatten. Immer enthielten sie Brot, Fett und auch Milchpulver für Ella. Manchmal, besonders zum Wochenende bekamen er oder Wurst oder Fleisch. Das war gut so, aber die Angst blieb trotzdem. Max Kruse wurde langsam von seiner Arbeit geprägt. Von den Verbrechen, von den Unmenschlichkeiten der NS-Zeit hatte er nichts gewusst. So manchen Tag konnte er nach seiner Arbeit nichts mehr essen. Die Abendstunden, die Hausaufgaben mit Ella, die belanglosen Gespräche mit seiner Tochter lenkten ihn ab. Seine Frau an seiner Seite zu wissen, ließ ihn nicht verzweifeln. Er war fest entschlossen, die Zukunft seiner Tochter mitgestalten zu wollen. „Sie soll nie das durchmachen, was wir überstanden haben. Nie!" Fest entschlossen sah er bei
  solchen Gesprächen seine Frau an. Den Satz wiederholte er oft. „Was können wir sonst auch machen", fügte er meistens hinzu: „Die Kinder sind unsere Zukunft. Wir haben überlebt. Sonst nichts."
  „Zeig mal deine Zunge", meinte die rundliche Rote-Kreuz-Schwester und blickte Ella fest an, „Raus damit, mach schon und den Kopf hoch."
  „Ähhh," automatisch streckte das Mädchen seine Zunge raus.
  „Gut so, Mund auf," hörte sie noch die Aufforderung, schon wackelte der Löffel mit Lebertran ganz leicht vor

ihrem Mund. „Runter damit und dann weitergehen!"
Gut, das war erledigt, dachte Ella, freute sich jetzt auf
die heiße Milchsuppe. Heute gab es sie mit
Mehlklößchen. Uschi, ihre Freundin kam hinter ihr her.
„Man ist das ekelig", hörte Ella sie fluchen. Die
Mädchen sahen sich an, schüttelten sich und lachten
sich kaputt. „Aber gesund, sagt mein Vater immer. Gut
für unsere Knochen." Rief Ella scherzhaft. „Ja, ja, das
sagen sie immer, wenn was ekelig ist," ergänzte Uschi.
Beide Mädchen sahen in ihr Blechgeschirr, zogen den
Eisenlöffel von Rand ab und wischten ihn schnell am
Kleid ab. „Lecker heute, so mit den Klößen. Was machst
du heute Nachmittag?" Fragte Ella ihre Freundin. Uschi
sah sie an: „Nichts und du?" „Erst mal Schularbeiten.
Dann weiß ich nicht?" „Kommst du mit zum Weiher?
Meine Mutter kommt vielleicht mit." „Klar, gut, wenn
es nicht mehr regnet." Beide lachten und alberten
weiter, verabredeten sich so um Drei im kleinen Park
mit dem Weiher, in dem sie baden konnten. Unten, da
wo Beiersdorf anfing, dort wo sich fünf Straßen
verknäulten, da lag ihr Spielpark, mitten darin ihr
Badeteich mit dem kleinen Strand. Nur vor den
Blutsaugern im Schlamm mussten sie sich vorsehen.
Wenn es irgendwo zwickte, schwammen alle Kinder
schnell zurück an den Strand. Oft hing dann ein
schwarzer Wurm an den Beinen oder am Körper. „Die
sind zwar etwas ekelig, aber nicht gefährlich. Früher
wurden die vom Arzt angesetzt, wenn jemand zu viel
Blut hatte," beruhigte der Vater dann seine Tochter.

Ellas Vater wusste einfach alles. Sie war stolz auf ihn. An diesem Tag rannten die beiden Mädels zur Haltestelle, denn die Straßenbahn stand wartend genau vor der Schule. Laut klingelnd machte der Fahrer die bummelnden Kinder auf die Abfahrt aufmerksam.

„Bis heute Nachmittag", rief Ella ihrer Freundin nach, als die hinkend und hüpfend über die Lutterothstraße rannte. Uschi winkte zurück. „Ja, bis nachher." Ella Kruse, das nette vierzehnjährige Mädchen, bummelte zu ihrer Wohnung am Eidelstedterweg, verschwand in Nummer Siebenundvierzig. So wie fast jeden Tag. Immer wenn sie aus der Schule kam und nicht direkt zum Schrebergarten der Familie musste. Ihre Eltern warteten dort auf sie.

Der Rest des Sommers verging viel zu schnell. Jeden Tag arbeitete einer von ihnen im Schrebergarten. Äpfel, Birnen, Pflaumen und Gemüse für den langen Winter ernten, die Hühner und Kaninchen füttern. Sie wollten zeigen, dass sie immer anwesend waren. Diebe gab es genug.

Viele Familien ohne Graten hungerten. Äpfel gab es reichlich, Boskop, Cox, Celler Dickstiel, diese Sorten hielten sich bis zum nächsten Frühjahr. Kartoffeln und Wurzeln ließen sie in Kisten mit Laub und alten Jutesäcken, gegen Frost geschützt, im Kaninchenstall stehen. Eine große Zinkwanne mit Zuckerrüben schleppten sie im Herbst zu Fuß nach Hause. Fast eine Woche stank es in der ganzen Wohnung nach gekochten Rüben. Erst dann war der wunderbar süße

Zuckersirup fertig. Über dem Herd hingen in langen Reihen Apfel- und Birnenscheiben. Auf dem Bord über der Küchentür stapelten sich Einmachgläser mit Bohnen, Erbsen, Birnen, Grünkohl, Kirschen und Pflaumen. Aus den Zwetschen hatte Mutter Kruse fast schwarzes Mus gekocht. Ihre Tochter Ella half ihr, wo sie nur konnte. Abends im Bett meinte ihre Mutter zu ihrem Mann: „Was würde ich bloß ohne das Kind machen. Sie ist eine so große Hilfe." „Pass aber auf; sie soll ihre Schule nicht vergessen. Ab nächste Woche bin ich wieder mehr zu Hause." Beide waren sehr froh, dass jetzt, kurz vor dem Winter, Max Kruse zurück in seinem alten Beruf als Lehrer arbeiten konnte. Ende September hatten ihn die Engländer, nicht zuletzt wegen seiner Tochter, entlassen. Ihm genehmigt, wieder als Lehrer zu arbeiten. Sie hatten ihn sogar an die Schule an der Lutterothstraße in Eimsbüttel geschickt. Der Direktor stellte ihn sofort ein, als seine Papiere geprüft waren. Die Herren kannten sich flüchtig aus der SPD. Seine Frau umarmte ihn. Tränen in den Augen, als er ihr so ganz nebenbei von diesem neuen Anfang berichtete. „Jetzt wird alles gut," hatte sie ihm ins Ohr geflüstert. „Und gleich bei uns um die Ecke, die Schule kennst du doch. Mensch haben wir Glück!" Seine Tochter fiel ihm um den Hals, als ihre Eltern abends die neue Arbeit ihres Vaters erwähnten. Ihre Tasse mit Maggibrühe stieß sie fast um, als sie sich über den Tisch beugte. „Mensch Papa, jetzt kannst du mir noch mehr bei den Schularbeiten helfen. Endlich

bist du nicht mehr bis nachts auf der Arbeit." „Und wenn ich Schichtunterricht habe?" Max lachte seine Tochter an. „Dann bist du nur von mittags bis sechs Uhr abends weg. Prima, oder?" „Ja, prima und jetzt Marsch ins Bett." Ihr Vater gab ihr einen liebevollen Klaps auf den Po. Elfriede Kruse schob langsam ihre Hand über das geblümte Wachstuch. Als sie die knochige Hand ihres Mannes zart berührte, sah er von seinem Buch auf, lächelte seine Frau an. Sorgfältig schob er ein Stückchen Zeitungspapier als Lesezeichen zwischen die Seiten.

Liebevoll meinte er: „Ja Friedel, jetzt ist wohl die Zeit gekommen, wieder zu glauben, dass es weitergeht." Seufzend drückte er die Hand seiner Frau. „Jetzt diesen Winter noch, dann geht's bergauf. Die Kinder brauchen uns, wir müssen sie weiterbringen. Sie sind unbelastet. Das siehst du an Ella!"   „Ja, sie strahlt so was Freundliches aus. Nichts ist ihr zu viel, wenn das man so bleibt." „Wir müssen daran arbeiten", antwortete er zuversichtlich. Beide sahen nachdenklich auf das geblümte Wachstuch auf ihrem Küchentisch. Müde stand Max Kruse auf, die Hand seiner Frau zog er über den Tisch, ließ sie nicht los.

Ella schlief ruhig im vorderen Zimmer. Vorsichtig zog ihre Mutter die Gardine zurück, nur um zu prüfen, ob die Fensterklappe geschlossen war. Jetzt im Oktober wurde es nachts oft sehr kalt. Vor dem kommenden Winter hatten sie und die Nachbarn Angst. Es gab einfach zu wenig zu kaufen. Zu wenig Lebensmittel, zu wenig Kohle, zu wenig warme Sachen zum Anziehen.

Ihren Mann hörte sie in der Küche mit Wasser planschen. Sie wusste, er versuchte, sich den Tag vom Gesicht zu waschen. Mit leichter Hand zog und schob sie die Bettdecke ihrer Tochter etwas zurecht. „Schlaf gut," flüsterte sie und küsste ihrer Tochter aufs Haar. Als sie die Tür leise hinter sich schloss, schlüpfte ihr Mann bereits bibbernd vor Kälte ins Schlafzimmer. „Ich wärm schon mal das Bett an." Heute schloss er die Schlafzimmertür hinter sich, worüber sich Elfriede wunderte, denn das hatte er seit Jahren nicht mehr getan. Immer die Türen offenlassen, hatte ihr Mann gesagt, dann hören wir, wenn im Treppenhaus Stiefel auf der Treppe poltern. Sie kuschelte sich an ihren Mann ran. Ganz eng, ganz fest. Als er sich über sie beugte, sie zärtlich küsste, als er zwischen ihren Beinen lag und sie liebte, wusste sie, dass eine neue Zeit angebrochen sein musste. Seit fünf Jahren, seit der Krieg mit Russland 1941 begonnen hatte, gab es keine Zärtlichkeiten mehr. Die Angst war zu groß gewesen. Und Bombennächte zerstörten Sehnsüchte. Ruhig und zufrieden schliefen beide an diesem späten Abend ein.

Auch als Weihnachten immer näherkam, mussten sie abwechselnd zu ihrem Garten gehen. Die Kaninchen, die Hühner versorgte Ella, aber sie ging nie alleine. Ihren Eltern war das zu gefährlich. Es wurde schon früh dunkel, alle Menschen froren und viele hatten großen Hunger. Sie mussten aufpassen, dass nichts gestohlen wurde. Jeden zweiten Tag schlief Max Kruse in ihrem Gartenhäuschen.

Als dann der viele Schnee kam, ließ er sein Fahrrad stehen. Wenn er nachmittags Unterricht hatte, blieb er die ganze Woche im Garten. Heizen konnte er. Seine wenigen, kleinen Malzeiten bereitete er sich schnell zu. Graupensuppe wechselte mit Kartoffelsuppe, mit Wurzeleintopf und mit geschmortem Kohl. Auf seinem Fahrrad schob Max Kruse einen Tag vor Weihnachten einen kleinen Tannenbaum vom Garten bis zu ihrer Wohnung. Es lag viel Schnee auf den Straßen. Woher er den Baum hatte, verriet er nicht. Weder seine Frau noch seine Tochter fragten nach. Lametta und Baumschmuck hatte Elfriede, sorgfältig verpackt, über den Krieg gerettet. Von eingelagerten Wurzeln, Kartoffeln und einem Nachtisch aus eingemachten Birnen zauberte Elfriede Kruse ein richtiges Weihnachtsessen mit Fleisch. Das Kaninchen dazu hatten sie selbst gezüchtet und jeden Tag mit vielen anderen gefüttert. Für ihren Vater hatte Ella eine Pudelmütze gestrickt. Dafür war die aufgeribbelte Wolle von drei, ihr zu klein gewordenen Pullovern, draufgegangen. Sie hatte heimlich gestrickt, wenn ihr Vater im Kleingarten geblieben war. Ihre Mutter bekam das erste Aquarellbild, das Ella für sie in der Schule gemalt hatte. Eine Sommerlandschaft an der Elbe. Mit echten Aquarellfarben; ihre Lehrerin erzählte den Kindern begeistert von den Künstlern Franz Marc, Monet und Renoir, von der Künstler-Kolonie in Worpswede bei Bremen und von einer Zeit, in der deren Bilder als entartete Kunst galten. Ella nahm sich fest vor, ihren

Vater danach zu fragen; vorstellen konnte sie sich unter entarteter Kunst nichts. „Man kann doch malen, was man will," überlegte sie. Sie selbst bekam von ihren Eltern den Zirkelkasten ihres Vaters. „Den brauchst du jetzt in der Schule," bemerkte er, als sie ihr Überraschungspaket auspackte. Sie fiel Ihrem Vater um den Hals. Die Eltern sahen sich an. Sie wussten, dass sie sich nichts schenken würden. Die Ruhe und der Frieden waren Geschenke genug. Vorlesen, Radio aus dem alten Volksempfänger hören, aus dem Fenster über die friedliche Stadt blicken, es wurde ein wunderbarer Weihnachtsabend. Die wenigen Kerzen, die am Tannenbaum strahlten, hatte Max Kruse bei Kollegen gegen Kaninchenfelle eingetauscht.

Nach zwei Tagen zog es Ella nach draußen. Sie wollte zum Weiher, wollte auf das Eis, wollte mit ihrer Freundin im Schnee herumtoben. Warm angezogen schickte ihre Mutter sie los. „Komm' pünktlich wieder. Wir essen um eins. Und wenn du frierst." „Ja, Mama, jaaa, dann komme ich zurück. Ich bin am Weiher." Die schwere, schwarze Wohnungstür fiel polternd ins Schloss. Elfriede Kruse lief zum vorderen Zimmer, schob die Gardine, die Wolldecke zur Seite, starrte auf die Straße. An der Ecke zur Schwenkestraße wartete Uschi Gora, Ellas Freundin. Als die beiden Mädchen sich um den Hals fielen, hüpfend und lachend die Straße heruntertobten, zog Elfriede die Gardine zu, hakte die alte Wolldecke als Windschutz vor die Glasscheibe. Die Eisblumen in den Fensterecken

strahlten eine beeindruckende Kälte aus. „Dieser Ostwind, schrecklich."

Murmelte sie. Dann blickte sie nochmals den Kindern hinterher. Die waren jetzt zu dritt. Ein Junge hüpfte in langen, gestrickten, braunen Strümpfen statt Hosen, zwischen den beiden Mädchen hin und her.

An diesem Abend ermahnte Max Kruse seine Tochter, in den Trümmern vorsichtig zu sein. Er verbot ihr, in den zerbombten Häusern und in den Bunkern zu spielen. „Jetzt im Winter, der Schnee, alles ist gefroren, die Steine sind glatt, der Frost bricht die Mauern auseinander." „Ja, Papa, ich weiß, wir spielen aber am Weiher." Ella Hansen lachte ihren Vater an. „Das Eis ist toll, wir glitschen und machen Schneeballschlachten mit den Jungs, sonst nichts. Komm' doch mal mit. Das macht echt Spaß." „Und wenn es dunkel wird, bist du oben, im Dunkeln will ich dich nicht mehr draußen sehen, verstanden." Max störte das Lachen seiner Tochter. Sie wusste nichts von den Gefahren. Gut so, dachte er. Sah dabei aus dem Fenster. Gut so, dass sie nicht weiß, was in den zusammenbrechenden Trümmern passieren konnte. „Ja, Papa, mache ich. Ich bin immer rechtzeitig oben, versprochen." Schnell rannte sie in die Küche. Verwundert sah sich ihre Mutter zu ihrer grinsenden Tochter um. „Papa macht sich mal wieder Gedanken um mich. Bald darf ich nichts mehr. Andere dürfen viel mehr, ich bin schon alt genug. Papa denkt immer noch, ich bin ein Baby!" Sie setzte sich bockig auf den Stuhl neben dem Herd,

verschränkte die Arme, zog eine Schnute, musste aber schnell wieder grinsen. „Er macht sich eben Gedanken. Du bist ihm doch wichtig. Besser so, als wenn er nichts sagen würde. Oder?"

Am Silvesterabend trafen Tante Jutta mit ihrem neuen Mann Otto und Onkel Walter mit Tante Marie so gegen neunzehn Uhr bei Ellas Eltern in Eimsbüttel ein. Oma und Opa brachten heiße Suppe mit. Sie wohnten ja nur um die Ecke im Hellkamp. Mit guter Laune, nachdenklichen Erinnerungen, Geschichten aus Zeiten vor dem Krieg, mit Sorgen, wie es weitergehen möge, verging die Zeit bis zum Jahreswechsel viel zu schnell. Aus einem Versteck unter dem Kaninchenstall hatte Onkel Walter noch eine Flasche Wein durch den Krieg gebracht. Um Mitternacht stand die Familie auf dem Balkon, sah sich tief in die Augen. „Auf ein neues, frohes Neues Jahr, alles Gute und für dich, liebe Ella, eine tolle Zukunft. Wir müssen anpacken, die Last des Krieges ist vorbei." Ellas Vater hielt eine kurze Rede: „Lasst uns an die Zukunft denken. Für unsere Kinder müssen wir noch einmal anpacken!" Er hob sein Glas. Über Hamburg erstrahlte die ein oder andere Leuchtgranate, die Glocken läuteten. „Diesen Winter noch, dann geht es steiler bergauf! Den müssen wir noch überstehen! Prosit Neujahr." Mit diesem Gruß beendete Max Kruse seine Rede. Onkel Walter nahm seine Frau und Ella in den Arm. „Dann schaffen wir alles!" Ella sprang zu ihren Eltern herüber, herzte auch sie: „Vielen Dank, ihr seid die besten Eltern. Kommt alle

mit rein. Hier ist es zu kalt." Ella zog ihre Familie, Onkel und Tanten ins Wohnzimmer.

Der Gusseisenofen glühte fast. Sie hatten es gemütlich warm. Für diese Tage hatten sie Brennmaterial gesammelt. Es sollte wenigstens jetzt warm sein. „Ich habe noch eine Überraschung," meinte Ella, sah in die Runde, blickte dann zu ihrer Mutter hinüber. Die nickte unmerklich. Ihre Tochter rannte in die Küche. Auf der Fensterbank, nach hinten auf den Hof hinaus, stand eine mit einem Küchenhandtuch abgedeckte Glasschüssel. Auf den Herd kochten Kartoffeln. Ella prüfte mit einem Kartoffelschälmesser, ob sie schon gar waren, schüttete das Wasser ab, verteilte die Pellkartoffeln auf einem großen Teller und lief aufgeregt den langen Flur entlang ins vordere Wohnzimmer. Lachend schob sie die Kartoffelplatte auf die geblümte Tischdecke. „Mama, bitte Teller und Bestecke. Gläser haben wir ja schon." Wieder rannte das Mädchen in die Küche, warf das Geschirrhandtuch von der Schüssel auf den Tisch. Triumphierend sah sie, zurück in die gute Stube, in die Runde: „Hamburger Heringssalat zu Silvester! Hab' ich ganz allein gemacht." Man konnte den Stolz in ihrer Stimme deutlich hören. Die Familie klatschte freudig in die Hände. Ella wurde rot. Jeder griff kräftig zu. Onkel Walter beugte sich zu Max Kruse herüber, fragte schelmisch: „Und, woher hast du den Hering?" „Was meinst du denn," flüsterte Max zurück: „Eingetauscht bei Eggers, die räuchern wieder. Die haben wieder

Fisch!" Damit war das Thema von Tisch. Langsam wurde Ella müde. Nach ihrem Glas Wein fing sie an zu gähnen. Sie verschwand still und heimlich in ihrem Zimmer nebenan. Das neue Jahr begann ohne Waschen und ohne Zähneputzen. Ein neues Jahr und Ferien, bei diesen Gedanken schlief sie sehr schnell ein.

Jeden Tag verabredete sich Ella mit ihrer Freundin Uschi. Sie spielten am Weiher auf dem Eis. Es war furchtbar kalt und langsam wurde es den beiden Mädchen langweilig. Die Trümmer, die zerbombten Häuser interessierten sie viel mehr.

Die Jungs aus der Nachbarschaft ärgerten die Mädchen und riefen ihnen immer frech zu: „Ihr traut euch ja nicht. Bleibt bloß da, wir wissen schon, wo wir was finden können. Überall sind Elektrokästen, die verkaufen wir. Ihr seid zu doof und zu feige! Mädchen." Die drei Jungs lachten, verschwanden in den Ruinen der zerbombten Häuser. Später warfen sie Stücke von Abflussrohren aus Blei und einen Elektrokasten herunter. Dort wo die Mädchen standen. Ella lachte ihre Freundin an: „Los, wir gehen auch rein, was die können, können wir auch. Wir finden was zum Verkaufen. Der Schrottheini zahlt uns bestimmt was." Sofort krempelte sie sich ihre Trainingshose etwas hoch, zog ihren zu eng gewordenen Mantel fest zusammen und drehte sich zu Uschi um: „Meinetwegen, bleib hier. Ich werfe was runter." Die Freundin stand ängstlich vor dem Trümmerhaus. „Sei bloß vorsichtig. Ich habe Angst," antwortete Uschi

kleinlaut und blickte ihrer Freundin mit weit aufgerissenen Augen hinterher. „Es ist bald dunkel, ich muss nach Hause. Ella, komm wieder her. Nicht reingehen." Doch schon grinste Ella aus dem ersten Stockwerk zu ihr herunter: „Komm rauf, ist ganz toll hier."

„Nein, Ella, komm' du wieder runter. Ich muss nach Hause. Komm' doch mit. Wir dürfen da nicht rein." „Ich komme gleich. Du brauchst nicht zu warten, wenn du nicht willst. Ich wohne hier gleich nebenan und du musst laufen, also mach schon, komm gut nach Hause. Bis Morgen." verabschiedete sie sich schnell von Uschi. Von Neugier gepackt, wollte sie endlich wissen, was es in der mehrstöckigen Ruine zu entdecken gab. „Komm doch runter!" Uschi schrie in Richtung der zerbrochenen Fernstern, doch Ellas Gesicht war bereits verschwunden.

Als Uschi Gora strahlend die Wohnungstür aufriss, stand nicht der erwartete Vater oder die Freundin Ella vor der Tür, sondern eine Frau kam die Treppe hoch. Ihre Mutter blickte ihr über die Schulter. In ihrem Kopf hallten die Worte ihres Mannes: „Lass' nie das Kind allein an die Wohnungstür gehen, wenn es klingelt oder jemand klopft." Er hatte ihr das so oft eingebläut, dass sie es eigentlich auch heute noch so handhabe. Als sie jedoch die Freundin Elfriede Kruse im Halbdunkel des Treppenhauses erkannte, drängte Anneliese Gora ihre Tochter aus der Tür.

„Kann ich Ella bei euch abholen? Es ist schon spät und dunkel," fragte Elfriede Hansen, blickte Mutter und Tochter Gora sorgenvoll an. „Komm' rein, Ella ist nicht hier", antwortete Anneliese Gora beruhigend und zog schnell ihre Tochter und ihre gute Freundin in die Wohnung. In der Küche war es angenehm warm. Hier konnten sie das Gespräch fortsetzen. „Wo kann Ella sein? Wo habt ihr gespielt? Warst du mit Ella zusammen?" Elfriede begann erneut Uschi auszufragen. „Ja, wir haben gespielt," Uschis antwortete sehr zögerlich. „Wo denn Mädchen, wo habt ihr gespielt? Es ist schon lange dunkel." In Elfriedes Stimme klang die Sorge um Ella mit. „Am Weiher, wie immer," meinte Uschi schnell und blickte mit rotem Kopf auf den Küchentisch, schob eine Tasse hin und her. „Ich bin nach Hause gelaufen. Ella:" Sie sprach nicht weiter, sondern lief aus dem Zimmer. Als sich der Schlüssel in der Toilettentür drehte, sahen sich die beiden Frauen besorgt an. „Da stimmt was nicht! Uschi lügt eigentlich nicht. Uschi komm' her, wir warten auf dich. Friedel, willst du einen Tee? Was Warmes tut jetzt gut!" Anneliese Gora versuchte Mutter Hansen etwas zu beruhigen. Nur jetzt nicht durchdrehen, dachte sie, blickte auf die Küchenuhr über der Tür. „Ist doch erst sieben. Die kommt schon, bestimmt hat sie sich verspielt," fügte sie beruhigend hinzu. „Uschi, wie lange sollen wir noch warten?" Langsam wurde auch Anneliese Gora nervös, weil sich ihre Tochter auf der Toilette eingeschlossen hatte. „Ja, ich komme schon,"

46

rief das Mädchen und zog schnell an der Wasserspülung, die das Wasser sinnlos in den Abfluss rauschen ließ. „Ja, Mama, was ist?" Sie fragte mit zu unschuldiger Miene, setzte sich bewusst abseits neben dem Herd. Am Tisch wollte sie sich mit den Frauen nicht unterhalten. „Wo ist Ella, wo hast du sie zuletzt gesehen," fragte Elfriede ungeduldig. „Am Weiher, sie hat im Schnee getobt. Ich bin nach Hause gelaufen," antwortete sie viel zu schnell. Sie wagte nicht die beiden Frauen anzusehen. Die sollten auf keinen Fall merken, dass sie log. „Wer war noch dabei? Nur ihr beiden," bohrte Elfriede weiter. Uschi zögerte. „Wer noch da war, will ich wissen." Ihre Mutter schrie sie drohend an. „Du bist allein nach Hause gelaufen?"

„Ja, bin ich. Doris und Sigrid sind dageblieben. Mehr weiß ich nicht." Sie fühlte sich nicht gut, saß in der Zwickmühle. Sie wollte Ellas Mutter helfen, aber von den Trümmern, den Ruinen konnte sie doch nichts sagen, sie konnte doch ihre beste Freundin nicht verpetzen. Das ging auf keinen Fall. In ihrem Kopf schwirrten die Gedanken hin und her. Lügen konnte sie nicht gut. „Weißt du, wo die anderen Mädchen wohnen?" Fragte ihre Mutter. „Ja, Doris in der Osterstraße, Sigrid in der Methfesselstraße." „Und weiter? Mädchen, lass' dir nicht alles aus der Nase ziehen, welche Nummern?" „Weiß ich doch nicht, Doris da wo Remmel, der Schlachterladen ist, Sigrid neben der Kneipe Frascati." „Und wie heißen die beiden?" „Doris Rohr, Sigrid Struck, was kann ich denn

dafür?" Anneliese Gora suchte in der Küchenschublade nach einem Bleistift, riss ein Stück vom Zeitungsrand ab, notierte die Angaben ihrer Tochter. „Bist du sicher, dass es diese beiden Mädchen waren?" Anneliese Gora stand auf, packte die Schultern ihres Mädchens. Mit einer Hand hob sie deren Kinn hoch. „Bist du sicher, dass ihr nicht woanders wart?"

„Nein, habe ich doch schon gesagt." „Gut, du bleibst hier, bis Papa kommt. Wir laufen jetzt los. Du machst niemandem auf. Verstanden? Papa hat einen Schlüssel." Die beiden Frauen rannten das Treppenhaus herunter, wickelten sich noch schnell den Schal fest um den Hals und knöpften ihre alten Mäntel eng zu. Mit hochgezogenen Schultern traten sie in die Dunkelheit auf die leere Straße hinaus. Der eisige Ostwind schlug ihnen stechend ins Gesicht. Nach gut einer Stunde kehrten die beiden, völlig durchgefroren, in die Wohnung von Uschis Eltern zurück.

„Wo ist Ella?" schrie Elfriede Kruse bereits von der Tür in Richtung Küche. Doch Uschi rührte sich nicht, blieb in ihrem Zimmer.

„Sie waren in den Trümmern!" Antwortete dagegen Walter Gora, der jetzt ruhig und sehr besonnen die Küchentür öffnete. „Ich bin schon bei deinem Mann gewesen, wir haben überall gesucht. Nichts, dein Mann ist noch da draußen, aber jetzt bei der Dunkelheit, kannst man nichts mehr sehen und niemanden fragen." „Los, wir gehen wieder raus. Du bleibst hier. Wehe, du rührst dich vom Fleck!" Wütend zog Anneliese Gora

ihrer Tochter an den Haaren. Als die Drei die Haustür ins Schloss fallen ließen, begann es zu schneien. Aufgeregt liefen sie durch die Straßen, kein Mensch war irgendwo zu sehen. Mittlerweile war es fast neun Uhr. Viele Nachbarn gingen bereits ins Bett. Bei dem Wetter, bei der Kälte, was sollte man sonst tun. Ein weißes Tuch aus Schnee legte sich geräuschlos über Steine, Mauerbrocken, Kelleröffnungen und Hauseingänge. Es verschlang jeden Laut, wie ein kalter Frieden. Die ausgebrannten, schwarzen Trümmer wurden von einem nervös flackernden Licht punktförmig angeleuchtet. „Max, Max bist du da?" Walter Goras schlesischer Akzent hallte von den ausgebrannten Häuserwänden. „Ja, hier bin ich. Hier draußen ist nichts. Keine Spuren, wir müssen rein." Noch in der Nacht liefen Max Kruse und seine Frau zur Polizeiwache in der Osterstraße. Ihre Tochter fanden sie nicht. Sehr niedergeschlagen, voller Angst und Sorge versuchten sie dem wachhabenden Polizisten Fragen zu ihrer Tochter zu beantworten. Den Krieg hatten sie überlebt. Mit Ihrer Tochter, und jetzt diese Angst. Wo war ihr einziges Kind. Depressionen überfielen sie. Tränen ließen sich nicht aufhalten. Plötzlich nur noch Schweigen. Schreiende Stille in der Polizeiwache. „Morgen früh suchen wir weiter. Vielleicht meldet sie sich noch. Jetzt bei der Kälte und im Dunkeln. Viel zu gefährlich, wir kommen Morgen, ganz früh zurück. Das verspreche ich", meinte der Polizist Walter Hansen und sah seinen SPD-Parteifreund Max Kruse nachdenklich

an. „Vielleicht ist sie im Garten. Du, dass mit den Jungs, manchmal." Aber als er in das Gesicht seines Freundes sah, sprach er nicht weiter.

Ella blieb verschwunden, am nächsten Tag und auch am Übernächsten. Niemand hatte sie gesehen oder etwas gehört. Alle Nachbarn durchsuchten immer wieder die Trümmer, die ausgebrannten Ruinen, gingen in den Kellern, schrien in den Abwasserkanal, nichts. Das Mädchen blieb verschollen. Am fünften Tag suchte Hansen mit einem Kollegen in einer ausgebrannten Ruine hinter den riesigen Schutt- und Trümmerbergen auf dem Kleingartengelände vor dem ESV-Sportplatz. Sie fanden nichts, nur Ratten huschten ihnen zwischen den Stiefeln herum. Auf dem Weg zurück zur Straße blieb Hansens Kollege plötzlich stehen.

„Guck mal hier", meinte er und zeigte auf eine alte Tür, die aus dem Rahmen vom Luftdruck der explodierenden Bomben herausgerissen sein musste. Sie war weit in den ehemaligen Kleingarten geflogen. „Was soll sein?" Hansen fragte, sah den Kollegen an. „Kein Schnee, und tiefe Schleifspuren", erklärte dieser. „Da muss es warm drunter sein."

Mit einem Ruck rissen sie die Tür hoch. Aus dem Kellerloch hauchte es ihnen modrig und warm entgegen. „Da gehe ich nicht runter," meinte Hansen mit einem angewiderten Blick. „Bleib' du hier. Ich laufe zum Revier. Wir kommen mit dem Auto. Soll ich die Engländer anrufen?"

„Ja mach' das. Lass' die herkommen. Hier stimmt was nicht."

Verstreute Trümmer versperrten ihnen immer wieder den Weg durch den engen Tunnel. Erst als sie mit ihren Taschenlampen in einen Seitengang leuchteten, blinkte etwas Helles auf. Die Augen von Ratten reflektierten das Licht. Zu viele Ratten, dachte der Polizist Hansen, nahm einen Mauerstein, warf ihn zwischen die Tiere. Wie Kinder schreiend stoben sie auseinander. In seinem Lichtstrahl sah er etwas helles Großes in einer Art Gewölbe liegen. Er rief seinem Kollegen die Entdeckung zu. Mit drei Polizisten und einem englischen Soldaten stolperten sie in den Seitengang der alten Kanalisation. Mit breit auseinandergerissenen Beinen, seitlich gesteckten Armen lag ein nacktes Mädchen auf dem dreckigen Boden des ehemaligen Kanals. Hansen musste würgen, so etwas hatte er noch nie gesehen. „Diese verdammten Ratten, solch' eine Scheiße." Er schrie seine Wut heraus. Auf jedem Fuß und auf jedem Handgelenk des Mädchens lag ein großer Trümmerbrocken. Die Ratten hatten begonnen, das Kind von unten aufzufressen. Ein großes Loch bis zu ihrem Bauchnabel klaffte bereits in ihrem Unterleib. Den Kopf umhüllte ein breiter Fetzen aus hartem, grünlich schillerndem Segeltuch. Der Engländer pfiff auf seiner Trillerpfeife nach seinen Kollegen. Vorsichtig entfernten die Soldaten die Mauerbrocken von den Gelenken des Mädchens, legten eine alte Militärdecke über den leblosen Körper. Als der zuständige englische

Offizier eintraf, zogen und schoben seine Leute den Leichnam auf einer Militärliege aus dem Gewölbe in den Hauptgang. Deutsche Polizisten, englische Soldaten und Offiziere standen um die Fahrzeuge des Militärs herum. „Nach Eppendorf, wir kommen nach," gab der Offizier schnelle, kurze Anweisungen an den Fahrer und blickte dann zu Hansen herüber: „Wir sehen uns da, Sie wissen, wo wir sind." Die Wagen fuhren sehr schnell ab, für Fragen blieb keine Zeit. Hansen, den alle Bewohner in dieser Gegend Hamburgs gut kannten, wandte sich an einige der mittlerweile umherstehenden Bewohner der Häuser in der Nachbarschaft: „Ein Mädchen, so etwas gibt's doch gar nicht. Ein so junges Mädchen! Wir wissen noch nicht, wer das ist. Wenn ich mehr weiß, komme ich wieder her." Er drehte sich zu seinen Kollegen um, gab seine Anweisungen: „Klaus und ich fahren nach Eppendorf, die anderen sorgen hier für Ordnung. Niemand darf da rein, auch nicht in die Nähe." Er zeigte auf den Eingang zum Kanal, zog die alte Tür darüber.

In der Pathologie des Eppendorfer Krankenhauses stellte man sehr schnell fest, was mit dem Mädchen geschehen war. Ihr Körper war übersät mit blauen Streifen, Hämatomen selbst im Gesicht, auf Armen und Beinen. Sie war brutal mit einer dünnen Gerte oder Peitsche unglaublich zu Tode geprügelt worden. Selbst ihre Fußsohlen wiesen blaue Striemen auf. Das bedeutete, dass sie erst nach dieser fürchterlichen

Bestrafung verstorben war. Es musste jemand Kräftiges gewesen sein, denn der Pathologe zählte über einhundert so starke Streifen, dass sogar die Leber und die Nieren beschädigt sein mussten. Das konnte nur eine Bestie, kein Mensch, im Rausch gemacht haben. Selbst den an Grausamkeiten aus dem Krieg gewohnten Ärzten schossen Tränen in die Augen. Dieses tote Mädchen hatte Furchtbares, Unfassbares durchgemacht. Der junge britische Offizier sah Hansen und die anderen Deutschen mit eng zusammengekniffenen Augen drohend an: „Es ist eine Übertötung. Jetzt brauche ich keine Einzelheiten, noch nicht. Untersucht sie sorgfältig. Ihr habt den Bastard zu fangen, das ganz schnell. Hört das denn nie auf in eurem Deutschland?" Er drehte sich um, verschwand, ohne eine Antwort abzuwarten. Die Sekunden vergingen wie Stunden. Die Ruhe in diesem Raum der Pathologie legte sich felsenschwer auf die Anwesenden. In der Ausgangstür drehte sich der Offizier nochmals um: „Hansen, du hast keine Zeit für so etwas. Mach schnell mit den Formularen und dann ab ins Krematorium mit der Leiche. Wir trauen euch Deutschen nicht. Ihr solltet lieber die noch fehlenden Hamburger Nazis fangen." Willi Schweiger sah seinen Freund Walter Hansen fragend an: „Was hat der zu meckern?" „Ach nichts, er traut uns nur nicht. Wir sollen uns beeilen, die Leiche zum Krematorium zu bringen und das heute noch!" „Und die Spuren, was ist damit? Wir haben noch nicht einmal angefangen den

Täter zu suchen. Was soll das denn?" „Er traut uns nicht, wir sollen uns um die Nazis kümmern, die sich immer noch verdrücken." „Mensch Hansen, jetzt fast zwei Jahre nach Kriegsende lass uns wenigstens vom Opfer was sichern. In Eimsbüttel auch, Mann, wir müssen das aufklären." Die beiden Männer sahen sich aus müden, fahlen Augen an. „Dr. Gerngroß", wandte Hansen sich an den Pathologen: „Können Sie?" „Ich habe alles verstanden. Das Mädchen wird noch nicht freigegeben. Morgenfrüh, aber erst im Laufe des Vormittags werden sie meinen Bericht haben. Kommen Sie nochmals vorbei. Das nehme ich auf meine Kappe. Ich mache Fotos von ihrem Gesicht. Das hilft Ihnen bei der Identifikation." „Geht morgen früh? Wir müssen jetzt nach Eimsbüttel, sie wissen schon, Spurensicherung. Eigentlich dürfen wir das auch nicht, die versteckten Nazis sind immer noch wichtiger. Die Engländer machen uns deswegen die Hölle heiß! Haben Sie was dagegen, wenn wir jetzt die Fingerabdrücke nehmen?" „Nee, Hansen, machen Sie das, was Sie tun müssen. Mit solchen Grausamkeiten muss endlich Schluss sein, nach dem braunen Schwachsinn der letzten Jahre." Der Pathologe sah unbewusst zu Willi Schweiger rüber. „Der ist in Ordnung, Doktor, das war er schon immer. Sie können uns beiden vertrauen. Die Zeiten haben sich Gott sei Dank geändert." Gequält lächelnd verabschiedeten sich die beiden Polizisten. Die Papiere mit den Fingerabdrücken hatte Hansen in seiner Aktentasche.

Als Elfriede und Max Kruse das Foto mit dem Gesicht des toten Kindes direkt ansehen mussten, brachen beide weinend zusammen. Ihre Tochter Ella. Für beide machte das Leben keinen Sinn mehr. Hansen, der freundliche Polizist, hatte sie sofort auf das Polizeirevier gefahren. Die Fotos des toten Mädchens waren über Nacht entwickelt worden. Das junge Mädchen erkannten er und die Eltern. Es war Ella Hansen.

Schweigend fuhren die beiden Beamten die Eppendorfer Landstraße herunter. Seit ihrem Besuch in der Pathologie in Eppendorf saßen sie sprachlos in dem alten Polizei-Opel Olympia. Der Anblick des toten Mädchens verfolgte sie weiter und weiter. „Wir müssen den kriegen," brummelte Hansen vor sich hin, fand endlich seine Sprache wieder.

„Dann komm zu uns, Mann. Du warst lange genug bei der Polizei in Eimsbüttel. Komm zu uns, da kannst du viel mehr erreichen. Lass den Streifendienst die jungen Kollegen machen. Wir machen das hier zusammen, dann kann ich dich bei uns vorschlagen. Du bist wirklich besser bei der Kripo aufgehoben. Mann, dein Wissen ist gefragt und überhaupt." Willi Schweiger wollte den Satz nicht beenden. Honig ums Maul schmieren, war nicht sein Ding. Aber seinen Freund konnten sie wirklich gut bei der Hamburger Mordkommission gebrauchen. So kurz nach dem Krieg gab es viele Morde aufzuklären. Einige Menschen hatte

noch nicht realisiert, dass die Nazizeit vorbei war, es eine neue Rechtsordnung gab.

Erst als sie am Weiher wieder in den Eidelstedter Weg einbogen, nahm Willi Schweiger das Gespräch auf: „Wie viel Leute hast du zur Verfügung?" „Zwei müssten oben am Forsthaus stehen. Für die Absperrung."

„Gut so, hast du Papier, was zu schreiben mit?" „Ja, liegt hier im Auto. Willst du dir was aufzeichnen?" „Sollten wir machen, wenigstens etwas vom Eingang in den für die Akten. Was meinst du?"

Niemand bewachte den Kanaleingang im Trümmerfeld der zerbombten Häuser. Als Hansen und Schweiger aus ihrem Opel stiegen, schlenderten mehr und mehr Nachbarn über die Straße, um Neuigkeiten zu erfahren. „Wo sind die Kollegen?" Hansen rief den herumstehenden Leuten, laut zu. „Die Tommys haben alle ins Revier geschickt. Wir sollten ebenfalls verschwinden, uns hier nicht mehr sehen lassen. Haben wir nicht gemacht. Von den Fenstern aus haben alle den Platz beobachtet. Wir wollten verhindern, dass jemand sich hier zu schaffen macht." Werner Jungk, der jetzt auf die Polizisten zuging erklärte das. „Wie geht es Kruses?" Keine Antwort. Hansen und Schweiger sahen sich an. Schulterzucken. Was sollten sie sagen? „Gut, fangen wir an," übernahm Schweiger die Initiative. „Ihr bleibt hier stehen," wandte er sich den Umstehenden zu. „Hansen und ich gehen jetzt die Spuren ab. Wer kann gut zeichnen?" „Ich," rief Uwe, ein Junge aus dem

Haus gegenüber, etwas vorlaut. „Ich hatte ne Eins."
„Gut, hier du zeichnest jetzt alles auf. Jeden Stein, alles
was wir dir sagen. Klar?" „Klar." In unglaublicher
Geschwindigkeit flog der Bleistift über das Blatt Papier.
Die Trümmerlandschaft entstand in wenigen Minuten.
„Hier, nimm neues Papier. Mal da eine dicke Zwei
drauf. Vergiss die Fußspuren, Junge. Hier sind so viele
Soldaten und Polizisten zum Schacht getrampelt, das
macht keinen Sinn. Zeichne nur das auf, was klar und
deutlich an Schuhabdrücken zu erkennen ist. Man weiß
ja nie. Hier, der ist im Schneematsch ganz deutlich zu
erkennen. Ich gebe dir die Maße." Willi zog einen
Zollstock aus seiner Jacke, vermaß die Schuhabdrücke
nach Länge und Breite, er maß den Schrittabstand und
verwies Uwe auf ein ganz schwaches Profil, das sich im
Trümmerschneestaub abgezeichnet hatte. „Hier das
Muster, das ist wichtig. Kannst du das abmalen?" „Klar
kann ich, kann ich noch eine Seite nehmen?" Willi
nickte ihm zu und starrte angestrengt auf die Steine,
den dreckigen Schnee, auf den Staub der Trümmer.
„Alles weggespült, Scheiß Schneeregen," murmelte er.
„Siehst du irgendwelche Schleifspuren?" Hansen
wandte sich seinem Freund zu. „Nee, nirgends, der hat
sie getragen. Was ist mit Blutstropfen?" „Auch nichts,
ich verstehe das nicht!" „Willi, hast du was für
Fingerabdrücke dabei?" Hansen sah seinen Freund
fragend an. „Ja, im Auto. In meiner Tasche. Ich hole das
eben. „Ach, mir kommt gerade ein Gedanke. Ich glaube
nicht, dass das Mädchen hier in den Schacht, dann in

den Kanal getragen wurde. Die ist von woanders in den Kanal gezerrt worden. Vielleicht aus einer der Ruinen." Er zeigte auf die zerstörten Häuser auf der anderen Straßenseite. „Da drüber muss ein Kanaleingang sein. Wir werden sehen."

Uwe zeichnete die Tür, die wieder auf der Kanalöffnung lag, in allen Einzelheiten. Schweigend nahm er den Zollstock und vermaß die Tür und den Kanaleingang, zeichnete die Steigeisen, die hinab in den Kanal führten. „Lass das man mit den Fingerabdrücken, wie viele haben schon die Tür angefasst. Meine Leute und ich, die Tommys. Von denen kriegen wir nie die Fingerabdrücke. Das können wir vergessen. An den Steigeisen genauso, mindestens zehn Mann sind hier runtergestiegen, verdammter Mist." Willi Schweiger schüttelte seinen Kopf. „Komm' wir steigen runter. Uwe, du bleibst erst mal hier, wir rufen dich, wenn wir dich brauchen. Klar?! Und lass niemanden hier ran. Die sollen alle weit wegbleiben. Wenn wir wieder hochkommen, berichten wir. Verstanden?" Der sechzehnjährige Uwe sog die Luft tief ein, drehte sich zu den Nachbarn um, zog die Augenbrauen runter. Er war der Meinung, wichtig aussehen zu müssen.

Hansen und Schweiger blieben direkt unter dem Schachteingang stehen, nach links ging es zum Fundort der Leiche, nach rechts tat sich ein dunkles Loch auf, das sie vorher nicht bemerkt hatten. Sie waren Gestern automatisch nach links gegangen. Warum konnten sie

nicht sagen. Sie sahen sich an, Hansen zog eine Dynamo-Taschenlampe aus seiner Jacke. Nach kurzem Summen und Schnarren des Dynamos erleuchtete das flackernde Licht den Gang nach rechts. „Du dahinten geht es noch tiefer runter, siehst du das? Da ist ein Schacht. Hier sind Schleifspuren. In dem Schlamm. Hier kommen uns entgegen. Jemand hat etwas gezogen, hier lang geschleift." Hansen leuchtete kurz auf den schlammigen, glänzenden Boden und nickte. Langsam gingen sie breitbeinig auf den Schacht zu. Bloß keine Fußspuren verwischen. Das Licht ihrer Taschenlampe spiegelte sich im immer nasser werdenden Boden. Es ging abwärts. „Ist nicht sehr tief, wir gehen runter. Zieh dir Handschuhe an. Die Steigeisen, vielleicht finden wir Abdrücke." Links blickten sie in einen weiterführenden Kanal, rechts öffnete sich der gemauerte Schacht zu einem offenen Gewölbe. Das schwache Licht ihrer Lampe konnte die Decke nicht erreichen. Überall fiepte und raschelte es. Ratten huschten ihnen über die Füße. Langsam gingen sie durch die Halle, auf der gegenüberliegenden Wand leuchtete ein großes Hakenkreuz. „Da ist was, da links an der Wand, unter dem verdammten Zeichen. Gib mal die Lampe."

Willi Schweiger drückte hektisch den Hebel des Dynamos rauf und runter. Das flackernde Licht seiner Lampe erfasste ein helles Bündel. „Mensch, das sind Kleider," vorsichtig hob Hansen mit zwei Fingern einen blutigen Schlüpfer hoch. „Das sind Mädchensachen!"

Plötzlich stieß sich Schweiger den Fuß an einem dicken Brocken Mauerwerk. „Scheiße Mann, Scheiße, wo kommen die Brocken her?" Er blickte nach oben. Das Licht der Taschenlampe erfasste einen Eingang zu einem weiteren Schacht. Große Teile des Mauerwerks waren herausgebrochen, heruntergefallen. „Leuchte mal nach unten, hier siehst du, da sind noch Steigeisen dran." Vier Mauerbrocken mit Steigeisen lagen als Rechteck auf dem Boden. Im schlammigen Boden zwischen den Brocken zeichnete sich ein menschlicher Körper ab. „Hier hat er sie totgeschlagen, da wette ich mit dir. Der Gang dahinten führt bestimmt zu den Ruinen am Eidelstedter Weg, am Bunker vorbei. Der Mörder hat sie in den Ruinen gegriffen, hierhergeschleppt, dann totgeschlagen. Später hat er sie dahinten, wo wir sie gefunden haben, aufgebahrt. Hier unter dem beschissenen Hakenkreuz hat er." Tränen schossen beiden Männern in die Augen. Hansen sah seinen Freund lange an. „Wann das endlich vorbei ist. Mann, bald kann ich nicht mehr. Jahrelang die Opfer der Nazis und jetzt so etwas. Verdammt scheiße!" Er stapfte zurück, drehte sich um. „Lass mal gut sein, morgen kommen wir nochmals hierher. Ich bringe den Fotoapparat mit, vielleicht finde ich ein Blitzlicht. Muss mal gucken. Was meinst du?" Das Schnarren des Taschenlampendynamos, das Flackern des unsicheren Lichtstrahls half hier nicht weiter. „Gute Idee, wir müssen oben nur Bescheid sagen, dass sie aufpassen sollen, dass niemand hier rein geht." „Willst du den

Schlüpfer schon mitnehmen?" Hansen sah seinen Freund an. Mit dem Zollstock hob dieser das blutgetränkte, bereits getrocknete Kleidungsstück hoch, wickelte es sorgfältig in sein sauberes, kariertes Taschentuch. Das Päckchen steckte er vorsichtig in seine Jacke. „Treffen wir uns morgen früh in Eppendorf?

Der Bericht des Pathologen wird fertig sein." „Gut, ich bin um acht da," brummte Walter Hansen.

In dieser Nacht legte sich die Schlange zum ersten Mal um seinen Hals. Wie eine gestreifte Python schlängelte sie sich, mit dem Gesicht des toten Mädchens, um ihn. Sie berührte ihn jedoch nicht, verfolgte ihn aber in seinen Träumen. Immer, immer wieder, jahrelang. Willi Schweiger und Walter Hansen trafen sich vor der Pathologie des Universitätskrankenhauses Hamburg-Eppendorf. „Na, denn man los. Wir müssen rein."

Willi Schweiger, er war der Jüngere, gab Hansen die Hand. „Der Fotoapparat und das Blitzlicht sind im Auto. Hast du noch Taschenlampen mitgebracht?" Hansen zeigte wortlos auf seine alte, abgewetzte Lederaktentasche. Der Geruch in der Pathologie am frühen Morgen, irgendwie ekelhaft. Die Männer sahen sich an, rümpften die Nase, sagten nichts. Lysol, Essig und Verwesung vermischten sich zu einem undefinierbaren Gestank. „Mann Willi, wie die das hier aushalten?" Sie sahen sich an. „Gut, dass es die gibt, oder?" „Ja, du hast recht, es stinkt trotzdem nach Tod. Ich könnte mich nicht daran gewöhnen." „Der Mensch

gewöhnt sich an alles. Hast du doch die letzten Jahre gemerkt." Sie lächelten sich verstehend zu. „Guten Morgen meine Herren, so früh habe ich Sie nicht erwartet. Gehen wir in mein Büro. Alles ist fertig, war ein langer Abend. Macht nichts. Sie müssen was tun. So etwas darf es in Hamburg nicht mehr geben." Dr. Gerngroß reichte jedem der Beamten die Hand und hielt die Schwingtür aus dickem Milchglas weit offen. „Bitte setzen Sie sich, sieht nicht gut aus. Das Mädchen hat sehr gelitten. Aber der Reihe nach." Er reichte jedem einen Durchschlag seines Berichtes und setzt sich an seinen Schreibtisch. „Ich hoffe, Sie können ihren Durchschlag lesen. Wir haben nur altes Kohlepapier. Die Schreibmaschine, Sie wissen ja. Vorkriegsmodell." Er lächelte schwach unter seiner Brille hindurch. Durch das bodentiefe Eisglasfenster fiel schwaches Morgenlicht in den schmucklosen Büroraum. Im Untergeschoss der Inneren Medizin. Die drei Männer lasen, von Zeit zu Zeit leise vor sich hin seufzend, den Bericht des Pathologen:

Bericht der Pathologie des UKE, Hamburg.
Leiche einer jungen Frau/Mädchen
Dr. Gerngroß
16. Januar 1947
Der anwesende Kriminalbeamte Schweiger und der Schutzpolizist Hansen versichern, dass die oben genannte Leiche zur Sezierung übergeben wurde.

Äußere Besichtigung:
Die Leiche ist unbekleidet.
Leiche eines 14 – 16-jährigen Mädchens von 1,63 m Körperlänge und 43,3 kg Körpergewicht.
Körperbau regelmäßig, schlank-muskulös, dem Alter entsprechend.
Totenstarre in den großen Gelenken in Lösung begriffen.
Dunkelrote, nicht mehr wegdrückbare Totenflecke an der Rückseite des Körpers.
Am Kopf 32 cm langes, blondes Haar
Im Stirnhaaransatz, in den Augenbrauen, in der behaarten Kopfhaut keine Schwellung tastbar.
Gesichtshälften nicht seitengleich. Wölbungen, Hämatome an der rechten Gesichtshälfte.
Ohren wohlgebildet, unverletzt. Einstiche rechts und links in den Ohrläppchen.
Augen geschlossen, Ober- und Unterlid beider Augen deutlich geschwollen.
Haut über der Nase aufgeplatzt, Gewebe zerstört. Nasengerüst wurde zerstört, starke Schwellungen.
Mund weit geöffnet, Lippen aufgeplatzt, geschwollen. Obere und untere Schneidezähne lose, zum Teil abgesplitterter Zahnschmelz.
Zahnausbrüche.
Wangen und Kinnpartie mit starken Schwellungen und Hämatomen.
Kopf in alle Richtungen beweglich. Genickbruch nach dem Exitus.

In Halsmitte drei Hämatome von 2 cm Breite und 16 cm Länge, Kehlkopf wurde zerstört.

Brustkorb eingedrückt. Brustausbildung altersgemäß, vollkommen zerstörtes Brustgewebe, 12 Hämatome 3 x 38 cm in Körperbreite.

„Mensch Hansen, lass' uns das im Büro durcharbeiten." Willi Schweiger wandte sich an Dr. Gerngroß: „Und wann ist sie gestorben?"

„Vor ungefähr achtundvierzig Stunden. Die vielen Schläge haben sie letztendlich getötet. Die letzten Schläge trafen den Hals, sie sollte wohl aufhören, zu schreien. Sie muss unglaublich geschrien haben. Durch die Zerstörung des Kehlkopfes ist sie erstickt. Die Schläge erhielt sie von den Füßen an, über die Beine, Becken, Bauch, Brust schließlich bis zum Gesicht. Überall gibt es Unterblutungen. Die Vulva weist deutliche Bissspuren von Ratten auf. Das Gewebe der Vagina wurde zerfressen. Übrigens gibt es auch Bissspuren an den Brustwarzen, aber nicht von Ratten. Jemand hat versucht, die linke Brustwarze abzubeißen." Der Pathologe nahm seine Brille ab, putzte sie mit zwei Fingern. Wohl aus Verlegenheit. „Und übrigens getrocknetes Sperma ist über dem ganzen Körper verteilt, besonders im Gesicht. Muss während der Schlagattacken geschehen sein." Er blickte die beiden Beamten unsicher an: „Finger-, und Handflächenabdrücke habe ich genommen. Sind auf den letzten Seiten, habe ich angeheftet. Eines muss ich

anfügen, der Täter hat ganz bewusst, sehr genau überlegt gehandelt. Immer setzte er seine Schläge so, dass kein Blut austrat. Sie werden keine Blutspritzer finden. Auch fremde Blutspuren konnten wir nirgends finden. Das Opfer wurde unbekleidet geschlagen, wahrscheinlich mit einer geflochtenen Lederpeitsche, gewehrt hat sie sich heftig. An den Hand- und Fußgelenken finden sich Hautabschürfungen und Fasern von Fallschirmseilen aus Seide. Schaut euch danach um. Das Mädchen hat die Blutgruppe AB, steht aber im Bericht. Eins noch, bis zum Exitus müssen mehrere Stunden vergangen sein. Letztendlich ist sie erstickt. Ach, übrigens unter den Fingernägeln fanden wir nur Staub aus den Trümmern und Bleireste. Ich vermute, dass sie in den Ruinen nach Blei und Metall gesucht hat.

Willi Schweiger sah auf seine Kienzle Armbanduhr, die er durch den Krieg gerettet hatte: „Mensch Hansen, wir müssen los. In Eimsbüttel, der Tatort. Lass uns gehen. Doktor," er wandte sich dem Pathologen zu: „Vielen Dank für die Nachtarbeit. Bitte, rufen Sie die Engländer an, die organisieren den Transport nach Ohlsdorf ins Krematorium. Hansen hast du noch Fragen?" Sein Freund war jedoch in seinen Gedanken versunken, sah starr in Richtung Fenster. „Hansen, träumst du?" „Was, was ist, wir müssen los!" „Sag ich ja, komm jetzt," meinte Willi Schweiger: „Dr. Gerngroß, wir bleiben in Kontakt. Nochmals vielen Dank, Wiedersehen!" Die beiden Beamten standen bereits in

der gläsernen Schwingtür, als der Pathologe ihnen nachrief: „Besser nicht, die Gewalt muss ein Ende haben. Krieg und Nazizeit sind vorbei." Sie wandten sich nicht um.

In jeder Hand hielt Hansen eine Taschenlampe mit Batterien. Eine hatte er von seiner Wache mitgebracht, die Zweite stammte aus dem Fundus der Hamburger Kripo. Batterien waren schwer zu bekommen, die beiden Ermittler hatten Glück gehabt, noch einige Packungen von den Engländern ergattert zu haben. Trotz der Lampen fröstelte den beiden Männern in dem Dom des Hamburger Abwasserkanals in Eimsbüttel. Hansen hielt beide Lichtstrahle konzentriert auf eines der Steigeisen im Mauerbrocken, an dem das Mädchen offensichtlich gefesselt worden war. Mit der Pinzette sammelte er vorsichtig Fasern und Hautteilchen vom Eisen, von dem Stein. Blutspuren waren nicht zu finden. Mit seinem Maraboupinsel hatte er bereits Kohlenstaub aufgetragen, Fingerabdrücke genommen. Die gleiche Prozedur wiederholte sich vier Mal. In Pergament- und Ölpapier sammelte er vorsichtig alle Fragmente, von denen er meinte, sie seien wichtig, um irgendwann den Täter überführen zu können. Bevor sie begannen, die Spuren zu sichern, hatten sie Fotos gemacht. Die Vorkriegsleica arbeitete zuverlässig. Sogar das Blitzlicht von den Engländern passte zu diesem Fotoapparat. Jede Ecke, jeden Stein, jede Wand fotografierten sie in allen Einzelheiten. Neue Filme würden sie schon bekommen, da waren sie sich sicher.

Auch wenn es problematisch zu beschaffende Mangelartikel waren. Durch das bessere Licht hatten sie die Schleifspuren in dem links abgehenden Kanalgang sichern können. Der Täter hatte das Mädchen offensichtlich unter den Armen gepackt und mit den Füßen herabhängend tot über den schlammigen Boden geschleift. Die beiden Fersen hatten Furchen hinterlassen, neben denen sich deutliche Schuhabdrücke, rückwärtsgehend, in den schwarzen, halbfesten Kanalschlamm geprägt hatten. Hansen hatte eine Taschenlampe in den Mund genommen, mit der anderen Hand fingerte er einen Zehnmarkschein aus der Jackentasche. Er legte ihn neben jeden Fußabdruck, Willi machte die Fotos. Danach sortierten sie vorsichtig, mit einer großen Pinzette aus rostfreiem Stahl, die Kleidungsstücke auseinander, legten das Kleid, das Unterhemd, die alte Jacke, die Strümpfe sorgfältig auf je einen Bogen Ölpapier, wickelten den Stapel sehr sorgfältig nochmals in Pergamentpapier ein und verstauten ihre Beweisstücke in einer breiten, ledernen Arzttasche. Hansen sah seinen Freund an: „Wo sind die Schuhe? Leuchte mal die Ecken ab." Nach einem kurzen Moment kam Hansen wieder zu ihrer Fotoausrüstung zurück: „Nichts, nirgends. Die sind weg. Hast du die das letzte Mal gesehen?" „Nee, nicht darauf geachtet."

„Dann hat sie jemand mitgenommen! Lase' uns Schluss machen, die Fotos haben wir, die Sachen von ihr nehmen wir mit. Außer noch weitere Fußspuren

finden wir hier nichts mehr. Fingerabdrücke habe ich. Willst du noch was sehen?" „Sei mal ganz ruhig, irgendwo rauscht Wasser." Hansen ging vorsichtig zum rechten Kanaltunnel, leuchtete hinein und rief seinen Kripopartner zu: „Du hier, da hinten sind andere Fußspuren. Komm mal."

Willi Schweiger nahm seine eigene Taschenlampe, ging langsam vorwärts. „Hier, da sind zwei Spuren. Den einen haben wir schon, der andere ist von einem Kinderfuß. Ich hole den Fotoapparat." Er drehte sich um, rannte zur großen Halle zurück, griff zu seiner Tasche und hastete wieder zum neuen Fundort. „Leg die zehn Mark daneben, ich mache schnell Aufnahmen. Ist doch wichtig. Geh' du mal langsam weiter. Den Spuren nach, machst du das? Oder willst du warten?" „Nee, mach du hier deine Sachen, ich gehe weiter. Wir bleiben in Rufkontakt." Schritt für Schritt folgte Hansen dem Lichtstrahl seiner Taschenlampe. Immer den beiden Fußspuren nach. An manchen Stellen fiel ihm auf, dass der schlammige, schwarze Untergrund aufgewühlt und zertrampelt war. Deutliche Fußspuren fand er hier nicht. „Das Mädchen muss sich gewehrt haben, vielleicht wollte sie zurück." Immer wieder blieb er stehen, Gedanken schossen ihm durch den Kopf. Deutlich sah er das junge Mädchen vor sich. Er rief zurück. Willi Schweiger antwortete sofort: „Ich komme gleich, einen Augenblick noch, geh' du schon weiter!" Sein Ruf hallte durch den gemauerten Kanal. Hansen tastete sich, mehr als das er ging, durch den jetzt leicht

ansteigenden Kanaltunnel vorwärts. Plötzlich schwallte ihm ein frischer Lufthauch entgegen. Es kam ihm vor, als hätte jemand eine Tür geöffnet, um Durchzug zu machen. „Willi, komm' hierher. Hier ist irgendwo ein Eingang." Er blieb stehen, drehte sich um, leuchtete in den neu entdeckten Kanaltunnel. Ungefähr zwanzig Schritt hinter sich sah er die Taschenlampe seines Kollegen blinken. „Hansen, ich komme. Bleib besser stehen." „Ich warte. Siehst du mein Licht?"

„Ja, alles klar!" Sie gingen dem Luftstrom entgegen.

Uschi Gora erzählte nie etwas über die Jungs, mit denen sie in den Trümmern und Ruinen nach Metall stöberten. Ihre Angst und der Tod Ellas ließ sie bei den Vernehmungen erstarren. Sie habe die auch nicht gesehen. Immer wieder sagte sie sich das selbst, weil sie daran glauben wollte. Nach einigen Wochen musste Hansen die Nachforschungen nach dem Mörder Ella Kruse abbrechen. Sein Kollege Willi Schweiger von der Hamburger Mordkommission übernahm den Fall. „Ich kann den Anblick des Mädchens nicht vergessen. So etwas Furchtbares habe ich nie gesehen." Walter Hansen sah seinen Bekannten Willi an. „Ja, ja," meinte der: „Wer weiß, was noch alles auf uns zukommt. In diesen Zeiten. Ich halte dich auf dem Laufenden."

Von Willi Schweiger oder der Mordkommission hörte der alte Hansen erst wieder, als er selbst, auf eigenen Wunsch, dorthin versetzt worden war. In Abstimmung mit Hauptkommissar Willi Schweiger. Neue Verbrechen, neue Aufgaben in dieser schwierigen

Nachkriegszeit, nahmen seine Zeit, seine Erfahrung in Anspruch. Vergessen konnte er den Anblick des toten Mädchens nie. „Irgendwann kriege ich den, irgendwann." Oft murmelte er so. Immer dann, wenn im Bekanntenkreis oder bei seinen Treffen mit den SPD-Parteifreunden von diesem Mord oder anderen Verbrechen, geschehen in den Trümmern der zerbombten Häusern Hamburgs gesprochen wurde. Verstehen konnte diese schreckliche Tat niemand. „Wir sollten auf Ellas Eltern aufpassen, die müssen beim Wiederaufbau mitmachen. Jeder von uns hat die Pflicht, sich wieder und wieder einzubringen. Gebt denen Aufgaben in der Partei, macht was mit Jugendlichen, da sollen sie helfen." Hansen gab seine Empfehlungen an die Nachbarn und Mitbewohner weiter. Immer dann, wann er jemanden in Eimsbüttel auf der Straße traf.

Ellas Eltern, Elfriede und Max Kruse zogen sich vollkommen zurück. „Wozu sollen wir noch leben," meinte immer wieder Mutter Elfriede. Sie fiel zu oft in Depressionen. „Unser Lebenssinn, nach diesem Scheißkrieg, alles ist kaputt, den Krieg haben wir überstanden. Wofür? Warum musste es mein Kind sein?" Sie sah ihren Mann bei solchen Stimmungen an. Tränen liefen ihr übers Gesicht. „Was willst du von mir? Ich kann unsere Tochter nicht zurückholen. Wir müssen weiterleben, oder?" Antwortete er ihr karg, trösten konnte er sie mit diesen Worten nicht.

Walter Hansen und Joachim Krohn aus der Nachbarschaft, besuchten Ellas Eltern in der Gartenlaube, in die sie sich verkrochen hatten. Sofort, ohne peinliches Schweigen aufkommen zu lassen, begann der Kommissar Hansen zu reden: „Ihr habt Aufgaben, ihr könnt so viel für Kinder, für die Jugend tun. Los, kommt wieder mit nach Eimsbüttel. Alle müssen mit anpacken. Wir brauchen euch. Mensch Max, du warst mit Leib und Seele Lehrer. Mache weiter, die Kinder wollen dich in der Schule sehen!"

Max blickte auf den Boden. Direkt in die Augen sehen konnte er seinem Freund nicht. Joachim Krohn sprach Elfriede an: „Und du, du kommst auch mit. Die Hausgemeinschaft wartet auf dich. Mensch, wir waren all die Jahre gute Nachbarn. Sollen wir unter eurem Elend leiden.? Wollt ihr uns bestrafen? Was soll das? Wir haben die verfluchten Nazis, den schrecklichen Krieg, die beschissenen Bombennächte nur überlebt, weil wir zusammengehalten haben. Mensch Friedel!" Dann wandte er sich zu seinem Nachbarn um: „Du, sag was, Mensch Max!" Er packte Elfriede Kruse an der Schulter, wollte sie schütteln. Langsam redete er sich in Wut. Hansen legte ihm die Hand auf den Arm: „Bleib ruhig Mann." Dann drehte er sich zum Ehepaar Kruse um, legte seine Arme auf deren Schultern, zog sie an sich und drückte sie. „So, jetzt packen wir eure Sachen. Ab nach Hause. Eimsbüttel wartet auf euch." Verstohlen wischte er über seine Uniform, Tränen perlten vom Revers.

Erst Ende Januar öffnete die Schule wieder regelmäßig. „Guten Morgen Kinder, setzen," begrüßte Max Kruse seine neue Klasse. Man hätte ein Blatt fallen hören können, so ruhig verhielten sich die Kinder. Alle dachten an Ella, die ermordete Tochter ihres Lehrers. Auch wenn sie nicht jedes Kind gekannt hatte.

Rolf Sesilski weigerte sich, den Schulunterricht zu besuchen. Niemanden interessierte das. Seine Mutter ermahnte ihren Sohn gelegentlich, zur Schule zu gehen. „Ja, Mama, ich weiß schon, was ich tue. Wir brauchen Geld, das beschaffe ich. Oder willst du das etwa nicht." In solchen Augenblicken erinnerte Marie-Louise der Blick und der brutale Glanz in den Augen ihres Sohnes sie an ihren verhafteten und seit dem verschwundenen Mann Karl. Eva Sesilski probierte ihre neuen Schuhe immer wieder an. Selbst mit Zeitungspapier vorne ausgestopft, passten sie noch nicht. Viel zu groß und zu weit. Aber sie glänzten so schön. Das Mädchen freute sich sehr. „Wo hast du die her?" Fragte Evas Mutter erstaunt, als sie ihren Sohn Rolf beobachtete, der die Schuhe sorgfältig mit Spucke putzte und wienerte bis sie glänzten. „Habe ich gefunden, irgendwo in den Trümmern," erwiderte er, ohne von seiner Arbeit mit den Schuhen aufzusehen. „Die sind für Eva."

Die blutigen Kratzer auf seinen Händen beachtete seine Mutter nicht, die waren normal. Alle Kinder hatten oft blutige Hände, weil sie in den Trümmern der zerbombten Häuser spielten oder sich nach Brauchbaren umsahen. Gerade die Jungen suchten nach

Metall, nach Elektrizitätszählern, nach Gas- und Abflussleitungen aus Eisen oder Blei, nach Badewannen, Wasserhähnen und allem, was aus Messing, Bronze oder Kupfer war. In den Trümmern in Eimsbüttel, vom Eidelstedter Weg bis hinter den Heussweg und die Bundesstraße organisierte Rolf Sesilski diesen Abbau von Metall. Die altmetallsammelnden Männer schickten Jungen und Mädchen in die Häuser. Die waren leichter und beweglicher. Sie konnten in Durchgänge und Mauerreste kriechen. Jedes noch so verbogene Rohr, zerbombte Badewannen und anderes Metall sammeln. Nach einiger Zeit arbeiteten andere Kinder für ihn. Er war der Einzige der vielen Jungen, der mit einem Schweißgerät, dem sehr gefährlichen Karbidgas, den Schläuchen umgehen konnte. Vom Bahngelände in Eidelstedt stammt das Schweißgerät. In einem Bollerwagen hatten sein Freund Uwe und er es nachts hinter das Vereinshaus vom Eimsbüttler Sportverein geschafft. Nach einigen Tagen fuhren sie damit ohne Bedenken über die Straßen zu ihren Einsätzen in den Trümmern. Zu lange Rohre, zu zerfetzte Badewannen mussten auseinander geschweißt werden. Rolf verstand das bestens. Uwe stand dabei. Der sorgte für den Verkauf und organisierte die Gruppen von Jungen, die in den Trümmern suchten. Die unberechenbare Brutalität von Rolf sprach sich schnell herum. „Wer nicht spurt, wer nicht genug sammelt, kriegt es mit mir zu tun. Was aufs Maul gibt es ganz schnell, oder auch

mehr." Niemand konnte es mit ihm aufnehmen, nicht weil andere Kinder zu schwach oder zu feige waren, geschweige denn Angst hatten. Rolf Sesilski kannte keinerlei Hemmschwelle, sich kontrollieren konnte er einfach nicht. Er schlug zu, wenn jemand sich nicht nach seiner Vorstellung benahm oder seine Aufträge nicht richtig ausführte. Außer seine Schwester Eva und seine Mutter konnte niemand vor ihm sicher sein.

„Mann", rief eines Abends sein Freund Uwe ihm zu, als sie das Schweißgerät auf dem ESV-Sportplatz versteckt hatten: „Wir müssen alles neu organisieren, so ist das Scheiße. Das ewige Schleppen zum Schrottheini, der uns jeden Tag bescheißt, muss aufhören. Ich will das nicht mehr. Mein Onkel und mein Cousin machen ihre Kneipe auf der Reeperbahn wieder auf. Die müssen uns helfen, die kennen sich aus."

„Mensch Uwe," erwiderte Rolf, setzte sich auf eine der mit Gras bewachsene schiefen Stufen der ehemaligen Tribüne: „Je mehr Leute von unserem Geschäft wissen, je mehr müssen wir teilen. Ist doch klar."

„Nee, eben nicht. Meinst du, der Schrottheini bezahlt weiter so wenig, wenn die Jungs von der Reeperbahn bei ihm was abliefern. Bescheißt er die, kannst du ihn bald im Isebekkanal schwimmen sehen. Mit der Schnauze nach unten." Lachend sah er seinen Freund an. „Komm doch mal mit. Die Jungs da auf St. Pauli sind echt dufte. Besonders Kalle, den kennst du nicht."

Nur wenige Tage später trafen sich die beiden Jugendlichen mit den Machern auf St. Pauli. Es dauerte

keine halbe Stunde und Kalle stellte einen alten Laster zur Verfügung, der abends von einer Sammelstelle in Eimsbüttel das gesammelte Metall abholte.

„Siehste," meinte Uwe: „Siehste, wie viel Geld wir abgreifen und was wir sonst hatten. Jetzt können wir sogar unsere Sammler besser bezahlen! Dann strengen die sich noch mehr an." Rolf nickte ihm zu. Den Kalle auf St. Pauli, den wollte er als Freund haben. Der hatte Ahnung. Der kannte viele Frauen und Mädchen, die für ihn als Nutten arbeiteten. Von den zehn Mark, die sie für das Ficken unten am Hamburger Fischmarkt bekamen, gaben sie die Hälfte an Kalle weiter. Das erzählte Uwe seinem Freund abends in ihrer Höhle wichtigtuerisch. „Der beschützte sie dafür." Rolf und Uwe verkrochen sich nicht in einer richtigen Höhle, ein Zimmer in den Ruinen am Eidelstedter Weg diente ihnen als Treffpunkt, als heimliche Behausung, von der niemand etwas ahnte. Matratzen, Tisch und Stühle hatten sie sich aus den zerbombten Häusern, aus den Trümmern zusammengesucht. Rolf träumte von einer guten Zukunft, in der er gebraucht werden würde. Daran wollte er schnellstens arbeiten und Kalle das offen sagen. Dabei wusste er noch nicht einmal den richtigen Namen von seinem neuen Idol. Dieser Kalle, der erkannte sehr schnell, wozu er den Jungen gebrauchen, ja gezielt einsetzen konnte. Der Mann verließ sich auf sein Gespür, in Rolf erkannte er den skrupellosen Schläger, der vor nichts und niemanden Angst hatte. Den würde er sich so zurechtbiegen, dass

seine eigenen Hände sauber blieben. Als Uwe ihm von Rolfs Vater erzählte, der in der gesamten Nachbarschaft als brutaler Schläger bei den Nazis gearbeitet haben sollte, wurde ihm schnell klar, dass auf diesen jungen Mann die menschenverachtende Art seines Vaters abgefärbt haben musste.

Dieser Mord an Ella Kruse, einem Mädchen aus der Nachbarschaft, beeinflusste das Leben aller Anwohner massiv. Mütter hatten Angst, ihre Kinder draußen spielen zu lassen, Väter schlichen besonders abends und nachts in ihren grauen Regenmänteln oder umgearbeiteten Militärjacken sehr aufmerksam, immer wieder in die Ruinen hineinstarrend, durch die Straßen. Und doch, sehr langsam normalisierte sich das Leben wieder, man ging seinen Alltagsaufgaben nach. Nur Emma-Louise fand keinen rechten Anschluss an Frauen aus der Nachbarschaft. Man mied das Gespräch mit ihr beim Bäcker in der Lutterothstraße, im Milchladen um die Ecke. Was ihr Mann Karl Sesilski in der Nazizeit, noch kurz vor Kriegsende den Gefangenen angetan hatte, entwickelte sich flüsternd zu einer Welle der Ablehnung gegen seine Familie. Die Angst der Menschen vor Nazigewalt, Verfolgung, Denunziation und Unterdrückung hatten sich in deren Geist und Körper hineingefressen. Mehr und mehr beeinträchtigte diese Ablehnung das tägliche Leben von Emma-Louise und Eva Sesilski. Gerade der Mord an Ella Hansen rief Angst hervor, auch bei Evas Mutter. Diese entschloss sich, etwas zu ändern. Sie und ihre

Kinder waren in ihrem Umfeld nicht mehr willkommen, also musste sie etwas ändern. Die Gelegenheit ergab sich, als ihre Mutter, Minchen Heussen, eines Tages vor der Tür ihrer Gartenlaube stand.

„Vater ist verhaftet worden," berichtete unter Tränen die alte Frau über den Abtransport ihres Mannes ins Lager Bergen-Belsen bei Hannover. „Er soll das ehemalige Konzentrationslager aufräumen, kannst du dir das vorstellen, wie furchtbar das ist? Wir haben wirklich nichts gewusst." Weinend schlug sie die Hände vors Gesicht. „Mama, klar haben wir was gewusst, vielleicht nur nicht alles." Emma-Louise sah ihre Mutter herausfordernd an. „Und was Karl gemacht hat, wusstet ihr auch. Papa war doch von Anfang an dabei. Schließlich hat er in der Hamburger Post seine Nazipartei hochgejubelt, so machen Mitarbeiter hat er rausgeschmissen." „Das verstehst du nicht Kind, das war unser Leben," machte ihre Mutter einen schwachen Versuch, sich zu rechtfertigen.

„Ist auch alles egal jetzt Mama, den Mist, den ihr als Nazis verzapft habt, müssen wir Frauen und Kinder ausbaden. Wir kommen mit nach Bergedorf. Erst mal wohnen wir oben. Später sehen wir weiter." Emma-Louise schrie sogleich nach ihrer Tochter: „Eva, pack ein paar Sachen zusammen. Wir gehen mit Oma wieder nach Bergedorf. Hier bleibe ich keine Stunde länger. In zehn Minuten sind wir weg."

Es dauerte einige Tage, bis sich Mutter und Tochter daran gewöhnten, wieder zusammen in einem Haus zu leben. Klein Eva rannte durch den großen Obstgarten, so als wäre sie schon immer hier Zuhause gewesen. Die beiden Frauen sprachen fast jeden Abend über die Vergangenheit, über die Zeit im Krieg. Sie meinten beide, Deutschland würde keine Zukunft haben, weil zu viel Unmenschlichkeit der Nazis Moral und Ethik in den Menschen zerstört hatte. Mehr und mehr erfuhren sie von den Gräueltaten an den europäischen Juden, an politisch andersdenkende Bürger. Eine rosige Zukunft sahen sie nicht. „Wer soll das alles wieder aufbauen, wer soll all die Flüchtlinge aufnehmen. Wir kommen jetzt schon kaum damit zurecht, was glaubst du, wie es weitergeht?" Mutter Heussen schüttelte bei solchen Gesprächen immer wieder ihren Kopf. „Weißt du Kind, wie verzweifelt wir nach dem verlorenen Krieg 1918 waren und dann die große Weltwirtschaftskrise 1929. Dein Vater isst bis jetzt keine Steckrüben. Und doch," sie sah nachdenklich aus dem Fenster," und doch ging damals alles weiter." Die Frauen schwiegen dann beide, hingen ihren Gedanken nach.

An einem Abend, Tochter Eva schlief bereits, klopfte Emma-Louise an die Wohnungstür zur guten Stube, in der sie ihre Mutter vermutete. Ohne die leise Antwort der alten Frau abzuwarten, öffnete sie die große Tür, trat ins Zimmer, stellte das Radio, ab ohne zu fragen und setzte sich neben ihre Mutter: „Mama, ich muss was wissen, das geht mir schon so lange durch den

Kopf. Was ist eigentlich damals mit Karl passiert, wie ist er aufgewachsen? Warum war der so wütend auf seinen Vater, auf seine Eltern? Weißt du was davon? Karl hat nie etwas erzählt." „Ich hab seine Mutter oft getroffen. Sie hat viel geweint. Hat sehr traurig über Karls schreckliche Kindheit erzählt. Genaues kann ich nicht mehr sagen. Auf jeden Fall weiß ich, dass die Frau bis heute Angst vor ihrem Mann hat. Das spricht sich in der Nachbarschaft herum." Sie lehnte sich zurück: „Man hat einiges geahnt. Hör erst einmal zu. Meine Erinnerungen kommen langsam zurück."

Kapitel 3

Streit im Obstkeller
Hamburg, 1924 – 1934
Rückblick

„Fasst du mich noch mal an, bringe ich dich um,"
schrie der wütende Sohn seinem Vater entgegen. Weiß
wie die gekalkte Wand des Obstkellers starrte Karl
Sesilski seinen Vater an. „Noch einmal, " wiederholte er
die Drohung. Dabei hielt die zweizinkige Forke, mit der
er das faulige Obst aus den Regalen herauspickte, starr
auf Hinrich Sesilski gerichtet. „Noch einmal und du bist
tot." Mit seiner Weidengerte weit ausholend sprang der
Alte auf seinen Sohn zu. „Du willst mir drohen?" Er
schrie seinen Zorn heraus. Weit kam er nicht. Die
Obstforke steckte in seinem Oberschenkel. Heulend wie
ein angeschossener Wolf brach der Mann, um sich
schlagend, zusammen. Plötzlich ließ er den
Weidenstock los, riss die Forke aus seinem Bein, presste
beide Hände auf die langsam größer werdenden
dunkelroten Flecke auf seiner blauen Latzhose. „Noch
einmal, ich hab' dich gewarnt." Karl Sesilski drehte sich
um, ging ruhig aus dem Obstkeller hinaus. Die schwere
Eisentür flog laut knallend hinter ihm zu. In dem
kleinen Innenhof zwischen ihrem weißen Wohnhaus
mit den alten, rot blühenden Rosenstöcken an den
Ziergittern, dem Geräteschuppen mit seiner riesigen,

offenstehenden Flügeltür und dem eisernen Eingang zum Obstkeller blieb er stehen, streckte die Arme in die Luft, atmete tief durch. Sein Rücken brannte wie Feuer, auf seinem Oberschenkel spürte er geschwollene, aufgeplatzte Haut am groben Stoff seiner Arbeitshose scheuern. Trotzdem lächelte er verschmitzt in sich hinein. Dieses Mal hatte er sich endlich gewehrt, hatte seinem Vater Grenzen aufgezeigt. Ja, er hatte es sich endlich getraut. Zum ersten Mal in seinem Leben fühlte er sich erwachsen. Mit zwanzig Jahren würde er sich nicht länger verprügeln lassen. Das stand für ihn fest.

„Was ist los?" rief seine Mutter aus dem Küchenfenster. Das Schreien der Männer hörte sie bis in ihre Küche. „Wo ist dein Vater?"

Mit einem Arm zeigte Karl auf den Obstkeller. „Was ist denn? Was habt ihr wieder?" Fragte sie erregt. Doch Karl antwortete nicht, sondern drehte sich um, ging selbstbewusst in den Geräteschuppen. „Fasst er mich noch einmal an, bringe ich die Sau um. Ich schlag den tot," murmelte er immer wieder. Auch noch als er sich auf den Weg in die Obstplantage machte. Es wurde Zeit, dass die frühen Äpfel und ersten reifen Birnen gepflückt wurden. Sein Vater interessierte ihn überhaupt nicht. Nach zwei Stunden schlenderte er zurück. Das gepflückte und sortierte Obst ließ er in brauen Weidenkörben zurück. Der Schatten der Obstbäume schützte es vor der warmen Spätsommersonne. Die sorgfältig, im seitlichen Graben angefeuchteten Jutesäcke hatte er über die Körbe gelegt.

Sie hielten das Obst bis zur Lagerung im Obstkeller frisch. Gründlich reinigte er seine Hose. Überall hatten sich Kletten, kleine Zweige, tote Insekten und Stücke von Baumrinde festgehakt. Seine Holzschuhe schlug er mehrmals fest gegeneinander. Er versuchte so, den losen Lehm aus den Sohlen zu klopfen. Bloß keinen Dreck mit ins Haus tragen, seine Mutter hatte ihn zur Sauberkeit erzogen. In der Küche war niemand. Als er aus dem Fenster sah, bemerkte er die offenstehende Tür zum Obstkeller. Ihm war es egal. Aus dem Brotkasten nahm er sich dunkles Brot. Mit zwei Fingern drückte er den Laib fast ganz zusammen. So mochte er Brot, frisch und weich. Schnuppernd hob er es an die Nase, den wunderbaren Geruch des noch warmen Brotes sog er tief ein. Gleich links im Regal der Speisekammer schnitt er sich ein dickes Stück Butter ab, langte mit einer Hand zum Tonkrug mit Zucker, balancierte beides bis zum Küchentisch. Auf einem Holzbrett streute er den Zucker aus, dann verstrich er die Butter dick und gleichmäßig auf seiner Scheibe vom frischen Brot. Mit der Butter nach unten drücke er es auf das hölzerne Frühstücksbrett mit dem Zucker und biss ein kräftiges Stück ab. Mit geschlossenen Augen genoss er den verschmelzenden Geschmack von noch fast warmem Brot, frischer Butter und Zucker. Die auf dem Brett klebenden Reste von Butter und Zucker spachtelte er mit dem Messer ab, zog es durch seinen Mund. Das war für ihn ein echter Hochgenuss. Niemand ermahnte ihn, niemand störte ihn. Erst als er sich auf die gelochte

Sperrholzplatte des Küchenstuhls setzen wollte, bemerkte er wie seine Oberschenkel spannten. An manchen Stellen platzten seine angetrockneten Wunden wieder auf. Er spürte das durch die Hose. Diesen leichten Schmerz kannte er nur zu genau. Das würde ihm nie wieder passieren. Sein Vater hatte ihn heute das letzte Mal verprügelt, das stand für ihn fest. Lächelnd biss er in sein Brot.

Mit der zweirädrigen Karre schob er erst gegen Abend seine Obstkörbe vor den Obstkeller. Das große Gewicht der vielen Körbe erforderte viel Kraft. Aufladen und jeden Korb wieder herunter vom Wagen in den Keller tragen, ließ die Schweißperlen über seinen Rücken laufen. In seinen Wunden brannte die salzige Brühe höllisch. Die Sonne verzog sich bereits hinter dem großen Apfelbaum, der an der Seite des Geräteschuppens seit Jahrzehnten stand, als er Geräusche am Wohnhaus vernahm. Schlüssel klapperten, eine Tür wurde auf und zu geschlagen, polternde Schritte drangen durch das offene Küchenfenster auf den Hof. Karl schob seine Mütze in den Nacken, blickte hoch, sah wie seine Mutter wütend in den Hof starrte. Ihr Mund bildete eine schmale, sehr feine, blasse Linie in ihrem Gesicht. Als sich ihre Blicke trafen, schrie sie auch schon: „Komm' sofort rauf, hierher!" Die Glasscheiben klirrten als das Fenster zugeschlagen wurde. Langsam zog Karl sich seine dreckigen Feldschuhe aus, klopfte seine Hose ab, hängte die verwaschene Arbeitsjacke an den Haken

neben der Waschküche. Dann ging er die Treppe hinauf. Sein Vater saß mit gesenktem Kopf auf dem roten, durchgesessenen Sofa hinter dem abgestoßenen, ehemals weißen Küchentisch. Wütend sprang seine Mutter auf ihn zu. „Bist du total verrückt?" Sie schrie ihn an, zeigte auf ihren Mann Hinrich. „Er kann daran sterben. All der Dreck an der Forke. Er ist dein Vater." Karl fing die Hand seiner Mutter kurz vor seinem Gesicht ab. „Lass mich los, bist du verrückt? Du tust mir weh!" Schreiend fiel sie auf den Küchenstuhl, weil ihr Sohn sie am Handgelenk gepackt hatte und dorthin drückte. Erst als sie saß, ließ er sie los. Sie rieb sich mit der anderen Hand ihr Gelenk. Wortlos stieg Karl aus seiner Hose, ließ sie auf den Boden fallen, riss sein Hemd über den Kopf, warf es auf den Küchentisch. Nur in der Unterhose stand er vor seinen Eltern. Als er sich umdrehte, sah er aus den Augenwinkeln, wie seine Mutter die Hände vor das Gesicht schlug. „Nein", schrie sie verzweifelt ihren Mann an, „Davon hast du mir nichts gesagt. Du bist ein Schwein." Weinend sank sie auf Ihrem Stuhl zusammen. „Wie oft habe ich dir gesagt, lass den Jungen in Ruhe. Aber nein, du kannst es nicht lassen. Irgendwann schlagt ihr euch noch tot." Sie blickte ihren Mann verzweifelt an. Dann stand sie demonstrativ auf, nahm die Hand ihres erwachsenen Sohnes. Am großen gusseisernen Waschtisch rechts in der Küche, neben dem großen Herd legte sie ihm nasse Handtücher über seine Wunden. Die Kühle tat Karl gut. „Das heilt schon wieder Mama, aber der fasst mich nie

wieder an. Glaub mir. Jetzt bin ich stark genug." „Ja, mein Junge, das weiß ich." Sie wusch ihm auch das Gesicht mit einem sauberen, nassen Küchenhandtuch. Die Fliegen summten und brummten an dem honiggelben Fliegenfänger mitten über dem Tisch. Es war ihr letzter Kampf ums Überleben. Sie starben an süßem Fliegenleim. Vor diesem Tag hatte sich Frida Sesilski so lange gefürchtet. Zwanzig Jahre, seit sie mit Hinrich, ihrem Mann, einen Sohn hatte. Schon bald nach ihrer Hochzeit vergaß sich ihr Mann. Er schlug sie. Immer und immer wieder. Erst als sie von einer der Attacken, die immer mit einer brutalen Vergewaltigung endete, schwanger geworden war, ließ er von ihr ab. Im Bett wollte er nie wieder etwas von ihr. Sie selbst wagte nicht, ihn nach Zärtlichkeiten zu fragen. Im Laufe der Zeit prägte ihr gegenseitiger Respekt ihren Alltag. Bis zu dem Tag an dem Karl, ihr Sohn, mit sieben Jahren in die Schule kam. Karl lernte nicht besonders schnell, nicht besonders gut. Wie viele Stunden Frida mit ihm am Küchentisch saß und übte, die Buchstaben wiederholte, einfache Sätze aufschrieb, um sie von ihrem Sohn nachschreiben zu lassen, konnte sie nicht mehr zählen. Sie begann mit ihm zu rechnen, zu malen, las ihm seine geliebten Märchen vor. Ihr Mann fühlte sich mehr und mehr vernachlässigt, obwohl sie wie bisher für den Haushalt sorgte, mit ihm auf dem Wochenmarkt stand, Obst verkaufte. Sie kochte, wusch die Wäsche, hielt das Haus sauber und ordentlich. Auch ihre Arbeit auf der Obstplantage erledigte sie wie

immer. Eines Tages, als Karl wieder einmal mit einer schlechten Note aus der Schule kam, schlug ihn sein Vater mit voller Wucht auf den Hinterkopf. Die Stirn des Jungen knallte krachend auf den Küchentisch. Sofort bildete sich eine Blutlache aus der Nase auf dem geblümten Wachstuch. Karls Mutter sprang ihrem Mann schreiend in den weit ausgeholten Arm. So verhinderte sie den nächsten Schlag. Ihr Mann sah sie durchdringend an: „Ab jetzt lernt er nach meiner Methode. Der ist nicht doof, der ist dickköpfig und faul. Was musste ich mit Sieben alles machen, verflucht noch mal. Fällst du mir noch einmal in den Arm, kannst du was erleben. Das kennst du ja wohl noch, oder?" Er packte seine Frau am Oberarm, riss sie dicht vor sein Gesicht: „Kannst du gern wieder haben, wenn du das brauchst. Gerne!" Er stieß sie von sich. Die Küchentür knallte ins Schloss. Karl verstand nichts. Er war Schulkind. Die unkontrollierten Schläge seines Vaters gehörten bald zu seinem Alltag. Nie wusste er, wieso und wann er Prügel bekommen würde. Es gab keinerlei genaue Anweisungen oder Befehle seines Vaters, die er nicht befolgt hatte. Sie Vater schlug zu, wenn ihm irgendetwas nicht passte, das Obst sich nicht wie gewohnt verkaufte, einer der Helfer nicht zur Arbeit kam. Karl bekam es immer und immer zu spüren, dass er ein Nichts war. Zuerst hatte sein Vater ihn noch angebrüllt. Später schlug er einfach zu. Nie ins Gesicht, nie auf die Hände oder nackten Beine. Man könnte ja etwas sehen. Mit seiner dünnen Weidenrute schlug er

seinem Sohn auf die Oberschenkel, auf Rücken und Nacken. Irgendwann jammerte Karl nicht mehr. Er hörte auf zu flehen und zu betteln. Er wusste, dass er durch sein Gejaule alles nur noch schlimmer machte. Nur seine Mutter, die liebte er, die tröstete ihn wieder. Sie griff ihrem Mann in den prügelnden Arm, um ihren Sohn zu schützen. Seine Wut bekam sie selbst sofort zu spüren. Von seinen Ohrfeigen fühlte sie tagelang Kopfschmerzen. Nur im Bett, da hatte sie jetzt Ruhe. Nach Karls Geburt fasst er sie nie wieder an. Berührte sie nie wieder liebevoll oder küsste sie gar.

Bis zu diesem Tag, als Karl mit der Forke seinem Vater den Oberschenkel durchstochen hatte, herrschte Hinrich Sesilski tyrannisch über seine kleine Familie. Wochenlang eiterte die Wunde, wieder und wieder musste schmerzvoll der Verband gewechselt werden. Die beiden Männer gingen sich seitdem aus dem Weg. Karl wusste, was auf dem Obsthof zu tun war, denn seit Jahren schon erledigte er die schwersten Arbeiten. Nur einmal noch stand sein Vater plötzlich mit einer Weidenrute ihm gegenüber. Aus seinen Augen sprühten Funken als er seinen Sohn anblickte. „Das zahle ich dir heim," zischte er wütend. Er zeigte mit dem Stock auf sein Bein. Als er zu einem Schlag ansetzte, traf ihn wie ein Blitz der Schmerz in seinem Oberschenkel. Hinrich Sesilski fiel sofort um.

„Ich hab' es dir gesagt, fass mich nie wieder an." Seinen Knüppel, den er blitzschnell vom Boden aufgegriffen hatte, flog im hohen Bogen durch die

Obstbäume. Sein Schlag hatte gesessen. Genau auf die kaum verheilte Wunde seines Vaters. Lachend machte er sich wieder an die Arbeit.

Im Jahre 1925 zog es Karl mehr und mehr zu den Sportkameradschaften der neuen Partei. Die redeten ihm aus der Seele, die verstand er, da konnte er mitmachen. Er fühlte sich stark, jung, zeigte sich einsatzbereit. Den Kommunisten in Hamburg würde er es schon zeigen. Er wurde akzeptiert, anerkannt. Das neue Gefühl, ein guter Mensch zu sein, das Gefühl gebraucht zu werden, begeisterte ihn. Mit seinem Vater hatte er seit Jahren kein privates Wort gewechselt. Die „Turn-, Sport-, und Wanderbewegung Blücher von 1923" in Hamburg wurde bald zu seinem neuen Zuhause. Erst als er mit den Mitgliedern der wieder zugelassenen SA und NSDAP im Herbst 1925 durch Hamburg und Bergedorf marschieren konnte, fühlte er sich endgültig anerkannt. Die Mädchen flogen ihm zu.

„Wenn die nicht wollen, in meiner Uniform kriege ich sie rum." Er prahlte damit vor seinen Freunden. Die vielen jungen Damen besuchten ihn nur einmal. Nie kam eine ein zweites Mal, wenn sie eine Nacht mit Karl verbracht hatte. Sein Zimmer im Elternhaus hatte er ins Dachgeschoss verlegt. Dort war Platz, dorthin konnte er ungestört seine Freunde mitbringen, diskutieren. Dort konnten sie ihre rosige Zukunft planen, konnten von Macht und Erfolg in der Partei träumen.

Hierher nahm Karl seine Freundinnen mit. Er war einer der wenigen jungen Männer, die ihren eigenen Eingang zu ihrem Zimmer hatten.

„Hast du wieder Besuch gehabt? Ihr wart so laut." Seine Mutter fragte ihn manchmal, sah dabei sehr nachdenklich aus. „Ja Mama, mach' dir keine Gedanken, alles wird gut. Hauptsache der Alte lässt dich in Ruhe. Wenn was ist, lass mich das wissen, ja?" Er fasste in solchen Momenten seiner Mutter ans Kinn, hob ihren Kopf, sah ihr direkt in die älter werdenden Augen. „Ja, Junge, es geht schon, lass man. Ich komm' schon klar. Nur keinen Streit. Dein Vater wird auch älter." Irgendwann fiel ihm das viele graue Haar seiner Mutter auf. „Sie soll es besser haben, dafür sorge ich." Fluchend stürzte er in solchen Augenblicken kopflos aus dem Haus. Seinem Vater wollte er auf keinen Fall begegnen. Der Rottenführer in der Partei schüttelte immer wieder den Kopf, wenn Karl nach zwei, drei Bier von seiner Kindheit und Jugend erzählte. „Pass' auf dich selbst auf. Mach bloß keinen Blödsinn mit deinem Alten. Denk an deinen Weg bei uns. Hier in der Partei ist dein Zuhause! Das weißt du hoffentlich." „Mensch, das weiß ich doch. Den Alten fasse ich nicht mehr an, der soll verrecken. Um meine Mutter muss ich mich kümmern."

Der Obsthof warf einen guten Gewinn ab. Die Bergedorfer Kunden hatten wieder Vertrauen in die Zukunft, wollten besser leben. Die Preise für Obst stiegen langsam, aber stetig, an. Karl bekam seinen

Lohn von seiner Mutter. Mit seinem Vater wollte er nicht über Geld sprechen, nie. Nichts ging mit seinem Vater. Nichts reden, nichts fragen. Immer, wenn er mehr Geld brauchte, arbeitete er in Hamburgs Kanälen. Ihm machte diese gefährliche Arbeit nichts aus. „Die Ratten," meinte er und lachte dabei: „Die tun mir nichts, ich denen auch nicht."

Als er eines Tages, es war im Sommer 1934, seine Freundin Emma-Luise Heussen mit nach Hause brachte, hatte er gerade seinen sechsundzwanzigsten Geburtstag gefeiert. Sie war die erste Frau, die immer wieder zu ihm nach oben kam. Sie blieb die Nacht bei ihm. „Ich mag dich, ich mag deine harte Art im Bett." „Wie freundlich der ist." Meinte Karl und zeigte sich begeistert von Emma-Luises Sohn Rolf, den sie ihm erst zeigte, als sie gemeinsam ihre Eltern besuchten. Man kannte sich vom Wochenmarkt. Von Zeit zu Zeit hatten die alten Heussens, Emma-Luises Eltern, ihr Obst bei Karl oder seinen Eltern gekauft. Ihre Tochter war ihm nie aufgefallen. Erst als erwachsene Frau nahm er sie überhaupt wahr.

„Und lachen kann der." Karl warf den kleinen Rolf in die Luft. „Das ist mein Sohn," sagte Karl. Sah zuerst die Eltern und dann seine Freundin an. „Ja, Junge, nimm meine Tochter und ihr Kind. Ihr werdet bestimmt eine gute Familie." Emma-Luises Vater setzte sich für seine Tochter ein.

Eines Abends nahm ihn sein Rottenführer aus der Parteibewegung zur Seite. „Du, dass mit Fräulein

Heussen ist nicht im Sinne der Partei. Die Eltern sind gute Parteigenossen. Entweder du machst das offiziell oder du verpisst dich!" Das gab er Karl deutlich zu verstehen. Mit großen Augen, sehr erschrocken blickte Karl seinen Freund an. „Was soll das, ich kann doch machen, was ich will. Suchst du Streit?" Spottete Karl; lachte auf.

„Nee, in meiner Ortsgruppe gibt's das nicht. Entweder du heiratest sie oder du bist hier raus. Kannst' dir aussuchen. Fräulein Heussen ist eine anständige Frau, verstanden. Steh gerade, wenn ich mit dir rede. Hier habe ich das Sagen. Wenn du was wissen willst, frag mich gefälligst. Für verlässliche Mitglieder unserer Bewegung sind wir immer da."

Im Herbst 1934 heiratet Karl Sesilski seine Emma-Luise Heussen. Sie zogen in die Dachgeschosswohnung im Hause seiner Eltern: Gehminuten vom Reihenhaus mit dem großen Obstgarten der Heussens entfernt.

Karls Mutter war froh, eine Frau im Haus zu haben. Sie verstanden sich sofort und den kleinen Rolf, den Emma-Luise mit in diese junge Ehe brachte, wuchs mehr bei der Oma als bei seinen Eltern auf. Hinrich Sesilski fügte sich seinem Schicksal als ungeliebter Opa. Seinen neuen Enkel fasste er nicht an. Auch, weil ihm niemand das Kind gab. Seinen Sohn gab Karl nicht her. Schon gar nicht seinem Vater.

„Eher schlag ich ihn tot, als dass ich ihn unser Kind auch nur anfassen lasse. Und du gibst ihm das Kind auch nicht, verstanden!"

Seine Frau hatte das verstanden. Manchmal rutschte ihrem Mann eine Bemerkung über seine Kindheit und Jugend raus. Sie sah ihn dann mit weit aufgerissenen Augen an. Wenn sie sich später im Bett an ihn kuschelte, fielen oft Tränen auf seine stramme Männerbrust.

Wenn Emma-Luise leicht stöhnend und sich den Rücken haltend morgens, abends oder tagsüber in die Küche kam, wusste ihre Schwiegermutter sofort, dass ihr Sohn sie wieder richtig rangenommen hatte.

„Wenn dir das zu viel wird, sprich mit ihm. Lass dich nicht schlagen. Pass auf dich auf!" Als Mutter kannte sie ihren Sohn.

„Nee, Mama, das ist schon gut so. Karl braucht das."

Verschämt betrachtete sie das Schachbrettmuster auf dem Küchenboden. „Ich mag das auch, Mama, ist das schlimm?"

„Nee, ist das nicht, nur nicht zu doll. Du bist eine junge Frau."

„Danke, Mama ich spreche mal mit Karl. Hast du noch Kaffee für mich?"

Kapitel 4

Karls Aufstieg in der NSDAP
1938 – 1945

Wie ein Kanonenschlag zu Silvester knallte die Küchentür zu. Mit solcher Wucht, dass Karl selbst erschrocken zusammenfuhr. Das ganze Haus schien zu zittern. Sein Lieblingsbild, rechts neben der Tür, fiel zu Boden. Er hob es sofort auf. Betrachtete sich, als kleiner Junge in einem Obstkorb unter den blühenden Apfelbäumen sitzend.

„Was ist denn los? Karl bist du da?", rief Emma-Luise von oben.

Dieser furchtbare Knall der Tür, sie war erschrocken aufgesprungen, hatte ihren Sohn Rolf gegriffen und war ins Treppenhaus gelaufen.

„Ist was mit dem Gas? Karl, wo bist du?", fragte sie besorgt.

Langsam sah ihr Mann vom Flur im Erdgeschoss, mit seinem Bild in der Hand, hoch. „Pack ein paar Sachen zusammen, nimm den Jungen, wir gehen sofort zu deinen Eltern. Los, mach schnell, sonst komm' ich rauf und mach dir Beine!", rief er zornig nach oben.

„Dann nimm du den Jungen. Was ist denn los?" Emma-Luise verstand gar nicht, was plötzlich in Karl gefahren war.

„Quatsch nicht, ich hol den Jungen und du packst, verstanden?"

„Ja, ja. Rolf steht hier an der Treppe."

Die junge Frau verschwand in ihrem Dachgeschoss. Bloß jetzt nicht diskutieren, schoss es wie ein Blitz durch ihren Kopf, sie kannte mittlerweile ihren Mann. Ein paar Widerworte, eine Frage zu viel, manchmal nur ein ungläubiger Blick, schon knallte seine Hand ihr ins Gesicht. Ihr Karl wurde immer nervöser und unberechenbarer. Aber sie liebte ihn sehr. Er sorgte für ihren Sohn. Mit großen Schritten, immer drei Stufen auf einmal nehmend, kam Karl die Treppe nach oben, griff sich seinen Sohn, riss die Wohnungstür auf, setze den Jungen in einen Sessel und sprang zum Schlafzimmer. „Mach zu, nur ein paar Sachen", giftete er seine Frau an.

„Den Rest hole ich in den nächsten Tagen. Keine Stunde bleiben wir hier länger. Der Alte ist vollkommen verrückt. Später erkläre ich dir alles! Los jetzt." Er griff den Arm seiner Frau.

„Lass mich los, du tust mir weh, was soll das?" Seine eiskalten, wasserblauen Augen blitzten sie an, sein Kopf nickte zur Tür. „Raus jetzt!" Er griff sich das Bettwäschebündel, in das seine Frau schnell ein paar Kleidungsstücke geworfen hatte, knotete es zusammen, warf es sich über die Schulter. Rolf saß mit großen Augen in seinem Sessel. Nie weinte das Kind. Nur einmal, als sein Vater seiner Mutter eine Ohrfeige gegeben hatte, kamen ihm die Tränen. Sein Vater kniff seinem Zweijährigen damals so wütend in die Wange,

dass das Kind noch tagelang erst mit einem blauen, dann grün-gelbem Gesicht herumgelaufen war. Weder seine Frau noch seine Mutter hatten etwas gesagt. Nur gekühlt und mit Nivea eingecremt hatten sie das kleine, unschuldige Gesicht. Seit diesem Tag weinte Rolf nicht mehr, nie mehr. Karl fand, dass Jungen nicht zu plärren hatten, damit tat er die Sache ab. „Bleib bloß in der Küche", bellte er seine Mutter an, die mit verweinten Augen im unteren Flur stand.

Mit großen Augen sah sie ihren Sohn ungläubig an. „Muss das denn sein, du kennst ihn doch?", versuchte sie ihn, zu besänftigen.

„Ja, Mama, es muss sein, ich kenne den Verrückten. Fasst er dich an, kann er was erleben. Sag ihm das! Nur einmal, dann geht er ab!" Er sah seiner Mutter direkt und sehr scharf in die Augen, als er sich mit der Handkante über die Kehle fuhr. „In den nächsten Tagen holen wir unsere Sachen!" „Wo wollt ihr denn hin, Junge?" Doch diese Frage hörte Karl nicht mehr, denn schon knallte die Haustür hinter den Dreien zu.

Die nun folgende Stille hätte man schneiden können. Oma Sesilski schlug die alten, abgearbeiteten Hände vor das Gesicht. „Mein Gott", entfuhr es ihr, „Das Bild ist auch weg. Jetzt kommt er nie wieder!" In dem weißen Korbsessel, neben der über zwanzig Jahren alten, riesigen, rot-orange blühenden Clivia sank sie verzweifelt in sich zusammen. Als sie sich zurücklehnte, streichelten sattgrüne, schlanke Blätter

ihr Gesicht. Ihr kamen sie jedoch wie lange Messer vor, die sie zerschneiden wollten.

„Was sitzt du da rum. Hast du nichts zu tun?", fuhr Hinrich Sesilski seine Frau an, der jetzt in der offenen Küchentür stand, „Lass deinen Idioten bloß abhauen. Wenn der meint, er kann in seiner Partei mehr verdienen, man los. Dir mache ich auch Beine. Die Äpfel müssen runter. Kommst du?" Er drehte sich zu seiner Frau nicht noch einmal um. Polternd stapfte er die Treppe zum Hof herunter. Hoch aufgerichtet, streng geradeaus guckend, schritt er mit geradem Rücken zu seinen Apfelbäumen auf der anderen Seite der Bahn. „Warum soll ich dem Scheißkerl mehr Geld geben. Von mir kriegt der niemals mehr. Wenn ich nicht mehr kann, muss er hier alles alleine machen, wenn er erben will. Er ist schließlich mein Sohn. Bis zum letzten Atemzug bestimme ich hier", murmelte er vor sich hin und riss wütend das Holzgatter vor den Schienen der Bahn auf. Unwillkürlich fasste er sich an seinen Oberschenkel. Sein Bein erinnerte ihn von Zeit zu Zeit an den Stich mit der Forke. „Das zahle ich dir noch heim, du Schwein. Mich sticht niemand ab." Sein Sohn hätte ihn beinahe getötet, nie würde er das vergessen. Er reckte sich hoch auf. Auf keinen Fall wollte er seiner Frau zeigen, dass sein Bein schmerzte. Lächelnd drehte er sich um. Aus den Augenwinkeln sah er, wie sie die weiße, in der Sonne leuchtende Scheune am Haus verließ. In einem schweren Bollerwagen zog sie leere Weidenkörbe hinter sich her.

„Gut so", murmelte er, dann schmiss er entschlossen das Holzgatter zurück. Es knallte gegen die seitlichen Eichenbohlen. Mit einer langen Holzstange schlug er in die Apfelbäume. Sie brauchten Fallobst. Morgen wollte er zur Mosterei. Die rotbäckigen Essäpfel lagen bereits im Obstkeller. Seine Schläge wurden härter, der eine oder andere Ast brach mit vielen Äpfeln krachend ab. Er brauchte niemanden. Die Arbeit schaffte er auch allein. Immer wütender knallte seine grobe Holzstange in die Bäume. „Sieh zu, dass du das Obst in die Körbe kriegst. Ich habe keine Lust den ganzen Nachmittag hier rumzumachen. Los jetzt. Du hast genug Zeit vertrödelt." Er schrie sie wieder an und hielt dazu drohend die lange Holzstange in der Hand. Seine Frau sah ihn lächelnd an. Er wusste, was dieser Blick bedeutete. Er würde sie nie mehr anfassen. In den Augen seines Sohnes hatte er Hass gesehen. Sie würde dem Idioten alles erzählen. Langsam stieg einmal mehr Angst vor seinem eigenen Kind in ihm hoch.

Bestürzt stand Mutter Heussen in der Haustür. „Was ist denn los?" Fragte sie besorgt. „Na, kommt erst einmal rein. Emil, die Kinder sind hier. Komm mal." Karl, Emma-Luise und der kleine Rolf schlichen sich mit gesenktem Kopf in den Flur des Reihenhauses von Karls Schwiegereltern.

Rolf rannte sofort auf seinen Opa zu. „Opa, Opa, wir wohnen jetzt hier!" Der kleine Junge schrie freudig, sprang Emil Heussen auf den Arm. Fragend blickte der erst seinen Schwiegersohn, dann seine Tochter an.

Bemerkte schnell die beschämten Blicke. „Kommt rein, setzt euch erst mal." Er hielt die Wohnzimmertür weit geöffnet.

Karl bemerkte aus den Augenwinkeln, dass sein Schwiegervater das Parteiabzeichen der NSDAP sogar an der Hausjacke trug. Erstaunt blieb er stehen. Automatisch riss er seinen rechten Arm zum Hitlergruß hoch, schlug die Hacken zusammen: „Heil Hitler, Gruppenführer." „Kommen Sie rein, Ihr Schwiegervater hat gerade von Ihnen erzählt. Er wollte sogar Fotos holen. Ist das ein Zufall Emil? Oder hast du das arrangiert?"

„Nee, Klaus, habe ich nicht. Junge setz dich, die Frauen und Rolf gehen besser nach oben. Kümmerst du dich, Mutter?"

Seinen Enkel Rolf setzte er vorsichtig auf den Boden und strich ihm liebevoll über das blonde Haar. „Oma nimmt dich mit rauf. Mama geht mit. Ich habe was für dich." Er griff in die Tasche seiner Hausjacke, hielt dem Jungen seine geschlossene Hand entgegen. Rolf versuchte sie zu öffnen, denn er wusste, dass da ein Sahnebonbon versteckt war. Emil Heussen sah seine Frau an. Die nickte, nahm ihre Tochter Emma-Luise an die Hand. Vorsichtig schloss sie die Wohnzimmer hinter sich. Ihr Enkel Rolf sprang ihnen hinterher.

Nach einem winzigen, für Karl Sesilski peinlichen Moment, denn er wusste nicht, wohin mit seinen Händen, nahm sein Schwiegervater die Unterhaltung wieder auf.

„Setz dich Junge, Klaus und ich haben über dich gesprochen, weil ich von Emma-Luise weiß, dass du mit deinem alten Herrn nicht klarkommst." Emil Heussen blickte durch das saubere Fenster in seinen Garten. Tauben flatterten aufgeregt vor dem nachbarlichen Dach hin und her. Im Spätsommer flogen die jungen Tauben zum ersten Mal längere Strecken. Der Nachbar züchtete Renntauben. „Und, wie ist es mit deinem Alten?" Der Gast, Gruppenführer der NSDAP Klaus Schnarr wandte sich direkt an den jungen Mann. „Wir sind heute ausgezogen. Der wird immer verrückter, jetzt will er mich nicht mal mehr bezahlen. Essen und Trinken könnten wir bei ihm, wohnen tun wir sowieso umsonst, meinte er. Wenn wir vielleicht erst mal hier bei euch?"

Sein Schwiegervater unterbrach ihn: „Klar könnt ihr hier wohnen, Karl. Das Haus ist groß genug. Ihr findet bestimmt bald was anderes."

„Was willst du machen, Junge?" Der NSDAP-Gruppenführer fragte.

Verlegen lachte der Befragte auf: „Ach, ich gehe wieder in den Kanal. Die Ratten freuen sich bestimmt."

„Nee mein Junge, Leute wie dich brauchen wir bei uns. Du kommst zu uns, kriegst ein Gehalt als Polizist und gehst erst mal für ein halbes Jahr nach Bremerhaven. Um deine Familie kümmern wir uns. Du bist ja Parteimitglied und hast bewiesen, dass du unser Mann bist! Seit einiger Zeit beschäftigen wir uns schon mit dir. Ist bereits alles geplant, mein Junge."

„Was soll ich denn in Bremerhaven. Ich als Hamburger?" Karl lächelte erstaunt.

„Nur für ein paar Wochen, nur das du was lernst. Dann kommst du nach Hamburg zurück. Das ist versprochen."

„Na gut, ich muss das mit meiner Frau besprechen."

Die beiden älteren Männer sahen sich an. Mit einem Lächeln im Gesicht meinte Klaus Schnarr nur: „Wenn du das musst, dann mache das, aber schnell." Plötzlich standen beide gleichzeitig auf, riefen Karl zu: „Willkommen bei uns, du wirst einen guten Dienst bekommen." Beide streckten den rechten Arm nach vorne: „Heil Hitler, Junge." Klaus Schnarr fügte noch hinzu: „Karl, du bist ein guter Mann. Bei uns bist du gut aufgehoben. Ich verspreche dir, für deine Zukunft ist gesorgt." Und zu Emil Heussen gewandt sagte er: „Emil lass uns auf den Zufall, dass wir heute zusammengetroffen sind, anstoßen. Hast du einen Schnaps im Haus?"

„So, so, Sie sind der Bergedorfer Karl Sesilski. Von Ihnen hört man so einiges. Heil Hitler junger Mann. Willkommen in Bremerhaven. Setzen Sie sich." SA-Sturmbannführer Weilershofer begrüßte seinen neuen Schützling. Karl fühlte sich unwohl. Die neue Umgebung, die neuen Kollegen, die er kennenlernen würde, alles war so fremd für ihn. So weit war er nie von Bergedorf fortgewesen. „Sie wissen, was hier zu tun ist?" Sein Gegenüber unterbrach ihn in seinen Gedanken. „Wie, ach ja, ja, wir schützen hier auch das

Eigentum unserer Fischindustrie. Die Kommunisten machen Ärger. Das kenn' ich aus Hamburg", erwiderte Karl schnell und sah seinen Vorgesetzten an. „Morgen kommen Sie auch in Zivil. Ich lasse Sie einarbeiten. Direkt vor Ort."

„Ja, klar, wann soll ich hier sein?" „Morgen früh um sechs. Scholler," rief er unnötig laut in Richtung Zimmertür. Als die Tür sich sofort geräuschlos öffnete, stand der SA-Mann auf. „Willi, das ist Karl Sesilski aus Bergedorf. Du weißt Bescheid. Bring ihn anständig unter. Ich will kein dummes Gequatsche in Hamburg. Verstanden?! Ab jetzt. Heil Hitler!"

Karl Sesilski und Willi Scholler sahen sich draußen vor der Bürotür an. „Er tut nur so, ist schon ein harter Hund, besonders bei Kommunisten. Aber sonst ganz in Ordnung. Für seine Leute setzt der sich ein."

„Und wo soll ich hin?" Erkundigte sich Karl. „Wir haben unsere Zimmer in der Lehrer-Kaserne. Da bring ich dich jetzt hin. Morgen wird's anstrengend. Leg dich aufs Ohr. Zum Essen kommst du heute Abend so um acht in die Kantine. Da lernst du die anderen kennen." Willi Scholler wies Karl ein.

„Woher kommen die denn?" „Alles ehemalige Kollegen der Kripo. Wir sind ein neues Kommando. Du wirst schon sehen. Kennst Du den Göring Erlass?"

„Klar kenne ich den. Was haben wir hier in Bremerhaven damit zu tun?" „Der gilt nicht nur in Berlin, Mann. Wir müssen auch unsere Stadt sauber halten. Was denkst du denn. Das

Kommunistengesindel. Alles Staatsfeinde, die Sozis, sind noch schlimmer. Tun so sozial. Es gibt viel zu erledigen. Besauf dich nicht. Musst morgen früh raus." Willi Scholler wusste, wie man einen Neuen einnordete. Das gab er Karl deutlich zu verstehen.

Am nächsten Morgen hielt der Mannschaftswagen direkt am Kai des Alten Hafens. Schnell sprangen Karl Sesilski, Willi Scholler und fünf Kollegen aus dem Polizeidienst von der Pritsche. Auf dem glitschigen Brett zwischen Kaimauer und Schiff rutschte Karl aus, fiel beinahe ins Wasser des Hafenbeckens. „Na du Landratte, das fängt ja gut an mit dir," meinte Willi. Alle lachten, schlugen Karl auf die Schulter. „Jetzt bist du schon fast mit Hafenwasser getauft."

Im Schiff war es dunkel, nicht richtig dunkel, sondern so schummrig. Es schaukelte ganz leicht.

„Was soll hier sein?", wandte sich Karl an Willi Scholler.

„Wirst du schon hören. Ruhe jetzt!", gab dieser unwirsch zurück.

Sie saßen in einem Raum mit einem langen Tisch. *An dem wird sonst wohl oder wurde früher mal gegessen,* dachte Karl und stützte seinen Kopf auf die Hände.

Plötzlich sprangen alle Mann auf. „Guten Morgen Herr Senator, Heil Hitler!"

Von den Wänden dröhnte es gewaltig zurück: „Heil Hitler, Männer, setzen. Sie alle haben den Göring Erlass von 1938 gelesen. Es ist unsere Aufgabe diesen umzusetzen. Staatsfeinde, Kommunisten, verbohrte

Sozis, all diese Leute wollen unseren Staat zerstören. Wollen wir die Bolschewiken hier haben?" Er gab sich selbst die Antwort und blickte mit zusammengekniffenen Augen in die Runde: „Na, was meint ihr? Nein, wollen wir nicht Männer, oder?" Drohend blickte er in die Runde. „Finter", schrie er zur Tür gewandt. „Finter, ich warte!"

Die Stahltür wurde aufgerissen, ein Mann in Zivil grüßte nickend in den Raum hinein.

„Sie erklären denen hier alles, klar. Sonst noch was? Ich will anständige Informationen. Kein Gesabber, klare Ansagen, klare Antworten. Sie, Finter, sind für den Papierkram verantwortlich, klar?" Mit dem üblichen Hitlergruß verschwand der Herr Senator wieder ins Schiffsinnere.

„Männer, wir sind hier …", begann der frühere Kriminalbeamte Hans Finter seine Rede. Doch unterbrach er sich selbst schnell und redete dann selbstbewusster weiter: „Wir brauchen alle Informationen. Die Männer, die hier herkommen sind Staatsfeinde, die wollen nichts aussagen, in der Jacobistraße haben wir schon alles versucht. Jetzt seid ihr dran. Ich will Aussagen, will wissen, wo die ihre Waffen versteckt haben, wer alles dazugehört. Namen will ich. Klar?" Der Mann sah jedem der am Tisch sitzenden Neuankömmlinge einzelnen direkt in die Augen. „In den Wandschränken findet ihr, was ihr braucht. Umdrehen, rausnehmen, vor sich hinlegen. Wer ist Karl Sesilski? Melden."

Karl hob seinen Arm zum Hitlergruß.

„Sesilski, du kennst in Hamburg gute Leute. Hinter dir im Schrank, nimm das Kissen." Er machte eine winzige Pause. „Reinkommen und das Ganze etwas plötzlich", schrie er viel zu laut zur Tür gewandt. Zwei Polizisten schubsten einen Mann in grauer, abgerissener Kleidung, geschorenem Kopf, einem blau unterlaufenen Auge und aufgeplatzten Lippen in die Kajüte mit dem großen Tisch.

„Das ist das Kommunistenschwein. Du Sau, willst du endlich aussagen. Hast du uns was zu sagen?" Finter schrie den Mann unglaublich laut an. Jedes Wort dröhnte von den Stahlwänden des Schiffes zurück.

„Nein, ich weiß nicht, was ich hier soll. Ich weiß gar nichts, nichts! Wirklich." Mit seinen aufgeplatzten blutverkrusteten Lippen konnte der Mann kaum sprechen.

Finter beachtete ihn nicht weiter. „Förster du machst das Protokoll. Setz dich da hinten an das Ende. Papier und Stift liegen in der Schublade vor dir. Alles habe ich selbst vorbereitet, wir fangen von oben an. Die Namen und sonstige Einzelheiten, die wir schon wissen stehen auf jedem Blatt. Neues notierst du. Aber so, dass ich das lesen kann, klar? Polizisten raus. Holt schon mal den Nächsten. Draußen warten."

„Name", schrie Finter dem Mann unglaublich laut ins Ohr.

„Das wissen Sie doch längst alles", gab diese jedoch zurück.

„Der wird auch noch frech." Finter gab das Zeichen. Mit Schwung warfen zwei der Männer den Häftling auf den Tisch. Sofort fesselten zwei andere SA-Männer seine Hände sehr stramm an je einem Eisenring rechts und links vom Tisch. Zwei andere machten das mit den Füßen. „Runter mit den Sachen!" Blitzschnell schoben sie dem Mann das Hemd hoch bis in den Nacken und die lange Hose über den Hintern in die Kniekehlen. Mit geschlossenen Augen lag der Mann bäuchlings auf dem Tisch. Zwei der Männer lachten und zeigten auf das weiße Hinterteil. „Sesilski, das Kissen! Auf den Kopf damit und dann setzt du dich darauf. Mach zu, du Pfeife!"

Vorsichtig legte Karl das Kissen auf den zur Seite gedrehten Kopf des Mannes. Mit beiden Händen drückte er es leicht herunter. „Erst mal Hundert", rief Finter seinen Leuten ganz leise zu. Die griffen sofort hinter sich auf die Ablagen an den Wänden des Schiffes. Die Männer holten aus. Mit Stahlruten, Peitschen und Knüppeln schlugen sie auf den furchtbar schreienden Mann ein. Karl musste das Kissen immer fest runter drücken. Die Schreie ließen sich kaum abschwächen. „Drauf auf das Kissen setzen, habe ich gesagt. Machst du das jetzt, oder?" Finters drohende Blicke ließen Karl sofort gehorchen.

Sechs Monate blieb Karl Sesilski auf diesem Schiff. Die Bevölkerung hatte es heimlich als das Gespensterschiff von Bremerhaven getauft. Die dort praktizierten Verhörmethoden gefielen ihm. Bedenken hatte er nicht.

Er glaubte fest an das neue politische System. *„Die Partei sorgt für mich und meine Familie, das will ich auf keinen Fall wieder zerstören lassen. Von niemandem"*, dachte er oft. Besonders abends im Bett. Er war froh, Geständnisse bekommen zu haben. Nur das zählte. Das Land, seine Familie musste vor den Männern, die aufs Schiff kamen, geschützt werden. Die Schreie der Männer störten ihn nicht. Er hatte gelernt, mit dünnen Peitschen aus geflochtenem Leder gezielt und kräftig zuzuschlagen. Je mehr die Männer schrien, je härter schlug er zu. Eiskaltes Wasser aus dem Hafen machten diese Schweine wieder und wieder munter. Irgendwann gesteht jeder, das hatte sich Karl Sesilski selbst als Ziel gesetzt. Mehr und mehr machte er sich seine Fähigkeit zunutze, gezielt mit einer Peitsche umgehen zu können. So mancher präzise ausgeführte Schlag, genau auf die Geschlechtsteile, brachte die Männer schnell zum Reden. Abends, wenn er vom Schiff kam, besuchte Karl Sesilski von Zeit zu Zeit den Sattler in der Kaserne. Nie fragte der etwas, der stellte die Dinge her, die von ihm verlangt wurden. Die neuen Peitschen mit Widerhaken, mit Knoten, mit eingeflochtenem Eisendraht probierte Karl sofort an den verfluchten Kommunisten in Bremerhaven aus. Nur Frauen wurden auf dem Schiff nicht verhört. So oft er auch danach fragte. Vorerst hatte er keine Gelegenheit, mit seinen Fähigkeiten Geständnisse aus Frauen herauszupressen. Eines Tages hörte er, dass die Gestapo das Schiff in Kürze verlegen würde. Aus dem

Nordhafen hinaus zu einem weit entfernten Liegeplatz sollte es in den nächsten Tagen geschleppt werden. Sie hatten doch eine wichtige Aufgabe zu erledigen, sagte er sich immer wieder selbst. Das neue Deutsche Reich, die Partei wollte er schützen, dazu gehörten eben harte Verhörmethoden. Die Beschwerden der Bewohner aus den Häusern am Rande des Hafens über das schreckliche Geschrei der Gefolterten verstand er nicht. Die Leute hatten nicht begriffen, dass er und seine Kollegen für Deutschland ihren Dienst. Karl stand eines Morgens wieder im Büro des früheren SA-Mannes Weilershofer, der jetzt Gestapo-Führer innerhalb der SS geworden war. Fünf Monate in Bremerhaven hatten aus Karl einen anderen, härteren, skrupelloseren Mann gemacht. „Mann, Sie haben wohlmeinende Freunde in Hamburg. Es geht ab nach Hause."

Karl zuckte zusammen. *Was hatte er falsch gemacht? War er nicht fähig seinem Land zu dienen? Wollte ihn die Partei nicht mehr?* All diese Fragen gingen ihm blitzschnell durch den Kopf. Er wollte sich hinsetzen, wagte jedoch nicht, sich zu bewegen, sondern atmete tief durch, wollte etwas fragen, brachte jedoch keinen Ton heraus.

„Aber ...", begann sein Vorgesetzter erneut und hielt jedoch noch einmal inne, „... aber ich kann nur sagen, schade für uns in Bremerhaven. Du bist unser Mann, Junge. Ich habe dich für die Gestapo in Hamburg vorgeschlagen. Du hast hier gut gearbeitet. Jetzt braucht dich deine Familie mal wieder, die weiß

Bescheid, dass du heute kommst. Deine Fahrkarte liegt drüben in der Kaserne. Hol sie dir bei der Wache ab."

Karl sah zu Boden. Die Angst fiel wie ein schwerer Mantel von ihm ab. Tief sog er Luft durch die Nase ein.

„Heil Hitler, Junge. Vergiss uns nicht. Gute Reise. Raus jetzt. Hier diesen Umschlag gibst du Kriminalkommissar Klaus Schnarr, verstanden?" Er streckte seine Hand mit dem braunen Couvert aus, ohne Karl direkt anzusehen.

Auf der Zugfahrt nach Hamburg-Bergedorf streiften Telegrafenmasten, Bäume und Häuser schemenhaft am Fenster seines Bahnabteils vorbei. Es schien fast so, als wenn sich Karl Sesilski, ähnlich wie es eine Weinbergschnecke tat, in sein Inneres zurückgezogen hätte. Ja verkroch sich regelrecht, zwar aus dem Fenster starrend und kerzengerade sitzend, auf seinem Platz. Selbstverständlich hatte er das ganze Abteil für sich. Immer hatten sie reservierte Abteile für sich selbst, schließlich waren sie von der Gestapo. Auch wenn er noch nicht ganz dazugehörte, genoss er doch schon ihre Privilegien. Irgendwie schien Karl aber nicht anwesend zu sein, seine verwirrten Gedanken kreisten und verkrochen sich schlangengleich in alle Ecken und Winkeln seines Hirns. In seinem Gesicht zuckten Muskeln wie Blitze hin und her. Sein verzerrtes Spiegelbild in der Scheibe des schnell fahrenden Zuges nahm er nicht wahr. Vielleicht hätte er sich selbst erschrocken und wäre er aus seinen Gedanken erwacht. Aber, er wachte nicht auf. Die Gedanken kamen immer

schneller auf ihn und flogen wie die Telegrafenmasten an ihm vorbei. „Vom Obstbauern bin ich in die Politik geraten", murmelte er vor sich hin und konnte es irgendwie selbst nicht verstehen. Etwas lauter wiederholte er noch einmal: „Ich bin in die Politik geraten, jetzt bin ich endlich was." Weiter konnte er nicht denken. Sein Mund verzog sich unbewusst zu einem breiten Grinsen, wie wohlig warmer Glühwein lief ihm ein Schauer durch den Körper. Er konnte nichts von dem wirklich verstehen, nichts von dem, was ihm fast seinen Kopf sprengte. „In dieser neuen Arbeit muss ich viel ertragen. Warum gibt es immer wieder diese Feinde des Volkes. Die müssen doch endlich einsehen, dass eine neue Zeit angebrochen ist. Immer wieder diese ewig langen Verhöre und Bestrafungen, die so viel meiner Zeit schlucken. Aber, das ist meine neue Aufgabe, die muss ich erfüllen. Meine Zeit als Apfelbauer ist vorbei." Ein ungutes, schwabbeliges, klebriges Gefühl wie schwarzer Teer füllte jetzt seinen Körper. In seiner Jugend hatte er oft in einen Apfel gebissen und vor Schreck alles ganz schnell wieder ausgespuckt. Das leuchtende Rot dessen Schale hatte ihn getäuscht, innen war der nämlich schon faul, moderig, ekelhaft gewesen.

Dieser Geschmack schlich sich jetzt wie ein nebelgleiches Untier durch seinen Körper. Er musste würgen, öffnete ganz weit seinen Mund, erschrak dann vor dem tiefen Grollen, das aus seinem Inneren kam. Scheu sah er sich um, gut, dass er allein im Abteil saß.

Aus der Scheibe starrte ihn ein Schweinskopf an. An den scharfen gelben Eckzähnen, die aus dem Kiefer lugten, tropfte Sabber herunter. Karl schlug die Hände vors Gesicht. Schüttelte sich, stand auf, ging die wenigen Schritte durchs Abteil. Er wollte laufen, rennen, aber etwas hielt ihn fest, er kam nicht weiter. Mit Wucht knallte sein Kopf gegen die Scheibe der Abteiltür. Wie glühendes Eisen spürte er plötzlich den Messingtürknopf der Tür nach Draußen in seiner Hand. Ein Blitz in seinem Kopf schleuderte seine Hand, seinen ganzen Arm zur Seite. Die Tür blieb geschlossen. Er wollte nicht aus dem Zug springen. Er hatte noch Aufgaben zu erledigen. Er fiel zurück auf den freien Sitz neben der Tür. Immer wieder murmelte er vor sich hin: „Ich kann doch nicht aus dem Zug springen. Meine Aufgabe, die nur ich so perfekt machen kann. Die in Hamburg warten auf mich ..." Plötzlich bemerkte er den heißen Schweiß, der ihm in die Augen lief.

Karl Sesilski schüttelte sich, blickte erstaunt nach draußen. Regentropfen schlichen sich schneckengleich, fast waagerecht an dem Glas des Fensters entlang. Es gab keinen Sabber, auch keine Schnauze eines Schweinskopfes. „Wenn ich auch noch zusehen muss, wie sich die SA und die SS versuchen, gegenseitig auszuradieren, dann muss ich mich fragen, was kann ich noch mehr für das Land, die Partei und für meine Familie tun." Dieser Gedanke brannte sich in seinem Hirn ein. So tief, wie er davon überzeugt war, durch

seine Verhöre aus den Staatsfeinden gute Deutsche und gute Bürger zu machen.

Einen solchen Empfang am Bahnhof Hamburg-Bergedorf hatte Karl Sesilski nicht erwartet. Nicht nur seine Frau Emma-Louise, sein Sohn Rolf, Schwiegervater Emil Heussen, sondern auch NSDAP-Gruppenführer Klaus Schnarr lachten ihm entgegen. Nur Rolf, sein kleiner Sohn versteckte sich vor seinem Vater hinter dem Rücken seiner Mutter. Emil Schnarr nahm ihm wichtigtuerisch den kleinen Pappkoffer aus der Hand, sein Schwiegervater schubst ihn in Richtig seiner Frau. „Na Junge, nun hast du sie alle wieder, nimm sie mal in den Arm, sie hat so lange auf dich gewartet."

„Nicht nur sie, Mann", sprach der Gruppenführer und baute sich vor Karl auf. „Die Partei in Hamburg braucht dich. Wir treffen uns noch heute Abend bei Emil im Wohnzimmer. Ich bin um sieben Uhr da. Lass es ruhig angehen", sprudelten die Worte aus ihm heraus, dabei blickte er grinsend auf Emma-Louise. „Auf deine Frau kannst du stolz sein und auf deinen Sohn auch. Die haben immerhin auf dich gewartet. Heil Hitler, bis später. Es gibt einiges zu besprechen, wir dürfen keine Zeit verlieren." Er drehte sich um, seine Stiefabsätze knallten wie Trommelschläge auf dem, mit blauen Basaltsteinen gepflasterten, Bahnsteig. Den grauen, abgewetzten Pappkoffer ließ er stehen.

„Du musst runter Karl, der Gruppenführer und mein Vater sitzen schon im Wohnzimmer", flüsterte Emma-

Louise und stand sogleich auf, richtete sich die blonden Haare mit beiden Händen und zog ihren Mann an den Hosenträgern grinsend aus dem tiefen Ohrensessel, in dem schon ihr Opa seine Pfeife geraucht hatte. „Mach zu, du hast noch die ganze Nacht Zeit", sprach sie frohlockend und ließ los, die Hosenträger platschten auf Karls Brust. Mit beiden Händen strich seine Frau schnell ihren Rock glatt. Behäbig stand Karl auf. Der zärtliche Klaps auf ihren Po musste einfach sein, grinsend rüttelte er seine Hose zurecht, griff sich sein Jackett und stand schon an der Tür. „Wenn ich hochkomme, lass den Jungen schon schlafen, bestimmt dauert es bei deinem Alten nicht sehr lange. Wir haben einiges nachzuholen!" Dabei grinste er sie verschmitzt an.

„Na Junge, alles klar?" Klaus Schnarr musterte Karl von oben bis unten, als der ins Wohnzimmer seiner Schwiegereltern trat. „Setz dich, wir müssen einiges besprechen. Hier in Hamburg hat sich Wichtiges ereignet und ich will dich dabeihaben, damit wir unsere Aufgaben erfüllen können." Emil Heussen nickte zustimmend. „Karl du hast aus Bremerhaven eine gute Beurteilung bekommen, damit kannst du jetzt viel anfangen. Klaus und ich haben viel für dich vorbereitet. Hör erst zu, was Klaus dir zu sagen hat." Er nickte seinem Freund Klaus aufmunternd zu.

Sofort griff Klaus Schnarr zu einigen auf dem niedrigen Tisch liegenden Papieren und sah sein Gegenüber direkt an. Die mit lila Veilchen bestickte

weiße Tischdecke verrutschte dabei ganz leicht. „Karl, du musst wissen, dass sich bei uns viel getan hat. Ich les mal vor. Du hörst zu, fragen kannst du, wenn ich fertig bin. Verstanden?"

Karl nickte wortlos, faltete seine Hände, lehnte sich in seinem Sessel zurück und starrte auf eine verschlungene Blumengirlande im rot-beigefarbenen Perserteppich seiner Schwiegereltern.

„Also ich lese vor." Klaus setzte seine runde Nickelbrille auf.

„Verfolgung des Hamburger Widerstands: Neben weitgehenden Vollmachten für die Staatspolizeistellen zum Vollzug von „Sonderbehandlungen" verfügte der Leiter des Amts IV im RSHA (Reichssicherheitshauptamt)*, Heinrich Müller, den „Sondererlass zur verschärften Vernehmung" zwecks Bekämpfung des organisierten Widerstandes. Dieser Erlass bevollmächtigt Gestapobeamte bei vermuteter Auskunftsverweigerung, Verdächtige schwer zu misshandeln und bis hin zu deren Tod Aussagen zu erpressen. Dieser Sondererlass bezieht sich ausschließlich auf Kommunisten, Marxisten, Bibelforscher, Terroristen, Angehörige von Widerstandsbewegungen, Fallschirmagenten, Asoziale, polnische oder sowjetische Arbeitsverweigerer."

Klaus Schnarr nahm seine Brille ab, blickte erst zu Emil Heussen, dann zu Karl Sesilski hinüber. „Hast du jetzt verstanden Karl, warum wir dich nach

Bremerhaven geschickt haben?" Karl murmelte, ohne aufzusehen: „Ja, hab ich." „Gut dann lese ich weiter … Nach Inkrafttreten des Erlasses haben wir innerhalb des Hamburger Gestapodezernats „Marxismus-Kommunismus" im Juli das „Sonderreferat 1a1" unter meiner Leitung eingerichtet. Ich bin jetzt Kriminalinspektor des RSHA (Reichsicherheitshauptamt)* und entsandte Mitte Oktober die Ermittler Werner Opitz sowie dessen Mitarbeiter Hugo Haberkamp nach Hamburg, die als Folterinstrumente Arm- und Wadenklemmen zur Aussageerpressung mitbrachten."

Karl sah kurz auf und lachte, bevor er einwarf: „Das mache ich anders, mein Lieber. Viel zu aufwendig, dauert viel zu lange." Dann versank er wieder in sein Starren auf den Teppich.

Klaus Schnarr las unbeirrt weiter: „Mitarbeiter des Sonderreferats verwendeten ebenfalls Folterwerkzeuge zur Erzwingung von Geständnissen. Um Gegner des NS-Regimes zu ermitteln, sind wir von der Gestapo auf Zuträger aus Behörden, Betrieben und anderen Polizeidienststellen angewiesen. Auch durch Denunzianten gelingt es immer wieder, NS-Gegner festzunehmen. Die wichtigsten Informanten sind unsere V-Leute der Hamburger Gestapo."

„Hörst du überhaupt noch zu, Mann." Blitzschnell sprang Klaus Schnarr auf, machte einen Schritt auf Karl Sesilski zu, griff sich dessen Revers und zog den Mann hoch. „Pennst du, Mann?" Mit einer schnellen Drehung

und einem kurzen, nicht sehr kräftigen Schlag auf den Unterarm seines Gegenübers befreite sich Karl.

„Klaus, bist du verrückt, klar hör ich zu. Niemand fasst mich an. Auch du nicht." Karl ließ sich mit schneeweißem Gesicht in seinen Sessel zurückfallen.

„Gut so mein Junge, Klaus und ich haben das so besprochen. Wir wollen wissen, wo deine Gedanken sind, bei unserer Organisation oder bei deiner Frau. Beruhige dich mal schnell wieder." Emil Heussen lehnte sich auf seinem dunkelroten Samtsofa zurück, blickte seinen Freund Klaus Schnarr an und nickte zustimmend. „Mach weiter Klaus und komm mal zu Punkt, Karl hat eine lange Reise hinter sich."

„Hör noch einen Augenblick zu, Junge, dann verstehst du, was wir von dir wollen. Hier ist ein Beispiel für deine zukünftige Arbeit. Der ehemalige Kommunist Hansi Cohrs, du kennst den noch von damals, das Großmaul vom Gänsemarkt, arbeitet jetzt bei uns als Agent. Cohrs hat schon Hunderte Hamburger Widerstandskämpfer an die Gestapo verraten. Klar, hat es einige Mühe gekostet, ihn umzudrehen, aber Schmerzen vergisst man nicht so schnell, die bringen jeden zum Reden. Wir haben ihm, aus Tarngründen einen Lesemappenvertrieb sowie eine Bücherei eingerichtet. Er unterhält selbst einen V-Leute-Apparat mit eigener Sekretärin." Karl war aufgestanden. „Und was habe ich damit zu tun, Klaus", fragte er aufgebracht und sah den Gestapomann, den Kriminalinspektor wütend und herausfordernd an,

„komm endlich zu Potte. Was willst du von mir?" Mit messerscharfer Stimme fuhr sein Gegenüber den verblüfften Karl Sesilski an: „Wenn du nicht deine Schnauze halten kannst, wenn ich vorlese, ich kann auch anders. Noch bist du nichts in Hamburg. Halt dein vorlautes Maul, ist das klar?"

Karl zuckte zusammen, mit hochrotem Kopf sank er kopfnickend wieder in seinen Sessel. „Bleib gefälligst stehen, wenn ich mit dir rede, wenn du die harte Tour willst, die kannst du gerne haben. Ich werde Leiter der Staatspolizeileitstelle Hamburg, Gestapoleiter und du bist als mein Stellvertreter vorgesehen, wenn du dich auch hier in Hamburg bewährst. Mann, ich kann dich gut gebrauchen, versau deinen Neubeginn in Hamburg bloß nicht. Ich und dein Schwiegervater haben uns für dich eingesetzt." Verächtlich schnaufend riss Klaus Schnarr ein buntes Taschentuch aus seiner Uniformhose, wischte sich den Schweiß von der Stirn und schrie unvermittelt weiter: „Wir beiden Alten haben sich für dich eingesetzt, ich weiß, dass ich mich wiederhole. Glaubst du etwa, dass das leicht war, Mensch. Vor Bremerhaven warst du ein Nichts, Mann. Kannst gern als Kanalrutscher arbeiten. Dann ist vorbei mit lustig, dann ist Ende mit gutem Leben, dann …"

Emil Heussen unterbrach seinen Freund und redete beruhigend auf ihn ein: „Klaus, du wirst zu wütend. Setz dich wieder hin. Karl ist auf unserer Seite und dabei bleibt es. Ich erklär dir mal, was Klaus für dich vorbereitet hat. Um es kurz zu machen, du wirst sein

Stellvertreter, bekommst ein gutes Gehalt und alle Vollmachten, die du brauchst, um die Partei und unseren neuen Staat vor Staatsfeinden zu schützen."

Karl Sesilski blickte zuerst seinen Schwiegervater, dann Karl Schnarr - seinen neuen Chef, erstaunt, überrascht, ja ungläubig an. „Mensch, das konnte ich nicht erwarten." Sofort schlug er die Hacken seiner Sonntagsschuhe zusammen, riss den rechten Arm nach vorne: "Heil Hitler, ich bin immer euer Mann, wo immer ihr mich braucht, ich bin für euch und das Reich da, nur dafür. Verdammter Mist, damit habe ich nicht gerechnet. Danke. Ich tue alles, wirklich alles." Zuerst salutierte er wie ein Soldat vor Klaus Schnarr, dann vor seinem Schwiegervater. „Darf ich noch was fragen?" Er sah die beiden Männer fragend an.

Beide Männer nickten grinsend, weil sie der Meinung waren, diesen jungen Mann endgültig in Schutzaufgaben ihres NS-Staates eingebunden zu haben. Schließlich hatte er sich in Bremerhaven hervorragend bewährt und mit seinen Methoden wertvolle Informationen erpresst. „Na, frag schon, was ist noch."

„Wo und wann fange ich an?"

Klaus Schnarr drehte sich zum Fenster und begann erneut zu lesen: „Gegen Ende 1936 waren mehr als 200 Gestapobeamte in Hamburg tätig, jetzt beschäftigt meine Dienststelle, die Staatspolizeileitstelle, ungefähr 260 männliche und weibliche Gestapobeamte, dazu kommen noch Angestellte und sonstiges Personal.

Neben dem Gefängnispersonal im Polizeigefängnis Fuhlsbüttel stellte die Gestapo auch die Wachmannschaft im Untersuchungsgefängnis Holsten Wall. Du wirst der Leiter der dortigen Vernehmungsabteilung." Er unterbrach sich selbst, sah seine beiden Gegenüber, einen Kommentar erwartend, an. Karl war zu nervös, zu überrascht, um überhaupt einen klaren Gedanken fassen zu können. „Danke, ich mach das", murmelte er leise vor sich hin.

Mit zusammengezogenen Augenbrauen blickte Klaus Schnarr über seine Brille, fuhr jedoch ohne weiteren bissigen Kommentar fort: „In Bremerhaven bist du als Kriminalassistent mit Auszeichnung entlassen worden. Hast den brauen Umschlag hier, den sie dir gegeben haben?" Der Mann wartete die Antwort von Karl nicht ab. „Hier beginnst du als Kriminalkommissar auf Probe. Wenn du so erfolgreich bist, wie bisher, bist du bald Kommissar, und was das bedeutet, weißt du ja wohl. Dann bis du Führungsoffizier der Gestapo und damit bei der Kriminalpolizei."

Vor und während des Krieges zerschlug die Hamburger Gestapo mehrere Widerstandsgruppen. Im Oktober 1942 deckte man die Aktivitäten der Bästlein-Jacob-Abshagen-Gruppe auf, danach wurden über 100 Mitglieder dieser Widerstandsgruppe durch die Gestapo festgenommen. Über 70 der Inhaftierten starben nach ihrer Gefangennahme, wurden hingerichtet oder durch Gestapomitarbeiter durch Folter ermordet. Nachdem die Bästlein-Jacob-

Abshagen-Gruppe aufgeflogen war, geriet die *Etter-Rose-Hampel-Gruppe* ins Visier der Gestapo. Dieser antimilitaristische Freundeskreis junger NS-Gegner, wurde seitens der Gestapo als „Gruppe der Nichtvorbestraften" bezeichnet, zerschlagen und die Mitglieder mehrheitlich vor Gericht gestellt und hingerichtet. Im Herbst 1943 begannen Ermittlungen der Gestapo zu den Aktivitäten der *Hamburger Weißen Rose*. Von November 1943 bis März 1944 wurden 30 Personen aus dem Umfeld der Gruppe festgenommen, von denen acht die *Befreiung vom Nationalsozialismus* nicht erlebten. Zuletzt verfolgte die Gestapo unter Leitung von Karl Sesilski im März 1945 die Widerstandsgruppe *Kampf dem Faschismus* (KdF), mehrere ihrer Mitglieder wurden auf seine Anordnung kurz vor Kriegsende ermordet.

Die ihm übertragenen Aufgaben zur Erpressung von Geständnissen, von Verrat und Denunziation durch Folter erledigte Karl Sesilski in der ihm eigenen Art. Seine Peitschen wirkten hervorragend. Stolz durchflutet ihn anfangs, wenn ein schriftliches Geständnis vor ihm lag, später übertrug sich unbemerkt seine brutale und menschenverachtende Arbeitsmoral auf sein Privatleben. Niemand war vor seiner Unberechenbarkeit, seinen Schlägen sicher. Vom dummen, wenig gebildeten Sohn eines Obstbauern entwickelte er sich mit der Zeit zu einem dem NS-System willfährigen, prügelnden, gefühllosen Sadisten, der nur ein Ziel kannte, den Widerstand von Teilen der

Bevölkerung gegen die neue Zeit zu brechen und vom Dreck, wie er Widerständler und Andersdeckende nannte, zu befreien. Die Brutalität seines Vaters, die Schläge und Erniedrigungen die ihm als Kind und Jugendlichem widerfahren waren, hatten sein Gefühlsleben, seine Moral, seinen Anstand so stark beeinflusst, dass er unfähig war, sein Leben eigenständig zu gestalten. Er gehörte und lebte für die Partei seines Führers Adolf Hitler, der NSDAP, seiner neuen Heimstätte. Durch die neue NS-Zeit, durch die Partei und seinen Aufgaben in den neuen Dienststellen der Polizei fühlte er sich endlich anerkannt und bestätigt.

„Männer", rief Klaus Schnarr, als er den Versammlungsraum des Untersuchungsgefängnisse in Hamburg am Holstenwall kerzengerade und mit festem Schritt betrat. Die auf den Bodenfliesen knallenden Absätze seiner schwarz glänzenden Lederstiefel unterstrichen, neben seiner tadellos gebügelten, schwarzen SS-Uniform, seine vermeintliche Wichtigkeit. „Heil Hitler", schrie er in den Raum hinein. „Männer", wiederholte er, „ihr kennt den Erlass zur „Verschärften Vernehmung von Staatsfeinden" und brauche diesen nicht weiter zu erläutern ...", er blickte streng in die Runde der stehenden Männer, „Euer neuer Chef der Vernehmungsabteilung ist ab sofort Kriminalassistent Karl Sesilski. Ist das klar?" Alle Männer rissen den rechten Arm hoch und nickten zustimmend.

„Ist klar Herr Kommissar, Heil Hitler."

„Hör ich was von Ablehnung oder Widerstand, lernt ihr mich kennen, klar?"

Alle Männer nickten und brüllten: „Klar Herr Kommissar, ist klar."

Kriminalkommissar Klaus Schnarr drehte sich zur Tür. „Sesilski reinkommen", schrie er unnötig laut. „Das ist der neue Mann, Karl Sesilski, der bestimmt ab jetzt, wie bei den Verhören vorgegangen wird, klar. Ich erwarte jede Unterstützung bei der Umsetzung des Erlasses. Wir brauchen Geständnisse, Namen und Organisationen, klar? Und Sesilski hat die Vollmacht für das Zuchthaus Fuhlsbüttel und für das Konzentrationslager *Neuengamme*." Ohne eine Antwort abzuwarten, drehte er sich zur Tür. „Heil Hitler Männer. Sesilski, Sie erledigen alles wie besprochen, klar?" Die Ausgangstür knallte hinter ihm zu, weit entfernt hörte er noch: „Klar, Heil Hitler, Herr Kommissar." Das regelmäßige Knallen seiner eisenbeschlagenen Stiefelabsätze auf dem Steinfußboden schwebte noch lange durch die Halle des Untersuchungsgefängnisses.

Innerhalb von zwei Wochen organisierte Karl das Verhörsystem im Gefängnis Hamburg-Holstenwall und im Zuchthaus Hamburg Fuhlsbüttel neu. Tief unten im entferntesten, feuchten Keller ließ er je drei neue Zellen, die sogenannten Bunker einrichten. Schon der Weg dorthin, durch unzählige Gittertüren, über dunkle Treppen tiefer und tiefer sollten die Gefangenen

bereits einschüchtern und geständig machen. In die Decken ließ er jeweils zwei Eisenhaken mit Rollen und Zugketten einmauern, ein eiserner Stuhl wurde vor einer Wand fest im Boden verankert. Seine Idee, einen in der Mitte faltbaren, extra langen Tisch anfertigen zu lassen, fand ebenfalls allgemeine Zustimmung. Je nach Bedarf, so erklärte er, könnten die Gefangenen zum Verhör auf dem flachen Tisch liegen oder auf dem wie ein Buch halb zusammengeklappten Tisch sitzen. „Die scharfe Kante wird denen schon den Arsch aufreißen, noch besser wirkt mein Bock bei Frauen …", meinte er zynisch und lachte seine Untergebenen an, "… und immer die Hände stramm an den Deckenketten hochziehen. Für die Füße sind an den Tischbeinen Ringe und Ketten angebracht. Immer alles schön stramm festzurren. Nach einer Weile versuchen die, sich loszuschaukeln. Dann beginnt ihr mit den Peitschen. Ich zeig euch das. Habt ihr verstanden." Er blickte seine Untergebenen nacheinander an. „Eins noch, bei diesen ersten Verhören mit Bestrafung sitz immer ein anderer Gefangener auf dem Stuhl im Bunker. Klar ist der fest angeschnallt. Der guckt sich an, was mit seinen Kollegen passiert, die nicht aussagen wollen." Karl machte eine Pause, so langes Reden war nicht seine Sache. Das, was er in Bremerhaven gelernt hatte, wollte er in Hamburg verbessern, wollte mehr Geständnisse aus den ihm übergebenen Menschen herausprügeln. Kein Laut sollte nach außen dringen,

auch das hatte er in Bremerhaven verstanden, anständige Bürger brauchten ihre Ruhe.

„Alles ist wie damals bei meinem Alten auf dem Obsthof. Die Äpfel hab ich genauso sortiert wie es heute die Gestapo mit Feinden des Staates macht Die guten Äpfel kommen in die Regale, die guten Menschen kommen zurück zu ihren Familien und zu ihrer Arbeit. Die gut aussehen, aber Innen faul sind, gehen ab ins Gefängnis, bis sie zugeben, dass sie Innen schlecht sind und die ganz Fauligen kommen zu mir und dann vielleicht auf den Abfall. Mein Alter hat mir doch was beigebracht, das Sortieren. Jetzt erst verstehe ich, dass man alles, was man lernt im Leben, gebrauchen kann."

Nur ganz selten machte sich Karl Gedanken über seine Arbeit. Ihm wurden die Gefangenen übergeben, ihm wurde aus den Akten bekannt gegeben warum und wozu diese Leute bei ihm gelandet waren, was man von ihnen erfahren wollte. Das genügte ihm, er hatte dafür zu sorgen, dass diese Menschen redeten und er seinen Bericht abgeben konnte. Seine Mitarbeiterin im Büro schrieb alles in richtigem Deutsch auf, schloss dann die Akte und leitete diese an die richtigen Stellen weiter. Alles andere war ihm gleichgültig. Büroarbeit mochte er nicht, viel Reden auch nicht. Oftmals reichte sein eiskalter Blick aus den wasserblauen Augen aus oder eine Geste mit seinen Händen und seine Leute verstanden ihn auch so ohne viele Worte. Allein seine Anwesenheit verbreitete Ehrfurcht, Angst und Schrecken vor vermeintlich gemachten Fehlern.

„Emma-Louise, Rolf kommt schnell runter. Ich bin im Wohnzimmer. Macht schnell, ist wichtig." Vorsichtig öffnete Karl die Tür zur guten Stube seiner Schwiegereltern. „Darf ich reinkommen?" Vorsichtig steckte er seinen Kopf durch den Türspalt, ohne die Zimmertür ganz zu öffnen. „Junge, was gibt es denn, wir haben dich schon rufen gehört. Komm rein," meinten seine Schwiegereltern. Im gleichen Moment polterten seine Frau und sein Sohn Rolf die Treppe herunter und rannten hinter Karl her. Sprachlos blieben sie in der Tür zur guten Stube stehen.

„Mann siehst du gut aus, die schwarze Uniform, bist du jetzt bei der SS?" Emma-Louise fragte zaghaft und schlug die Hände vor das Gesicht.

Ihr Mann drehte sich stolz um die eigene Achse, nach langer Zeit hob er seinen Sohn Rolf wieder einmal hoch, drehte ihn durch die Luft.

„Na wie sehe ich aus? Doch das ist noch nicht alles. Ratet mal."

„Bist du befördert worden? Erzähl, lass dir nicht alles aus der Nase ziehen. Was ist passiert?" Emma-Louise setzte sich zu ihrer Mutter auf das rote Sofa, sah abwechselnd ihren lächelnden Vater und ihre Mutter an. „Wisst ihr was los ist?" „Was los ist, morgen ziehen wir um nach Hamburg. In der Kaiser-Wilhelm-Straße ist eine Wohnung frei, hab' schon alles geregelt. Alles möbliert, sehr gut für uns drei und vielleicht bald für vier." Er griff sich seine Frau, drückte sanft auf ihren Bauch.

„Wie kommst du denn daran, in so einer feinen Gegend?" Erkundigte sich Emma-Louise, blickte erneut zu ihrem Vater, der jedoch nichts sagte. „War 'ne Arztwohnung, das israelische Krankenhaus haben sie geschlossen, die Judenärzte sind endlich weg. Und wir haben eine der großen Wohnungen gekriegt. Ist das nicht wunderbar? Endlich habe ich was für euch erreicht."

Kapitel 5

Erna Sack, die Prostituierte im KZ Neuengamme Hamburg, 1943 – 1944

Mit zwei Fingern schob Kriminalkommissar Karl Sesilski ruckartig die Metallscheibe in der Zellentür zur Seite. Grinsend blickte er durch das Guckloch in diese Zelle der Sonderbaracke. Eine Frau lag dort mit breit gespreizten Beinen auf der schmalen Liege. Der nackte KZ-Gefangene bemühte sich vergeblich in sie einzudringen. Diese Gelegenheit, mit einer Frau zu schlafen, wollte er nutzen. Karl nickte dem Wachsoldaten zu, wies auf das Guckloch. Der junge SS-Unterscharführer warf einen kurzen Blick in das schmale Zimmer, sah seinen Vorgesetzten lächelnd an, machte eine eindeutige Bewegung mit der rechten Hand über seinen Kehlkopf. Mit einem schnellen Blick bestätigte Karl die Handbewegung. Der Gefangene lag jetzt lang ausgestreckt neben der Frau, die wie unbeteiligt an seinen Geschlechtsteilen herumfummelte. Offensichtlich versuchte sie, den Mann zu erregen, was ihr nicht gelang. Dem Mann rollten Tränen aus geschlossenen Augen über das eingefallene, graue Gesicht. Die Hand der Frau schob er genau in dem Moment von sich fort, als Karl Sesilski erneut durch das Guckloch blickte. Der nickte seinem Untergebenen zu, der sofort an die Tür schlug, sie

aufriss und hinein schrie: „Schluss jetzt, die Zeit ist um, du Versager!"

Sein Vorgesetzter nahm ihm das Klemmbrett aus der Hand, blickte ihn fragend an: „Und jetzt, was wollen Sie mit dem Kerl machen? Das ist reine Zeitverschwendung. Passen Sie besser auf, Mann. Überlegen Sie sich genau, wen Sie in die Sonderbaracke kommen lassen. Ist das klar?"

Mit hochrotem Kopf sah der junge SS-Mann in Karl Sesilskies kalte, eisblaue Augen. Der knallte ihm das Klemmbrett vor die Brust. „Machen Sie sich Anmerkungen, klar?" Schnell griff der Soldat nach dem Brett mit dem heutigen Tagesplan für die Sonderbaracke, dem Bordell im Konzentrationslager Neuengamme bei Hamburg. Neben der Raumnummer machte er, mit dem an einem Bindfaden befestigten Bleistift, schnell ein Kreuz hinter Namen und die Nummer des KZ-Häftlings. Der stolperte bereits angezogen aus der Tür, stand stramm vor seinen beiden Bewachern. Nach einer kaum bemerkbaren Kopfbewegung Karls rannte der Mann hinaus. Die Frau stand in einem abgewetzten blau/grau gestreiften Bademantel in der Tür. „Raus und mach zu, der Nächste wartet!" Mit amüsiertem Grinsen sah der junge SS-Mann den höheren SS-Mann der Gestapo an. Der grinste zurück, wandte sich um, sah der jungen Frau nach. Er hatte sie erkannt. Ihretwegen hatte er sich ins KZ fahren lassen. Später würde er sich beim Arzt, der die Frauen nach jedem Geschlechtsverkehrt ausspülte,

nach dem Namen der Frau erkundigen. Diese Frau sah seinem früheren Hausmädchen Erna sehr ähnlich. Karl Sesilski war überzeugt, sie erkannt zu haben. Erna musste auf die schiefe Bahn geraten sein, sonst wäre sie nicht hier. Als sie damals vor ihm aus der Wohnung in der Kaiser-Wilhelm-Straße geflohen war, hatte er alles darangesetzt, sie zu finden, vergeblich. Wie vom Erdboden verschluckt, verschwand sie seinerzeit aus seinem Blickfeld. Zufällig hatte er später aus den Akten erfahren, dass sie sich zuerst der Swing-Jugend in Hamburg und später den Edelweiß-Jungen und Mädchen in Köln angeschlossen hatte. Beide Jungendgruppen arbeiteten mehr oder weniger verdeckt gegen seine Partei, gegen die neue Rechtsordnung, damit gegen sein Drittes Reich und den Führer.

„Mensch bin ich froh, dass es endlich den Erlass unserer obersten Parteiführung gibt, der zwingend vorschreibt, diese unbelehrbaren Mitglieder von irgendwelchen Jugend-Zusammenschlüssen in Schutzhaft zu nehmen oder in eines unserer Umerziehungsheime zu stecken und als Regimegegner gefangen zu halten", hatte er oft genug vor seinen Kameraden, den Beamten und Gestapokollegen geprahlt. So ganz genau verstand aber niemand seinen Hass gegen diese jungen Menschen. Die älteren Kollegen schwiegen mit zusammengekniffenen Lippen, die jungen, neuen Beamte in seinem Gefängnis am Hamburger Holsten Wall, hatten es sich abgewöhnt,

zu fragen. Alle wunderten sich über seine rechte Hand, die sich unbewusst schützend über seinen Hosenschlitz legte, wenn er von Jugendlichen sprach. Nur einmal, da hatte Werner Opitz versucht, Karls Auffassung über die Jugend zu kritisieren. „Weißt du Werner", hatte Karl Sesilski sehr leise, fast tonlos ihm geantwortet, „Uns fehlt jemand im Nachtdienst, den machst du ab sofort für die nächsten sechs Monate, dann sehen wir weiter. Und übrigens, nachts kannst du die Vernehmungszellen aufwischen. Immer wenn sie leer sind, hast du mich verstanden?" „Was soll das?" Werner Opitz sah seinem Gestapo-Vorgesetzten direkt in die eisigen Augen und erwiderte ebenso fast tonlos: „Du weißt ganz genau, ich bin zu hundert Prozent auf der Linie der Partei. Wir haben als Jugendliche auch was gegen unsere Alten gesagt und getan." „Ich nicht, mein Alter hätte mich totgeschlagen, wenn ich gegen ihn, gegen seine Schläge rebelliert hätte. Ist besser für dich, wenn du jetzt Ruhe gibst, klar." Karl Sesilski gab ihm persönlich seinen neuen Dienstplan. Es flackerte gefährlich in dessen kalten, eisblauen Augen. Eine Nachtschicht folgte der anderen. Fast gleichgültig vertrat Werner Opitz seinen neuen Dienst. Und doch machte ihm die fehlende Nachtruhe, wenig Schlaf, die tägliche Reinigung der nach Angstschweiß, Urin, menschlichem Leid stinkenden Bunkerzellen zu schaffen. Das zerstörten langsam, aber sicher sein Leben. So wunderte es ihn auch nicht, dass er nach sechs Monaten auf eine andere Dienststelle versetzt

wurde. Selbst ein Karl Sesilski erkannte, dass der Mann langsam zugrunde ging. „Ich lass den hier nicht krepieren, den Papierkram, wenn der abgeht, will ich nicht haben." Er sah seine Leute in der Gefängniskantine fest an. „Ich lass den versetzen, dann hat er wieder frische Luft. Werner Olpitz trat zwei Tage später seinen Dienst als bewaffneter Aufseher im Außenbereich des Konzentrationslagers Farge bei Bremen an. Bei Wind und Wetter trieb er die KZ-Häftlinge in seinem Bereich zu unmenschlichen Leistungen an. „Schneller, schneller, ich will Laufschritte sehen. Sonst arbeitet ihr den Rest der Säcke nachts weg. Ist das klar." Verächtlich spuckte er aus. Werner Opitz hob drohend sein Sturmgewehr. Die fünfzig Kilo schweren Zementsäcke stundenlang auf den Schultern zu den Mischanlagen zu schleppen, überforderten viele Häftlinge. Es interessierte ihn aber ganz und gar nicht, dass sie sich zu Tode schufteten. Im Gegenteil, diejenigen, die im Dreck und Staub liegen blieben, vor Erschöpfung unter der schweren Last zusammenbrachen, galten als Arbeitsverweigerer, als Saboteure und Gegner des NS-Regime. Sie starben sofort, noch an ihrem Arbeitsplatz durch Kopfschüsse der Aufseher. Unnütze Fresser braucht man nicht. Der U-Boot-Bunker und das daneben liegende, unterirdische Tanklager, das man TESCH-Lager nannte, mussten fertiggestellt werden. Diesen direkten Befehl des Führers, Adolf Hitler, galt es immer schneller umzusetzen. Rücksicht auf Verletzte und sterbende

Gefangene durften den Bau nicht verzögern. Selbst in Hamburg sprach die SS und Gestapo, hinter vorgehaltener Hand, von dieser mörderischen Baustelle. Werner Opitz hatte früher ebenfalls von diesem gigantischen Projekt gehört, jetzt arbeitete er inmitten dieser riesigen Anlage. Im Laufe seines ersten Jahres bat er mehrfach um Versetzung in den Innendienst. Seine ständigen Erkältungen, das nicht zu übersehende, unmenschliche Leben der Gefangenen und Zwangsarbeiter, der Zementstaub und die häufigen Erschießungen von Häftlingen zerstörten seine Gesundheit, sein Gewissen. Seinen bedingungslosen Glauben an die Partei, die Führung im NS-Staat ebenso.

Die Disziplinierung der Gefangenen erfolgte in Bunkern, in denen brutale Folterungen stattfanden. Karl Sesilski bereitete es besondere Freude, hier die direkten Befehle des Führers Adolf Hitlers, des Reichsführers-SS, des Leiters der gesamten Polizei umzusetzen. Alle Befehle, Anweisungen, Beschlüsse und Erlasse erledigte er, ohne zu fragen. Einmal im Monat fuhr er nach Bremen-Farge. Dort traf er seine Bekannten vom Folterschiff in Bremerhaven, sprach das eine oder andere Wort mit seinem früheren Mitarbeiter Werner Opitz und verbreitete Angst und Schrecken. Selbst die Ingenieure, Bauleiter, die Angestellten im Planungsbüro oder die Maurer aus ganz Deutschland, Bremen und Hamburg fürchteten seine Besuche. Alle fühlten sich unwohl, wenn er anwesend war.

Als Teilbereich des TESCH-Lagers errichteten die SS und GESTAPO-Führungskräfte aus Hamburg das erste reine **Arbeitserziehungslager** der **Gestapo**. Dieses Straflager diente der Disziplinierung sogenannter „Bummelanten", Arbeitsverweigerer, Regimegegner und später „**Halbjuden**". Aufgrund seiner besonderen Härte wurde es schnell zu einem Vorzeigelager, zu einem der wenigen „Todeslager" unter den Arbeitserziehungslagern bezeichnete. Die Häftlinge wurden einer „erzieherischen Maßnahme" unterworfen, welche auf 56 Tage beschränkt war. Die Gestapo konnte jedoch weitere drei Wochen Schutzhaft anordnen. Zudem sind Fälle bekannt, dass jemand nach kurzer Freiheit erneut ins Lager gebracht wurde. Die Lebensbedingungen waren bewusst schlimm, um eine „erziehende Wirkung" zu erzielen.

Das **KZ Neuengamme** bei Hamburg besaß ein ganzes Netzwerk von **Außenlagern**, zu denen auch das **KZ Farge** gehörte. Anfangs 500, später bis zu 2.500 Gefangene brachte man in Erdbunkern, ohne Tageslicht in engster Umgebung und mit wenig Essen versorgt, unter. Diese wurden für die schwersten, unangenehmsten Arbeiten auf der Baustelle eingesetzt. Zwölf Stunden Zementsäcke schleppen ließ die Kraft der Männer schnell erlöschen. Das wenige, schlechte Essen sorgte jeden Tag für neue Tote.

Erna Sack war vom Frauenlager Theresienstadt nach Hamburg-Neuengamme verlegt worden. Man hatte ihr und anderen Frauen versprochen, ihre Reststrafen zu

erlassen, wenn sie ein halbes Jahr als Prostituierte in den Lagern arbeiten würden. „Halte mal die paar Monate durch," hatte die Blockälteste ihr damals mitgeteilt. „Du wirst sehen, dass du damit gut zurechtkommst. Ficken könnt ihr doch alle gut, ihr jungen Dinger. Vielleicht kannst du für später noch was lernen. Und jetzt mach dich nett zurecht. Denk immer daran, ich hab' dich und zwei Andere ausgesucht, damit ihr es besser habt. Du kommst nach Hamburg, die Anderen nach Mauthausen in Österreich. Und Schluss jetzt, frag nicht, einfach hinlegen. Das andere wird dir schon beigebracht."

Karl Sesilski hatte nie verstanden, warum er so unheimlich für seine Hausangestellte gewesen sein sollte. Warum hatte sie ihn bloß verlassen. Was hatte er schon von dem jungen Mädchen gewollt. Das bisschen Gefummel, das gehörte selbstverständlich zu den Aufgaben eines guten Dienstmädchens. Nach der Geburt seiner Tochter Eva wollte seine Frau nicht mehr so recht seine harten Liebesspiele mitmachen. Für ihn war es logisch gewesen, sich die junge Erna Sack zu greifen. Als sie nicht wollte, musste er sie vergewaltigen, was auch logisch für ihn war. Er passte schon auf, dass sie nicht schwanger wurde. „Du wirst schon Spaß daran haben, du musst mitgehen. Ich zeige dir alles, du wirst vor Freude schreien," hatte er ihr oft ins Ohr geflüstert. „Mir tut alles weh, wenn Sie mich so hart behandeln. Das tut echt weh. Können wir damit nicht aufhören?" sie flehte ihn mehrfach an. Doch alles

Jammern half nichts, denn Karl nahm sich immer was er wollte.

Erst als er sie mehrfach hart geschlagen hatte, immer so, dass seine Frau nichts bemerkte, gab sie sich ihm vollkommen und ohne Gejammer hin. Zuerst widerwillig, später lächelte sie ihm zu, wenn er sich zu ihr ins Bett schlich. Das Mädchenzimmer im Kellergeschoss, im Souterrain, wie man vornehm sagte, verschluckte ihr Stöhnen, seine vorsichtigen Schläge mit der Reitpeitsche. Erst als Erna ihm eines Nachts fast seinen Penis abgebissen hatte und aus dem Haus rannte, bemerkte er, in welch schwieriger Situation er sich als Gestapo-Mann selbst gebracht hatte. Die Verletzungen an seinem Glied behandelte der Gefängnisarzt, der ihm unterstellt war. Mit einem ihm ergebenen SS-Mann suchte er ohne Bedenken, ohne die Frau zu kennen, eine Prostituierte in Hamburg St. Pauli als Täterin aus. Er würde angeben, dass sie ihm in den Schwanz gebissen hätte. Als eine der Nachtarbeiterinnen aus dem, bei den Parteifreunden bekannten Puff kam, um gegen Morgen nach Hause zu gehen, griffen die beiden Männer zu. Diese Frau galt Karl als Alibi, obwohl sie nichts mit seiner Verletzung zu tun hatte. Sie habe ihn gebissen, behauptete er schlichtweg. Natürlich sorgte er für ihre Bestrafung, sie wurde brutal geschlagen und verhört. Niemand glaubte ihr, dass sie den Gestapo-Mitarbeiter nicht kennen würde. Sie landete für einige Monate im

Gefängnis, ohne gerichtliche Verhandlung, ohne Prozess.

Mit der rechten Hand wischte sich Karl Sesilski über die Augen, was sollten diese Gedanken. Er hatte damals nichts zu befürchten gehabt, diesen Huren glaubte sowieso niemand. Er war schließlich SS-Mann bei der Gestapo. Erzählen würden die aus Angst nie etwas. Da hatte er seine Erfahrungen mit anderen Gefangenen gemacht. Selbst nach ihrer Entlassung schwiegen die wie ein Grab. „Wie geht es voran mit den Ärzten?" wandte er sich dem jungen SS-Mann zu. „Keine besonderen Vorkommnisse, wir passen auf, dass sie nicht zu viel Zeit vertrödeln." „Gut, weitermachen." Er gab das Klemmbrett zu grob zurück. „Ich will den Arzt sehen." Die Tür, mit dem schnell hingeschmierten roten Kreuz darauf, öffnete Karl, ohne anzuklopfen. Auf einer Pritsche lag eine Frau mit gespreizten Beinen. Der Arzt spülte gerade aus einem roten Gummiball eine Flüssigkeit in sie hinein. „Wie läuft es?" „Keine Krankheiten, keine tragenden Frauen, nichts Besonderes!" Der SS-Arzt blickte nur kurz auf.

Die Frau lag regungslos mit geschlossenen Augen da. Ihr grauer, gestreifter Bademantel war rechts und links zur Seite gerutscht. Der weiße, junge Körper erregte den Kriminaloberassistenten, den Gestapo-Mitarbeiter Karl Sesilski. Sie musste so Anfang zwanzig sein. Auf der Schultafel hinter der Liege hatte der Arzt Nummern und Namen der Frauen notiert, die an diesem Tag Dienst als KZ-Prostituierte ableisten mussten. Mit

einem kurzen, vollkommen unbeteiligten Kopfnicken verließen die beiden Aufseher das Ärztezimmer. Diese junge Frau aus Hamburg kannte er nur zu gut. Sie ihn auch. In Ihren Augen Schrecken, stille Schreie.

Verstört drückte sich der Mann in den zerschlissenen Sitz des alten Militärbusses. Alle Fenster hatte man mit Blech zugeschweißt. Nur von der letzten Bank konnte man nach draußen sehen, dort saß ein SS-Mann mit einer Maschinenpistole. Seit gestern Abend ahnte Wilhelm Groote, dass ihm etwas geschehen würde. Das harte Wort „Versager" des Gestapo-Mannes in der Sonderbaracke hatte sich in ihn hineingefressen wie Salzsäure in Knochen. Er hatte mit der unbekannten Frau nicht schlafen können, obwohl er sich bemüht hatte. Etwas Abwechslung in sein Leben zu bekommen. Jetzt befand er sich auf dem Weg nach Bremen-Farge. Von den mörderischen Arbeiten an der Weser hatte er bereits gehört. Nie kam jemand aus diesem KZ-Außenlager zurück. Der Bau an U-Boot-Bunker und Tanklager fraß Leben. Vor einem Tod durch Arbeit fürchtete er sich sehr. Als ehemaliger Kirchensekretär würde ihn harte, körperliche Arbeit zerstören. Lautlos betete er. Flehte seinen Gott an, ihm einen schnellen Tod zu gewähren.

Zusammengekrümmt, mit angezogenen Beinen saß die junge Frau auf ihrem Bett in der Zelle der Sonderbaracke im KZ Hamburg-Neuengamme. Weinen konnte Sie nicht mehr, ihre Augen waren leer, starrten, ohne etwas zu sehen, ins Zimmer hinein. Unter

ihr, auf dem Bettlaken zeichnete sich ein glänzend roter Fleck von frischem Blut ab. Sie wollte überleben, sie wollte nicht krank sein, sie wollte sich nicht krankmelden, niemals. Als die Tür aufgerissen wurde, zuckte sie zusammen. „Rauskommen," schrie der junge SS-Mann, der schon gestern Dienst gehabt hatte. Er packte sie an der Schulter, zerrte sie hoch vom Bett. „Verfluchte Huren, man hat durch euch nur Ärger. Der Arzt hat nicht ewig Zeit." Er packte Erna Struck an den Haaren, drückte ihr Gesicht auf die Blutflecken. „Ihr wisst ganz genau, wann ihr blutet. Du hattest Zeit genug, dir was für deine Fotze zu besorgen. Faustschläge in ihren Rücken begleiteten sie auf dem Weg zum Arzt. Erna Sack hatte verstanden, dass sie niemals vor diesem Gestapo-Mann von letzter Nacht würde fliehen können. Selbstverständlich hatte sie ihren früheren Dienstherren Karl Sesilski erkannt. Nur, dass ein Mann so brutal mit einer Frau umgehen würde, nie hätte sie sich das vorstellen können. Ihr Körper fühlte sich an wie rohes Fleisch. Sie hatte an diesem Tag mit ungefähr zwanzig Männern Geschlechtsverkehr gehabt, jedenfalls hatte sie bei Zwanzig aufgehört zu zählen. Morgens um sieben Uhr hatten die SS-Männer den ersten Häftling in ihren Raum gestoßen. „Mach zu Dreckskerl," hatten sie ihm hinterhergerufen. „Die Nächsten warten schon, los, los." Dann fiel die Tür krachend ins Schloss. Der Mann stand vor ihrer Liege, automatisch zog Erna die Wolldecke zur Seite, öffnete das Kittelkleid, griff zur Dose mit Vaseline. „Komm, leg

dich auf mich, ich bin noch nicht richtig wach. Mach zu, sonst schmeißen sie dich ins Arbeitslager." Sie sah den Mann nicht an, das konnte sie nicht. Schweigend zog der seine Hose aus, legte sich auf die junge Frau. „Nicht küssen," flüsterte sie, stieß den Mann angewidert zurück. „Mach zu, spritz ab, dann weg hier." Als sie verspürte, wie die Feuchtigkeit aus ihr herauslief, stieß sie den mageren, grau aussehende Häftling von sich herunter. „Zieh deine Hose hoch und stell dich vor die Tür. Da bist du sicher."

Zwei SS-Männer zerrten den ihr unbekannten Mann keine halbe Minute später aus dem Raum. „Na, du Drecksau, hattest heute die Jungfrau, warst der Erste. Kannst dich in der Schreibstube bedanken." Beide Männer zerrten an dem Mann, stolpernd versuchte der, den Gang auf den Hof schnell hinter sich zu bringen. „Und du Schlampe, sieh zu, dass du zum Arzt kommst. Der badet dich von innen." Lachend schlug der eine seinem Kumpel auf die Schulter. Der Tag wollte nicht enden, ausgelaugt, hungrig und wie von Innen verbrannt, hatte sich Erna Sack an diesem Abend endlich in ihre graue Militärwolldecke gehüllt. Lange hielt sie dieses Leben nicht mehr aus, das wurde ihr von Tag zu Tag mehr bewusst. Morgen würde sie um einen Tag Ruhe bitten, wollte auf den Hof, wollte frische Luft tief einatmen. Wollte nicht mehr an das denken, was man von ihr verlangte.

Der Schlag mit der Peitsche traf sie direkt über ihrem Becken, sie hatte vor Erschöpfung sehr fest geschlafen.

Ein glühender Schmerz durchfuhr die junge Frau. Doch sie schrie nicht gleich auf, weil sie für den Bruchteil einer Sekunde glaubte, zu träumen. „Wenn du schreist, bringe ich dich um!" Diese Stimme kannte sie nur zu gut. Karl Sesilski schlug und vergewaltigte sie bis in den frühen Morgen.

Die Doppelwohnung mit zwei gegenüberliegenden Eingängen auf der zweiten Etage in dem weißen, eleganten Haus in der Kaiser-Wilhelm-Straße 5, in dem bis vor einigen Monaten, die Ärzte Isaak Goldenbogen und Moshe Katz gewohnt hatten, wurde im Juni 1939 Erna Sacks neues Zuhause. Mit ihrem Vater, Blockwart Willi Sack, hatte sie die neue Herrschaft bereits vor einigen Wochen besucht. Schon das Haus beeindruckte sie sehr. Hier wohnten nicht nur „Herrschaften", sondern auch Kindermädchen und der Hausmeister. Den breiten Vordereingang mit den glänzenden, weißen Säulen hatte sie jedoch noch nicht betreten. Sie war seinerzeit, auch jetzt mit Ihrem Vater durch den seitlichen, kleinen Eingang für Dienstboten, Hausmädchen, Lieferanten in das Haus gekommen. Durch das Souterrain schlurfte sie neben ihrem Vater her. „Nimm bitte die Füße hoch, wie oft habe ich dir das schon gesagt!" Fuhr er sie hart an. Ihr Vater sah sie wütend an, zog seine Uniform über den immer dicker werden Bauch stramm und ergriff die Hand seiner Tochter. Nach einigen Stufen, durch die mit Eisblumen verzierte Tür gelangten sie in das eigentliche, lichtdurchflutete Treppenhaus. Die weiß-grünen

Blütengirlanden auf den Wandkacheln beeindruckten Erna besonders. „Nimm die Finger da weg, fass ja nichts an. Hier ist alles sehr sauber, das soll es auch bleiben. Verstanden." Erna nickte, blickte nach oben, die Stuckdecke mit den Engeln in den Ecken faszinierte sie noch mehr. Aber die waren so weit entfernt. Das Treppenhaus roch so sauber. Ah, Bohnerwachs, dachte sie, sah ihren Vater an. Der Fahrstuhl mit seinen gusseisernen Gittern, den Löwenköpfen, den Ranken und Blüten, den vielen golden glänzenden Messingknöpfen, mit all den anderen Verzierungen beeindruckte sie sehr. Nur sein Ruckeln und Stottern gefielen ihr gar nicht.

„Der stottert, wie Hans in der Schule und stöhnt wie Oma Schlüter von nebenan," meinte sie, grinste sie ihren Vater an. Lächelnd sah der auf seine Tochter hinunter. „Ja, du wirst dich schon daran gewöhnen. Mit fünfzehn Jahren bist du doch schon groß. Die Sesilskis sind nette Leute, das weißt du ja. Wenn du dich nicht so dusselig anstellst, wirst du hier eine gute Zeit haben." Er sah zu seiner Tochter hinunter. Die nickte ihm zu. Ein komisches Gefühl in ihrem Magen ließ sie erschauern. „Muss ich wirklich hierbleiben, Papa?" „Ja, musst du, das ist normal so, ab heute. bist du ein Dienstmädchen. Und das in einem sehr guten Haushalt. Herr Sesilski ist ein hoher Parteigenosse. Das haben wir doch schon so oft besprochen. Mädchen, du musst keine Angst haben. Die behandeln dich wie ihr eigenes Kind. Du lernst viel für dein Leben. Und, vergiss nicht,

Mama und ich sind doch auch noch da. Wenn was ist, kommst du schnell nach Hause. Du weißt ja, mit der U-Bahn bis Schlump und dann umsteigen nach Altona. In Mottenburg kennst du dich doch aus." Er griff in seine Hosentasche: „Hier Mädchen, das ist Fahrgeld. Drei Mark, für alle Fälle. Verstecke das am Körper. Dann bis immer ganz sicher. Kannst immer nach Hause fahren. Sogar mit einer Droschke. Das Geld reicht dafür." Der Fahrstuhl schüttelte sich noch einmal kräftig, nur um ruckartig stehen zu bleiben. Aus dem Oberlicht mit seinen bunten Scheiben fielen gefärbte Sonnenstrahlen auf die hier oben reinweißen Wandfliesen und verliefen sich auf dem bohnerwachsglänzenden Linoleumboden und dem polierten Handlauf des Geländers. Vater Struck wischte sich über die Augen, als er vorsichtig den golden glänzenden Klingelknopf, unter dem ebenfalls leuchtend geputzten Namensschild Familie Sesilski drückte. Er zog seine Tochter einen Schritt zurück.

Als er das Klicken der Türkette hörte, noch bevor sich die Tür öffnete, riss er den rechten Arm zum Hitlergruß hoch. Seine linke Hand drückte die Tochter zum Knicks in die Knie. Frau Sesilski stand strahlend schön, in weißer Rüschenbluse und langem, grauen Leinenrock in der Tür. Lächelnd streckte sie die Hand aus. Ein kleiner Bauch machte sich bei der schlanken Frau schon bemerkbar. Emma-Luise Sesilski, geborene Heussen aus Hamburg-Bergedorf erwartete ihr zweites Kind. Sie wollte es, wenn es ein Mädchen werden würde, Eva

nennen. So wie Eva Braun, die Lebensgefährtin ihres geliebten Führers Adolf Hitler.

Kapitel 6

Karl Sesilski ist gefangen
Hamburg, Herbst 1945

Ganz langsam gewöhnten sich seine Augen an die Dunkelheit in dem Raum. Es roch muffig, nach altem Holz, nach kaltem, abgestandenem Angstschweiß, irgendwie nach Pisse. Die Muskeln in seinen Armen, die fest auf seinem Rücken zusammengekettet waren, verkrampften. Zu lange wartete er unbeweglich auf das Verhör in diesem unheimlichen Raum. Der Schemel ohne Rückenlehne, auf dem er saß, ließ sich nicht einen Millimeter verschieben, so stark er auch rüttelte, der verdammte Holzbock bewegte sich nicht. Seine Füße wagte er nicht anzuheben. Die auch nachts getragenen Fußfesseln hatten seine Beine über den Knöcheln blutig gescheuert. Ein inneres Zittern, ein Schütteln wie Kälte durchfuhr ihn, als er Schritte vom Flur her näherkommend hörte. Fußtritte, Kinnhaken, stundenlanges Stehen im kalten Wasser, immer gefesselt, hatte er im britischen Verhörlager Bad Nenndorf erlitten. Er wusste, dass er in diesem verschlafenen Kurort in Niedersachsen von den Engländern gefangen gehalten wurde. Karl Sesilski fühlte sich unsauber, machtlos, missverstanden. Er zweifelte sogar an der Rechtmäßigkeit seiner Gefangennahme. Immer wieder hatte er sich auf seine

Befehle berufen, hatte einen Anwalt verlangt, immer wieder. Die Tür wurde plötzlich aufgestoßen, von hinten riss ihn jemand an den Schultern herum. Karl unterdrückte einen Schmerzensschrei, der von den blutigen Fußgelenken über seinen fast lahmen Rücken, über die Schultern blitzschnell in sein Hirn drang. Blinzelnd versuchte er, auf der anderen Seite des Tisches sein Gegenüber zu erkennen. Das grelle Licht der plötzlich aufleuchtenden Tischlampe blendete ihn sehr. Er spürte, dass ihm ein Mann gegenübersaß. Kälte schlich an ihm hoch, erfüllte sein Inneres. Er schüttelte sich.

„Na Sesilski, ist Ihnen kalt?" Hörte er die fremde Stimme.

Langsam wanderte der Lichtschein der Tischlampe, einen scharfen Schatten auf die Tischplatte hinter sich herziehend, von ihm fort. Karl sah die olivfarbige Uniformjacke zuerst, dann Kriegsauszeichnungen, die ihm unbekannt waren. Das Licht fiel auf ein gesticktes schwarz-weißes Namensschild. Schmul Katz sprach ihn sehr leise im perfekten Deutsch an: „Sie sind Karl Sesilski, oder? Genannt die Peitsche?" Ohne eine Antwort abzuwarten, fuhr der Mann fort: „Ich bin Mayor Katz aus Liverpool ihr Vernehmungsoffizier. Ist Ihnen das verständlich?" Die Ungewissheit goss sich wie graues, flüssiges Blei über Karl. „Ja, Karl, ich darf doch Karl sagen? Ich bin Deutscher, Jude und Major in der britischen Armee. Zeiten ändern sich, meinen Sie nicht auch?"

Karl hob langsam den Kopf. Dunkle, fast schwarze Augen blickten ihm ihn gefühllos an. Keine Regung, kein Muskel bewegte sich im Gesicht des Offiziers. Er schien seine Atmung eingestellt zu haben. „Darf ich dir etwas vorlesen?" Ohne eine Antwort abzuwarten, begann er in seinen Papieren zu suchen. Karl Sesilski trat Angstschweiß aus allen Poren. Er ahnte bereits, was folgen würde. Unvermittelt begann der Major mit sehr leiser, monotoner Stimme zu lesen:

„Vernehmungsprotokoll des Maschinenschlossers Erwin Franke

Ankläger: „Ich rufe auf den Maschinenschlosser Erwin Franke. Wann wurden Sie verhaftet?"

Franke: „Am 1. Mai 1939 wurde ich in Haft genommen. Der Haftgrund war, dass ich in Bremerhaven Stadtverordneter der SPD gewesen war. Ich wurde zunächst in das Polizeigefängnis Karlsburg eingeliefert. Am 5. Mai sollte ich seitens der Bremerhavener Polizei entlassen werden; vor der Tür wurde ich von dem Kriminalbeamten Fritze erneut verhaftet und zur Nordstraße überführt. Ich wurde dort unter Anklage gestellt, Waffen im Bürgerpark versteckt zu haben. Diese Waffen sollten angeblich gegen die SA verwendet werden."

Ankläger: „Wie alt waren Sie damals?"

Franke: „Ich war damals 25 Jahre alt."

Ankläger: „Was geschah, als Sie gegenüber der Kriminalpolizei keine Aussagen machten?"

Franke: „Ich wurde in die Jacobistraße gebracht und dort in das Vernehmungszimmer der SA geführt. Dort saßen der Meyerhans und annähernd 40 SA-Leute. Meyerhans begrüßte mich mit den Worten: „Na, du Schwein, willst du jetzt Aussagen machen?" Ich antwortete ihm: „Ich habe keine Aussagen zu machen." Er fragte dann noch höhnisch: „Kannst Du boxen oder dich sonst verteidigen?" Ich antwortete ihm, dass ich mich damit nicht abgebe. Darauf sagte er zu seiner SA-Mannschaft gewandt: „400 Schläge. Runner mit den Plünnen!" Mir wurde das Zeug vom Leib gerissen, dann wurde ich, mit dem Rücken nach oben, auf eine Holzbank gelegt, mir wurde ein Kissen unter mein Gesicht gepresst, dann setzte sich ein SA-Mann auf meinen Kopf, damit ich nicht schreien konnte. Jetzt setzte die Prügelei ein. Links und rechts von mir standen je zwei SA-Leute und schlugen nach Zahlen auf mich ein. Als die erste Prügelsalve vorbei war, fiel ich von der Bank. Darauf frug man mich, ob ich Durst hätte. Ich antwortete: „Ja." Man goss mir einen Eimer voll mit Eiswasser über meinen Körper. Ich wurde dann gefragt, ob ich jetzt Aussagen machen wollte. Ich antwortete, dass ich nichts wüsste. Meyerhans sagte dann: „Noch nicht kuriert!" Dann wurde dieselbe Sache wiederholt. Als ich wieder von der Bank fiel, wurde ich von der SA hochgerissen und auf einen Stuhl gepresst. Meyerhans trat dann auf mich zu und fragte: „Na, willst du nun Aussagen machen?" Ich wiederholte, dass ich keine Aussagen machen könne. Daraufhin stieß er mir mit seinen Knien so lange in die Magengegend, bis mir das Blut aus dem Munde kam. Nach diesen Misshandlungen wurde ich dem

Kriminalbeamten Hans Schulze, in einem gegenüberliegenden Zimmer, zum Verhör vorgeführt. Als ich hereingestoßen worden war, fragte der wörtlich: „Na, wollen Sie jetzt Eingeständnisse machen?" Auch hier antwortete ich, dass ich nichts einzugestehen hätte. Ein SA-Mann schaute zur Tür herein und fragte: „Schulze, will er nun Eingeständnisse machen?" Darauf meinte Schulze: „Bis jetzt noch nicht." Dann wurde ich von der SA in das erste Zimmer zurückgebracht. Meyerhans sagte jetzt. "Noch mal dasselbe!"

Ankläger: „Gibt es einen Zeugen für diese Misshandlungen?"

Franke: „Vierzehn Tage nach dieser Aktion besuchte mich meine Frau, die mich nicht wiedererkannte. Durch die vielen Prügel schwoll mein Gesicht so an, dass ich kaum etwas sah. Sie verlangte meine Unterwäsche, die man ihr nicht aushändigte."

Ankläger: „Leiden Sie heute, noch an den Folgen dieser Misshandlungen?"

Franke: „Ich hatte eine Oberschenkelfraktur des linken Beines, durch die dieses Bein nun drei Zentimeter verkürzt ist. Außerdem habe ich ein chronisches Nierenleiden, aufgrund dessen ich Vollinvalide bin."

Ankläger: „Kennen Sie jemanden aus der Zeit, in der Sie diese Misshandlungen ertragen mussten, bei Namen. Jemanden der Sie aktiv gefoltert hat?"

Franke: „Ja, ein Mann ist mir besonders in Erinnerung geblieben. Den Mann nannten wir Peitschen Karl, ich glaube, der hieß Sesil oder so ähnlich. Der meinte, immer neue Peitschen an uns ausprobieren zu müssen. Mich hatte

er mehrmals dermaßen geprügelt und ausgepeitscht, dass sie selbst meiner Frau meine blutige Unterwäsche nicht ausgehängt haben."

Ankläger: „Wo haben Sie diesen Sesilski erlebt?"

Franke: „Damals in Bremerhaven auf dem Gespensterschiff, nach der Göring-Erlass irgendwann 1939 bekannt wurde. Die Polizei hatte damit die Erlaubnis, selbst gegen uns, die vom Volk gewählten Parlamentarier, brutal vorzugehen. Da haben sie auch Hilfspolizisten eingestellt. Einer davon war das Schwein Peitschen-Karl."

Ankläger: „Wo noch? Hat man Sie in Bremerhaven aus der Haft entlassen?"

Franke: „Nein, ich wurde erst nach Bremen, dann nach Hamburg überstellt."

Ankläger: „Wissen Sie noch wohin?"

Franke: „Und ob ich das noch weiß. Von Bremen kam ich ins Polizeigefängnis am Holsten Wall in Hamburg. Dort nahm sich Sesil, wie sagten Sie, heißt der Mann?"

Ankläger: „Karl Sesilski!"

Franke: „Ja, da nahm der mich vor, sobald er aus den Akten wohl gesehen hatte, dass ich nach Hamburg verlegt worden war."

Ankläger: „Erinnern Sie sich an Einzelheiten?"

Franke: „Ja, mitten in der Nacht kam er überraschend in meine Zelle. Ich hatte geschlafen. Durch einen brutalen Tritt in den Rücken wurde ich aus dem Schlaf gerissen. Als ich mich von der Wand wegdrehte, traf mich ein Peitschenhieb mitten im Gesicht. Ohne etwas zu sagen, schlug der Mann weiter auf mich ein. Mit Händen und Armen versuchte ich,

mich zu schützen. Plötzlich hörte ich einen leisen Befehl: „In den Keller mit dem Schwein." Im Halbdunkeln zogen und schleiften mich zwei Mann, das waren SS–Leute, auf den Gang. Im Laufschritt ging es in den Keller. Von dort drangen dumpfe Schreie nach oben. Je weiter wir die Stockwerke runtergingen, je lauter schallte uns das Gebrüll der SS-Leute und das Schreien von Männern entgegen."

Ankläger: „Sahen Sie Karl Sesilski in diesem Keller?"

Franke: „Ja, ich wurde in einen hell erleuchteten Raum gestoßen. Rechts an der Wand stand Peitschen-Karl, der war vorgegangen und wartete. Er schlug sich mit einer Hundepeitsche in die linke Handfläche. Grinsend wandte er sich zu mir um und tippte mit der Peitsche in mein Gesicht. „Na Kommunistensau, fröhliches Erwachen, oder?" Er sah mich mit seinen blauen, eiskalten Augen an. „Hier in Hamburg wirst du uns schon sagen, wo ihr Kommunistenschweine eure Waffen versteckt habt. Willst du aussagen?" „Ich weiß wirklich nicht, wovon Sie sprechen," antwortete ich wahrheitsgemäß. Sofort, blitzschnell schlug er mit seiner Peitsche auf meine Lippen. Da wusste ich, dass es der gleiche Mann war wie in Bremerhaven."

Ankläger: „Hat der Mann sie weiter gefoltert?"

Franke: „Der Schlag auf meine Lippen war so schmerzhaft, dass mir die Hose nass wurde. Grinsend zeigte Sesilski erst auf meinen Unterleib, dann auf einen Bock aus Holz. Der sah aus wie ein mittig leicht gefalteter, schwerer Holztisch, dessen Seiten schräg nach außen abfielen, so wie ein Satteldach. Dann packten mich zwei SA-Männer, die hinter mir gewartet hatten. Mit dem Rücken nach unten schmissen

sie mich auf den Bock, dessen scharfe Knickkante sich sofort in mein Rückgrat drückte. Fuß- und Handfesseln schnappten an meinen herunterhängenden Armen und Beinen zu. Ich konnte mich nicht bewegen, blinzelte aber in eine unglaublich helle Deckenlampe. Das grinsende Gesicht von Sesilski schob sich wie ein Schatten vor die Lampe. „Ich frage nochmals, hast du etwas zu erzählen, was unserer Bewegung schädlich sein könnte? Weißt du Kommunistenschwein, wo die Sozies und die Roten Waffen versteckt haben?" Ich antwortete wieder wahrheitsgemäß: „Ich weiß wirklich nichts! Wir aus der Bremischen Bürgerschaft haben wirklich nichts gewusst. Wir waren frei gewählte Abgeordnete". Danach hörte ich einige Schritte und eine Tür zuschlagen. Dann trat eine unheimliche Stille ein. Nichts geschah. Meine Arme und Beine begannen zu schmerzen, weil sie nach hinten gebogen sehr fest an den Tischbeinen festgebunden waren. Es geschah nichts. Absolute Ruhe."

Ankläger: „Hatten Ihre Folterer den Raum verlassen?"

Franke: „Das dachte und hoffte ich. Langsam ließ die Anspannung in meinem Körper nach. Selbst wenn ich in die Lampe blinzelte, konnte ich nichts sehen. Minuten vergingen, es kam mir vor wie eine Ewigkeit."

Wie weiße Wolken zogen Gedanken durch seinen Kopf. Sein kleines, gepflegtes Haus in Bremen-Gröpelingen mit den Geranien vor der Tür. Schon sein Großvater hatte dort gewohnt. Vater hatte sich allein ins Dachgeschoss zurückgezogen, seit Mutter nicht mehr unter ihnen war. Es war ein schmerzlicher Verlust

gewesen, der die ganze Familie heftig getroffen hatte. Als die Nazis sie abholten, wussten sie, dass sie nicht wiederkommen würde. Mit ihrem hohen Blutdruck und dem Herzfehler würde sie kein Verhör überstehen. Den Brief von der Bremer Polizei hatten sie erwartet, in dem ihnen lapidar mitgeteilt wurde, dass sie an Herzversagen verschieden sei. Wundern konnte sich seine Familie nicht mehr darüber. Sie beide, sein Vater und er hatten umso härter auf der AG WESER-Werft Schichten geschoben, hatten sich den Schmerz von der Seele gearbeitet. Sein erster Besuch als Abgeordneter im Bremer Rathaus zog an seinen geschlossenen Augen vorbei. In seiner KPD Deutschlands hatte er unter Gleichgesinnten einen Schmelztiegel gefunden, in den er seine Gedanken und Ideen einbringen konnte. An seine erste Rede im Parlament, an die Aufmärsche, die er verabscheute, aber mitlief, an die vielen Diskussionen mit seiner Mutter, die als überzeugte Kommunistin mit allen Mitteln eine politische Änderung wollte, erinnerte er sich in allen Einzelheiten. Wie ein helles Licht erstrahlten in ihm die Erinnerungen an seine freien Tage, die er auf dem Werftgelände oder im Kleingarten im Bremer Blockland verbrachte. Lächelnd dachte er an seine Angelei am Werftkai, wenn sie mit Kollegen auf Stinte hofften und an guten Tagen den silbrigen Fisch körbeweise aus dem Hafenwasser zogen. Seine Mutter konnte diese wunderbar zubereiten. Kross gebraten mit Buttersoße und sehr mehligen, gelben Kartoffeln aus dem eigenen Garten,

schmeckten sie herrlich. Als sein Vater ihm damals die Mitgliedschaft in der KPD nahelegte, weil auch er in dieser Partei sei, fragte er Kollegen und Freunde, was die wohl meinten. Alle redeten ihm zu: „Du kannst so toll reden, dein Vater und du, ihr habt euch immer für uns auf der Werft eingesetzt. Du kommst bestimmt ins Parlament. Mensch Franke, von Gröpelingen bis Aumund und Bremen-Vegesack wird man für dich stimmen. So wie damals für deine Mutter." Also trat er damals ebenfalls in die Kommunistische Partei ein. Seine Mutter hatte ihm von der russischen Revolution und von Marx und Engels erzählt, hatte mit ihm über Lenins Ideen gesprochen, dass alle Menschen gleich sein müssten. Sie war es auch, die ihm beibrachte, eine Gegenbewegung gegen die Nazis aufzubauen. Er wollte für die Freiheit kämpfen, wollte mehr Freiheit für die Arbeiter, wollte mit Waffen und Krieg nichts zu tun haben. Seine Stärke waren die Stimme und das politische Wissen. Lächelnd erinnerte er sich an die langen, hitzigen Diskussionen auf der Parzelle, unter dem großen Kirschbaum. Immer hatte er gegen Gewalt, aber für Aufmärsche gestimmt. Waffen, hatte er gemeint, bringen das Volk gegen uns auf. Wir sind nicht in Russland. Die Deutschen haben genug vom Krieg. Er erinnerte sich an den Lebenslauf seines Vaters. Der war geboren am 15. Juni 1885 in Blumenthal, und wurde, wie er später auch, Schlosser auf der Vulkan-Werft. Der Alte malte 1917 Antikriegslosungen an Mauern und Zäune, setzte mit seinen Kollegen die

Herabsetzung der Lehrzeit auf vier Jahre durch, wurde zum Militär eingezogen und kehrte schwer verwundet von der Front zurück. 1923 trat er der KPD bei, wurde politischer Leiter des Unterbezirks Bremen. Seine Mutter, geboren am 05.10.1890 in Bremen-Aumund, entstammte einem streng katholischen Elternhaus. Sie lernte Köchin auf der Vulkan-Werft, trat dem Deutschen Arbeiter-Verband bei und 1920 dem Kommunistischen Jugendverband Deutschlands und der KPD. Sie wollte für ihren Sohn Erwin eine gerechte Zukunft schaffen. Nach der Verhaftung führender Funktionäre im Februar 1933 übernahm sein Vater die illegale KPD-Leitung in Blumenthal, wurde kurze Zeit später selbst verhaftet und ins KZ *Esterwegen* verschleppt. Nach seiner Freilassung arbeitete er wieder auf der Vulkan-Werft, später auf der Werft AG Weser. Nach der Entlassung seines Freundes Jonny Paulsen aus dem Zuchthaus organisierten beide ein Netz von dreier und fünfer Gruppen in Verbindung mit Widerstandsgruppen in Hamburg. Immer tiefer versank Erwin Franke in der Vergangenheit. So als käme sein früheres und zufriedenes geführte Leben wieder zurück. Die Schmerzen in seinem Rücken brachten ihn zurück in die Gegenwart, in die Verhörzelle der SS/SA im Polizeigefängnis in Hamburg.

Franke: „Ein Blitzeinschlag traf mich mit solch unerwarteter und teuflischer Wucht, dass Feuerwellen aus Schmerzen von meinen Oberschenkeln den Körper hinauf

und hinunter schossen. Der zweite Schlag traf mich über meinen Schlüsselbeinen. Die Schmerzwellen trafen sich in der Mitte meines Körpers, der sich in ohnmächtiger Wut und Verzweiflung so aufbäumte, dass mir fast das Rückgrat brach. Der Sesilski hatte zugeschlagen. Auf dem Boden in einer Zelle wachte ich, von eiskaltem Wasser übergossen, wieder auf. Bewegen konnte ich mich nicht mehr. Mein rechter Oberschenkel war angebrochen."

Ankläger: „Haben Sie Karl Sesilski als ihren Folterer erkannt?"

Franke: „Ja."

Ankläger: „Hat der Mann Sie weiter gefoltert?"

Franke: „Nicht nur Sesilski. Manchmal kamen die SS-Leute in meine Zelle, schlugen erst auf mich ein, bevor sie fragten: „Willst du Sau nun Eingeständnisse machen?" Als ich den Kopf schüttelte, ging die Prügelei unkontrolliert weiter. Mehrfach wurde ich die Treppen hinunter in den Keller geprügelt, wo Sesilski auf mich wartete. Des Öfteren stand er dort in völlig verschwitztem Uniformhemd keuchend an die rechte Wand gelehnt. Seine eiskalten Augen irr verdreht, in den Mundwinkel trat Schaum aus. Es stank in dem Raum nach Schweiß, Blut und Pisse, irgendwie immer nach menschlichen Qualen. Zeigte er mit seiner Peitsche oder mit dem, was er in der Hand hielt auf den Bock, warfen mich seine Helfer entweder mit dem Rücken nach oben oder nach unten darauf. Lag ich bäuchlings, schlug er mich nach einer Weile zentimeterweise vom Nacken bis über meinen Hintern. Seinen Stock hörte ich zuerst noch durch die Luft sausen, irgendwann hörte und fühlte ich nichts mehr. Soll ich mein

Hemd ausziehen, wollen Sie die Narben sehen? Wenn ich mit dem Bauch nach oben lag, schlug er jedes Mal nur zwei Mal zu. Immer wieder auf die Beine und auf die Schlüsselbeine. Bevor ich ins KZ Neuengamme verlegt wurde, schlug er mich mehrfach, an verschiedenen Tagen, auf die Geschlechtsteile. Dabei verlor ich das Bewusstsein und wurde durch eiskaltes Wasser zurückgeholt."

Ankläger: „Was wollte man von Ihnen zu diesem Zeitpunkt in Hamburg?"

Franke: „Immer das Gleiche, man fragte, ob ich Aussagen machen wolle. Wenn ich, wie in den anderen Befragungen auch, antwortete: „Ich weiß wirklich nicht, was ich aussagen soll. Ich bin gewählter Abgeordneter aus Bremerhaven."
„Bist du ein Nichts, du bist ein Kommunistenschwein," kam die Antwort, begleitet von Schlägen bis zu meiner Besinnungslosigkeit."

Ankläger: „Später wurden Sie ins KZ Neuengamme überführt?"

Franke: „Das ist richtig. Ich wurde in Hamburg einem Mann in SS-Uniform vorgeführt. Der sah kurz auf die Papiere. „Hast du etwas zu berichten? Wir haben nichts gegen dich persönlich. Du musst doch begriffen haben, dass wir die Kommunistenschweine nicht dulden können. Bist du nun endlich bereit, dich für das deutsche Volk und unsere Bewegung einzusetzen?" „Tut mir leid, ich kann nichts berichten. Ich bin frei gewählter SPD-Abgeordneter der Bürgerschaft." Der SS-Hauptsturmführer sah mich aus weit offenen, blauen Augen ungläubig an: „Ich verstehe euch nicht, du bist Gefangener, nichts weiter. Was soll ich mit dir

machen?" Erneut blickte er in die Papiere. Völlig ruhig bemerkte er mit fast tonloser Stimme: „Neuengamme, sofort." Nachts brachte man mich mit vier weiteren Gefangenen ins KZ Neuengamme.

Der englische Mayor legte seine Lesebrille bewusst langsam auf die zusammengefalteten Papiere, aus denen er vorgelesen hatte. „Sagen Sie Karl, können Sie sich an den Herrn Franke erinnern?"

„Ich war nie politisch aktiv, also kann ich mich auch nicht an den Mann erinnern." „Aber Sie waren doch erst Hilfspolizist in Bremerhaven und später bei der Gestapo in Hamburg."

„Es gab einen Befehl Hermann Görings, der besagte, dass wir immer dort, wo die Kriminalpolizei mit den Vernehmungen der Feinde Deutschlands nicht weiterkommt, sollten wir, die Hilfspolizisten, später die Gestapo eingreifen. Wir jüngeren Mitarbeiter waren mit vielem nicht einverstanden. Was konnten wir denn machen? Mich hat keiner gefragt, ob ich Gestapo-Mitglied werden wollte. Das war einfach so."

„Sie haben die Aussage von Franke gehört. Was sagen Sie dazu?"

„Die Aussagen von diesem Franke können nicht der Wahrheit entsprechen. Die sind weit übertrieben."

„Erinnern Sie sich überhaupt an den Fall Franke?"
„Nein."
„OK, das war es für heute."

„Nur noch eine Frage, haben Sie mit den Gefangenen jemals Mitleid empfunden?" Langsam ging der Anwalt in englischer Majorsuniform um seinen Schreibtisch herum, nickte den beiden an der hinteren Wand stehenden Militärpolizisten zu. Ein heftiger Schmerz durchzuckte Sesilskis Körper, vom Gesicht bis zum Herzen und zurück. Wieder und wieder zog die Reitpeitsche des Mayors Spuren über das Gesicht des Gefangenen. Blut tropfte von den zerplatzten Lippen auf seine Brust. Ein unglaublich kräftiger Faustschlag in seinen Magen raubte ihm das Bewusstsein.

Von seinen Füßen her spürte Karl Sesilski Kälte in sich hochsteigen. Seine Handgelenke, seine Arme schmerzten höllisch. Die geschwollenen Augen konnte er nicht öffnen. Er schmeckte immer noch Blut und versank in eine erlösende Dunkelheit. Kaltes Wasser weckte ihn auf. Ein englischer Wachmann stand vor ihm, schöpfte dreckiges, mit Urin und Exkrementen verdrecktes Wasser hoch, schütte es über seinem Kopf. An den Händen gefesselt hing er mehr als er stand, bis zu den Knien mitten in einer überfluteten Nasszelle. Immer wieder übergoss man ihn mit eiskaltem Dreckwasser. Wie er in seine eigentliche Zelle zurückgekommen war, wusste er nicht. Eines Abends war er aufgewacht. Es stank fürchterlich. Am nächsten Morgen öffnete sich die Zellentür. Der Vernehmungsoffizier stand, begleitet von zwei Militärpolizisten, die ihre Maschinenpistolen auf Karl Sesilski hielten, lächelnd in der Tür.

„Sagen Sie Karl, ist Ihnen Frau Erna Sack bekannt? Und, Mann, was wissen Sie von den Kindern in Neuengamme?"

Der Angesprochene antwortet nicht, nicht weil er nicht wollte, sondern weil er nicht mehr sprechen konnte; sein Hals, seine Lippen, sein Gesicht waren zu stark geschwollen. Er hob sein entstelltes Gesicht und nickte, nur aus der Hoffnung, weiteren Schlägen und Foltern zu entgehen.

„Wir sehen uns." Die Zellentür schlug zu.

Der in britischer Gefangenschaft in Bad Nenndorf sitzende Gestapomann Karl Sesilski hatte für sich erkannt, dass er nur eine Chance zum Überleben hatte, wenn er sich kooperativ mit den Engländern zeigte. Mit allen Mitteln versuchte er, von seinen Taten abzulenken, um auf noch schwerere Verbrechen der Nazis hinzuweisen. Nach weiteren Befragungen, nach Schlägen und stundenlangem Stehen in eiskaltem Wasser gab man ihm eines Tages einige Blatt Papier und einen Bleistift. Nach vier Tagen ohne jegliche Nahrung und nach nur einem Becher schwefeligem Wasser schien er jedoch weich geworden zu sein.

„Karl, nutzen Sie diese Chance. Helfen Sie uns, die wirklichen Verbrecher zu fassen. Schreiben Sie auf, was sie wissen. Vielleicht kann ich Sie retten."

Am nächsten Morgen fand der wachhabende Militärpolizist Karl Sesilski auf seiner Pritsche liegend vor. Blut tropfte auf den mit Dreckwasser bedeckten Boden. In seiner Halsschlagader steckte ein scharf

geschliffener Bleistift. Auf dem Fußboden verteilt schwammen beschriebene Papierbögen. Die herbeigerufenen Sanitäter versuchten alles, ihn zu retten. Karl Sesilski verblutete und vergiftete sich mit einem Bleistift.

In seinem fehlerhaften, schlechten Deutsch hatte er notiert:

Erna Sack
Die war mein Hausmädchen. Ist abgehauen. Im *KZ Neuengamme* hab ich sie kurz gesehen. Hab mit den Huren im Lager nix zu tun gehabt.

Wegen der Kinder

Es hatte sich schnell rumgesprochen, dass der Arzt Kaltmeyer den Kindern im KZ, die Haut ritzen ließ. Eine Bakterienlösung hat er in die Wunden gerieben, die entstandenen Geschwüre und Fieberkurven beobachteten die Ärzte tagelang. Auch ließen sie den Kindern die Lymphdrüsen herausschneiden mit oder ohne Betäubung. Laut Gerüchten flößte Kaltmeyer ihnen die Lösung direkt in die Lungen ein. Die Versuche an zwanzig Kindern dauerten bis zum Frühjahr 1945. Dann kam der Befehl von SS-Reichsführer Heinrich Himmler an alle noch nicht befreiten Konzentrationslager: Kein Häftling soll als

lebender Beweis dem Feind in die Hände fallen. Für den KZ-Kommandanten in Neuengamme galt: „Die Abteilung Kaltmeyer ist aufzulösen." Wir ließen die Kinder, ihre Betreuer und zahlreiche russische Kriegsgefangene am Abend des 20. April nach Hamburg bringen, in den Keller der Volksschule am Bullenhuser Damm im ausgebombten Stadtteil Rothenburgsort. Hier wurden sie von einem KZ-Arzt, der mit dem polnischen Namen Treinki, oder so, betäubt und von SS-Männern an Haken in der Decke aufgehängt. Einer von ihnen, hängte sich mit seinem ganzen Gewicht an die Körper von kleinen Kindern, damit sich die Schlinge zuzog. Die ganze Aktion dauerte so zwanzig Stunden, bis all der Dreck tot war. Die Männer hatten ihre Befehle. Ich war dort nie direkt eingesetzt. Ich frag mich nur, ob jemand von ihren Tommys Mitleid mit den Kakerlaken haben, die unter seiner Tür durchkriechen, oder mit den Fliegen, die sich mit ihren Dreckigen Füße auf sein Essen setzen, wenn sie gerade von Hundescheiße oder anderem Dreck kommen. Mitleid mit Dreck darf man nie haben, man muss alles sauber halten.

Heil Hitler

Karl Sesilski

Die Leiche des Gefangenen wurde im Krematorium des nahen, ehemaligen KZ-Lagers Bergen-Belsen bei Hannover verbrannt. Die Angehörigen in Hamburg konnten nicht ermittelt werden. Bei den englischen

Besatzern Norddeutschlands fehlte es an jeglichem Interesse daran.

Kapitel 7

Sprachlos
Annegret und Susanne
taubstumme Mädchen
Hamburg – St. Pauli 1947/48

Anmerkung:

Für die Nazis waren Gehörlose, damals „Taubstumme" genannt, „minderwertig". Zur nationalsozialistischen Ideologie gehörte die unbedingte Gesunderhaltung des deutschen Volkes. Ein Volk kann nur dann stark sein, wenn seine Erbmasse gesund und die Menschen reinrassig sind, meinten die Nazis. Folglich waren sie nur an der Erhaltung und Fortpflanzung des angeblich wertvollen nützlichen Lebens interessiert. Damit griffen sie die schon im Kaiserreich und in der Weimarer Republik von einigen Ärzten, Juristen und Rassehygienikern verbreitete Meinung auf. Die hatten sich für eine Verhinderung der Fortpflanzung „minderwertiger" Menschen ausgesprochen.

Diese Menschen kosten zu viel Geld!

„Die Schulbildung „Taubstummer" kostet viel mehr Geld als die der nichtbehinderten hörenden Schüler:" Mit dieser Aussage machten die Nazis Stimmung in der

Bevölkerung. Das deutsche Volk, das unter den Auswirkungen des verlorenen Ersten Weltkrieges, der Weltwirtschaftskrise und großer Arbeitslosigkeit litt, musste von den für Behinderte aufzubringenden Lasten befreit werden. Durch ihre Propaganda verstanden es die Nazis, dafür zu sorgen, dass sich in der Bevölkerung kein großer Widerstand gegen die Sterilisierungen regte. Diese Maßnahme wurde geradezu als sittliche Pflicht in Verantwortung gegenüber dem gesamten Volk verstanden. Dieses Schicksal muss im Sinne des ganzen Volkes ertragen werden, war die Parole.

In vielen nationalsozialistisch gesonnenen Lehrern fanden die Nazis willige Helfer. Auch Vertreter der ev. Kirchen begrüßten das Sterilisationsgesetz. Seelsorger nahmen Einfluss auf die Gehörlosen und nannten die Zwangssterilisation ein Schicksal, das der oder die Erbkranke zu ertragen habe. Die Not für die betroffenen Gehörlosen wurde noch dadurch vergrößert, dass ihnen Stillschweigen über die zwangsweise vorgenommene Sterilisation auferlegt wurde. War es da verwunderlich, dass Gehörlose und Taubstumme selbst in den eigenen Familien als große Belastung gesehen wurden. Selbst über das Ende des Krieges hinaus. Die damaligen Taubstummen hatten keinen gesellschaftlichen Wert. Was über ein Jahrzehnt in die Köpfe der Menschen implantiert wurde, löscht sich nicht von selbst.

Mir ist absolut klar, dass das deutsche Volk sexuell absolut in Unordnung ist. Wenn ein Volk in seinen aller natürlichsten Lebensgesetzen nicht in Ordnung ist, so ist das für das Ganze Dynamit!"

Heinrich Himmler

Mit viel Schwung knallte Annegret Schneiderhahn die Autotür zu. „Für zehn Mark soll der sich selber ficken oder seine Alte!" Diese Gedanken kamen ihr jedes Mal, wenn ein Freier am Hamburger Fischmarkt ihr unverschämte, sexuelle Praktiken für wenig Geld abverlangen wollte. Sie sah herüber Susanne Kröplin, ihre beste Freundin. Seit ihrer Kindheit gingen sie wie Schwestern miteinander um. In der Sonderschule für Taubstumme saßen sie nebeneinander. Die beiden sehr jungen Frauen lächelten sich zu, zuckten mit den Schultern, trampelten kurz mit ihren kalten Füßen auf dem Pflaster hin und her. Dann streckten beide wieder ein nacktes Bein vor. Von rechts näherte sich ein Auto so langsam, dass es nur ein Freier auf der Suche nach einer schnellen Sexnummer im Auto sein konnte. Durch die Seitenscheibe stierend fuhr der Mann weiter. Seit zwei Monaten standen sie jetzt unten am Hamburger Fischmarkt, boten sich und ihre Dienste an. Sie wussten genau, was sie tun mussten, wussten, was fast alle Männer gern mochten. Das hatten sie in ihrer Kindheit gelernt. Schon als kleine Mädchen merkten sie sehr

schnell, was Papa und seine netten Freunde von ihnen wollten.

Wenn Susanne bei ihnen war, fummelte ihr Papa zuerst bei ihr und dann bei ihrer Freundin zwischen den Beinen. Die beiden Freundinnen fanden das zuerst sehr ekelig. Annegrets Mutter war im Krieg gestorben, Annegret lebte mit ihrem Vater allein. Susannes Mutter wollte nichts davon wissen. Ihre Tochter konnte sich nicht verständlich machen. Sie nahm ihren Rock hoch, fummelte an sich herum und weinte. Wie sollte sie das nur ihrer Mutter erklären? Eines Tages malten Susanne und Annegret ein Bild von einem Mann und zwei Mädchen. Der schwarze Mann griff den beiden mit beiden Händen zwischen die Beine. Damals, so kurz nach dem Krieg konnten sie noch nicht schreiben. Schulen gab es nicht. Taubstumme Kinder versteckte man besser. Susannes Mutter gab beiden Mädchen eine Ohrfeige. Sie zerriss das Bild sofort. Die Papierschnitzel landeten im Küchenherd. Wütend schickte sie ihre Tochter ins Bett, Annegret nach Hause.

An einem Freitagnachmittag hatte Annegrets Papa seine Freunde eingeladen. Neugierig setzen sich die beiden Mädchen mit an den Tisch, sie wollten auch lernen, wie man Karten spielt. Aufmerksam sahen sie zu, holten kaltes Bier vom Balkon, mischten die Karten abwechselnd, lachten und freuten sich, dass sie dabei sein durften. Nur reden konnten sie nicht. Ihre geräuschlose Welt bestand nur aus Bildern. Irgendwann zog ihr Papa seine Tochter Annegret auf

seinen Schoß. Er trank sein Bier, spielte weiter Karten. Annegret drehte sich weg, wenn er mit ihr sprach. Sein Mund roch so stark nach Bier und Zigarettenrauch, dass es sie ekelte. Plötzlich warf er seine Karten auf den Tisch, rekelte seine Tochter auf seinem Schoß hin und her, lachte seine Freunde an. Dann griff er Annegret mit beiden Händen an ihre kleinen Brüste. Sie drückte sich zurück an die Brust ihres Vaters, schob seine Hände immer wieder weg. Onkel Karl griff sich Susanne, zog sie auf seinen Schoß, schaukelte sie lachend hin und her. Die Männer lachten immer lauter. Onkel Karl war der Erste, der Susanne unter den Rock griff, an ihrem Bein hochfuhr, in ihren Schlüpfer reinfuhr, an ihrer Muschi rumfummelte. Plötzlich zog er seine Hand zurück, hielt sich die Finger an die Nase. Er lachte sich kaputt. Wie erstarrt saßen die beiden Mädchen auf den Schößen der Männer. Ganz langsam zogen die ihnen ihre Schlüpfer aus, schoben ihnen die Kleidchen über den Kopf, streichelten, beruhigten sie.

Annegret lachte als Erste wieder, sie fand das witzig, von den Männern angeguckt zu werden. Das Gefummel zwischen ihren Beinen kannte sie ja schon lange. Papa Schneiderhahn reichte seine Tochter weiter. Ernst-August, der Krankenpfleger, griff nach dem Mädchen. Er setzte es rittlings auf seinen Schoß, nahm ihr Haar in die eine Hand, zog ihren Kopf ganz vorsichtig zurück, griff zu seinem Bier: „Bier können sie wohl schon ab. Bring Schnaps mit," grölte er seinem Freund hinterher. Auf dem Weg auf die Toilette blickte

Uwe Schneiderhahn sich um. „Seid vorsichtig, beide sind noch sauber. Da war noch keiner bei," rief in die Männerrunde. Die Männer lachten. Onkel Karl reichte Susanne weiter, wieder musste sie einen großen Schluck Bier nehmen. Sie mochte das nicht. Bier war ekelig. Langsam fand sie es aber lustig mit den Männern. Die streichelten sie, griffen über den Tisch, gaben ihr Bier, das jetzt nicht mehr so bitter schmeckte. Sie fand es aufregend, zwischen all den Männern zu sitzen. Sonst musste sie immer in ihrem Zimmer bleiben, wenn Besuch kam. Sie konnte ja nichts hören und nicht sprechen. Ihre Mutter versteckte sie lieber. Bei Annegret war das genauso, ihr Papa ging nur abends mit ihr auf die Straße, dann trafen sie kaum Bekannte oder Freunde. Und jetzt, jetzt standen sie beide im Mittelpunkt. Wenn die Finger der Männer sich an ihre Muschi schlichen, machten sie die Beine breit, das hatte ihnen Annegrets Papa beigebracht. Als er aus der Toilette zurückkam, schwenkte er eine Schnapsflasche in der rechten Hand. An diesem Nachmittag merkten die beiden Mädchen, dass die Männer hart in ihren Hosen wurden, wenn sie nackt auf deren Schoß saßen. Als Ernst-August seinen Schwanz rausholte und Annegret hinhielt, erschrak sie. Sie sah ihren Vater fragend an. Der nickte, lächelte sie an. Als er ihr die Schnapsflasche an den Mund hielt, nahm sie einen großen Schluck. Hustend und prustend drückte sie sich an Ernst-August Hemd. Ganz langsam nahm er ihre Hand, legte die bei sich an, drückte sie fest

zusammen, bewegte sie hin und her. Mit geschlossenen Augen ließ das Mädchen alles geschehen; sie legte ihren Kopf auf Ernst-August rechte Schulter, starrte unbewegt auf die geblümte Tapete. Ihre Hand ging immer rauf und runter. Der Freund ihres Papas hielt sie zu fest, sie konnte ihre Hand nicht wegnehmen. Er roch ekelig nach Schweiß, Rauch und Bier. Plötzlich zuckte das Ding in ihrer Hand, etwas spritze auf ihre Beine, auf ihren Bauch. Sie nahm die Hand weg, drückte sich noch fester an den Mann. Der stöhnte laut auf. Der ist betrunken, fuhr es ihr durch den Kopf. Die Männer begannen zu lachen. Ernst-August drehte sie auf seinem Schoß um. Mit dem herabhängenden Tischtuch wischte er ihren Bauch und ihre Beine ab. Das Mädchen sah in die Runde der Männer. Ihre Freundin schlief auf Karls Schoß. Sie wollte runter, fing an zu strampeln, brummte und griff zu ihrem Vater. Der nahm sie auf den Arm, brachte sie in ihr Zimmer, legte sie aufs Bett und deckte sie liebevoll zu. Als er zurück ins Wohnzimmer kam, hatte Karl der Susanne bereits ihren Schlüpfer angezogen, streifte ihr gerade das Unterhemd über und stellte das Mädchen auf den Fußboden.

„Zieh ihr das Kleid wieder an. Lassen wir es langsam mit den Kindern angehen." Annegrets Papa wollte nun seine Freunde loswerden. „Von jedem kriege ich fünf Mark. Ich muss das Kind zurückbringen. Und haltet eure Klappe, immer" Er blickte herausfordernd in die Runde: „Sonst ist Schluss damit. Dann behalte ich die

beiden für mich. Klar?" Seine Freunde nickten, griffen in ihr Portemonnaie, legten das Geld auf den Tisch. „Soll ich die Kleine nach Hause bringen?" Fragte Karl. Uwe sah seinen Freund an und meinte grinsend: „Nee, mein Lieber, das mache ich besser selber." Er griff sich Susanne, half ihr, die Schuhe anzuziehen, nahm sie an die Hand und scheuchte seine Freunde aus der Wohnung. Diese Nacht blieb er bei Susannes Mutter. Über den kleinen Notgroschen, den ihr Freund für sie heute erwirtschaftet hatte, freute sie sich. Alles Geld, das für die Tätigkeiten ihrer Töchter hereinkam, wollten sie ehrlich teilen. „Dann hat es doch etwas gelohnt, dass wir sie all die Jahre versteckt vor den Nazis haben. Irgendwie habe ich trotzdem ein schlechtes Gewissen," meinte Susannes Mutter anfangs noch.

„Und du," Annegrets Vater sah damals seiner Bekannten direkt in die Augen. „Du machst es doch mit den vielen Kerlen auch für Geld. Meinst du, als Taubstumme erreichen unsere Mädchen was anderes, als Nutten zu werden. Darauf müssen wir sie vorbereiten. Das verstehst du doch ganz bestimmt." Damit hatte sich jede Diskussion über das Schicksal der beiden Mädchen erledigt. Solange etwas Geld in die Haushaltskasse kam, war jedes Mittel recht.

So wie jeden Samstag badeten Annegret mit Papa. Annegret saß immer an der schrägen Seite der Wanne, Papa auf dem Abfluss. Manchmal zog er heimlich den Stöpsel ein Stückchen heraus. Das Wasser gurgelte

kuschelte sich auf ihren lang ausgestreckten Vater. Sie genossen beide das noch warme Badewasser.

Annegret und Susanne lernten mehr und mehr, wie sie Papa und seine Freunde lieb behandeln mussten. Sie bekamen etwas Geld, manchmal fünfzig Pfennig für das Kino am Samstag. Oft kamen die Männer mit Bonbons oder Schokolade. Sogar Sinalco oder Cola stand für die beiden Mädchen auf dem Tisch. Immer mehr Geld ließ Papa auf dem Tisch liegen, wenn seine Freunde gegangen waren. Für Susannes Mutter gab er dicke Umschläge mit, wenn sie mittwochs und freitags nach Hause ging. Sie legte das Geld auf den Küchentisch, weil ihre Mutter nachts fast nie zu Hause war. Gegessen hatte sie bei Annegrets Papa, der machte immer so leckere Brote oder Bratkartoffeln. Es roch dann in der ganzen Wohnung so wunderbar. Sie aßen an diesen Tagen zusammen, bevor die Freunde kamen. Onkel Karl war der erste Mann, der Annegret mit in Papas Schlafzimmer nahm. Auf dem großen Bett machte sie mit ihm, was sie immer bei allen Freunden machte. Sie nuckelte an ihm herum, er spielte an ihrer Muschi. Beide kuschelten sich aneinander. Angst hatte sie nie mehr gehabt. Papa passte doch auf. Keiner durfte den Mädchen etwas tun, sie konnten ja nicht rufen. Kuscheln war für sie das Größte, das machte richtig Spaß. Als Onkel Karl sich zwischen ihre Beine auf sie legte, wollte sie ihn erst wegstoßen. Er lächelte sie an. Zeigte auf die Tür, die weit offenstand. Langsam nahm er seinen Schwanz in die rechte Hand, bewegte ihn

langsam an ihrer Muschi auf und ab, drückte mehr und mehr gegen ihre Spalte. Als diese sich leicht öffnete, merkte Annegret, dass Wasser an ihrem Po herunterlief. Sie wusste nicht, was das war. Onkel Karl drang sehr vorsichtig tiefer immer tiefer in sie ein, mit weit aufgerissenem Mund merkte seine Nichte einen stechenden Schmerz in sich. Schreien konnten sie ja nicht. Sie krallte sich in die Schultern ihres Onkels, der ganz still, bewegungslos auf ihrem zarten Körper lag. Er war gar nicht schwer, streichelte zärtlich ihren Kopf, legte seine Wange an ihr linkes Ohr. Sein Mund spielte mit ihrem Ohrläppchen. So lagen sie beide ganz still. Als Annegret ihre Augen wieder öffnete, sah sie ihren Vater in der Schlafzimmertür stehen. Er lächelte sie an, nickte mit dem Kopf. Da wusste sie, dass sie alles richtig gemacht hatte. Papa hatte nicht geschimpft, was sie an seinen Augen und an seinem Mund sehen konnte. Auch seine Stirn hatte keine Falten. Das war gut so. An diesem Abend bekam sie von Papa zehn Mark. Sie wusste nicht wieso, hatte aber gesehen, dass auf Papas Bett rote Flecken waren. Sie hoffte inständig, dass Onkel Karl sich nicht verletzt hatte, weil sie etwas falsch gemacht hatte. Ihrer Freundin Susanne zeigte sie stolz die zehn Mark. Klar wollte die wissen, wie und woher sie so viel Geld hatte. Annegret malte ihr auf, was sie erlebt hatte. Ein Mann lag auf ihr, sein Pimmel war in dem Mädchen, das unter ihm lag. Ihre Freundin sah sie komisch an. Sie war neugierig geworden, spielte jetzt oft mit ihrer Muschi, merkte, dass sie auch Wasser darin

172

hatte, das nicht nach Pipi roch. Das schöne Gefühl kam immer öfter, sie wusste sogar schon, wo die Stelle in ihrer Spalte war. Sie zeigte das ihrer Freundin, die sofort das Gleiche tat. Die beiden Freundinnen rekelten sich immer öfter in Papas Bett, wenn der zur Arbeit war. Als Onkel Karl eines Tages Susanne mit ins Schlafzimmer nehmen wollte, hielt Annegrets Papa ihn zurück. „Du hast schon, du kannst Annegret nehmen. Heute kann Ernst-August, wenn du willst." Er sah seinen Freund an: „Aber vorsichtig, ich komm' gucken."

Ernst–August schob Susannes Hand von seinen Eiern weg, nahm sie auf den Arm, trug sie ins Schlafzimmer. Ängstlich blickte sie ihm über die Schulter auf die anderen Männer. Alle lächelten und nickten ihr zu. Papa Schneiderhahn stand langsam auf, kam hinter den beiden her. Als der Mann sich vorsichtig auf sie legte, sah sie den Freund ihrer Mutter in der Tür stehen. Das beruhigte sie, ihre Angst war verflogen. An diesem Abend bekam auch sie zehn Mark. Susannes Mutter und Annegrets Papa waren froh, dass jetzt mehr Geld ins Haus kam. Sie konnten mehr und bessere Lebensmittel kaufen, konnten sich neue Möbel anschaffen und gute Kleidung aussuchen. Die Mädchen gingen erst mit sechzehn Jahren in die Schule für Taubstumme. Sie lernten schnell und übten mit Papa stundenlang, was sie gelernt hatten. Von ihrer Arbeit erfuhr niemand etwas. Das war ganz normal. Susannes

Mutter hatte auch viele Freunde, die in die Wohnung kamen.

Nur das mit dem Geld, das passte den Mädchen bald nicht mehr, mit siebzehn Jahren hatten sie ihren eigenen Willen. Sie wollten mehr, wollten sich schicke Sachen kaufen. Als es Streit gab, weigerten sich die Mädchen, sich mit den Freunden ihres Vaters und Susannes Mutter einzulassen. Es gab immer wieder Streit, Gebrülle und die eine oder andere Ohrfeige. Eines Tages verschwanden beide Mädchen, sie hatten eine Wohnung gefunden. Ein Freund von der Reeperbahn hatte sie ihnen besorgt. Als Papa sie eines Nachts am Fischmarkt auf der Straße stehend vorfand, gab es noch einmal richtig Geschreie. Papa kam nie wieder. Als er im Hafenkrankenhaus aufwachte, begriff er, dass die beiden jungen Frauen jetzt jemandem anderem gehörten. Sie waren alt genug. Oft lachten die beiden über diese Nacht und das erste Jahr in der Wohnung ihres neuen Freundes Kalle. Sie hatten viel Spaß, Kalle brachte seine Freunde mit. Ihre Zeichensprache konnte niemand verstehen. Und dennoch strahlten Ihre Augen jedes Mal, wenn sie an diese Zeit dachten. Für sie änderte sich wenig. Nur jetzt behielten sie einen großen Teil des Geldes, das sonst der Papa von Annegret eingesteckt hatte.

Offensichtlich bekamen die Männer zu Hause bei ihren Frauen nie das, was sie brauchten, denn fast jeder, der eines der jungen Frauen mitnahm, ließ sich einen blasen. Fast immer das Gleiche. Pullover hoch, Brüste

rausholen, langsam den Schwanz umfassen, wenn das Stöhnen begann, schnell noch ein Kondom überstülpen und saugen. Meistens ging alles sehr schnell. Das Zucken der Männer war das Zeichen, um mit einem Finger über die Schwanzspritze zu streicheln. Nie merkten die Männer was, dass es nicht die Zunge war. Das Abspritzen in den Mund gab es nur mit ein paar Extrascheinen. Oft wollten die Typen auch noch Finger in sie reinstecken. Die ekeligen Hände schoben die jungen Frauen vom Fischmarkt immer wieder zur Seite. Auch Küssen ging gar nicht. Papiertuch rüber, das Kondom abstreifen, die Brüste wieder einpacken. Das Geschäft erledigte sich normalerweise in weniger als zehn Minuten. Die anderen Damen passten genau auf, wann die Kolleginnen zurück an ihren zugewiesenen Stammplatz kamen. In einem, der auf der anderen Straßenseite parkenden Autos, lauerte jede Nacht einer der Zuhälter, der auf die Mädchen aufpasste. Die geheimen Zeichen wusste jede der Damen zu deuten, die Zuhälter auch. Zigarette austreten bedeutete, der will eine schnelle Nummer, die Kippe über den Wagen werfen, ich bleibe länger weg, das ist ein Stammkunde, der will das volle Programm. Titten kneten, vielleicht daran nuckeln, blasen und bumsen, bei den jungen Frauen lecken, wollten nur ganz wenige, weil sie dafür viel mehr zahlen mussten. Geld gab es immer vorher, die jungen Frauen verließen sonst sofort das Auto. Sie ließen sich in diesem Punkt auf keinerlei Diskussionen ein. Der eine oder andere legte gleich mehr Geld auf das

Armaturenbrett. Dann drehten man die Rücklehne ganz nach hinten, zog den Slip bis zu den Knöcheln runter und machte die Beine breit. Sollten sie doch lecken, wenn es ihnen Spaß macht, da herumzusaugen, wo andere Männer gerade drin gewesen waren. Darüber lachten die beiden Freundinnen oft, wenn sie sich über die Freier unterhielten. Mit ihrer geräuschlosen Zeichensprache konnten sie sich ohne Probleme verständigen. Auch nachts, wenn die Straßenlaternen einen schwachen Lichtschein auf sie warfen. Annegret winkte zu dem parkenden Auto mit dem Aufpasser herüber und deutete an, dass sie abbrechen wollten. Die Nacht war ungemütlich, es war nicht viel los. Der kalte Wind, der leichte Regen, der immer wieder vom Hafen, der Elbe herüberflog, hüllte alles in tristes Hamburger Grau. Das kurze Aufblitzen der Autolichter signalisierte ihr, dass sie Schluss machen konnte. Der Fahrer wusste, dass die beiden Frauen gemeinsam ihren Dienst am Fischmarkt beenden würden. Er hatten für Annegret drei Freier in dieser Nacht notiert, Susanne hatte vier Männer bedient. Den Zettel würde er später Kalle geben, der machte die Abrechnung. Er war froh, dass er losfahren konnte, die Nacht wurde langweilig. Es war wirklich nichts los. Im Rückspiegel sah er plötzlich einen Wagen, der auf der Straße wendete und zu seinen beiden Huren zurückfuhr. Er bremste kurz, nur um noch einen Freier für Annegret zu notieren, weil er aus weiter Ferne durch den Schleierregen sah, wie seine Hure in den

Wagen einstieg. Dann brauste er Richtung Reeperbahn ab.

Gut eine Stunde später tauchte Susanne in der Hafenbar auf. Vollkommen aufgeregt versuchte sie ihren männlichen Beschützern klarzumachen, dass Annegret nicht wieder gekommen sei. Kalle, ihr Zuhälter sah sie kurz an, holte aus und schlug ihr mitten ins Gesicht. „Du sollst aufschreiben, was los ist. Dein blödes Gestammel kann doch keine Sau verstehen!" Nochmals klatschte er ihr eine auf ihren Rücken. Weinend und zitternd schrieb ihm Susanne auf, was geschehen war. „Autonummer!", schrie er sie an, schrieb das Wort auf den Zettel. Susanne zuckte mit den Schultern: „Regen", versuchte sie zu stammeln. Sie zeigte auf ihre Augen, schüttelte dann heftig den Kopf. Wieder traf Kalles Hand sie im Gesicht. „Du Miststück, wie oft habe ich euch gesagt, ihr sollt aufpassen", schrie er voller Wut. „Dir werde ich das zeigen," wieder und wieder schlug er auf die junge Frau ein. Bis ihm ein älterer Mann den Arm festhielt: „Lass gut sein Kalle, los wir suchen."

Erst gegen Mittag des nächsten Tages entdeckte der Hund eines Spaziergängers eine unbekleidete Frauenleiche im Gebüsch am Elbhang. Die Polizei aus der Davidswache an der Reeperbahn erkannte die junge Frau. Es war Annegret, die taubstumme Prostituierte vom Fischmarkt. Nur, gesehen hatten sie so etwas noch nicht. Die weit auseinander gespreizten Hände und Füße hatte jemand mit ganz feinem

Kupferdraht an den Wurzeln der Büsche festgebunden. So fest, dass sich der Draht in das Fleisch einschnitt. Blut war aus den Wunden gesickert. Den zarten, nackten Körper bedeckten blaue, zum Teil aufgeplatzte Striemen von furchtbaren Schlägen mit einer Peitsche oder dünnen Rute. Unter diesen Attacken, den brutalen Schlägen auf ihren Hals verstarb die junge Frau, das stand für die Hamburger Mordkommission fest. Walter Hansen von der Hamburger Mordkommission ließ sich die Fotos zeigen, nickte seinem Kollegen zu. Solche Fälle bearbeitete er, um zu versuchen, Zusammenhänge mit dem Mädchenmord in Eimsbüttel ein Jahr nach dem Krieg zu finden. „Das ist der Gleiche gewesen. Wie damals in Eimsbüttel. Es ist furchtbar. Irgendwann kriege ich das Schwein." Walter ging zu seinem Kollegen Werner ins Zimmer und legte ohne weiteren Kommentar die Bilder der Toten vor seinen Kollegen. „Guck dir die Bilder an, dann weißt du, woran ich denke. Ach übrigens hat man ihre Schuhe gefunden?" Das fragte er noch.

Annegrets Vater konnte nicht schnell genug in die Hafenkneipe kommen, um Kalle für den Tod seiner Tochter verantwortlich zu machen. Die Männer schrien sich gefährlich an. Der Wirt schrie dazwischen, wollte die Polizei holen. Als sich die Außentür öffnete, kam der Hurenaufpasser vom Fischmarkt herein. Tödliche Stille überschwemmte den verräucherten Kneipenraum. Er wollte sich entschuldigen, wollte seine Fehler wieder gutmachen. „Lass man sitzen, du

bist ein Idiot, Mann. Verpiss dich, mit dir Versager wollen wir nichts zu tun haben, Mann! Raus jetzt!" Der Boss der Zuhälter schrie ihn unglaublich laut an: „Du dumme Sau bist verantwortlich für den Mord an Annegret. Was bist du für ein Versager. Ich schlag dich tot." Kalle stieß sich von der Theke ab. In seiner Hand schwang eine Eisenkette bedrohlich hin und her. Rolf aus Eimsbüttel blickte sich um, die anderen Gäste, auch der Vater von Annegret verhielten sich plötzlich sehr ruhig. Lautlosigkeit breitete sich wie giftiger Nebel in der Hafenkneipe aus. Breit grinsend drehte sich Kalle, der Zuhälter, der Beschützer, der Loddel, wie man in Hamburg die Zuhälter nannte, zu den anderen Gästen um, als die Kneipentür zuschlug. Der zweite Aufpasser rannte über den Fischmarkt als sei der Teufel leibhaftig hinter ihnen her. Er verschwanden in der nächste Eckkneipe.

Mit einem kurzen Blick zu Rolf Sesilski, einem unmerklichen Kopfnicken beendete Kalle diese Angelegenheit. „Gib mir noch einen Kaffee," wandte er sich an den Wirt. Kalle trank keinen Alkohol; auch kein Bier. „Und du," wandte er sich an Rolf, sah dem jungen Mann direkt ins Gesicht: „Und du mein Lieber fährst vorsichtig als letzter vom Kiez, wenn noch Mädel draußen sind. Mit deinem schwarzen Opel-Kadett wirst du überall gesehen., klar." Wie versteinert sah Rolf seinen Chef mit hochrotem Kopf an. „Was wirst du denn rot, Mann, dein Chef weiß alles." Kalle blickte sich zu seinem Kumpel im Lokal um: „Und eines noch, was

ist das Wichtigste an einer Autonummer? Na, was?" Rolf starrte ihn mit weit aufgerissenen Augen an. „Vielleicht der TÜV-Stempel," stammelte er immer noch nicht wissend, ob man ihn am Fischmarkt gesehen hatte.

„Nee, mein Lieber, bei einer Autonummer ist das Wichtigste, dass die Sitze sauber bleiben." Brüllend vor Lachen schlugen die anderen Gäste auf die Tische. Alle kannten den Witz schon lange.

In der Hafenschute unterhalb der Hafenkläranlage fand man am nächsten Tag, tief im Klärschlamm die männliche Leiche des unaufmerksamen Hurenaufpassers, der vergessen hatte, sich das Kennzeichen vom Auto des letzten Freiers zu notieren, weil er müde gewesen war. Seine weiße, tote Hand hatte aus den menschlichen Exkrementen von Tausenden Haushalten herausgeragt. Die Kripo vermerkte in den Akten: Tot durch Auspeitschen. Hauptkommissar Hansen nahm diesen Fall zu den Akten der beiden anderen Morde. Er schrieb auf den Aktendeckel PEITSCHEN MORDE.

Eine Woche blieb Susanne zu Hause. Sie trauerte noch Jahre um ihre Freundin, mit der sie wie mit einer Schwester aufgewachsen war. Sie brachte jede Woche frische Blumen auf deren Grab. Am liebsten gelbe, die mochte Annegret so gerne. Weil die so schön leuchteten.

Kapitel 8

Emma-Luise erinnert sich an die Bombennächte von 1943
Hamburg-Bergedorf 1973

An diesem Sonntagmorgen saß Emma-Luise Sesilski, wie an vielen Tagen zuvor, am Fenster zum Hof ihres Elternhauses, am Brookdeich in Hamburg-Bergedorf. Sie lebte dort seit Jahren allein. Sie lächelte, auch so wie jeden Morgen, wenn sie an ihre Kinder Rolf und Eva dachte. Sie war froh, dass beide so gut versorgt waren. Besonders den Sommer genoss sie sehr. Zwischen ihren Obstbäumen, den Wiesen, den Hühnern und Gänsen, die sie sich immer noch hielt, fühlte sie sich sehr wohl. Heiraten konnte sie nach dem Krieg nicht wieder. Die Ehe mit ihrem Mann Karl hatte zu viele Narben auf Ihrer Seele hinterlassen. Letztendlich war sie erleichtert, als ihr die Nachricht von seinem Herztod zugestellt worden war. Wohl gab es den einen oder anderen Mann in ihrem Leben, doch sobald es um eine Heirat oder auch nur um ein gemeinsames Wohnen ging, verschloss sie sich allen Versuchen, sie zu überzeugen. Besonders Eva hatte sie immer wieder gedrängt, doch Rolf verstand ihre ablehnende Haltung. Er flüsterte seiner Schwester eines Tages sehr bestimmt zu: „Lass Mama in Ruhe, sie heiratet nicht wieder, basta damit. Hast du verstanden."

Er sah seine Schwester über den sonntäglichen Frühstückstisch mit weit offenen, eisblauen Augen an. Eva, wusste sehr genau, bei diesen Augen, bei diesem Unterton in seiner Stimme, würde es nie wieder Diskussionen zu diesem Thema geben. Damals lächelte Emma-Luise ihre Kinder versonnen, beinahe nachdenklich an. Sie erkannte in der Stimme ihres Sohnes ihren Mann wieder. Die Erinnerungen an die letzten Jahre mit ihrem Ehemann, Karl Sesilski, waren zu schmerzhaft. Die Wunden auf ihrer Seele immer noch frisch. Als der Briefkasten an diesem Sonntagmorgen klapperte, stand die alte Frau langsam aus ihrem Sessel am Fenster auf. Es konnte nur der nette Zeitungsjunge sein, der das Bergedorfer Tageblatt einwarf. Sie freute sich besonders auf die Artikel über die Bergedorfer Geschichten, vielleicht würde sie ja jemanden von früher kennen, der in der Zeitung erwähnt wurde. Auch an den vielen Werbeprospekten in diesem sonntäglichen Blatt hatte sie Interesse. Obwohl sie kaum etwas kaufte. Die Suche nach Sonderangeboten, nach Veranstaltungen, wie Flohmärkten und Verkaufsmessen für die Landbevölkerung beschäftigte sie meist den ganzen Tag. Montags würde sie ihre Kinder informieren, wohin sie gern gefahren werden wollte. Das nahm sie sich jeden Sonntag fest vor. Es blieb meistens bei ihrer Wunschvorstellung. „Die Kinder haben ihr eigenes Leben, ich kann nichts verlangen. Sie kümmern sich schon genug um mich." Schon am Montag hatte sie

alles vergessen und wartete auf die Telefonanrufe ihrer Kinder. Und auf die feste Umarmung von Rolf, sie kuschelte sich richtig an ihren Jungen. Nur einmal hatte sie kurz gemeint: „Nimm mich doch mal in den Arm. Das hat so lange niemand getan." Von da an kam Rolf einmal in der Woche, nahm seine Mutter in den Arm, wenn er sie begrüßte und sich verabschiedete. Und immer hatte er Blumen oder ein kleines Geschenk dabei. Manchmal ermahnte sein Freund und Boss ihn: „Nimm was mit für deine Mutter. Mensch wie oft muss dir das sagen. Du hast nur die eine, Mann!" Ein Artikel in der Bergedorfer Sonntagszeitung vom 24. Juli 1973 unter dem Titel "Dramatische Minuten am Himmel" weckte bei Emma-Luise Sesilski schreckliche Erinnerungen. Die entsetzlichen Bilder tauchten sofort wieder gespensterhaft auf. Bilder, die sie seit damals wieder und wieder verfolgten. Unbewusst versank sie in ihren eigenen Gedanken, vergaß ihre kleine Welt um sich herum.

Nur wenige Tage vor dem Ausbruch des 2. Weltkrieges hatten sie in fröhlicher Runde heiter und unbeschwert Rolfs zehnten Geburtstag gefeiert. Sie und ihr Sohn Rolf dachten und verstanden politische Ereignisse etwas langsam. Denken, Verstehen viel schwer. Es blieben viele Fragen, Antworten offen. Fragen und Antworten an und von ihrem Mann, Vater Emil Heussen. Trotz vieler Erklärungen konnte sie die politischen Ereignisse und die einschneidenden Beschränkungen in ihrem täglichen Leben nicht so

richtig verstehen. Ihr Ehemann Karl und ihr Vater erklärten ihr und manchmal auch Rolf geduldig, was die neue Zeit im Dritten Reich zu bedeuten habe, warum der Krieg nun sein müsse. Wenn auch die anfänglichen Erfolge an der Front allseits euphorische Siegesstimmungen verbreiteten, blieb ihre Mutter stets skeptisch. Nur Karl und ihr Vater sprachen den Frauen gegenüber stets vom Sieg der Partei, von der Macht der Deutschen, dem Übel der Andersdenkenden. Beide Männer säten nach und nach Hass gegen fremd aussehende Menschen mit schwarzen Haaren, die sie alle als Juden, als Untermenschen abtaten. Sie pöbelten gegen grell geschminkte Frauen, die für sie ohne Ausnahme Huren waren, gegen Krüppel, nutzlose Fresser, wie sie Behinderte nannten, eben gegen alle, die ihrer Meinung nach Recht und Ordnung der neuen Regierung, die Parteigrundsätze anzweifelten. Sein Stiefsohn Rolf sollte Karls Nachfolger werden. Vater, Gestapooffizier Karl Sesilski, und Opa, Parteigruppenführer Emil Heussen, würden dafür sorgen, dass der Junge eine gute Ausbildung als Soldat und später als Gestapomann bekam. „Gute, ehrliche Kämpfer und engagierte Parteigenossen brauchen wir immer. Bei mir lernst du was fürs Leben. Hart gegen sich selbst, hart gegen die Feinde Deutschlands, gerecht gegen seine Kinder, das ist, was jetzt, zukünftig gilt. Das musst du dir merken. Mein Rolf.“

Und wenn ich ihm das einprügeln muss, dachte Karl Sesilski oft, zu oft. Der Junge verstand so langsam, dass sein Vater überzeugt war, ihn durch Härte zu einem echten SS-Mann formen zu können. „Was ich durch die Prügel meines Vaters auf dem Obsthof lernen musste, hat mir genutzt, hat mich nach vorn gebracht. Meine strenge Erziehung wird auch deinen Rolf hart fürs Leben machen." Jede Diskussion mit seiner Frau Emma-Luise über seine Erziehungsmethoden ihrem Sohn gegenüber brach er mit diesen Worten ab: „Oder willst du ihn als Schwachsinnigen ins Heim bringen? Was meinst Du, was dann mit ihm passiert?"

Bei dem Gedanken, an die nach solchen Gesprächen immer wieder folgende furchtbare Handbewegung über seine Kehle, durchfuhr es der alten Frau wie ein Eisregen. Immer noch. Auch jetzt noch. Krieg, Macht der Nazis gehörten der Vergangenheit an.

„Mensch, Elfi, wenn das man alles gut geht," meinte damals ihre Freundin mit einem besorgten Blick. Mehr und mehr kamen ihnen Bedenken, wenn sie mit ihrer Freundin in Bergedorfer Café saß.

Doch sie erwiderte dann: „Karl meint immer Deutschland ist nicht zu besiegen, der Führer hat alles so gut vorbereitet, dass Europa zittern wird. Trotzdem habe ich Angst. Es ist man gerade zwanzig Jahre her, dass wir den ersten Krieg verloren haben." Emma-Luise sah ihre Freundin Elfi an. „Was sagen denn deine Eltern und dein Freund Hannes. Jetzt gehen sie nach Polen, was kommt noch alles?" „Ach weißt du, der

Hannes will unbedingt mitmachen, immer gegen die Kommunisten und Bolschewiken. Der ist ganz heiß darauf, endlich eingezogen zu werden." Ihre Freundin nahm dann einen Schluck Kakao, lehnte sich auf dem geschwungenen Kaffeehausstuhl zurück und blinzelte in die helle Sonne an diesem Sonnabendnachmittag. „Mach dir bloß nicht so viele Gedanken, der Führer macht das schon. Hast du die Bilder von Eva Braun und ihm auf dem Obersalzberg gesehen. Irgendwie sind die schon ein tolles Paar."

Ganz versonnen lehnte sich jetzt auch Emma-Luise in ihrem Stuhl zurück. Mit beiden Händen drehte sie die Kakaotasse hin und her. „Stell dir mal vor, als junge Frau an der Seite des Führers. Ich kriege richtiges Bauchkribbeln, wenn ich daran denke." Richtig ernst wurde es für ihre Familie, als ihr Vater, der bereits den Ersten Weltkrieg als Soldat mitgemacht hatte, sich stark für die NSDAP und seine Ortsgruppe in Bergedorf eingesetzt hatte, für den Feldzug gegen Frankreich einberufen wurde. An diesem gemütlichen Nachmittag im Saal der Ortsgruppe erfuhr er so nebenbei von seinem Parteikollegen davon. Sofort stand er auf, bat um Ruhe, blickte stolz in die Runde: „Versteht meine Einberufung als ein Zeichen für die Jungen unter euch. Wir Altgedienten machen euch mal wieder vor, was zu tun ist. In drei Wochen bin ich wieder zurück. Verlasst euch darauf. Und," er machte eine kleine bedeutungsvolle Pause in seiner Ansprache, so wie jedes Mal, und meinte, dann würden alle Anwesenden

besser zuhören: „Und, übrigens, je mehr mitmachen, desto schneller ist der Franzmann besiegt. Das Theater von damals, von 1914-18, machen wir nicht mit. Dieses Mal kommen wir mit den richtigen Waffen. Der Führer hat vorgesorgt. Alles steht parat."

Mit hocherhobenem rechten Arm schrie er überzeugt seinen Hitlergruß in den Saal. Dass er erst nach Jahren in seine völlig zerstörte Heimat als geschlagener, tief verzweifelter, kriegsversehrter Mann zurückkehren sollte, ahnte er zu diesem Zeitpunkt nicht einmal. Noch weniger konnte er sich vorstellen, als Nazi-Gruppenführer verhaftet zu werden. Doch wenige Wochen nach Kriegsende arbeitete er im ehemaligen KZ Bergen-Belsen. Mit jedem Bier, das auf den Sieg, auf das Vaterland und auf den Führer getrunken wurde, stieg damals die Siegesgewissheit. Jede dieser Parteiversammlung endete mit einem Jubelgebrüll auf den Sieg. Die Zeiten änderten sich schneller, als alle gedacht hatten. Emma-Luises Vater kämpfte in Frankreich. Immer mehr junge Männer wurden zum Militär eingezogen, verschwanden an der Ostfront. Jetzt war ihre Mutter für das Haus, einen großen Garten mit vierhundert Obstbäumen und vielen Beerensträuchern, einer Zwerghuhnzucht allein verantwortlich. Für alle hieß es anpacken, fast jedes Wochenende kamen Emma-Luise, die kleine Eva und Rolf nach Bergedorf, um bei ihr zu arbeiten. Karl, der keinen Kontakt zu seinem Vater wollte, sich von seiner Mutter nicht überzeugen ließ, Frieden mit seinem Vater

zu suchen, packte kräftig mit an. Nie ging er die wenigen Meter den Brookdeich hinunter zu seinem Elternhaus. Nur ein einziges Mal versuchte die alte Frau Sesilski, noch ihren Sohn Karl zu überzeugen. Es fiel ihr sehr schwer. Immer auf dem Deich entlang. Bis sie schließlich ihren Sohn im Garten dessen Schwiegereltern ansprach: „Karl, lass es gut sein mit deinem Hass gegen deinen Vater. Der Mann ist krank; seine Wut auf alles und jeden wird immer schlimmer. Ich weiß nicht mehr, was ich machen soll!"

Aus seinen eisblauen, tiefgründigen Augen sah Karl seine Mutter an: „Fasst er dich an Mutter, bringe ich ihn ins Gefängnis. Kannst dich drauf verlassen." Nach diesem Besuchen schlich die alte Frau kopfschüttelnd nach Hause. Durch den ewigen Streit und Hass in ihrer kleinen Familie hatte sie schneeweiße Haare bekommen.

Obwohl Emma-Luise und die Kinder, dank der Vorsorge ihres Vaters und der unglaublichen Tüchtigkeit ihrer Mutter, keine materielle Not leiden mussten, wurden sie doch sehr schnell mit den Realitäten des totalen Zerstörungskrieges konfrontiert, von dem Hamburg als eine der ersten deutschen Großstädte heimgesucht wurde. Vieles für das tägliche Leben steuerte Karl bei. Als Gestapomann hatte er Privilegien, kam an Kohle, Fleisch und Brot heran. Schon lange vermutete Emma-Luise, dass dafür die Gefangenen in seinem Gefängnis in Hamburg am Holsten Wall immer weniger bekamen. Die froren und

hungerten bestimmt, davon war sie überzeugt. Sie sagte jedoch nie etwas. Vor den Wutausbrüchen ihres Mannes fürchtete sie sich sehr. Mehr und mehr zweifelten sie an den großspurigen Siegeshymnen im Radio, an den vielen, zu vielen Versprechungen des Führers und seinen Parteigenossen.

Wie recht Emma-Luise, ihre Mutter und die eine oder andere Freundin mit ihren Zweifeln an dem militärischen Einsatz der Deutschen gegen die ganze Welt hatten, sollte sich schneller zeigen, als alle ahnen konnten. Die wirklichen Realitäten des Krieges schlugen heftiger zu, als sie es je für möglich gehalten hatten. Die Bergedorfer Sonntagszeitung brachte Zahlen, die Emma-Luise und ihre Freundinnen vorher nie gehört hatten oder einfach nicht hören wollten.

Damals las oder noch hörte man irgendetwas von den Bombenangriffen auf deutsche Städte. Wer darüber sprach, galt als Vaterlandsverräter und konnte dafür mit dem Tode bestraft werden.

Heute jedoch, lange nach dem Ende des unsäglichen Krieges las sie in dem, vor ihr liegenden, Artikel:

In vier Nächten, in der Zeit vom 24. Juli bis zum 3. August 1943, war Hamburg das Ziel des erfolgreichsten Angriffs von Bombern auf eine deutsche Stadt. Bei diesen fürchterlichen Angriffen wurden 45.000 Menschen getötet, darunter 22.500 Frauen und 5.400 Kinder. Allein in der Nacht des großen "Feuersturms" vom 27. zum 28. Juli 1943 gab es 40.000 Tote. Im Zentrum dieser Feuerhölle herrschte eine

Temperatur von 800 Grad Celsius. Aus allen Richtungen
wurde die Luft mit einer Geschwindigkeit angesaugt, die
Orkanstärke erreichte. So entstand der Feuersturm.

Emma-Luise, Ihre Mutter und Sohn Rolf hatten diese verheerenden Bombardements in einem kleinen Luftschutzkeller überlebt, den ihr Vater zu Beginn des Krieges in seinem Garten gebaut hatte, weil ihr Haus nicht unterkellert war. Karl verbrachte diese und andere Nächte in Hamburg am Holsten Wall in einem der sichersten Bunker unter dem Gefängnis. Die Gefangenen blieben in ihren Zellen eingeschlossen. Die Sicherheitsräume unter der Haftanstalt dienten ausschließlich den Beamten der Gestapo, dem Gefängnispersonal zum Schutz. Vom Konzentrationslager Neuengamme, der Außenstelle der Hamburger Gefängnisse, arbeitete sich Karl einen Tag später nach Bergedorf zu seiner Familie durch. Fast zwanzig Stunden nach dem Ende der Bombenangriffe kam er bei seinen Schwiegereltern an. Staubbedeckt, von Trümmerdreck verkrustet ließ er sich in einen der Liegestühle fallen, die Emma-Luise aus dem Keller zum Auslüften auf den Hof gebracht hatte.

„Mensch Karl, gut dass du hier bist. Wie sieht's in Hamburg aus. Wir haben den roten Feuerschein über der Stadt gesehen. Wie geht's dir?"

Doch Karl sah seine Frau nur schweigend an: „Lass man gut sein Frau, alles ist kaputt, mehr weiß ich nicht.

Lass mich in Ruhe. Das ganze Viertel am Holsten Wall ist zerbombt oder ausgebrannt."

„Und unsere Wohnung Karl? Lass dir nicht alles aus der Nase ziehen. Was ist mit unserer Wohnung?" Sie ging auf ihren Mann zu, packte ihn an den Schultern, schüttelte ihn so sehr, dass er in eine Staubwolke gehüllt, wie ein verschwommener Geist vor ihr saß.

„Lass mich in Ruhe. Ich weiß auch nichts, wir müssen schnellstens zurück. Lass mich bloß in Ruhe. Alles kaputt, alles." Vor sich hin murmelnd sank ihm der Kopf auf die Brust. Plötzlich sprang ihr Mann aus seinem Liegestuhl auf: „Und hier, habt ihr gefeiert? Weil die verfluchten Tommys nun endlich Ernst machen?" Drohend baute er sich vor seiner Frau auf und brüllte sie an: „Kannst mir glauben, wir werden denen zeigen, wo es lang geht." Seine eisblauen Augen glühten. Emma-Luise sprang zurück. In solchen Augenblicken hatte sie unbeschreibliche Angst vor ihrem Ehemann.

Von den Gebrüllen auf ihrem Hof angelockt, erschien Mutter Heussen in der Haustür. „Mensch Karl, gut, dass du heil durchgekommen bist. Wir haben den Feuerschein über Hamburg gesehen." Karl ließ sich wieder in den Liegestuhl sinken. „Weißt du meine Junge, durch unser Hausdach ist nur eine Stabbrandbombe gefallen, die ich ganz alleine geistesgegenwärtig mit einer Plattschaufel ins Freie befördert habe. Den Brandherd haben wir dann mit nassen Wolldecken gemeinsam bekämpft."

Immer wieder blickte sie zur Hoftür, würde doch bloß ihr Mann erscheinen. Zum ersten Mal fürchtete sie sich vor ihrem Schwiegersohn. Rechts hinter dem Hühnerstall und dem Obstschuppen humpelte Vater Heussen auf den Innenhof. Ohne zu fragen, ohne auf das, was er gehört hatte, einzugehen, murmelte er vor sich hin: „Gegenüber auf dem Sportplatz haben wir eben einen 10 Zentner Blindgänger entdeckt. Mensch, wenn der explodiert wäre, hätte von uns mit Sicherheit keiner überlebt. Die gezielten Bombenabwürfe in unserer Gegend galten den Flakbatterien am oberen Dünenrand. Und du Karl, du ruhst dich jetzt aus, dann mach dich auf nach Hamburg. Du musst sehen, was von eurem Zuhause noch steht. Lass' Emma-Luise und die Kinder hier. Übrigens, auf dem Obsthof deiner Eltern ist nichts passiert. Wollte ich dir nur sagen." Unbewusst fasste er sich an sein verwundetes Bein. „Den Tommys werden wir es schon zeigen. Der Führer hat seine Wunderwaffen fertig. Bald geht's andersherum, dann ist London platt. Ich muss zur Parteizentrale." Er drehte sich um und packte sein Fahrrad. Sein Bein nachziehend schlich er sich mühsam die steile Einfahrt auf den Brookdeich hinauf. Das glatte Kopfsteinpflaster ließ ihn immer wieder ausrutschen und stolpern.

Die Bergedorfer Sonntagszeitung berichtete weiter:

Nach diesen Bombennächten setzte eine große Flucht der Hamburger Bürger ein. Es galt, so schnell wie möglich, der Feuerhölle zu entrinnen, um das nackte Leben zu retten.

Noch nie hatte jemand so ein Elend gesehen. Auf der Ausfallstraße nach Bergedorf kamen die Leute in ihrem Nachtzeug, in angebrannten Mänteln und zerfetzter Kleidung, zum Teil mit schweren Brandverletzungen, in Scharen daher. Sie schoben ihre Habseligkeiten in Handkarren, Bollerwagen und Kinderwagen mit dem Baby noch darin. Tagelang ging das so. Es nahm und nahm kein Ende. An den Straßen standen viele hilfsbereite Leute, boten Wasser, selbst gemachte Fruchtsäfte und Obst aus ihren Gärten an, bis auch ihr Vorrat erschöpft war.

Emma-Luise rasten die Gedanken an damals durch den Kopf. Wie oft hatte sie mit Rolf und der kleinen Eva am Straßenrand gestanden, um den Hamburgern, die alles verloren hatten, etwas zu trinken zu reichen. Sie schüttelte sich bei dem Gedanken. Fast kamen ihr die Tränen. Da ihr Elternhaus und das Grundstück gottlob weitgehend verschont geblieben waren, wurde es zwangsläufig zum Anlaufpunkt und zur Sammelstelle für ihre ausgebombten und hilfsbedürftigen Verwandten und Freunde aus den Hamburger Stadtgebieten und der Innenstadt. Teilweise glich der Rasen zwischen den Obstbäumen einem Heerlager. Ihre bescheidenen Vorräte an Ess- und Trinkbarem waren schnell aufgebraucht, sodass eine zügige Weiterleitung der Obdach- und Mittellosen in die umliegenden unzerstörten Randgemeinden zwingend notwendig wurde. Rolf und seine gleichaltrigen Freunde mussten dabei häufig Lotsendienste leisten.

Wie eine Tigerin verteidigte sie die obere Wohnung in ihrem Haus. Sie konnte nicht erklären, warum sie das machte, sie tat es einfach. Wenn sich zu viele ausgebombte Menschen aus Hamburg im Garten versammelten, Einlass ins Haus wollten, die Lage bedrohlich wurde, rief sie nach Ihrem Schwiegersohn Karl. Mit der S-Bahn, die selbst nach dem unglaublichen Bombenangriff 1943 wieder fuhr, dauerte es keine Stunde, bis er in seiner schwarzen SS-Uniform breitbeinig auf der Treppe zum Garten stand. Bald kam niemand mehr ins Haus der Heussens. An die Schule für Rolf oder an den Kindergarten für Eva war von dem Zeitpunkt an, nicht mehr zu denken.

„Ich muss nach Hamburg. Karl du musst mich mitnehmen. Bitte, vom Holsten Wall finde ich mich schon zurecht. Bitte, ich muss wissen, was mit unserer Wohnung ist." Immer wieder bekniete Emma-Louise ihren Mann. Nach zwei Tagen stimmte der endlich zu. „Ich muss auch los. Morgen früh versuchen wir durchzukommen. Die Kinder bleiben hier, verstanden. Deine Mutter soll sie versorgen. Besprich das mit ihr." In dieser Nacht schlief Emma-Luise so gut wie gar nicht. Zu viele Gedanken schwirrten ihr durch den Kopf. Was würde sie sehen, was wäre, wenn. Sie mochte nicht daran denken, wenn sie ausgebombt wären. Schreckliche Gedanken trieben ihr Tränen in die Augen. Wie es wohl ihrer Nachbarin, Christa ergangen war. Vielleicht konnte sie sich mit ihr treffen.

Schließlich waren sie Freundinnen geworden. Auch ihr Mann arbeitet bei der Gestapo, mehr wusste sie nicht.

Sie schlug die Hände vor ihr staubbedecktes Gesicht, drehte sich um, würgte und erbrach sich in die wenigen grünen Büsche neben der Musikhalle in Hamburg. Sie wagte nicht, sich noch einmal umzudrehen. Jemand legte ihr eine Hand auf die Schulter. „Junge Frau kann ich was für sie tun?" Ein alter Mann, auf seinen Stock gestützt, stand hinter ihr. „Haben Sie sich verlaufen?" Sie drehte sich langsam um, blickte vorsichtig an dem ehemals eleganten Mantel mit Fischgrätenmuster hoch.

„Ja Mädchen, das ist die Rache, das musste so kommen." Er sprach nicht weiter, drehte sich um und verschwand langsam zwischen den Trümmern.

Plötzlich richtete sich Emma-Luise auf, reckte sich, begann zu schreien. Ihr Frust musste heraus. Sie wollte wieder klar denken können: „Verfluchte Scheiße, wo ist unser Haus, unsere Wohnung, verdammter Mist. Alles weg. Nein, nein, nein. Mich kriegt ihr nicht unter. Verdammt noch mal." Sie stolperte los. Die Mitte der ehemaligen Kaiser-Wilhelm-Straße hatte man geräumt. Immer noch waren alte Männer und Frauen dabei den Schutt beiseitezuräumen. „Nummer Drei war direkt an der Ecke," murmelte sie vor sich hin, dann kam die Fünf, mit dem Bäcker, der Buchhandlung und der Struppler-Drogerie im Erdgeschoss. Plötzlich schrie sie auf, ein scharfer, zersplitterter Holzbalken ragte in die Straße. Den hatte sie übersehen. Unbewusst fasste sie

sich an ihr rechtes Bein. Ungläubig betrachtete sie ihre Hand. Blut rann über ihren Handballen auf ihr Handgelenk. „Von den drei Geschäften ist nichts mehr da, Mädchen." Eine Frauenstimme sprach sie von hinten an. „Gehen Sie zu den Sanis. Das gibt leicht Blutvergiftungen, der Dreck von hundert Jahren sitzt im Holz."

Verblüfft drehte sich Emma-Luise um. Diese Stimme erkannte sie, das konnte nur ihre Freundin sein. „Christa!" Sie schrie der Frau entgegen. Dann lagen sie sich in den Armen. Tränen hinterließen Spuren auf den grauen, verstaubten Gesichtern. Im Souterrain des Hauses Nr. 9 saßen sich die beiden Frauen kurze Zeit darauf gegenüber.

Ohne große Umschweife begann Christa Schaller zu erzählen. Übergangslos sprudelte es aus ihr heraus. „Es war Samstag, der 24. Juli, als ich gegen 11 Uhr den Drahtfunk eingeschaltet habe. Ich konnte nicht schlafen. Es war furchtbar heiß in der Wohnung. Ich hörte, dass große feindliche Bomber-Verbände im Anflug auf die Deutsche Bucht wären. Mit einem Satz sprang ich aus dem Bett, war in zehn Sekunden angezogen und stand mit Koffer und Tasche bereits an der Wohnungstür, als die Sirenen losheulten. Weißt du, Oma wartete schon an der Wohnungstür, die hatte wieder ihre Vorahnungen. Ich ahnte, dass jetzt eine norddeutsche Großstadt bombardiert werden würde, fuhr es mir immer wieder durch den Kopf. Mit meiner Großmutter an der Hand rannte ich, besser gesagt

stolperten wir, so schnell es ging, zum nahen Tiefbunker in den Wallanlagen. Hier hatten wir schon oft Schutz gesucht, nach ein bis zwei Stunden gab es meist Entwarnung. Einige Häuser waren immer zerstört. Aber in dieser Nacht gab es keine Entwarnung. Als wir nach vier Stunden den Bunker verlassen durften, war der Himmel über Hamburg blutrot. Rußteilchen flogen durch die Luft." Sie seufzte, sah ihre Freundin Emma-Luise mit großen Augen an. „Weißt du, es war eine laue Sommernacht, als die Bombardements losgingen. Die Hamburger hatten tagsüber noch das herrliche Sommerwetter am Elbstrand, in den Ausflugslokalen genossen. Ich war mit Kollegen an der Elbe gewesen. Irgendwie hatten wir ein komisches Gefühl. So richtige Sommerstimmung wollte nicht aufkommen. Niemand ahnte aber etwas Böses. Im Gegenteil. Wir hatten gedacht, vielleicht werden wir verschont. Wir waren nicht so ängstlich, dachten eigentlich daran, dass nicht wirklich etwas so Schreckliches passieren könnte." Christa seufzte, sah sich verlegen in der kleinen Stube des Souterrains um. „Na, wenigstens leben wir noch" Plötzlich begann sie, hysterisch zu lachen. „Und jetzt sitzen wir da, wo sonst unsere Hausmädchen ihre Nächte verbrachten. Mit wem auch immer. Ich hab' die Türen zu oft klappern gehört. Hast du Karl mal erwischt?" „Nee, Christa, was sollte das bringen. Ich wusste, dass er oft bei Erna war, bevor er nachts nach oben kam. Männer!" Beide Frauen schwiegen wenige

Sekunden mit gesenktem Kopf. Ihre Schultern hingen so tief, dass ihr Hals länger und länger zu werden schien. Die Verzweiflung schien ihren Körper einzuhüllen.

Emma-Luise streckte sich als Erste. „Wie schnell sich das Leben ändern kann. Vielleicht haben wir das auch alles verdient." Von draußen hörten Sie, wie die Trümmer mit Schaufeln weiter zusammengeschoben wurden. „Wie soll nur alles enden."

Beide Frauen saßen sich weinend gegenüber. Sie ahnten, dass sie ab sofort die alleinige Verantwortung für ihre Familien übernehmen müssten. Alles was ihre Männer ihnen zugesagt, ja versprochen hatten, alles das, was die neue Zeit des Dritten Reiches hätte bringen sollen, zerbröckelte, zerfiel zu Staub und Trümmern für die Frauen. „Kannst du dich an Onkel Hinrich erinnern?" Christa hatte sich wieder gefangen und begann ein anderes Thema. „Weißt du der, der bei Stade lebt, der immer heimlich die Nachrichten der britischen BBC hörte?"

„Ja, an den erinnere ich mich, was war mit dem?"

„Der kam am Sonntag vor den Bombenangriffen nach Hamburg zu meinen Eltern in Stellingen. Der meinte, es passiert etwas Fürchterliches. Nachdem die Deutschen Sheffield und Manchester bombardiert haben, können wir uns auf ihre Rache gefasst machen." Prophezeite er. „Wie Recht der hatte. Mein Mann Werner und seine Kumpel haben mir nie was berichtet. Die hätten es eher fertiggebracht, Onkel Hinrich ins Gefängnis zu werfen.

BBC-Abhören ... verboten, ausländische Zeitungen lesen ... verboten. Mensch Emma, was hätten wir alles verhindern können, wenn wir was gewusst hätten." Christa und Emma-Luise überlebten den Feuersturm, vielen, zu vielen Hamburgern war das nicht vergönnt: „Einen meiner Kollegen hat es am schlimmsten getroffen; er hat seine ganze Familie verloren," erzählte Christa. „Weißt du, das ist die Ironie des Schicksals: Der Kollege hatte an dem Tag dienstfrei und war zum Zeitpunkt des Angriffs am Hauptbahnhof, um Fahrkarten für seine Frau, seine Kinder zu kaufen. Sie wollten am nächsten Tag nach Bayern reisen. Er hat sie nie wiedergesehen."

Anders als viele Überlebende konnten Christa Schaller und Emma-Luise Sesilski über das Erlebte reden. Das gab ihnen Kraft, in die Zukunft zu blicken, zu planen, einen neuen Anfang zu wagen.

„Ich habe in meiner Kindheit so viel Kraft mitbekommen, dass ich das gut verkraftet habe," meinte Christa.

Und jede der beiden Mütter erinnerte sich später gut an dieses Gespräch im Souterrain des Hauses Nr.9.

Nach diesen schweren Bombenangriffen ist Hamburg nur noch vereinzelt von feindlichen Fliegern heimgesucht worden. Familie Sesilski zog in die Gartenlaube eines Gefangenen von Karl, der bei dem Bombenangriff umgekommen war. Später lebten sie bis zum Kriegsende und der Verhaftung von Karl in einer der Nissenhütte am Eimsbüttler ESV-Sportplatz. Dann

eines Tages wollte Emma-Luise von Hamburg nichts mehr wissen. Zu grausam war die Zeit in dieser Stadt mit ihr verfahren. Sie hatte wirklich alles verloren. Sie bat ihre Eltern, bei ihnen einziehen, leben zu dürfen. In der oberen Etage des elterlichen Obsthofes fand sie mit ihrem Sohn Rolf und Tochter Eva ein endgültiges Zuhause. Das beschauliche Hamburg-Bergedorf umschloss sie wie ein dicker Pelzmantel aus Eisbärfell, durch den von Zeit zu Zeit eine grausame Kälte hindurchkroch. Die letzte Zeit mit ihrem brutalen Mann, die Angst vor ihm, die Angst vor dem Krieg, die Bombennächte, nicht zuletzt die Angst, durch die Nazigesetze ihren lernschwachen Sohn Rolf zu verlieren, hatten sie seelisch tief geschädigt.

Als Rolf sich zum Hamburger Kiez hingezogen fühlte, mehr und mehr Geld nach Hause brachte, um Mutter und Schwester zu unterstützen, fand Emma-Luise endlich etwas innere Ruhe. Nach diesem schrecklichen Eheleben mit dem Mann vom benachbarten Obsthof in Hamburg-Bergedorf, Karl Sesilski, lebte sie weiter, wenn auch immer noch mit Angst vor Männern.

Rolf sorgte für seine Schwester vorbildlich, wobei weder sie noch ihre Mutter wussten oder ahnten, woher das viele Geld kam, das er den beiden Frauen zusteckte. Evas Studium finanzierte er, ohne je nachzufragen, wofür das Geld ausgeben worden war. Selbst die neue Tierarztpraxis in Hamburg–Lohmühlen besorgte er für seine Schwester problemlos.

„Lass' mich man machen, du bist meine Schwester. Ich mache alles für dich auf meine Art. Frag mich nicht. Alles ist gut." War seine immer wiederkehrende Antwort. Natürlich hatte er Mittel und Wege gefunden, dem alten Tierarzt in Lohmühlen klarzumachen, dass er seiner Schwester die Praxis zu übergeben habe. Seine Freunde aus Hamburg St. Pauli und etwas Geld halfen, ja beschleunigten sogar den Prozess der Praxisübergabe ungemein. Rolf war in solchen Momenten glücklich und setzte sich noch mehr für seinen Freund und Arbeitgeber Kalle auf der Reeperbahn ein.

Die Freundin Christa Schaller und ihre Kinder lebten fortan in Eidelstedt in ihrer eigenen Gartenlaube. Sie liebte ihren verstorbenen Mann immer noch. Ihren Werner, den besonders scharfen Gestapomann, der keine Gnade gegenüber den Fremdarbeitern, Juden, Homosexuellen und Zigeunern kannte, der von den Engländern verhaftet worden war und nie wieder auftauchte. Die noch tiefere Liebe zu ihrer jüngsten Tochter beschäftigte Christa Tag und Nacht. Sie empfand die Kinderlähmung ihres Mädchens als Gottesstrafe für die schrecklichen Taten ihres Mannes.

Schließlich hatte er doch nur Befehle ausgeführt. An den Tag, an dem sie schwanger geworden war, konnte sie sich ihr Leben lang, genau erinnern. Erst Jahre später erfuhr sie, dass ihr Werner an diesem einen Tag bei der Räumung des Konzentrationslagers Neuengamme sehr brutal mitgemacht hatte. Diese Nacht mit ihm im Bett, seine Gewalt, sein nicht enden wollendes Verlagen

nach ihr, mitten im Schlaf fiel er wieder und wieder über sie her, würde sie nie vergessen.

Ihre Tochter auf Krücken durchs Leben krauchen erinnerte sie stets daran.

Kapitel 9

Walter Hansen wird verabschiedet
Seine alten Fälle
Hamburg, 1974

In seinem neuen Anzug, den Hansens Frau mit ihn am vergangenen Sonnabend bei C & A in der Mönckebergstraße ausgesucht hatte, fühlte sich Hansen nicht wirklich wohl. Die Hose kam ihm zu lang vor, das Jackett kniff unter dem Arm. So recht gefiel ihm die dunkelblaue Farbe mit dem Nadelstreifen auch nicht. Lieber hätte er was in Grau genommen, einfarbig grau, ohne Nadelstreifen. Einfach nur vornehm. Nicht auffallen, immer schön bedeckt durchs Leben gehen. Dieser Vorsatz begleitete ihn bereits sein Leben lang. „Ach was," bemerkte seine Frau an diesem Morgen: „Der Anzug sitzt perfekt. Du hast ihn anprobiert. Was bist du nervös, der Anzug ist gut so. Nach fast vierzig Jahren bei der Polizei solltest du dich zu deiner Pensionierung freuen. Nun endlich wirst du Zeit für dich selbst haben, ist doch toll. Hansen, was bist du bloß für ein Mensch. Lern doch endlich mal, Dienst ist Dienst und Schnaps ist Schnaps. Der Dienst ist vorbei." Sie sah ihren Mann lächelnd an. Rückte seine Krawatte ein wenig zurecht, schnippte einen nicht vorhandenen Fussel von seiner Schulter, nahm seine Hand.

Aufmunternd meinte sie: „So, jetzt ist es gut, Hansen. Wir gehen! Das Taxi steht vor der Tür."

„Wieso Taxi, wir können die U-Bahn nehmen." „Ja, können wir, nur heute nicht. Komm jetzt. Hör endlich auf, zu meckern! Hast du deinen Polizeiausweis eingesteckt?" „Ja, Lina, habe ich" antwortete er ungehalten. Unbewusst fasste er sich an die linke Brustseite. Der Ausweis steckte in der Innentasche seines neuen Anzuges. „Mach zu jetzt," sagte sie noch, dann fiel auch schon die Haustür ins Schloss. „Trödel nicht so, die warten bestimmt schon auf dich!"

In Kriminaloberinspektor Hansens Kopf verschmolz die ganze Welt zu etwas Schwammigem, das sich aufs Zeitungsholen, Brötchen eintüten und vor dem Radio sitzen, reduzierte. Jeder seiner Sinne arbeitete nur noch eingeschränkt. Einen klaren Gedanken zu Ende zu denken, erschien ihm jetzt und für die Zukunft unmöglich. Wie ein dunkler Kohlensack verhüllte die Ungewissheit seinen Kopf. Sein wild pochendes Herz, begleitet von hämmernden Kopfschmerzen, hielten ihn wie Schraubzwingen gefangen. Er wollte sie rufen, wollte sie heranlocken, doch sie standen vor ihm, zum Greifen nah, aber doch so weit entfernt, dass er sie niemals würde greifen können. Die Toten aus seinen unaufgeklärten Mordfällen verfolgten ihn, wie sein eigener Schatten, der immer und ewig hinter ihm stehen würde. Ein kurzer Augenblick; er taumelte eine tiefe Treppe in einen dunklen Abgrund hinunter. Er ballte die Hände so stark, dass die Knöchel weiß

hervortraten. Hansen du musst dich zusammenreißen, mach jetzt bloß nicht schlapp, dachte er. Ihm war nicht bewusst, ob er diese Worte laut gemurmelt hatte oder nur innerlich in ihm ein entsetzlicher Kampf aus Angst vor der eigenen Zukunft stattfand. Seine Frau bemerkte seine Unsicherheit sofort. Sie fühlt seine heiße, feuchte Hand. Unbewusst strich er sich mit der Hand vermeintlich vorhandenen Kohlenstaub von der Schulter, denn dieser verdammte, dunkle stickige Sack der Ungewissheit pferchte seinen Kopf mehr und mehr ein. Niemals, niemals würde er aufgeben oder vergessen. Ihm war sehr deutlich geworden, dass ihm Einiges bisher nicht gelungen war. Er wollte es unbedingt in seinem Leben zu Ende bringen. Die zerschundenen, totgepeitschten Frauen, die in Hamburg so unvorstellbar bestialisch ermordet worden waren, verfolgten ihn immer weiter. Sie waren sein schwarzer Schatten. Er schrieb das Unvorstellbare, das Unmenschliche, welches ihm in seinem Beruf immer wieder begegnet war, den maßlosen Zeiten der Gewalt in der Nazizeit zu. Menschen hatten sich durch den jedermann erfassenden Druck damals so verändert, dass sie sich selbst vergessen hatten. Innerhalb von zwölf Jahren, also in der Zeit von 1933 bis 1945, hatte sich die Menschlichkeit, die Moral weitgehend verflüchtigt. Davon war Walter Hansen überzeugt. Für eine neue Menschlichkeit nach Kriegsende hatte er gekämpft und verloren. Seine eigene, in Wahrheit nicht vorhandene Unfähigkeit verfolgte ihn, nicht die toten

Frauen. Ihre Körper legten sich zwar schlangengleich um ihn, berührten ihn jedoch nicht. Mit beiden Händen versuchte er, sie in seinen Träumen von sich zu schieben. Durch seinen Fokus auf diese toten, jungen Frauen konnte er viele andere Grausamkeiten der Nachkriegszeit, die in seinem unmittelbaren Umfeld geschehen waren, verdrängen. Er hatte ein Alibi gefunden. Er hatte durch diese Morde gelernt, zu delegieren, Akten zu Mordfällen abzugeben, junge Kollegen einzuweisen und sie in Ruhe arbeiten zu lassen. Alle Kollegen verstanden ihn. Alle Anstrengungen zur Aufklärung dieser Morde gehörten allein zu seiner Arbeit, zu seinem Leben. Sie besetzten einen Teil des Menschen Walter Hansen. Sie kamen nachts zurück, wieder, immer wieder. Einmal ihr tränenüberströmtes, jugendliches Gesicht, dann wieder ein höhnisches Lachen aus toten Mündern, aus toten Augen. In ihm stürmten und tobten diese Toten, nur er konnte sich von ihnen befreien, nur er konnte ihnen Seelenfrieden geben, nur er musste den Täter finden. Sonst hätte er umsonst gelebt.

„Atme mal tief durch," befahl ihm seine innere Stimme. Hansen lauschte in sich hinein. Seltsamerweise hatte das etwas Beruhigendes. In sich hineinlauschend sah er seinen Sohn und seine Tochter aus wässrigen Augen an. Alles verschwamm in diesem Augenblick im Nebel seiner Gedanken. Wenn nur sein Sohn seine Arbeit fortsetzen würde, aber der interessierte sich mehr für die kriminalistische Feinarbeit, mit Tatorten,

Hintergründen und Motiven. Schade, dachte er, aber mein Enkel Gunnar, der wird mal ein ganz Großer bei uns. Der wird ein richtiger Kriminalkommissar bei der Hamburger Mordkommission.

Lächelnd beugte sich Hansen zu seiner Frau hinunter. Zufrieden meinte er: „Bisher haben wir alles gut hingekriegt, oder?" Lächelnd sah sie ihren Mann an, nickte und bestätigte ihm seine Worte: „Gut, dass du das endlich selbst begreifst, mein Lieber. Wenn du auch noch die ungeklärten Fälle und deine Akten vergessen kannst, dann haben wir eine gute Zeit vor uns." Seine Frau drückte seine Hand so richtig fest. „Das wird schon werden. Solange wir uns und die Kinder haben, wird alles gut werden. Also, was willst du mehr?"

Artikel in den Hamburger Tageszeitungen:

Tränenreicher Abschied nach über 40 Dienstjahren
Der „Alte Hansen" drückte gestern die Hand seiner engsten Mitarbeiter zum Dank noch einmal fest und verabschiedete sich mit dieser Geste aus dem Dienst. Nach über 40 Dienstjahren wurde der Hamburger Kriminal-Oberinspektor Walter Hansen in den verdienten Ruhestand ehrenvoll entlassen. Der Abschied war von echtem Gefühl begleitet.

Innensenator Bauzius verkündete in seiner kurzen Ansprache. „Mit einem lachenden, einem weinenden Auge verabschieden wir heute unseren geschätzte Kollegen Walter Hansen aus dem Dienst. Es tut uns

leid, dass du uns verlässt, aber wir gönnen dir deinen Ruhestand von Herzen." Der Senator wandte sich dabei an seinen langjährigen Freund und ehemaligen Kollegen. „Aber …", er machte eine winzige Pause, „… aber, dein Sohn Knut, dein Enkel Gunnar werden dich sehr gut vertreten, wenn auch auf einer anderen Ebene der Kriminalistik. Und, mein lieber Walter, ich bin mir ganz sicher, dass du deinen Enkel Gunnar auf den Weg zum Kommissar bei uns in Hamburg bringen wirst.

Hansen wischte sich eine Träne aus dem Augenwinkel, bedankte sich für all die lieben Glückwünsche, doch bevor er seine Abschiedsgeschenke in Empfang nehmen konnte, überraschten ihn seine Kolleginnen und Kollegen mit einem Gedicht, dessen Text sie in der vergangenen Woche selbst geschrieben hatten.

Schwerer Abschied
Einer, der dazugehört
und ein Teil von allem ist,
über lange Zeit bewährt,
ein erprobter Aktivist.
Der die Atmosphäre prägte,
angestammtes Inventar,
einer, der so viel bewegte
geht - das ist schwer vorstellbar.
Nun, wir müssen damit leben,
es ist traurig für das Team,

so jemanden herzugeben,
die Entscheidung lag bei ihm.
Beste Wünsche von uns allen,
unsere Tür stets offen steht,
für den netten, kollegialen
Menschen, der nun leider geht.

Hansen bedankte sich bei den Mitarbeitern seines Bereichs, von denen einige im Laufe der Jahre seine Freunde geworden waren. Drückte jedem noch einmal persönlich die Hand, um sich zu verabschieden und mit einem Glas Sekt anzustoßen. Die Kollegen unterhielten sich über unerschütterlich gute Laune ihres Kollegen, seinem großen Herzen und der Lücke, die er im Dienst Hamburgs hinterlassen würde.

„Auch mir fällt das hier heute unglaublich schwer," sagte er: „Ich habe hier so viele Jahre verbracht, nun wird sich alles ändern. Doch ich sehe der Zukunft auch positiv entgegen." Hansen trat einen Schritt ans Fenster, bevor er weitersprach: „Jetzt habe ich mehr Zeit für den Garten und für meine große Leidenschaft. Dem Lesen in alten Akten." Er freue sich darauf, die Kriminalromane seines Lieblingsautoren hervorzuholen und nach Herzenslust darin zu schmökern. Er freue sich auf viele freie Zeit, die er als Ruheständler mit seinen Kindern und den Enkel verbringen könne. „Das wird ein neuer Teil meines Lebens sein, viel mehr Zeit mit der Familie zu verbringen. Ich hoffe sehr, dass ich vieles vergessen

oder verdrängen kann, was sich an menschlichen Abgründen aus all den Jahrzehnten in meinem Kopf angesammelt hat."

Bevor er die Tür des Festsaales im Polizeihochhaus ein letztes Mal hinter sich schloss, wollten ihm zahlreiche Gratulanten alles Gute auf seinem weiteren Weg wünschen. Sogar Hamburgs erster Bürgermeister lugte plötzlich, unerwartet durch die leicht geöffnete Tür. Dieses Ereignis konnte sich Bürgermeister Brauer nicht entgehen lassen, diesen Besuch war er seinem alten Freund Hansen schuldig. Er kam direkt aus dem Rathaus, um einen Blumenstrauß, seine besten Wünsche zu überbringen. „Wer kann schon von sich sagen, so viele Jahre in der gleichen städtischen, hanseatischen Einrichtung gearbeitet zu haben," bemerkte Brauer. Nach einer winzigen Pause fügte er hinzu: „Und dann auch noch bei unserer Kripo." Ein kleines Schmunzeln auf den Gesichtern der Anwesenden machte sich breit. Dann ging Bürgermeister Brauer auf den Lebensweg von Hansen ein, der ihn nach seiner Jugend in einem kleinen Ort bei Lüneburg, zu Beginn seines Berufslebens nach Hamburg führte. „So manch bittere Pille mussten wir schlucken, mein Lieber, aber gemeinsam schluckt es sich besser. Wir kennen uns seit deinem Dienstantritt vor vierzig Jahren in Hamburg. Ich durfte dein Freund werden und du wirst meiner bleiben. Was du in der dunkelsten Zeit Hamburgs für die Menschen, für deine

Mitbürger getan hast, hätte dich selbst das Leben kosten können." Der Bürgermeister sah in die Runde der Gäste, blickte jedem fest in die Augen. Dann wandte er sich wieder dem Pensionär zu: „Leute lasst euch sagen, der Hansen, der war immer ein aufrichtiger Mann und wird es immer bleiben. Da bin ich ganz sicher." Der Bürgermeister wendete sich seinem Freund grinsend zu: „Und die Akten, die du mitnehmen willst, nimm sie mit. Du wirst ihn eines Tages finden, den Mörder der Mädchen. Dann, dann findest du wohl endlich Ruhe."

Hansen sah den ersten Bürgermeister Hamburgs mit großen Augen an: „Und woher willst du das mit den Akten denn wissen?"

„Dir ist doch klar, dass ein Hamburger Bürgermeister alles weiß!" Mit ausgestreckten Armen ging er lachend auf seinen Freund zu. „Mensch Walter!" Genauso schnell und überraschend, wie der Bürgermeister gekommen war, wollte er auch wieder verschwinden. Doch in der Tür drehte er sich nochmals um. „Übrigens Hansen kennt auch was von Rotwein", wandte er sich an die vielen Gäste. Zu seinem Freund bemerkte er noch: „Halt immer eine Flasche gut temperiert bereit. Du weißt nie, wann ich dich besuche! Und Walter, dein Enkel Gunnar, der wird ein Guter bei der Kripo. Mensch weißt du eigentlich, was du für Hamburg getan hast? Gunnar, mein Lieber, der muss zur Hamburger Kripo in die Praxis, das musst du mir versprechen." Er hob sein Glas: „Ihr Lieben von der Kripo, lasst mich noch eines sagen, euer Hansen war immer standhaft,

demokratisch und loyal, auf seinen Sohn Knud kann er stolz sein. Wie der die forensische Spurensuche in Hamburg runderneuert hat, ist bemerkenswert." Der Bürgermeister sah triumphierend in die Runde der Gäste: „Und euch, liebe Gäste, kann ich verraten, Hansen wird der Einzige bisher sein, der es schafft, die dritte Generation seiner Familie zur Hamburger Kripo zu bringen!" Lachend drehte er sich zu seiner Begleiterin um, hielt ihr seine offene Hand hin, ließ sich ein schwarzes Päckchen geben. „Weißt du Walter, nächsten Monat gibt es noch eine Feier für dich, dann aber bei mir im Rathaus." Plötzlich sahen alle Gäste zu Walter Hansen hin, so als hätten sie nur auf diesen Moment gewartet. „Da darf ich dir die Hanseatische Verdienstmedaille übergeben!" Er ging einen Schritt auf seinen Weggefährten zu. „Du hast sie verdient." Als das Händeklatschen der Gäste begann, traten Walter Hansen die Tränen in die Augen. Er sah den Bürgermeister durch seine beschlagenen Brillengläser wie durch einen Nebel an. Sein Dankeschön hörte dieser schon nicht mehr. Unerwartet verschwand er, so wie er gekommen war, hanseatisch unauffällig.

Hansen und seine Frau genossen die neue Freiheit. Kinder und Enkel versuchten ihrem Vater, ihrem Opa das Gefühl zu geben, dass er gebraucht wurde. Seine Frau und er fuhren in die Innenstadt, gingen bummeln, kauften für die Enkel das eine oder andere Spielzeug oder eine neue Hose. Seit Jahrzehnten waren beide

nicht mehr in Hagenbeck's Tierpark gewesen, hatten weder den Frühling im Alten Land mit seiner wunderschönen Obstblüte noch die Ruhe im Blumenpark „Planten und Blumen" genossen. Und doch, nach und nach reichten dem pensionierten Hansen und seiner Frau das morgendliche Einkaufen der Frühstücksbrötchen und der BILD-Zeitung nicht mehr. Sie wurden einerseits miteinander immer ruhiger, weil sie meinten, sie hätten sich alles erzählt, andererseits kamen mehr und mehr Spitzen in ihren Unterhaltungen auf. Er machte sich oft über die Hausarbeit seiner Frau lustig, tat diese sogar als Zeitverschwendung ab. „Tu doch selbst was," fauchte sie ihm dann entgegen: „Du sitzt rum, langweilst dich, fühlst dich überflüssig. Willst aber jeden Tag pünktlich was zu essen haben. Sauber soll ich auch alles halten." „Ich fühle mich überflüssig, oder? Du brauchst mich nicht, die Kinder brauchen mich erst recht nicht. Meinst du wirklich, ich will so leben?" „Hansen, dann mach' was. Hier rumsitzen macht dich und mich krank." „Und was? Was willst du von mir? Lass' mich in Ruhe!" „Nee, lass' ich nicht. Nimm deine blöden Akten und verzieh dich auf die Parzelle. Im Kleingartenverein kannst du auch was machen. Die suchen immer aktive Mitglieder. Aber du, du warst ja was Besseres. Bloß nicht die Hände schmutzig machen."

Wütend drehte sie sich um, verschwand in der Küche, zog bewusst langsam und leise die Tür hinter sich zu. Knallende Türen konnte sie seit den Bombenangriffen

auf Hamburg nicht mehr ertragen. Sie fühlte, dass sie ihren Mann mit dem letzten Satz tief getroffen hatte. Genau das wollte sie. Ihn wachrütteln. Ihn so wütend machen, dass er begann, über sich, seine Situation nachzudenken. „Das musst du gerade sagen. Du machst doch all die Jahre auf Frau Kriminalergattin. Was soll das denn, bist du völlig durchgedreht, weil ich jetzt zu Hause bin? Ich kann ja abhauen, dann bist du mich los!" Sie stand in der Küche, hatte den Wasserhahn über der blitzsauberen Nirosta-Spüle weit aufgedreht. Das Wasser platschte laut ins Becken. Ihr Mann sollte ihr leises Lachen nicht hören. Grinsend drehte sie sich zur Wohnzimmertür und nickte der geschlossenen Tür zu. „Richtig so, reg dich schön auf," murmelte sie. „Warum läuft das Wasser so lange, bist du verrückt! Mach den Hahn zu." Er schrie zurück. „Fass mich an die Füße, dann hast du was zu tun," brüllte sie zu ihm gewandt durch die geschlossene Tür. Sie ließ das Wasser weiter laut in die Spüle rauschen, öffnete die Tür zur Garage, die direkt an die Küche angebaut war, setzte sich auf ihr Fahrrad und verschwand grinsend zum Einkaufen.

„Was hast du denn?" Hansen riss die Küchentür auf, stürzte auf den sprudelnden Wasserhahn zu, drehte sich um, blieb stehen. „Man, wo bist du nun schon wieder?" Ja, er kam sich überflüssig vor. Schnell sah er in die Garage, nichts, aber ihr Fahrrad war verschwunden. „Ist auch besser so, das hätte einen echten Streit gegeben, aber sie hat ja recht. Ich muss was

tun. So langsam drehe ich durch. Scheiße." Mit hängendem Kopf ging Walter Hansen zu seinem Sessel zurück, schmiss die Zeitung auf den Boden. Weit zurückgelehnt starrte er aus dem Fenster in seinen Garten. Selbst der kam ihm wie frisch lackiert vor. Alles war so rein, so gepflegt, alles hatte so gar nichts mit seinem Leben vor der Pensionierung zu tun. In seinem Beruf als Mordkommissar, wie er sich selbst bezeichnete, kam ihm alles so schrecklich schmutzig, dreckig, stinkend, eben unangenehm vor. Für ihn war damals jede Fahrt zu seinem Haus, zu seinem Garten, wie eine Fahrt in den Urlaub gewesen, jeden Tag. Er hatte sich immer darauf gefreut. Selbst nachts, wenn er von einem Späteinsatz zurückkam. Abschalten und vergessen konnte er seinerzeit nur hier, bei seiner Frau, klar damals auch mit seinen Kindern und auf der Parzelle. Nach diesen wenigen Wochen als Pensionär beschlich ihn das Gefühl, überflüssig zu sein. Ein Fremdkörper im Getriebe des täglichen Einerleis, in der täglichen Routine, wollte er nicht sein. Ihm kamen ganz leicht die Tränen, wenn ihn nur jemand verstehen würde. Automatisch griff er zum Telefon. „Hallo Walter, na wie geht's. Du hörst dich erholt an." Sein alter Kumpel Schweiger aus der Mordkommission freute sich von ihm zu hören. „Und was machst du den ganzen Tag?" „Mensch, lass mich in Ruhe. Mir geht das alles auf den Geist. Sag' du mir, was ich machen soll. Mensch, Petersilie und Bohnen sind nicht mein Ding". Er unterbrach sich selbst. „Hast du nicht was für mich?"

„Nee, aber weißt du, du musst selbst sehen, dass du wieder flott kommst. Bedauerst du dich mal wieder? Ich weiß doch, dass dir immer was im Kopf rum spukt. Du und deine erschlagenen Mädchen und Frauen. Arbeite das von damals nochmals und immer wieder durch. Du wirst schon was finden, was wir all die Jahre übersehen haben. Wenn ich kommen soll, ruf mich an. Halt den Rotwein bereit. Und deine Frau? Was sagt die?" „Die ist weg mit dem Rad. „Siehst du, du störst. Du bist der alte Sturkopf, der du hier auch warst. Also nimm' dir die Akten vor, mehr will ich nicht sagen. Es müssen hier nicht alle mitkriegen, dass du die mitgenommen hast. Du weißt, die Neuen sind anders als wir Alten. Immer alles nach Vorschrift, das ist jetzt so. Wir haben Arbeit genug, melde dich." Eine winzig kleine Pause entstand plötzlich. Ein wenig eingeschnappt über die ehrlichen Worte seines Kollegen meinte Hansen: „Du kannst auch mal anrufen oder hast du mich vergessen?" „Fängt das wieder an. Ja, ich habe dich vergessen, gestrichen, ausradiert. Bedauere dich man schön weiter. Du bist mir zu bekloppt. Und übrigens, ich habe auch nur noch ein Jahr. Du als Rentner bist kein Vorbild für mich. Mann, hör auf mit dem Jammern. Tschüß." Einen kurzen Moment lauschte Hansen noch in den Telefonhörer, dann begriff sogar er, dass sein Freund Werner Schweiger aufgelegt hatte. Das leise Klicken im Hörer hatte er nicht wahrhaben wollen. Er ging erst einmal pinkeln. Selbst dabei hatte sich was verändert, fuhr es

ihm durch den Kopf. War doof im Sitzen, aber seine Frau bestand darauf.

Für sie hatte er einen Zettel geschrieben, mitten in der Küche auf dem Fußboden, mit einem Apfel beschwert, hingelegt. Er hatte sich bei ihr entschuldigt, hatte ihr bestätigt, dass sie recht habe und er sei auf dem Weg zur Parzelle. Den ganzen Tag wolle er dortbleiben. Auf seinem Fahrrad fühlte er sich besser. Wie lange hatte er den frischen Fahrtwind nicht genossen? Er wusste es schon gar nicht mehr. Erleichtert hielt er sein Gesicht in den Wind, fuhr extra große Schlangenlinien, um sein Freiheitsgefühl zu verstärken. Als Walter Hansen in den sauber geharkten Weg des Kleingartenvereins einbog, hatte er sich wieder gefangen. Seine Akten lagen in beiden Fahrradtaschen am Gepäckträger verstaut. Er würde die in seiner Gartenlaube lassen. Nur hier wollte er daran arbeiten. Ein Glücksgefühl durchfuhr ihn. Endlich hatte er wieder eine Aufgabe und dieses Gefühl beflügelte ihn unglaublich.

Erinnerungen an den ersten Fall des "Peitschen-Mörders", wie sie den Täter des ersten Mordes an dem jungen Mädchen in Eimsbüttel nannten, brannten in ihm. Hier in seinem Gartenhaus würde er die Ruhe finden, um jede verdammte Akte wieder und wieder durchzuarbeiten.

„Dich kriege ich, das verspreche ich dir, du gehst mir nicht durch die Lappen. Verlass dich darauf." Hansen murmelte, wie zu einem guten Bekannten seine Drohungen gegen den Mörder vor sich hin. Bevor er

aber seine Akten aus den Fahrradtaschen herausholte, um sie zu sortieren und zu sichten, ließ er sich erst einmal in einen der Gartensessel fallen. Plötzlich durchfluteten ihn die Erinnerungen an den fürchterlichen Tod der Schülerin Ella Hansen. Damals, ja damals war er nicht weitergekommen. Er musste neu beginnen, musste alles lesen. Wie oft er das bereits getan hatte, Keine Erinnerung:

Quer durch den Kanaltunnel sprang eine Ratte. Sie huschte unter einen braun-grün-grauen sehr dreckigen Haufen Stoff, der am Ende des Ganges zusammengeknüllt im Halbdunkel lag. Hansen kam näher, ein runder Lichtschein fiel durch einen offenen Kanaldeckel in den Schacht. Hansen sah nach oben. Wie ein Sonnenstrahl aus dem grauen Winterhimmel fuhr es ihm durch den Kopf. Trümmer von ausgebrannten Häusern umrahmten den Blick in den Himmel, ganz nah erschien ihm das, was er sah. Er kniff seine Augen zusammen, drehte sich im Kreis, um besser sehen zu können: „Wir sind unter einem Haus. Mensch, ich kann durch Decken und Dach bis in die Wolken sehen." Sein Freund Schweiger legte ihm die Hand auf die Schulter, fragte unsicher: „Was ist das hier?" Mit dem Fuß stocherte der in dem Haufen faulender Lumpen herum. „Vorsichtig, da sind bestimmt verfluchte, fette Kanalratten drin." Im gleichen Moment schoss eine dieser ekelhaften Tiere an Schweigers Bein hoch, doch bevor er sich auch nur bewegen konnte, sprang das Tier auf eines der Steigeisen im Kanalschacht. Fett und satt

starrte sie mit offenem Maul auf die beiden Männer. Vor Schreck waren beide einen Schritt zurückgesprungen, gleichzeitig blickten sie sich nach etwas um, mit dem sie zuschlagen konnten. Nichts! Als sie nach oben blickten, sahen sie das ekelige Tier von Steigeisen zu Steigeisen nach oben springen, dann war ihr fetter Feind verschwunden. Die beiden Männer sahen sich grinsend an. „Scheiß Ratten, hoffentlich kriegt die Stadt die Mistviecher in den Griff. In dieser Zeit, so kurz nach dem Kriegsende." Der große, kräftige Mann schüttelte sich. „Mann so 'n Dreck, hab' ich mich erschrocken!" Schweiger sah an seinem Bein herunter, stampfte mit beiden Füßen mehrfach kräftig auf den Boden, rekelte sich in seiner grünen, gesteppten Winterjoppe zu Recht und trat beherzt in das Lumpenbündel. Nichts. Keine Bewegung. Tief heruntergebeugt, vorsichtig mit zwei Fingern zerrte er die Lumpen auseinander. Die andere Hand hielt er sich vor Mund und Nase. Es stank entsetzlich nach Verwesung. Walter Hansen lehnte sich in seinem Sessel vor seinem Gartenhaus zurück, ließ die Akte auf seinen Schoß sinken und starrte, ohne etwas zu sehen, gedankenverloren in seinen alten Kirschbaum. Eine kleine Blaumeise hüpfte zwischen den Blättern so wie jeden Morgen hin und her. Die Erinnerungen kamen in sein Bewusstsein, als seien sie erst gestern geschehen. Er wunderte sich, dass vor seinem geistigen Auge das damalige Geschehen so realistisch klar ablief. Fast

zwanzig Jahre waren seit dem Mord an der Schülerin Ella Hansen vergangen.

Willi Schweiger ächzte, trat einen Schritt zur Seite. Mit einer Hand suchte er Halt an der Kanalwand. Er fuhr erneut mit seinem Fuß unter den Stoffballen, zog dann das vergammelte Tuch hoch. Irgendwo in der Wand fand er einen Haken, hängte das Bündel daran. Dann schüttelte er sich unbewusst, klopfte mit beiden Händen den vermeintlichen Dreck von seiner Hose, starrte seinen Kollegen Hansen an. Mit den Augen lotste er dessen Aufmerksamkeit auf das Ende des Tunnels. Dort, wo das Stoffbündel gelegen hatte, tat sich ein weiterer Abstieg in einen Kanalschacht auf, aus dem ein entsetzlicher Verwesungsgestank nach oben waberte. Mit weit vorgebeugtem Kopf starrten die beiden Kripobeamten hinunter. Im Lichtkegel ihrer schwachen Taschenlampen stieben Rattenheere auseinander. Eine Handvoll Kanaldreck, den Willi Schweiger in die Tiefe warf, tat sein Übriges. Rattenaugen glühten wütend in der Dunkelheit. Das ekelhafte und Angst einjagende Pfeifen der Tiere, die da unten in die Dunkelheit flüchteten, ließ beide Männer zittern. Das, was sie dort sahen, wollten sie nicht weiter erkunden. Sie meldeten ihren Fund den Engländern. Später erfuhren sie, dass dort unten verweste, von Ratten angefressene Leichen von erstickten Juden identifiziert wurden, die sich in den Hamburger Abwasserkanälen unter den zerbombten Wohnhäusern vor den Nazis versteckt hatten. Wer diese Menschen

waren, welche Namen, welches Schicksal diese gehabt hatten, blieb im Dunkel. Es war damals wirklich keine Zeit, sich darum zu kümmern. „Diese verfluchten Nazischweine müssen wir finden, Hansen. Die Engländer haben recht. Das Elend, was diese Bande von Verbrechern über uns alle gebracht hat, auch bei uns hier in Eimsbüttel, betrifft uns doch alle." Ihm und seinen Kollegen wurde durch solche Begebenheiten immer bewusster, wie wichtig es damals war, die Nazi-Verantwortlichen zu finden, den Engländern zu übergeben. Als Deutscher konnten er, sein Freund Willi Schweiger nicht glauben, was sie selbst alles in dieser Hinsicht entdeckten und aufklärten. Voller Panik schleppten und zerrten sie den Haufen Lumpen nach oben. Es war ein Fallschirm, aus dem mehrere Fetzen herausgerissen oder geschnitten waren. Auch Halteseile fehlten. Der Mädchenmörder hatte damit seinem Opfer das Gesicht verdeckt, mit den Seilen gefesselt. Sie glaubten damals, einen großen Schritt vorangekommen zu sein. Leider nicht. Hansen legte nachdenklich seinen Kopf in den Nacken: „Keinen Millimeter hat uns das weitergebracht. Den Fallschirmfund mussten wir den Engländern melden. Damit war er für uns verschwunden." Der alte Mann versank in seinen Gedanken. Unbewusst legte er seine Akte auf den kleinen Korbtisch neben sich. Ein paar Schritte gehen, einmal tief durchatmen, sich recken, die Vergangenheit aus seinem Kopf schütteln, ja das wollte er. Nach Art von alten Männern vor sich hin

brummelnd, stieß er gegen die Gartenpforte: „Das wird für mich nicht einfach werden, wieder in die Vergangenheit einzutauchen. Das hätte ich niemals gedacht. Mann ist das Mist, verdammte Scheiße."

Mehr und mehr wurde ihm bewusst, wie grausam die Zeit nach dem Kriege mit ihm umgegangen war. Der glühende Lavastrom seiner Gedanken ließ sich nicht aufhalten. In seinem Kopf hatten sich alle Einzelheiten festgebrannt. Ein lautes, durchdringendes Klingeln einer Fahrradglocke schreckte ihn aus seiner Nachdenklichkeit. Walter Hansen war sehr froh, seine Frau zu sehen. Sie schob ihr Fahrrad durch die Gartenpforte. Er ging ihr grinsend hinterher. Selten war er so froh sie in seiner Nähe zu wissen. Den roten Aktendeckel der Hamburger Kriminalpolizei, Abteilung Mordkommission, ließ er absichtlich auf dem Gartentisch liegen. Seiner Frau meinte er beweisen zu müssen, dass er eine Aufgabe gefunden hatte, ohne etwas zu erklären.

„Na mein Lieber, hast du dich beruhigt? Vielleicht ist es gut so. Deine ungelösten Mordfälle lassen dich nie los." Sie sah ihm direkt in die Augen. „Wenn ich dir im Haushalt nicht helfen kann, muss ich was zu tun haben. Soll ich meine Akten wirklich noch einmal durcharbeiten? Mensch, was soll ich bloß mit meiner Zeit anfangen? Merkst du, ich bin so unsicher. "
„Hansen," sagte seine gutmütige Frau, die ihn nach den langen Ehejahren genau kannte, nahm seine Hand, ging mit ihm zu dem Gartentisch, auf dem die Akte lag.

„Hansen." wiederholte sie, zeigte auf den Tisch: „Das mein Lieber, das ist genug Arbeit für dich. Jetzt hast du Ruhe. Diese ungeklärten Sachen wirst du noch einmal durchgehen. Mensch Hansen, nimm Gunnar, deinen Enkel dazu. Der Junge will immer alles von deiner Arbeit wissen, das wird ein guter Kriminaler. Vielleicht hat der Ideen, mit denen du etwas anfangen kannst.

Gunnar hat von unserm Sohn Knut viel geerbt, von dir auch. Weißt du, wovon ich spreche?" „Nee, was meinst du denn?" „Dein Sohn und dein Enkel sind genauso neugierig und besessen von dem, was sie bei der Kripo machen, machen wollen, wie du es vierzig Jahre lang warst. Hilf ihnen mit deiner Erfahrung sehr gute Kriminalbeamte zu werden, besser als du jemals warst. Mensch Hansen, wir leben in neuen Zeiten. Heute haben sie andere Möglichkeiten zur Aufklärung von Verbrechen. Mann, deine Erfahrungen brauchen sie. Begreif das doch endlich."

Lächelnd nahm Hansen die Hand seiner Frau und meinte versöhnlich: „Du hast recht. Möchtest du einen Kaffee? Das Wasser hat gerade gekocht. Soll ich uns schnell einen aufbrühen?" „Ich habe Milch mitgebracht." Lachend verschwand Hansen in der Gartenlaube. Selten war er so froh gewesen, seine Frau in der Nähe zu wissen. Einige Minuten später zog Kaffeeduft um den Kirschbaum hinüber zu dem riesigen, kräftig rot blühenden Rhododendron.

Im Sommer bemerkte der alte Hansen eines Tages, als sein Enkel am Sonntag zur Parzelle geradelt kam, dass

der Junge mit ihm etwas Wichtiges besprechen wollte. Enkel Gunnar verhielt sich besonders ruhig, sagte kaum etwas, sondern stierte vor sich hin auf seinen Teller.

„Was ist mit dir los? Gibt's Probleme?" Hansen blickte zu seinem Enkel. „Opa, darf ich dich mal was fragen?" „Junge, du weißt doch, du kannst mich alles fragen."

„Aber nicht böse sein; wenn ich mit dir die Akten von diesem Mörder bespreche, finde ich es doof, Opa zu sagen, kann ich dann nicht Walter zu dir sagen?" Gunnar mochte seinen Großvater nicht ansehen. „Ich bin doch schon fast siebzehn und will dein Nachfolger werden." Nervös sah er sich um. Oma Lina werkelte weit genug entfernt im Garten herum. Walter Hansen lachte und packte seinen Enkel im Nacken: „Klar Junge, ich bin Walter. Wir beide arbeiten zusammen."

Als Gunnar Hansen sein Studium der Kriminalistik an der Fachhochschule der Polizei aufnahm, hatte er bereits sehr gute, tiefe Einblicke in die Arbeit der Hamburger Mordkommission machen können. Die damaligen Aufgaben, direkt nach dem Krieg und in den Jahren der Nachkriegszeit, wie sein Opa immer sagte, kannte er durch die vielen Akten, die sie gemeinsam, Großvater, Vater und Enkel in der Gartenlaube durcharbeiteten. Durch Gespräche mit seinem Vater, dem bekannten forensischen Anthropologen, Knud Hansen, lernte er schon als kleiner Junge, auf alles zu achten, was in der Natur vorging. Fanden sie manchmal

einen toten Vogel im Garten oder eine tote Maus im Keller der Gartenlaube, war es sein Vater, der ihm haarklein erklären konnte, wie lange das Tier bereits tot war, woran es vermutlich gestorben war. Gunnar Hansen hatte sich fest vorgenommen, die kriminalistischen, konstruktiven Fähigkeiten seines Opas Walter, mit den für ihn ungeheuer wichtigen Fähigkeiten seines Vaters Knud zu verknüpfen. Als er als jüngster Hauptkommissar bei der Mordkommission in Hamburg seine Ernennungsurkunde bekam, standen Oma, Opa und Vater Hansen die Tränen in den Augen. Auf ihren Sohn und Enkel konnte niemand stolzer sein als Lina und Walter Hansen.

Kapitel 10

Kalle der Chef und die neue Erotiknachtbar
Hamburg – St. Pauli, 1977

Karl-Heinz Meisen, genannt Kalle der Chef, rief sofort nach seiner Putzfrau aus der Spätschicht, als er sein schmuddeliges, in die Jahre gekommenes Etablissement >Villa Hügel< am Hamburger Berg auf St. Pauli betrat. Auf dem Fußboden im Eingangsbereich waberte eine Blutlache über eine Fläche von etwa einem Meter im Quadrat. Mit Feudel und Schrubber tilgte die Persilfee die letzten Spuren eines Konkurrenzkampfes mit Messer und Pistole, den sich einheimische und aus Wien zugereiste Ganoven seit diesem Oktober in Hamburgs Rotlichtviertel um leichte Mädchen, schwere Jungs und heiße Ware geliefert hatten. Hier in der „Villa Hügel" hatten die Hamburger Zuhälter für klare Verhältnisse gesorgt. Es war ihr Bezirk. Fertig.

Damals kurvten erstmals etliche Herrenfahrer so häufig und flott über St. Paulis Holperpflaster, dass es den Streifen des Polizei-Reviers Davidswache ratsam erschien, die ausnahmslos österreichischen Kennzeichen der großen Wagen zu notieren. Wie bei den später folgende Ermittlungen bei der Wiener Kriminalpolizei ergaben, steuerten ausschließlich Kriminelle diese Fahrzeuge. Einen Mercedes vom Typ 220 SE fuhr Willy Stranski, 36, vorbestraft wegen

Diebstahls, Einbruchs und Waffenhandels. In einem weiteren Mercedes vom Typ 220 saß Hubsi Mayerlink, 25, vorbestraft wegen Betrugs, Raufhandels und Vagabondage, wie man in Österreich sagte. Den Chevrolet vom Typ Bel Air steuerte Alois Strasser, 28, vorbestraft wegen Diebstahls gefährlicher Drohung, Körperverletzung, illegalen Waffenbesitzes und Zuhälterei. In einem verhältnismäßig kleineren Mercedes vom Typ 190 D ließ sich Joseph, Peppi Wrozlaschek, 43, auf St. Pauli sehen. Zu seinen Vorstrafen gehörten Hehlerei und Gefährdung der körperlichen Sicherheit von Frauen. Die schweren Jungs in den noch schwereren Autos waren nur der Vortrupp einer geplanten Invasion, der ausgeschickt worden war, um die speziellen Hamburger Möglichkeiten für leichtes, schnelles Geld zu erkunden. Die Herrenfahrer testeten, fanden St. Pauli empfehlenswert. So tauchte Bel-Air-Fahrer Strasser alsbald daheim in Wien bei Mutzi Berghofer, 19 Jahre alt, auf. Die blonde Mutzi war soeben aus dem Wiener Polizeigefängnis entlassen worden, wo sie wegen sogenannter Geheimprostitution hatte einsitzen müssen. „Mutzi, weißt, ich bin extra deinetwegen aus Hamburg gekommen," säuselte Strasser schon an der Wohnungstür, bevor er eintrat.

„Na lass dös, den Wiener kannst dir sparen. Schön dich zu sehen, was willst?" Antwortete sie, die seit ihrem fünfzehnten Geburtstag als Straßenhure am Prater etwas Geld verdiente. Fast der gesamte

Liebeslohn wurde sofort abkassiert, wenn sie von einem Mann zurückkam. Die Wiener Zuhälter hatten ein sehr strenges Kontrollsystem aufgebaut.

„Na, was läuft in Hamburg?" Sie sah den Mann fragend an, hielt ihm eine Flasche Bier hin. „Magst eins, ein echtes aus Budweiss. Kriegst in Hamburg nie." Strasser trank genüsslich einige tiefe Züge. Er schilderte ihr ein paradiesisches St. Pauli und versicherte ihr, dass dort „mehr zu verdienen" sei als in Wien. Mutzi packte sofort das Nötigste. Andere fesche Wiener Madln und ihre Beschützer zogen nach, und schon im November las man im Wiener Boulevard-Blatt "Express: „An den Straßenecken in Sankt Pauli, auf der Reeperbahn in Hamburg, wird es voller. Zu viele Damen sprechen wienerisch. Kann das gut gehen?" Der Wiener Charme erwies sich als ausgesprochener Verkaufsschlager. Straße für Straße gewannen die zugewanderten Huren an Terrain. Aber nicht nur wegen der sinkenden Einnahmen zahlreicher einheimischer Liebesdienerinnen verschlechterten sich die Beziehungen zwischen Hamburger Loddels* und Wiener Louis* zusehends. Die Österreicher knackten auch das Zuhälter-Monopol im Tablettenhandel mit Rauschmitteln. Vor Gericht wurde die damals noch geheimnisvolle Droge später als "Preludin" identifiziert. „Es ist ein Mittel," erläuterte der bei einem Prozess wegen Drogenhandels von der Verteidigung als Sachverständiger bestellte Psychiater: „Das Mittel hebt die Stimmung, beeinflusst die Psyche. Es kann den

Menschen beschwingen wie ein halbes Dutzend Gläser Champagner. Später deprimiert es. Es verleiht ein Gefühl der Verantwortungslosigkeit. In großen Mengen eingenommen, hat es zu Irrsinn geführt. Der Ärztestand betrachtet es als ein sehr gefährliches Mittel."

Kurz bevor die Wiener in Hamburg fest Fuß fassen konnten, hatte die Polizei einen der Hauptlieferanten des rezeptpflichtigen Volksstimulands, das vorzugsweise von St. Paulis Liebeskünstlerinnen zur Erleichterung nächtlicher Berufsarbeit geschluckt wurde, hochgenommen. Die Preludin-Versorgung geriet ins Stocken. Die Zuhälter könnten die Nachfrage ihrer Unterhändler, wie Toilettenmänner und -frauen in St.-Pauli-Lokalen und Aufwartefrauen in den Absteigen, sowie ihrer Direktkundinnen in den Dirnen-Quartieren an der Herbertstraße, nur noch mit Mühe befriedigen. Anders die Wiener. Durch ihre weitreichenden Beziehungen mangelte es ihnen nicht an Nachschub. Sie vermochten den Unter-der-Hand-Preis von einer Mark je 25-Milligramm -Tablette (in der Apotheke auf Rezept: 22 Pfennig) zu halten und machten von nun an das Preludin-Geschäft. Das Mittel gab es damals in Österreich freizukaufen. Es war nicht apothekenpflichtig. Zum offenen Bruch der angespannten Beziehungen zwischen dem Stützpunkt der Wiener Louis, dem Lokal „Napoleon" an der Dirnen-Promenade Kastanienallee, und der "Langen Theke" im Strichrevier Friedrichstraße, einem der

Zentren einheimischer Macht der Prostitution, kam es erstmals am 19. November. In zwei Anläufen versuchte damals, der über München nach Hamburg eingewanderte Wiener Stenzle Oberghofer, 22, die "Lange Theke" im Alleingang zu stürmen. Der erste Angriff misslang, weil der Stenzle übersehen hatte, dass seine 6,35-Beretta -Pistole nicht geladen war. Der Zweite scheiterte am Widerstand des gelernten Bäckers und Boxers Otto Schussler, 28. Stenzle konnte zwar eine Kugel aus seinem Ballermann in Schusslers Unterschenkel verschießen, wurde aber noch am selben Abend verhaftet. Dann ergriffen die Einheimischen, die Hamburger Zuhälter, unter Kalles Führung die Initiative. Am 14. Januar bestellten sie Wölfi, Hansi Hubertsegger, 25, in Österreich wegen Diebstahls, schwerer Körperverletzung sowie Raufhandels vorbestraft und von der deutschen Polizei wegen Zuhälterei gesucht, abends zu einer klärenden Aussprache in Kalles Etablissement >Villa Hügel<.

„Wir müssen reden," hatte Kalle ihm auf der Straße zugeraunt, „Es wird Zeit, dass wir einige Dinge klären. Ihr wollt Geld machen, wir wollen Geld machen. Ich frag mich, warum wir uns streiten müssen, der Markt ist groß genug. Ihr habt eure Mädels, lasst also eure Finger weg von unseren."

Staunend hatte Wölfi zurückgefragt: „Hast a Angst, mein Lieber, mir tun nix. Wennste unbedingt wöllst, na gut i komm. Willst du das Haus nicht mir überlassen? Deine >Villa Hügel< sollst mir verkaufen, dann sein mir

wieder gut. Ist das ein Vorschlag, magst drüber nachdenken."

In der Villa empfing ihn am folgenden Sonnabend, kurz vor zweiundzwanzig Uhr eine dreifache Übermacht; Inhaber Kalle, 38, "Lange Theke"- Chef Stanislafskie und Kellner Valentino, genannt Vallo, Sandhahn, 33, wie Stanislafskie mehrfach wegen einschlägiger St.-Pauli-Delikte vorbestraft. Die Aussprache war kurz. Zunächst „kitzelte" Vallo das Wölfi ein wenig mit einem Messer, Sekunden später wälzte sich der Wiener im Vestibül in einer Lache eigenen Blutes. Während eine Polizeistreife im Etablissement >Villa Hügel< vorbeischaute, aber nicht eingriff oder verhörte, feudelte die Aufwartefrau Wölfis Blut auf. Sofort bugsierten die Hamburger Jungs ihren Wiener Gesprächspartner ins Zimmer 9 auf eine Matratze zur weiteren Behandlung. Später schafften sie den Bewusstlosen im Opel Rekord eines Kellners zum nahen Hafenkrankenhaus, wo sie ihn neben einer Mauer ablegten. Der Erfolg der Messer-Schocktherapie im Puff, den sie >Villa Hügel< nannten, war für die Hamburger Zuhälter und ihr Geschäft mit der Prostitution durchschlagend. Ein Teil der zugereisten Kriminellen und ihre Mädchen aus Wien setzten sich unverzüglich aus freien Stücken südwärts ab. Den Rest holte die Polizei morgens bei einer Razzia aus den Betten. Abgesehen von Wölfi, der im Hafenkrankenhaus seiner Genesung entgegensah, verzögerte sich nur für zwei von denen aus Wien die

Heimreise noch eine Weile: Dem Wiener Mädel Herma, 23, polterte bei der Festnahme eine ungesicherte 7,65-er Walther-Pistole aus der Handtasche. Sie musste sich wegen unerlaubten Waffenbesitzes in Hamburg verantworten. Dem Bel-Air-Fahrer Strasser stand ein Verfahren wegen Zuhälterei und Körperverletzung bevor. Ausgerechnet von seiner Mutzi aus Wien war er angezeigt worden. Weil andere Mädchen viel mehr verdienten, ihm abgaben, meinte seine Maria, genannt Mutzi, wollte ihr Freund und Zuhälter sie durch deftige Prügel motivieren, mehr Freier zu bedienen. Sie sei in Hamburg faul geworden, hielt er ihr immer wieder vor. Die restlichen Wiener traten vom Bahnhof Hamburg-Altona aus, in einem Abschiebehaft – Sonderabteil ihre Heimreise an. Auf St. Pauli zogen die Preludin-Drogen-Preise kräftig an. Von nun an bekamen die Strichmädchen und –jungen ihre Betäubungsdroge wieder von ihren eigenen Leuten. Da die Dirnen aus Wien mit ihren Zuhältern ebenfalls verschwunden waren, mussten die Stellplätze auf den Straßen und die Zimmer in den Puffs neu besetzt werden. Rolf Sesilski nahm sich dieser Sache hingebungsvoll an. Am Hamburger Hauptbahnhof, an den Berufsschulen und durch Anzeigen in den Zeitungen auf dem Lande suchte er Bedienungskräfte für das wachsende Restaurantgeschäft in Hamburg. Er wusste sehr genau, wie man die jungen Frauen auf ihre wahre Aufgabe vorbereitete. Dass die eine oder andere von ihnen

spurlos verschwand und nie gefunden wurde, gehörte zum Geschäft.

Ein unglaublich fester Griff in den Nacken ließ Rolf Sesilski völlig bewegungslos aufschreien. Fast wäre er bei Lehmanns, der bekannten Hafenbar, vom Barhocker gekippt. Blitzschnell drehte er sich um, als sein Hintermann den Griff lockerte. Sein Faustschlag ging ins Leere.

„Lass stecken Junge. Setz dich nie mit dem Rücken zur Tür. Immer alles im Blick haben. Mach dich klar, wir müssen los." Lächelnd hielt ihm sein Chef Karl-Heinz Meisen, kurz genannt Kalle, die Hand hin. „Komm runter vom Hocker. Los jetzt." Schnell warf Rolf Sesilski eine Fünfmarkmünze auf den Tresen, fasste sich in den Nacken, schüttelte sich noch einmal. „Mensch Kalle, hast du mich erschreckt. Was ist los?" Ohne zu antworten, schritt der zur Eingangstür, sein Adlatus folgte ihm mit hängendem Kopf, wie ein geprügelter Hund. Mit einer Hand massierte er seinen Nacken als sie auf die Reeperbahn hinaustraten. Kalter Nieselregen schlug Ihnen an diesem frühen Abend entgegen. Dicht an den Häusern vorbei, wenn möglich unter den Markisen der Bars und Erotikgeschäfte vorbei, rannten sie in Richtung Große Freiheit. Türsteher, in Hamburg Koberer genannt, traten schnell einen Schritt zurück, machten Platz für den Boss der Nutella-Bande und seinen unheimlichen, ja verschlagenen Assistenten. Eine der vor den Haustüren stehenden Liebesdamen zog Rolf an seiner Jacke, sie

wollte ihn für einen schnellen Fick ins Haus bugsieren. Im Vorbeigehen fing sie sich eine solche Ohrfeige ein, dass sie auf die Straße stürzte. Der Türsteher der benachbarten Bar musste schallend lachen. „Pass auf, wen du anfasst. Das lernst du hier schnell Mädchen." Anneliese gehört aber nicht zu den Erotikdamen von Kalles Nutella-Bande. Vor einigen Tagen hatte man ihr diesen Platz zugewiesen, der zum Revier einer zweiten Bande, der GmbH auf der Reeperbahn gehörte. Sie wollte in Hamburg etwas erleben. In ihrem Dorf an der Zonengrenze war wirklich tote Hose, nichts war da los. Sie fühlte sich zu sehr eingeengt zwischen Dannenberg und der Grenze zur DDR. Ihr Dorf lag einfach zu weit entfernt von allem, was für junge Leute interessant sein könnte. So direkt an der Grenze zur Ostzone, alle redeten nur von der schrecklichen Trennung in zwei Deutschlandhälften. Auf dem Hamburger Hauptbahnhof hatte sie eine junge Frau angesprochen. Die wollte nur wissen, ob sie Hilfe in Hamburg brauche. Bei einem Kaffee stellte sich die Frau vor. Anneliese fasste Vertrauen.

„Sag mal, wo willst du denn wohnen? Kennst du jemanden in Hamburg? Übrigens ich heiße Eva-Maria, nenn mich Evi, so kennen mich meine Freunde." „Mich haben sie immer Liese genannt, wie die Pferde bei uns. Ich heiße Anneliese, kannst ruhig Liese zu mir sagen. Nee, keine Ahnung, ich wollte zur Jugendherberge für einige Tage und mir Arbeit suchen. Dann kann ich doch weitersehen, was meinst du?"

„Klar kannst du, aber erst kommst du mit zu mir. Bei mir schläfst du auf dem Sofa, bis du was gefunden hast. Gut so?" Evi drehte sich immer wieder um, bis sie dem jungen Mann, der plötzlich hinter dem Drehständer mit Zeitungen auftauchte, das verabredete Zeichen gab. Sie bückte sich zu ihrer auf dem Boden stehenden Handtasche, zog einen Zettel hervor, kritzelte ihre Adresse schnell darauf, sah verstohlen wieder zu dem Mann hin, der nach links nickte und den Kopf in Richtung Ausgang drehte. Evi hatte verstanden. Sie hatte ihm zu folgen.

„Hier, das ist meine Anschrift, da wohne ich. Ich muss los, sieh dich hier in der Stadt noch etwas um. Dann nimmst du die U-Bahn mit der Nummer drei Richtung Schlump, an der Haltestelle St. Pauli-Stadion steigst du aus. Rechts Richtung Reeperbahn. Immer auf der Straße bleiben. Unten im Haus 70 klingelst du bei Klarges, Uschi ist unsere Aufwartefrau. Die zeigt dir mein Zimmer. Da kannst du dich ausruhen. Die alte Klarges hat auch Essen und was zu trinken, wenn du willst".

An den nächsten drei Tagen lernte Anneliese, wie sie sich als Liebesdienerin zu benehmen hatte, welche Aufgaben sie machen musste und wie viele Männer sie jeden Tag zu bedienen hatte. So schlecht fand sie die Idee, so zu arbeiten, gar nicht. Wenigstens sollte sie gutes Geld verdienen, wie ihr der Freund von Evi erklärt hatte. Peppi, der sie in seinem Mercedes abgeholt hatte, zeigte ihr die Gegend um die Reeperbahn, fuhr mit ihr durch den alten Elbtunnel und

gab ihr das erste Taschengeld. Am zweiten Tag holte er sie wieder ab. „Heute Abend fahren wir zu mir, da lernst du noch mehr über deinen Dienst und wie du dich verhalten musst", meinte er. „Ja, gut, ich mache das, was du mir sagst." Als sie an diesem Abend endlich völlig erschöpft und weinend einschlief, hatten vier Männer sie mehrfach vergewaltigt. „Wir haben sie eingeritten, ab morgen geht sie an den Start," meldete Peppi den Erfolg seinen Kumpel. So wie bei fast jeder neuen Mitarbeiterin. In der Großen Freiheit, die Seitenstraße rechts von der Reeperbahn verschwanden Kalle und Rolf durch einen Torbogen auf einem Hinterhof. Links brannte Licht, laute Musik dröhnte durch die geschlossenen Fenster. Aus dem Dunkel kam ihnen ein kleiner Mann, mit großem Schnauzbart und Baskenmütze, entgegen. „Jean-Claude, mein Freund, Ca va, wie geht's alter Franzmann," rief Kalle ihm zu und lachte den Mann freundschaftlich an. „Das ist Rolf, der hilft dir das richtige Personal zu kriegen und für alle anderen Sachen, du weißt, was ich meine, steht der Junge dir zur Verfügung."

Lachend gaben sich die beiden ungleichen Männer die Hand.

„Bon jour Rolf, du bist der Schakal, hab ich schon gehört von dir. Immer bist du überall und nirgends, wie ihr Deutschen sagt." Er sah Rolf fest in die Augen. „Hier kannst du viel lernen. Karl-Heinz hat schon viel von dir berichtet, entschuldige mein Deutsch, nicht so gut."

Rolf Sesilski reichte dem Mann die Hand. „Klar mache ich alles, alles was Kalle mir aufträgt. Was soll hier laufen?" Sie gingen in einen großen Raum, der wie ein Theater wirkte.

„Hier war ich noch nie", staunte Rolf, „was passiert hier denn?"

Der Franzose und der Deutsche sahen sich an, Kalle nickte zustimmend: „Kannst ihm alles erzählen, nix Problem." „Wir eröffnen in der Großen Freiheit 11 ein Erotik-Theater-Tornado, wie wir den Salon d'Amour sacré offiziell nennen. Ist erste Einrichtung dieser Art überhaupt in Deutschland." Der Franzose mit der Baskenmütze lachte und erklärte weiter: „Werden auf eine Drehbühne Amour machen. Mal Darsteller in Rokoko-Kostüme, mal Trachten oder Weltraum-Anzüge. Hinter einer Spiegeltür gib Séparées mit Badewannen d'amour, wo Männer bedienen von junge Frauen. Ist Club, für Mitglieder nur, für die mit Karte. Mein Aleman, mein Deutsch schlecht." Jean-Claude sah mit einer weitausholenden Bewegung seiner Arme in die Runde. „Alles Club-Theater. Boss erklär du, dein Deutsch besser." Lachend sah er seine Besucher an. „Wird magnifique, großartig." „Merk dir das, du wirst hier aktiv mitmachen." Kalle sah seinen jungen Mitläufer Rolf direkt an. „Ich will keinen Ärger mit den Huren. Du sorgst für die Mädchen, die wir hierher ausleihen, du zeigst ihnen, was sie zu machen haben. Ist das klar?" Seine Stimme war scharf geworden, ohne jede Frage oder Bemerkung zuzulassen. „Das hier wird

so aussehen: Nebel wabert, König Artus Tafelrunde hat aufgegessen, als Nachtisch gibt's die Nachbarin. Auch edle Rittersleut' haben ihr Ding nicht nur zum Pinkeln, erklärt ein Ansager. Die nächste Nummer spielt unter Wasser. Eine Nixe verwöhnt zwei Taucher mit dem Mund. Danach ist ein Clown mit Kunstpenis dran. Und dann mein Lieber, ab zwei Uhr nachts kommen unsere Mädel zum Zuge. Wir bringen zwei auf die Bühne. Eine als lebendes Buffet, die andere als lebende Sexpuppe." Rolf wollte etwas fragen, jedoch sein Chef tippte ihm an die Stirn: „Lass mich ausreden, verstanden? Die eine soll von den Zuschauern abgeleckt werden, bis von ihr alles runter ist. Immer schön mit Sahne und Obst dekorieren. Du sollst die Zuschauer beobachten, was sie machen, was sie wollen. Klar?" Wieder sah er seinen jungen Begleiter scharf an. „Klar?" Der nickte nur stumm. „Und die andere kommt auf einem leicht schrägen Bett als Gummipuppe auf die Bühne. Mit breit gespreizten Beinen bewegt sie ihren Hintern hoch und runter, macht laufend Fickbewegungen, wälzt sich hin und her, als sei sie echt geil. Die ist sehr auffallend als Gummipuppe geschminkt. Klar?" Rolf nickte. „Und du, du sitzt im Publikum, machst ein paar freche, anzügliche Bemerkungen. Heizt die Stimmung an. Dann gehst du auf die Bühne und forderst die Zuschauer auf, raufzukommen und auf sie zu steigen. Aber nur mit Gummi. Verstanden. Je mehr Männer raufkommen, je mehr Kohle gibt es. Ist alles mit Jean-Claude besprochen. Wer will, kann auch das abgeleckte

Buffet wegarbeiten. Niemand kommt dann mehr ins Lokal rein oder raus. Wir machen auf geschlossene Gesellschaft. Alkohol gibt es nicht, gar keinen. Nur Säfte oder Cola. Und übrigens, ab Morgen sorgst du für die Mädchen für hier, wir brauchen erst zwei, in einem Monat vier." „Meinst du, dass das was wird. Dass die Mädchen das mitmachen?" Rolf sah seinen Chef skeptisch an. „Was ist mit der Bezahlung der Nutten?" „Ist nicht dein Ding. Ich rechne mit Jean Claude ab. Du notierts die Namen der Mädchen, die Zeiten. Sehr genau mein Lieber." „Was soll ich ihnen sagen, wegen Geld?" „Sag ihnen sie erhalten das Doppelte von dem was sie sonst verdienen. Du hast ja die Listen von jedem Mädchen. Kannst selbst ausrechnen. Rede mit den Ischen, erkläre ihnen alles ganz genau. Verringerte Arbeitszeiten, tagsüber frei und mehr Geld. Hast du die Mädchen, reden wir weiter. Das ist ab jetzt dein Problem. Schaffst du die passenden Mädchen

aus unserem Bestand nicht ran, bist du weg." Lächelnd spielte Kalle, der Boss, mit seinem großen Schlüsselbund. „Eine Woche hast du Zeit. Je eher je besser. Wo du mich findest, weißt du. Ich bin dann mal weg. Du weißt genau, Gewalt gegen unsere Damen will ich nicht. Höre ich sowas über dich. Lernst du mich kennen." Grußlos drehte sich Kalle der Boss um, verschwand lautlos im Eingang der gegenüber liegenden Bar.

Kapitel 11

Das Hurenbuffet
Hamburg – St. Pauli, 1977

An frühen Abend schlenderte Rolf Sesilski, von der Reeperbahn kommend, auf den Hans-Albers-Platz. Links durch die Toreinfahrt sah er Laura und Sandra an den ihnen zugewiesenen Plätzen stehen. Dicht neben dem Eingang des Freudenhauses. Dort wo sie zu dieser Tageszeit zu stehen hatten. Nur ein leichtes Kopfnicken nach rechts genügte. Sofort eilten die beiden jungen Frauen ihm hinterher. „Setzt euch, ich will was besprechen." Forderte er sie auf, sah sie nur kurz an. Sie saßen in den Bavaria-Stuben, der Stammkneipe der Zuhälter am Hans-Albers-Platz. Im kleinen Hinterzimmer saßen sie ängstlich mit gesenktem Kopf. „Ab nächster Woche macht ihr was Neues. Ihr arbeitet auf der Großen Freiheit in dem neuen Cabaret von Jean Claude, ist was ganz Großes." Laura sah ihre Freundin und Kollegin an. Verlegen meinte sie: „Davon haben wir schon gehört. Was haben wir damit zu tun?" „Ganz einfach. Du Laura bist jeden Abend das erotische Buffet auf der Bühne. Du Sandra arbeitest als lebende Gummipuppe. Das gehört zum Programm, ab zwei Uhr nachts ist das ein Privatklub, dann fangt ihr an. Ganz einfach, mehr müsst ihr nicht wissen." „Wie ganz einfach? Was soll das?" „Du, Laura, lässt dich von den

Kunden abessen. Vorher wirst du mit Obst und Würstchen dekoriert. Etwas Marmelade und Nutella kommt auf die Titten, erläuterte Rolf knapp, grinste die junge Frau frech an. „Und du, Sandra, wirst als Gummipuppe geschminkt, viel Haarspray ins Haar, breiter, roter Mund, steife Bewegungen. So als würdest du taumeln. Neben dir steht ein weiß bezogenes Bett." Rolf sah die beiden jungen Frauen ohne jede Bewegung in seinem Gesicht aus seinen kalten, eisblauen Augen an: „Ist was, fragen könnt ihr, wenn ich fertig bin. Klar?" Er nahm einen Schluck von seiner Cola. „Die Freier kommen aus dem Publikum und du lässt dich ficken, dafür legst du dich wie eine Puppe breitbeinig auf das Bett." Er wandte sich Laura zu: „Deine Kunden kommen auch aus dem Publikum. Dürfen dich aber nur abschlecken und an dir knabbern. Jeder darf zugucken, ist so was wie 'ne Privatfeier. Nur drei Stunden bis um fünf. Sonst habt ihr frei. Der Straßenstrich ist vorbei. Ihr macht nur das." „Und was ist mit Kohle?" Sandra fragte zaghaft, sah Rolf herausfordernd an. „Ihr kriegt den doppelten Tageslohn vom Straßenstrich. Ob ihr Freier hattet oder nicht. Kalle zahlt euch selbst aus. Jeden Tag." Rolf streckte sich, von seiner Wichtigkeit vollkommen überzeugt murmelte er: „Das mache ich für euch schon klar, versprochen."

„Nee, in der Öffentlichkeit arbeite ich nicht, kannst vergessen, ich soll da liegen. Irgendjemand kommt rauf, kann mich ficken." „Natürlich mit Gummi," warf Rolf ein. „Lass stecken Mann, das mach ich nicht." Sandra

wollte aufstehen und den Gastraum verlassen. Sie sah ihre Freundin Laura an: „Und du sollst dich von hergelaufenen Perversen ablecken lassen. Nee, ist mir zu ekelig. Sag doch auch mal was. Du sitzt da."

Reichlich schroff fuhr Laura Sandra an: „Ich lass mich lieber drei Stunden ab und zu ablecken, als den ganzen Tag und bei jedem Wetter auf der Straße zu stehen, auf billige Freier zu warten. Wir machen doch sowieso für jeden, der bezahlt, die Beine breit. Und übrigens, wir können bestimmt mal tauschen. Dann bin ich eben die Puppe."

Laura sah Rolf übermütig an, fragte schnell: „Ich mach das mit dem Buffet. Wann geht's los?" Für diese neue Aufgabe hatte er zwei junge, unverbrauchte Frauen zu beschaffen. Kalle, sein Chef, hatte ihm das ausdrücklich, man könnte auch sagen befohlen, auf jeden Fall sehr deutlich zu verstehen gegeben. Rolf kam eine Idee, wie er Sandra vielleicht überzeugen konnte. Er hatte einmal von seinem Vater gehört, dass man Leute reden lassen solle. „Lass sie immer erzählen, was sie mal waren, was sie sich von ihrem Leben vorgestellt haben. Dann kannst du viel besser wissen, ob sie Dreck sind und wegmüssen; oder ob sie nur zu bestrafen sind. Das macht dir die Entscheidung leichter. Auch wie du sie bestrafst. Zum Beispiel bei mir im Gefängnis befinden sich nur Menschen, die was falsch gemacht haben. Und ich," meinte er damals zufrieden, machte sich breit und wichtig gegenüber seinem Sohn: „Ich bestimme, wie ich sie bestrafe." Dabei hatte er seinem

Stiefsohn auf die Schulter gehauen. „Von mir Junge lernst du was fürs Leben. Bei uns im neuen Deutschland entscheidet der, der bereit ist, sich für eine Sache einzusetzen. Was Dreck ist und was nicht. Und du, du lernst bei mir, das zu erkennen. Immer wenn du was falsch machst, setzt es was mit dem Stock. Das mein Lieber, das vergisst du nicht. Was wehtut, vergisst niemand. Merk dir das. Zuhören, den menschlichen Dreck vernichten, wegschmeißen oder bestrafen. Du bist später dazu in der Lage, weil du es bei mir gelernt hast."

Viele Nächte dachte Rolf an seinen Vater. Einerseits hasste er ihn immer noch, weil der seine Mutter und ihn so brutal misshandelt hatte; andererseits gingen die Vorstellungen seines Vaters von Gerechtigkeit immer wieder durch seinen Kopf. Besonders dann, wenn er eine Entscheidung über Dreck und Nichtdreck, über Menschen, die er kannte, treffen musste. Überfordert fühlte er sich nie, im Gegenteil. Ein unbändiges Lustgefühl durchflutete ihn bei dem Gedanken eine Frau, die er nach seinem Schema als Dreck eingeordnet hatte, zu bestrafen. Seinem Vater musste er recht geben. Je mehr er auf einen Menschen einschlug, je mehr seine Opfer schrien, sich wanden, schließlich still, unbeweglich vor ihm lagen, je erregender, je überlegener fühlte er sich. Schon lange hatte er verstanden, was in seinem Vater vorgegangen war, wenn der seine Frau, Rolfs Mutter, zusammenschlug und misshandelte. Selbstverständlich hatte er damals

gehört, wenn sein Vater die Mutter vergewaltigte. Das tiefe Stöhnen vom Vater, das Jammern seiner Mutter durchdrang alle Wände in ihrem Gartenhaus. Rolf kam immer mehr zu der Einsicht, dass sein Ziel bei Bestrafungen die eigene sexuelle Befriedigung sein musste. So wie es damals auch seinen Vater ergangen war. Sexuelle Blitze durchfuhren auch ihn, bis er sich bei seinen Opfern ergoss, ohne sich selbst zu berühren. Für dieses himmlische Gefühl dankte er seinem Vater und dem Boss Kalle, denn beide hatten ihm dazu verholfen. Jeder auf seine Weise.

„Sandra, erzähl was von dir, wie bist du nach Hamburg gekommen?" Er sah die junge Frau gefühlvoll an. „Mach mal, kannst' so reden wie dir der Schnabel gewachsen ist. Man los." Zuerst etwas zögerlich, immer wieder zu Rolf und Laura hinübersehend, begann Sandra schließlich zu sprechen: „Ich studierte damals in Berlin Biologie; das war vor drei Jahren, ich war neunzehn Jahre alt. Das Geld reichte nie! Studieren, auswärts wohnen, leben, lieben, feiern, ausgehen, schöne Klamotten, Kosmetik und viel mehr! Ich wollte alles haben, alles mitmachen. Meine Eltern konnten, wollten kaum Geld geben. Also neben dem Studium arbeiten? Ja, aber ohne mich kräftemäßig zu verausgaben, denn das Studium kostete nicht nur viel Geld, sondern auch Kraft und viel Konzentration. Ich fand schnell einen Job als Bedienung in einem Café, später hinter dem Bartresen in einer Nachtbar. Der Job ging Freitag und Samstag von 20 Uhr bis 5 Uhr

morgens. Später arbeitete ich auf Abruf, auch an einigen Tagen in der Woche. Der Job machte mir Spaß, ich erlebte viel, konnte mit netten und weniger netten Männern interessante auch weniger interessante Gespräche führen. Nur eines machte ich nicht! Ich ging mit den Männern nie auf das Zimmer, sondern bediente tatsächlich nur in der Bar." Laura lachte bei diesen Erinnerungen auf.

Rolf lächelte vor sich hin. „Bist wohl als Unschuld vom Lande aufgetreten. Oder was willst du uns vormachen?" „Echt, ehrlich! Da kam keiner an mich ran. Wenn ihr mir nicht glaubt, ich kann auch ruhig sein und gehen." „Nee, Mädchen erzähl weiter, das ist interessant." Rolf lächelte die junge Prostituierte an.

„Mit einem Gast, der regelmäßig kam, verstand ich mich besonders gut. Auch die Mädchen, die mit ihm auf das Zimmer gingen, sprachen gut von ihm. Spendabel, nett, gutaussehend, guter Sex und vor allem gutes Geld! Mich faszinierte dieser Mann. Die Gespräche an der Bar, ich hinter dem Tresen, er davor, waren so, dass mich dieser Mann anzog. Es war keine Verliebtheit, es war etwas anderes, sein Auftreten, seine ganze Art war es, die mich an ihm erregte. Wir hatten Spaß, miteinander zu flirten, aber er wusste, dass ich nur bediente und so gab er hin wieder etwas zu trinken für mich aus. Aber eines Abends, es war ein Freitag, machte er mir ein Angebot. Er meinte, es sei doch schade, wir würden uns gut verstehen, aber wir hätten doch eigentlich wenig voneinander, nur so reden! Zuerst

verstand ich nicht, was er wollte. Da wurde er deutlicher, sagte mir, er würde gern mit mir zusammen sein. Das war dann schon deutlicher. Ich war schon lange keine Jungfrau mehr, hatte damals aber keinen festen Freund, flüchtige Abenteuer mit anderen Studenten. Ich wollte mich nicht binden, sondern frei leben. Anfangs reizte mich nicht das Geld, es war der Mann, seine Persönlichkeit. Etwas zögerlich sagte ich zu. Er würde in einer Seitenstraße auf mich warten, flüsterte er mir sehr leise zu und sah mich dabei grinsend an. Meinem Chef sagte ich, mir ginge es schlecht, ich hätte mich gerade im Bad übergeben und wolle einfach nur nach Hause. Ein strafender Blick, aber er ließ mich anstandslos gehen. Ein Wahnsinnsgefühl zwischen Angst und Vorfreude schlich sich in meinen Bauch und zwischen meinen Beinen. Mein Gott, meine Gedanken müssen doch bis nach München zu hören gewesen sein! Unsere Hände berührten sich. Es war, als hätte ich einen Stromschlag bekommen. Die Zimmertür in dem vornehmen Hotel fiel hinter uns ins Schloss. Wir gingen schon im Flur zu Boden. Es war ein erregendes Gefühl, seinen ganzen Körper auf meinem zu spüren. Seine Zunge zischte in meinen Mund, liebkoste meine Lippen und drang tief ein. Seine Hände wanderten an meinem Körper herab und ich spreizte langsam die Beine, legte sie um seine Hüften, presste ihn kräftig zwischen meine Schenkel. Er stöhnte laut auf, als ich immer mehr auf seinen Steifen drückte." Rolf sah Sandra direkt an, es kam ihm vor, als seien ihre Augen

glasig geworden. So als sei sie völlig weggetreten. „Soll ich weiter machen?" Fragte sie ganz leise, ohne jede Regung im Gesicht. Ihre Augen blickten starr, sie sahen nichts. Ohne eine Antwort abzuwarten, fuhr sie fort: „Das Kribbeln in meinem Bauch war kaum auszuhalten, als ich das Hemd aus seiner Hose zog und meine Hände zwischen seine Beine gleiten ließ. Sein Blick verschleierte sich und unser nächster Kuss ließ uns versinken, endlos, hemmungslos, einfach nur erregend. Dieser Kuss - diese Lust und diese Erregung in seinen Augen von ganz nahe zu sehen, während meine Zunge langsam in ihn hinein glitt, war unbeschreiblich. Unser Stöhnen und seufzen wurde immer lauter. Seine Hände glitten unter meine Bluse während ich versuchte mich aus meiner Daunenjacke zu schälen, presste ich meine Brüste dabei stärker in seine weichen, offenen Hände. Ich hatte immer von einem Lover geträumt, der im entscheidenden Moment einfach meinen Slip zerreißt und sich einfach auf mich wirft; Jetzt bekam ich einen Vorgeschmack darauf. Er schob mein Top nach oben, strich dann ganz zart über meinen BH. Plötzlich zwängte er seine Hände darunter, presste meine Brüste zusammen und vergrub sein Gesicht dazwischen. *Du riechst so gut*, hörte ich ihn nur stöhnen und dann verstand ich nichts mehr, er hat eine Brustspitze im Mund und saugte, knabberte und küsste die aufgerichtete Warze. Und ich verlor schon wieder jegliche Kontrolle. Endlich schaffte ich es, seine durch die Größe seines Penis gespannte Jeans zu öffnen und

sie ihm über den Po zu streifen. Wow, dieser Hintern! Er presste sich erst an mich und zog sich dann etwas zurück, damit ich endlich alles berühren konnte. Er atmete scharf ein, als ich zuerst nur einen Finger über seinen Schwanz gleiten ließ und dann plötzlich meine Hand auf Seinen darauf presste." Sandra sah mit glasigen Augen aus dem Fenster auf den Hans-Albers-Platz. Sie sah aber nichts, völlig in sich gekehrt, ihre Umwelt völlig vergessend, setzte sie ihre Erzählung fort. Sie atmete tief aus und ein und fuhr dann fort: „Vielleicht war ich sexistisch, aber im Moment bestand der Mann für mich nur noch aus drei Teilen: Augen, Hintern und seinem traumhaft harten Schwanz. Wie war das mit den bösen und den braven Mädchen? Egal, ich war auf jeden Fall gerade auf dem Weg in mein sexuelles Paradies."

Plötzlich lief ein, die tiefen Furchen in Ihrem Gesicht ausgleichendes Lächeln über sie. Sandra schüttelte sich, so als würde sie frieren. „Und nicht nur ich zerfloss förmlich, auch sein Slip war schon ziemlich feucht an den eindeutigen Stellen. Ich ließ meine Hand tief hineingleiten, umfasste ihn ganz. Seine Eier zogen sich bei meiner Berührung zusammen. Seine Augen fest geschlossen, hielt er den Atem an, abwartend was ich als nächstes tun würde. Irgendwie schafften wir es, aufzustehen und uns auf dem Weg zu seinem Bett halbwegs auszuziehen. Es war einfach zu erregend, zu sehen, wie sich seine Brustwarzen aufstellten, als ich ihm das T-Shirt über den Kopf ziehen wollte; ich musste

sie einfach lecken. Wow, ich fühlte mich als Lustobjekt, als er mit Zunge und Zähnen eine feuchte Spur von meinem Hals bis zu meinen Brüsten zog. Es war einfach zum Verrücktwerden schön! Wahnsinn - meine Gedanken flogen, sie gerieten absolut außer Kontrolle als er seine Zunge ganz steif machte, sie dann schnell und kraftvoll um meine Perle spielen ließ. Ich zerfloss langsam, aber sicher. Er tauchte den Daumen seiner rechten Hand in mich, presste ihn tief in mir nach oben, gegen meine Bauchdecke. Ich konnte nur noch aus der Tiefe meines Körpers schreien. Ich presste meine Muschi gegen seine Hand, seinen Mund und tauchte ab in einen See von Wahnsinnsgefühlen. Die Gefühle, die durch meinen Körper jagten, als ich heftig an ihm saugte und meine Zunge an seiner Eichel vibrieren ließ, waren unbeschreiblich. Seine Oberschenkel zitterten. Er zog mich auf seinen Schoß und ich rieb mein Becken an seinem nassen Schwanz. Schon wieder diese Augen. Wir waren beide nicht mehr fähig, irgendetwas außerhalb dieses Bettes wahrzunehmen und achteten nicht darauf, wie viel seine Nachbarn durch die dünnen Wände des Hauses mitkriegen müssen. Im Gegenteil, mich turnte der Gedanke an, dass dort vielleicht jemand auf der anderen Seite saß und uns zuhört, während ihm schlagartig das Blut zwischen die Beine fährt." Mit einer Hand griff Sandra zu ihrem Glas mit Cola. „Wollt ihr mehr hören?" In Rolfs Hose hatte sich langsam etwas aufgebaut, auch Laura kniff ihre Beine fest zusammen. „Ja klar, mach weiter", antwortete Rolf. In seinen

Gedanken lag er bereits mit dieser jungen Frau im Bett. Er bearbeitete sie bereits in seiner Vorstellung, in der ihm eigenen, unerklärlichen Weise. „Der Mann konnte es mittlerweile auch nicht mehr aushalten, seinen Penis nur an mir zu reiben. Er warf mich herum und war sofort auf mir. Aber auch jetzt war er nicht hektisch und ätzend fahrig, sondern irgendwie noch total kontrolliert."

Sie sah Rolf erneut tiefgründig an. „Er nahm meine Beine und legte sie auf seine Schultern und dann griff er sich meinen Po und zog mich an sich heran. Er setzte seinen Schwanz an und drang mit einem kräftigen Stoß in mich ein. Irre … diesen Schrei musste nun wirklich die ganze Nachbarschaft gehört haben. Er war so groß und hart, dass ich das Gefühl hatte, ihn nicht ganz aufnehmen zu können. Als ich meine Fingernägel in seinem Po vergrub, fühlte er, dass ich ihn fester, stärker und noch härter haben wollte. Ich liebte dieses Gefühl, ihn ganz tief in mir zu spüren und gleichzeitig seine heißen Hände überall auf meinem Körper zu fühlen. Und er hörte einfach nicht auf, er blieb in diesem traumhaften Rhythmus und rieb sich an meinem ganzen Körper. Ob das wohl Ektase war? So hatte ich es mir immer vorgestellt. Er wurde schneller und stieß immer heftiger zu, ich merkte, wie sein Po sich unter meinen Händen verkrampfte. Endlich, spürte ich, wie es ihm kam. Sein Penis zuckte unbändig während seiner Stöße und seine Hände rissen meine Knöchel weit nach oben über seine Schultern, sodass ich ihn tief

in mir zittern fühlte. Er stöhnte. Er zog sich zurück, legte sich neben mich, seine Hand zwischen meine Beine. Ich bezweifelte ehrlich, ob ich eine weitere Berührung überhaupt aushalten könne, stöhnte aber lustvoll und erleichtert, als er seine schönen, geraden Finger wie zum Schutz über meine heiße, weit geöffnete Spalte legte. Wir lagen beide benommen aneinander gekuschelt in dem total zerwühlten Bett. Ich brauchte viel Zeit, um wieder einigermaßen zurückzukommen. Ich war unendlich froh, dass er sich nicht zurückzog, aufstand und einen auf cool machte. Ein Blick auf die Uhr – oh, es war fast halb vier! Ich ging ins Bad duschen, ließ das Wasser lange über meine Haut regnen. Als ich zurück ins Zimmer kam, lag er halb aufgerichtet im Bett, wie konnte ein Mann nur so sexy aussehen?? Ich würde ihn am liebsten auffressen. „Und was denkst du jetzt?", fragte er lächelnd, „Bedauern?" „Nein!!!" Wir gingen auseinander mit dem Versprechen, uns wiederzutreffen, zu reden, zu küssen, zu leben, zu schlafen. Auf den Nachttisch des Hotelzimmers hatte er mir einen beträchtlichen Geldbetrag gelegt. Wir sind uns übrigens nie wieder begegnet." „Das war das erste Mal als Hure. Ja, ich habe Geld bekommen. Ja und ich habe es ohne Gummi gemacht." Die junge Frau schluckte, griff erneut zu dem Glas mit Cola. Da gab es noch ein zweites und drittes Mal, dass ich Geld genommen habe. Und dann, dann habe ich angefangen nach diesem Mann zu suchen. Es wurden mehr und mehr Männer, die für mich viel Geld bezahlten. Ich

wurde geradezu süchtig danach. Es mussten mehr und mehr Freier mich wollen." Sandra sah mit verschleierten Augen ihre Freundin Laura an. „Wisst ihr, als Laura mit der Idee kam, nach Hamburg zu gehen, war ich sofort dabei. So am Straßenstrich, Männer gibt's genug. Ich will immer mehr, irgendwann werde ich verrückt." Rolf und Laura sahen sich an. „Mann, du kannst super erzählen. Warum willst du denn den neuen Job nicht machen? Vielleicht ist der für dich noch aufregender. Der eine stößt dich, die anderen gucken zu. Überleg dir das. Bis morgen Nachmittag, oder?"

Laura nickte ihrer Freundin Sandra zu. „Lass uns doch zusammenbleiben. Wir können doch mal wechseln, du machst das Buffet und ich die Bumspuppe," flehte sie ihre Freundin an. Aufmunternd umarmte sie die junge Kollegin.

Als Rolf zum Fenster sah, wurde ihm schlagartig bewusst, dass er zu viel Zeit mit den beiden Frauen verquatscht hatte. Längst war sein Kontrollgang fällig gewesen. „Mensch, bist du bescheuert, das ganze Gequatsche geht mir so was auf den Geist. Bis Morgen will ich wissen, was ist. Seht zu, dass ihr nach Draußen kommt. Ich will noch Kohle sehen, heute noch. Die Zeit holt ihr nach. Ich komme vorbei." Drohend stand er auf, zog Sandra brutal von ihrem Stuhl und schubste sie in Richtung Tür. Stolpernd suchte sie Halt an einem der Tische. Den Tritt in den Rücken konnte sie nicht mehr auffangen. Rolf stand über ihr: „Sieh zu, dass du

rauskommst". Sandra hielt dem Blick aus seinen glühenden, eisblauen Augen nicht stand. Hilfesuchend ergriff sie Lauras Hand, ließ sich von dem dreckigen Kneipenboden hochziehen. „Bitte, wir gehen ja schon, lass uns in Ruhe. Ich kann auch mit Kalle reden, dann wirst du schon …", meinte Sandra wütend.

Weiter kam sie nicht, wieder lag sie auf den Holzdielen und hielt sich ihr Gesicht. Dieser Schlag mitten ins Gesicht, hatte sie vollends von den Beinen geholt. „Um elf bin ich da, dann schiebt ihr Kohle rüber. Aber reichlich," rief Rolf drohend von der Tür in die Kneipe zurück.

„Das verdammte Schwein, irgendwann bringe ich den um," murmelte Sandra und erhob sich schwankend. „Nicht so laut," flüsterte ihr Laura zu und stützte sie. Mit hängendem Kopf schlichen sie zurück zu ihrem Arbeitsplatz neben der Tür des neuen Puffs und warteten auf Freier. Zu verstehen war für sie dieser Mann nicht. Von einer Sekunde zur anderen änderte sich seine Laune schlagartig. Er konnte lammfromm sein, dann wiederum schien grundlos ein Blitz durch seinen Kopf zu fahren. Sein Gehirn begann, zu kochen. An diesem Abend gingen sie noch intensiver, ja aggressiver auf die Männer zu. Bis auf einen kleinen Spitzenslip hatten sie sich untenrum freigemacht. Sie fröstelten leicht, aber so erotisch aufgemacht, kamen die Männer leichter mit ihnen aufs Zimmer.

Rolf Sesilski fand keine Ruhe. Er brauchte junge Frauen, die den neuen Job ohne Probleme machen

würden. Immer wieder überlegte er, welche seiner Nutten dafür in Frage kommen würden. Doris traf er im Goldenen Stiefel. Entweder war sie voll mit Preludin oder hatte bereits diverse Schnäpse runter geschüttet. Als sie den „Schakal", wie ihn hier jeder nannte, sah, machte sie blitzschnell einen Schritt in Richtung Damentoilette. Sie wusste ganz genau, dass ihre Schicht auf dem Strich am Hamburger Berg noch nicht beendet war. Heute war nicht ihr Tag.

Rolf packte sie an den Haaren. „Ich muss mit dir reden, für heute ist Schluss, wo ist die Kohle? Ab jetzt nach Hause. Wo sind Sonny und Melanie?" Doris Leben begann eigentlich ganz normal. Sie wuchs in der Nähe von Kiel auf und machte dort eine Friseurlehre. Sonny aus Essen war nach ihrem Hauptschulabschluss lange arbeitslos, lebte von Sozialhilfe. Melanie aus Hamburg brauchte vor einigen Jahren dringend Geld und begann deshalb zunächst zu strippen. Alle drei Frauen schlitterten in das horizontale Gewerbe hinein. Neben der akuten Geldnot war ein Teil Neugierde mit dabei, die sie ins Hurenmilieu trieb. „Gäste" empfangen für 100 Euro pro Stunde - das klang einfach. Man brauchte keine langwierige Ausbildung, kein schwieriges Bewerbungsgespräch. Alle drei Frauen dachten: Einen Versuch ist es wert! Doris hatte das härteste Schicksal von den Dreien. Die junge Frau wuchs in einer wohlbehüteten Kleinstadt auf, besuchte die Hauptschule erfolgreich. „Frisuren, Make-up und Mode will ich machen." Immer wieder ging sie zur

Berufsberatung, besprach mit Freundinnen und Eltern ihren Berufswunsch. Schließlich begann sie sehr glücklich und zufrieden eine Friseurlehre. Alles lief gut, aber dann lernte sie Uwe kennen. Er war etliche Jahre älter, ein "Mann von Welt, der sie in teure Discotheken nach Hamburg mitnahm. Eines Tages eröffnete er seiner Freundin, dass er ganz nach Hamburg gehen wolle. Bestimmend sagte er: „Du kommst mit. Ohne dich, was soll ich allein da. In Hamburg ist viel mehr los. Da können wir viel mehr machen. Du musst mitgehen." Mehrmals bekniete er seine Freundin, aus dem ländlichen Leben mit ihm auszusteigen. Nach einigem Zögern schmiss die knapp 18-jährige ihre Lehre und begleitete ihren Freund. In Hamburg war das Leben sehr viel aufregender als in der Kleinstadt. Uwe führte seine Freundin in Kreise ein, in denen man Drogen konsumierte und lernte, wie man Koks einatmete. Jeder nahm Preludin. Schon bald wurde sie abhängig von Koks und Marihuana. Für Diebstähle und Schlägereien verurteilte man sie zu Sozialstunden. Einmal konnte sie eine Geldstrafe von mehreren Hundert Euro nicht bezahlen. Also wanderte sie für ein paar Wochen ins Gefängnis. Zu ihrer Familie brach sie den Kontakt vollkommen ab, sie schämte sich zu sehr. Selbst ihre Mutter und die Geschwister hörten nichts von ihr.

Als sie aus dem Gefängnis herauskam, wusste sie zunächst nicht, was sie anfangen sollte. Mit Uwe war Schluss; Doris stand mit nichts da. An eine Lehre oder

daran, sich einen richtigen Job zu suchen, dachte sie nicht eine Minute lang. Also landete sie auf dem Straßenstrich. Das Leben auf der Straße war hart, und Doris hatte oft Stress mit den Freiern. Da sie selbst klein und zart war, dachten viele Männer, dass sie sie leicht hereinlegen könnten, wenn es ans Bezahlen ging. „Manche Freier haben mich nicht ernst genommen und ausgelacht! Sie dachten, sie müssten nicht zahlen, weil ich klein bin, schwach aussehe. Und ich hatte damals niemanden, der mich beschützte," erzählte Doris, „Nicht selten wurde ich von brutalen Freiern sogar geschlagen und verletzt. Dann hatte ich überall am Körper blaue Flecken, konnte mehrere Tage lang nicht arbeiten gehen. Dadurch hatte ich kein Geld." Als sie Hansi kennenlernte, der sich in Hamburg, im "Milieu" auskannte, wollte der nicht, dass seine Freundin weiter auf den Straßenstrich arbeitete. „Obwohl er mich so kennengelernt hatte, fing es an, ihn zu stören," berichtete Doris. Natürlich war sie froh, dass sie nicht mehr an der Straße stehen musste. „Die vielen Freier hatte ich ohnehin nur ertragen, wenn ich vollgedröhnt war. Meistens nahm ich jedes Mal, bevor ich meinen Job antrat, soviel Drogen, dass ich von dem, was ich tat, kaum etwas mitbekam." Dafür, dass er sie von der Straße geholt hatte, liebte Doris ihren Freund nur noch mehr. „Eine Weile führten wir ein fast alltägliches Leben. Wir gingen manchmal Hand in Hand spazieren, kuschelten abends vor dem Radio oder hörten Platten." Sie schluchzte: „Manchmal schlief ich selig in Hansis

Armen ein. Mein Entschluss stand fest: Ich will ein normales Leben, zur Ruhe kommen. Auf den Strich gehe ich nie wieder!

Doch was so hoffnungsvoll begann, hielt nicht lange. Im letzten Sommer änderte sich alles. Ihr Freund Hansi bat sie, mit einem sehr einflussreichen, für ihn wichtigen Kunden die Nacht zu verbringen. „Als Nutte weißt du ja, wie du den Mann richtig bedienen musst," sagte er ihr knallhart ins Gesicht. Etwas zerbrach an diesem Tag in ihr. Die Vergangenheit und der exzessive Drogenkonsum hatten die junge Frau wieder eingeholt. Mit Hansis Hilfe, der sie als seine Freundin abgelehnt hatte, bekam sie eine Chance wieder als Hure zu arbeiten. „Du bist und bleibst Nutte, also benimm dich so. Für den Straßenstrich bist du immer noch gut genug. Ich besorge dir einen guten Standplatz."

Die junge hübsche Frau, die einen Kinderwagen, in die Sonnen blinzelnd schob, sah glücklich aus. Im Wagen lag ihr acht Monate altes Söhnchen Niklas. Er war der ganze Stolz seiner Mutter. Man sah es Sonny nicht an, dass sie noch vor wenigen Monaten als Prostituierte ihr Geld verdient hatte. Allerdings hat diese Frau aus Essen sehr schnell gemerkt, dass der Straßenstrich in Duisburg am Zoo nichts für sie war. Sie arbeitete nur wenige Monate in dem Job, dann gab sie auf, denn damals war sie bereits mit Niklas schwanger. Von wem wusste sie nicht. Zu viele Freier bezahlten nur für die schnelle Nummer ohne Gummi. Bis dahin lebte sie irgendwo im Ruhrpott, kassierte Sozialhilfe. „Das

war zum Leben zu wenig, zum Sterben zu viel," berichtete sie. Sie war damals öfter mit einer alten Schulfreundin zusammen, die im Gegensatz zu Sonny immer genug Geld hatte. „Das war mir dann manchmal peinlich, dass Melanie immer bezahlt hat." Irgendwann fasste sie sich ein Herz und fragte Melanie, woher dann all das Geld käme. Die zögerte einen Moment, erzählte ihr dann die Wahrheit, dass sie ein Appartement in der Stadt hätte und dort als Hure arbeitete.

Sonny war interessiert, fragte immer mehr: „Für eine halbe Stunde müssen die Männer fünfzig Mark zahlen, für eine Stunde hundert und für einen Dreier sogar hundertfünfzig." Melanie versuchte, ihre Freundin zu überzeugen. Alles klang verlockend. Die junge Schwangere mietete sich also im Appartement neben ihrer Freundin ein. Schon bald stand der erste Freier vor der Tür. „Bei meinem 'Ersten' als Schwangere habe ich nur gedacht: Augen zu, Arsch zusammen und durch." Hinterher, so erinnert sie sich, habe sie sich „ganz schrecklich" gefühlt. Dazu kam, dass sich durch die Schwangerschaft ihr ganzer Körper viel empfindlicher als sonst anfühlte. „Vor den Männern, die da angetrabt kamen, habe ich mich richtig geekelt. Die wollten alle eine Schwangere ficken. Mein Zustand sprach sich wohl schnell herum. Immer mehr." Lange hielt Sonny ihren neuen Job nicht durch. Nach zweieinhalb Monaten und vielen Männer beschloss sie, wieder aufzuhören. Die Schwangerschaft machte ihr zu schaffen, genauso wie das, was die Männer von ihr

verlangten, auch wenn das Geld stimmte. „Meine Freundin Melanie ist ein ganz anderer Mensch als ich, viel härter. Die konnte das gut wegstecken. Ich bin aber ein anderer Typ als sie. Als ich dann den Entschluss gefasst hatte, aufzuhören, dachte ich nur ständig: Gott sei Dank!" Als ihr Sohn geboren wurde, stand sie wieder einmal völlig mittellos vor dem Nichts. „Komm wir gehen nach Hamburg," drängte Melanie immer wieder. Sie malte das, was sie über den Kiez im Hamburg gehört hatte, in schillernden Farben aus. Irgendwann konnte Sonny nicht mehr. Geld fehlte an allen Ecken und Kanten. „Immer nur von Melanies Hurenlohn leben, das geht nicht." Wieder und wieder dachte sie über die Vorschläge ihrer Freundin nach. Das abhängige Leben konnte sie nicht mehr ertragen Sie brauchte ihr eigenes Geld für sich und ihren Sohn.

Als sie im Zug nach Hamburg saßen, fragte sie ihre Freundin: „Und, sag mal ehrlich kennst du wirklich jemanden in Hamburg?" „Nee, nicht wirklich. Nur 'ne Adresse habe ich. Der soll fair zu seinen Mädchen sein. Da gehen wir hin. Den Neuen soll er sogar am Anfang über die Runden helfen." „Und wie heißt der?" „Weiß ich nicht so genau, sie nennen ihn Kalle - der Boss."

In Doris' kleiner Wohnung sah es wie in einem Schweinestall aus. Überall lagen Unterwäsche, Pullover, Jacken herum. Gebrauchtes Geschirr stand verkrustet auf dem fleckigen Teppich. „Du gehst jetzt ins Bad und wäschst dich, dann machst du uns Kaffee, aber starken. Ich bin gleich wieder da. Dann bist du

nüchtern. Verstanden. Ich komme mit Sonny und Melanie. Gib Gas oder soll ich dir Beine machen?" Brüllte Rolf ihr zu. Doris sah ihn mit glasigen Augen an: „Ja, mach ich, lass mich in Ruhe, nicht schlagen. Ich mach ja schon." „Ich bin in zehn Minuten wieder da. Verstanden." Rolf nahm den Schlüssel, schloss die Wohnungstür ab und suchte die beiden anderen Huren. Ohne Umschweife erklärte er ihnen, welches ihr neuer Job auf der Großen Freiheit im Cabaret des Franzosen sein würde. Alle drei Frauen sagten sofort zu, den Job als Erotikpuppe oder erotisches Buffet zu machen. Vor allem, die viele Freizeit und das zusätzliche Geld lockte sie. Rolf war echt froh, Kalle von den vier Frauen berichten zu können. Diese Aufgabe hatte er wieder einmal gut gelöst. Kalle würde ihn loben.

Um die unwillige Hure Sandra, die für ihn Dreck war, würde er sich noch kümmern. Sandra und Laura besuchte er in dieser Nacht nicht mehr. Laura hatte er so verstanden, dass sie den neuen Job als Erotikbuffet machen wollte. Sandra, die Probleme gemacht hatte, hörte und sah man nie wieder. Selbst Laura, die immer mit ihr zusammenarbeitete, hatte keine Ahnung, wohin ihre Freundin verschwunden war.

„Wir erstatten eine Vermisstenanzeige," schlug Rolf seinem Boss Kalle nach einigen Tagen vor.

Auf der zuständigen Hamburger Davidswache, murmelte der Beamte vor sich hin: „Wieder eine junge Frau weg, wann hat das ein Ende. Er sah seine ihm wohlbekannten Größen des Hamburger

Rotlichtviertels an: „Habt ihr wirklich keine Ahnung, wo sie sein könnte?" „Nee Mann, wenn wir das wüssten, wären wir nicht hier. So was regeln wir sonst selbst." „Das weiß ich, wenn ihr was hört, meldet euch."

„Klar Chef, machen wir automatisch."

Diese Antwort klang seltsam ironisch, fand der Polizeibeamte.

Kapitel 12

Die Nutella-Bande
Hamburg – St. Pauli, 1978

Rolf lehnte, mit einem Zahnstocher im Mundwinkel, lasziv, ja geradezu herausfordernd an der vom vielen Nikotin der Raucher fleckig gelb verfärbten Kneipenwand. Vor ihm der große Besprechungstisch, den er und sein Kumpel Uwe aus mehreren dunkelbraunen, abgestoßenen Holztischen zusammengestellt hatten. Die beiden jungen Männer warteten auf die „Bosse" in den Bavaria-Stuben am Hans-Albers-Platz auf St. Pauli. Als die Eingangstür aufgestoßen wurde, kringelte sich genau in diesem Moment die von Rolf gespuckten Rotz auf dem mit geöltem Sägemehl bestreuten Holzboden. Karl-Heinz Meisen, den sie auf St. Pauli Kalle, Boss oder Wolf nannten, sah seinen jungen Mitläufer nicht an, zeigte mit ausgestecktem Arm auf den dunklen Fleck auf dem Fußboden. Sofort überblickte er alles. Nichts entging ihm, wenn er ein Lokal betrat oder aus einem Haus auf die Straße trat. Alles sehen, niemals gesehen werden, dieser Spruch hatte ihm den Beinamen der Wolf eingebracht.

„Leck das auf, jetzt!" Der Befehl an seinen Mitläufer kam sehr scharf.

Rolf zuckte zusammen. „Wieso?" Weiter kam er nicht. Die schallende Ohrfeige ließ ihn zur Seite taumeln. Mit dem sofort folgenden brutalen Griff in den Nacken drückte Kalle ihn auf die Holzdielen, schob seinen Kopf auf dem dunklen Fleck hin und her. „Reicht das? Bei mir lernst du die Benimmregeln!" Dann riss er den Jungen hoch, zeigte auf den Ausgang. „Du wartest draußen, bis ich dich rufe. Verstanden?"

An diesem Vormittag hatte Kalle, der Wolf, einige der Jungzuhälter von der Reeperbahn und den umliegenden Bordellen zusammengerufen. Die jungen Männer kannten ihn, genauso wie er sich über jeden Einzelnen genauestens erkundigt hatte. So leicht konnte ihm niemand etwas vormachen. „Gut, dass ihr gekommen seid. Ihr wisst, dass die Wiener versuchen, uns das Hurengeschäft kaputtzumachen. Ich sage Nein, Hamburg gehört uns. Ihr habt reichlich Mädels laufen, wollt ihr die abgeben?" Er sah in die Runde.

„Nee," meinte einer. Alle kannten den höhensonnengebräunten Mann, der als „Der Insulaner" bekannt war, weil er aus Berlin stammte. Die Insellage der Stadt, in der russisch besetzten Zone, der späteren DDR, hatte viele Spitznamen entstehen lassen. „Nee", warf der Mann ein, „dat kommt für mich nicht inne Tüte. Entweder kriegen wir das in den Griff oder wir holen die Berliner bei." Triumphierend sah er in skeptische Gesichter der Männerrunde „Klar kommen die, wenn ich die anrufe!" „Mal ruhig, Mann. Noch sind wir genug Hamburger. Also, was ich besprechen will,

sieht so aus" Kalle sah in die neugierigen Gesichter. „Den Kiez, damit das Geschäft mit unseren Mädchen hatten wir geteilt. Gerd Lunsen und drei andere Jungs sowie ihre Mädchen haben sich zusammengetan. Als GMBH wird über sie geredet. Wisst ihr, als Gruppe sind wir stärker als die. Besser, als wenn jeder von uns allein vor sich hin wurschtelt. Mit meinen haben wir zusammen über hundert Ischen (Prostituierte) laufen. Auf unserer Seite sind genug Stehplätze, wir haben die Herbertstraße, die Talstraße, den Hans-Albers-Platz. Muss ich noch weiter aufzählen? Ihr wisst, was ich meine." „Hör auf zu dröhnen, jeder weiß, was Sache ist. Wir sind mindestens genauso stark. Diese Seite von der Reeperbahn ist gut. Für mich ist das gut. Zusammenarbeiten ohne Ärger ist immer gut. Also ich bin dabei," meinte der Kieler-Peter. Die Männer murmelten durcheinander, besprachen sich leise, nickten, schüttelten die Köpfe. Schließlich blickten sie zu Kalle über den Tisch. „Also, soll ik?" Der Insulaner aus Berlin: „Also wir sind dabei. Nur musst du. Er blickte Kalle direkt an: Musst du das organisieren. Die Ischen bleiben bei jedem von uns. Stehplätze, Fickpreise, Zimmer und Ein- und Verkauf von Frischfleisch organisieren wir gemeinsam. Du sorgst für Ruhe in unserem Bezirk, du organisierst, dass Ruhe mit und bei den Nutten ist."

„Habt ihr euch abgesprochen?" Kalle kommentierte scharf. „So viel habe ich noch nie von euch gehört." „Was denkst du denn, wir wussten, was du wolltest. Is

schon gut. Is besser so." Wieder sah der Insulaner in die Runde. „Und, mit dem da draußen?"

„Den lass man laufen, den biege ich mir zurecht. Der Scheißer kann für uns alle sehr nützlich sein, der kennt keine Angst. Sein Alter war Nazi-Bulle in Neuengamme oder so. Muss wohl eine total brutale Sau gewesen sein." Stille.

„Wat is mit 'nem Namen?" „Was meinst du," fragte Kalle.

„Na, die anderen nennen sich GMBH und wir?"

„Ja," brummten die Männer. Sie nickten.

„Ihr Milchbubis, ihr wisst doch nicht mal, was eine GmbH ist. Was wollt ihr also."

„Wisst ihr was, die anderen sind die Bösen, die Brutalen mit so einem Scheißnamen GmbH. Wir brauchen wat Süßes, wat Gutes im Namen," schlug der Kieler-Peter vor, lachte sich kaputt. „Mensch Junges machen wir 'nen Test.

„Erwin bring uns mal paar Rundstücke und, hast du Nutella da, und Marmelade. Vergiss den Honig nicht."

„Was wollt ihr denn damit?" Brummte Erwin, der Wirt, wischte sich die Hände ab. Er hatte so getan, als würde er nicht zuhören. Gläser spülen, den Tresen wischen, sollte einen anderen Eindruck machen.

„Sabbel nicht, bring einfach her."

Wenige Minuten später schob Erwin einen Korb mit frischen Brötchen und Gläsern mit verschiedenen Marmeladen, Honig und Nutella über den Tisch. „Hier,

sonst noch was?" „Mach Kaffee fertig. Ab in die Küche, du hast lange genug zugehört. „Ich, wieso."

„Rede nicht, wir kennen dich lange genug. Raus jetzt und sag dem Typen vor der Tür Bescheid. Soll reinkommen."

Die jungen Zuhälter und Kalle, der angehende Boss der Bande, sahen gespannt zur Tür. Mit gesenktem Kopf kam Rolf sehr zügig an den Tisch, blieb stehen, sah in die Runde, wagte aber nicht zu sprechen. „Setzt dich hin, Mann, iss was."

Ohne etwas zu antworten, nahm sich Rolf ein Brötchen und schnitt es auf. Nach einem kurzen Blick auf den Tisch fing er an, zu lachen. „Ist das alles für mich?" „Mach schon, nimm, was du magst."

Ohne zu zögern, griff Rolf zu dem Glas mit der Nusscreme.

Die Männer lachten, schlugen sich auf die Schulter. „Als Nutellas gehen wir in die Geschichte St. Paulis ein. Dat kann sich jeder merken. Man, meine Jungs in Berlin lachen sich kaputt. Nutellas finde ik richtig dufte." „War doch klar, bei dem Milchbubi." Kalle sah Rolf an, der unsicher, mit ängstlichem Gesichtsausdruck auf den Tisch starrte. „Du hast alles richtig gemacht. Gut so."

Wie abgesprochen griffen die Hamburger Luden zu den Brötchen. „Erwin, bist du bescheuert," schrie Fisch-Hans durch das Lokal. „Wo ist Butter, Scheiße." Rolf blickte erneut ungläubig in die Runde. Verstanden hatte er nichts.

Von diesem Tag an waren die „Herren" des Hamburger Kiezes in zwei Lager gespalten, die GmbHs und die Nutellas. Beide Gesellschaften teilten sich die Zusatzgeschäfte Hehlerei, Schutzgelder und die Anfänge des Drogenhandels. „Die Nutten bleiben unser Hauptgeschäft, mit Ficken verdienen wir uns dumm und dämlich, sage ich euch". Immer wieder ermahnte Kalle seine Jungzuhälter, genau auf die Mädchen zu achten. „Ihr müsst sie zu Leistung pressen. Wenn ihr nicht vorankommt, lasst mich das wissen. Ich regle das dann auf meine Art."

Eines Abends meldete Rolf seinem Chef Kalle, dass die Sache mit Japan-Willie erledigt sei, änderte sich der Einfluss der Nutellas auf St. Pauli. Der Mann hatte immer wieder Ärger, Probleme wegen der Bezirksabgrenzung gemacht. Jetzt nicht mehr. Er blieb verschwunden. Die GMBH verlor mehr und mehr an Einfluss auf St. Pauli.

„Hab ich euch nicht gesagt, dass wir die Besten sind?" Prahlte Kalle bei jeder Versammlung seiner Nutella-Bande. „Und, übrigens, wer nicht spurt, soll sich verpissen. Ich kann nur Männer gebrauchen, die wissen, wo es lang geht. Hier gebe ich den Takt ab heute an. Noch Fragen?" Er machte eine kurze Pause, sah in seine Kaffeetasse, hob den Kopf: „Und übrigens, wir mussten ein Exempel starten. Wisst ihr, Japan-Willie machte immer wieder Ärger. Der mit seiner Karate-Nummer gegen die Mädchen, die haben nur noch Angst. Das macht uns das Geschäft kaputt. Ihr habt das

von Elli gehört. Sie liegt immer noch im Krankenhaus. Der Scheißtyp schlägt nie mehr eine Frau kaputt." Kalle nahm einen kräftigen Schluck von seinem Kaffee mit Milch und viel Zucker. „Erwin lass frischen Kaffee rollen, der hier ist kalt, Mann." Kalle sah in die Runde, als die jungen Männer schweigend auf ihren Kaffee starrten, blickte Kalle seinen Mitläufer Rolf Sesilski an: „Rolf du gehst ins Krankenhaus zu Elli. Du bringst ihr Blumen von uns. Klar?" „Klar, mach ich."

Wer letztendlich Japan-Willie vom Barhocker geschossen hatte, wurde nie aufgeklärt. Die Insider schwiegen aus Angst oder aus Bewunderung. „Dreck muss weg, wir übernehmen seine Plätze für die Mädchen, in den Häusern und auf der Straße. Ihr sprecht mit den Vermietern, Rolf mit den Ischen*." „Ich mach das gleich," antwortete Rolf mit Stolz. Zum ersten Mal bekam eine wichtige Aufgabe zugeteilt. Er fühlte sich für das lukrative Sexgeschäft verantwortlich. Er würde schon dafür sorgen, dass alle Mädchen besser arbeiteten. „Dreck muss weg," murmelte er. Sein Boss Kalle hatte diesen Satz genau wie sein Vater benutzt. Nur, das hatte er verstanden, die Nutten, die gut Geld einbrachten, mussten gut behandelt werden. „Ich finde schon raus, wer Dreck ist," grinste er Kalle an. „Ja, mein Junge." Kalle legte ihm die Hand auf die Schulter, sah zu den anderen Zuhältern seiner Bande hinüber. „Ja, dein Alter hat auch Dreck beseitigt. Und jetzt, jetzt bist du dran seine Arbeit fortzusetzen." Der immer mächtiger werdende Boss des Rotlichtbezirks von

Hamburg machte eine kurze Pause. „Denk dran, ich bestimme, was Dreck ist! Hast du mich verstanden?" Er kniff seinem Assistenten freundschaftlich in die rechte Wange. Seine grauen, eiskalt starrenden Augen waren so nahe an das Gesicht von Rolf herangekommen, dass sich ihre Nasen fast berührten. Der hat Augen wie Elbwasser, fuhr es dem jungen Mann durch den Kopf. Nach einem eiskalten Schauer, der ihn durchfuhr, lehnte er sich auf seinem Stuhl weit zurück. Kalle stieß sich vom Tisch ab, über den er sich zu Rolf hinübergebeugt hatte. „Übrigens Gewalt, Schläge gegen unsere Damen gibt es nur mit meiner Genehmigung. Ist das verstanden." Mit der Beute aus seinem ersten Raubüberfall auf einen Geldboten der Post traf Rolf auf seinen Chef Kalle kurz vor dem Elbstrand hinter der Fischmarkthalle, direkt am Elbufer. „Und, wie bist du klargekommen?", erkundigte er sich. „Kein Problem. Der Mann von der Post ist noch nicht mal verletzt. Hat auch nicht gejammert. Hat die Schnauze gehalten," gab Rolf Auskunft über den Ablauf des Überfalls. „Hier ist die Kohle, ich hab nicht gezählt. Alles für dich." Rolf hielt Kalle die schwarze Umhängetasche des Geldboten hin. Aus einem dicken Geldbündel fingerte der drei Hundertmarkscheine heraus, zog Rolf an seinem Mantelrevers ganz nah zu sich: „Das ist für dich. Wenn du zuverlässig bist, wirst du mein Assistent, hast du verstanden?" „Ja klar, hab ich." Rolf grinste zurück, griff nach den Geldscheinen. Kalle zog blitzschnell

seine Hand mit dem Geld zurück, stellte ein Bein vor, schlug mit der anderen Hand Rolf ins Kreuz. Der stolperte, fiel hin, sah ängstlich mit eingezogenem Kopf zu seinem Chef hoch. „Du musst immer und überall gut aufpassen, immer voll da sein. Merk dir das." Lachend hielt Kalle seinem Mitläufer die Hand mit den Geldscheinen hin. „Komm hoch, wir haben noch was vor." Rolf rollte sich ungeheuer schnell zur Seite, trat mit beiden Füßen an Kalles Beine. Als der der Länge nach im Elbsand lag, stand Rolf über ihm. „Mann, du lernst schnell." Kalle lachte schallend mit einer Pistole in der Hand. „Gut gemacht, Junge, du bist mein Mann. Nimm, endlich die Scheißkohle und hilf mir hoch."

Als Rolli, wie ihn seine Freunde nannten, als erster Gast am Samstag die Toreinfahrt zum Hinterhof des Hans-Albers-Platzes betrat, standen Titten-Lina und die zarte Susanne bereits zu ihrer Nachmittagsschicht an den ihnen zugewiesenen Plätzen. Rechts und links neben der schwarz gestrichenen Tür des neu eingerichteten Puffs warteten sie auf Freier, die noch schnell, zwischen Wochenendeinkauf und Familie, eine junge Frau ficken wollten. Unverbindlich, ohne Verpflichtungen, ohne Reden und lange Anmache. Manche dieser Männer ließen sich bereits im Treppenhaus die Hose öffnen und mündlich befriedigen, hoffend, dass ein anderer Gast vorbeigehen und ihnen kurz zusehen würde. Darin lag für die der besondere Kick, bevor sie zu einem langweiligen Samstag und dem ewig langen

Familienwochenende mit Frau und Kindern mit der Straßenbahn fuhren.

Ein kurzes Kopfnicken, ein Blick zu jeder von ihnen genügte, sofort kümmerten sich die Damen um Rolf, den sie zu gut kannten. Immer und überall tauchte er auf dem Hamburger Kiez auf. Als Schakal, dem Assistenten des Chefs Kalle, hatte er sich nach kurzer Zeit einen Namen gemacht. Er wünschte sich heute das orientalische Zimmer mit Spiegel an der Decke und einer extragroßen Badewanne. Unaufgefordert stellte die junge Frau eine Flasche Schampus auf das weiße Tablett, das über dem Wannenrand befestigt war. Sie saß ihm im warmen Wasser gegenüber. Ganz langsam berührte sie ihn mit ihrem kleinen Fuß zwischen den Beinen. „Nimm den Schampus weg, ich trinke nichts, merk dir das. Klar?" Nie wussten die Damen, wann er wen besuchen würde. Immer kam er unangemeldet, unvorhergesehen. Wie ein Schatten tauchte er auf, entweder ging er weiter oder er kontrollierte die Tageseinnahmen der Frauen. Nie lächelte er, nie unterhielt er sich mit ihnen. Wenn er einer oder mehreren der Mädchen rund um den Haus-Albers-Platz zunickte, wussten sie Bescheid. Als Gast hatte er stets ausgefallene, sexuelle Extrawünsche, die ohne zu fragen, erfüllt wurden. Heute verlangte er eine Strip-Show und Rollenspiele. Eine spielte die Domina, ihre Kollegin trug eine rote Perücke und Netzstrümpfe. Die beiden jungen Frauen zogen eine Lesben-Show ab. Rolf durfte mitspielen, er verlangte eine Intimrasur, dann

das „lebende Buffet", für das er alles in einer schwarzen Plastiktasche mitgebracht hatte. Rolli durfte naschen. Beide Frauen wussten von Kolleginnen, dass ihr Gast sehr anstrengend sein konnte. Immer wieder erzählten die von seinen Extrawünschen. Seine anstrengenden Sexfantasien zu befriedigen, konnte sehr anstrengend sein. Sie waren oft fix und fertig gewesen, wenn er endlich gegangen war. Die beiden sehr jungen, hübschen Frauen ahnten nicht, dass sie heute ausgiebig getestet wurden. Sie sollten an ein neu eröffnetes Erotikkabarett für eine Lesbennummer mit erotischem lebendem Buffet vermietet werden. Er suchte neue Gesichter für die Erotik-Show bei Jean-Claude.

Zum Dank für ihre Dienste schenkte er ihnen an diesem Tag eine dünne Halskette aus Gold mit einem chinesischen Anhänger aus geschliffenen Glassteinen. Nicht ohne sie eindringlich zu ermahnen, die Kette immer gut sichtbar auf ihrer Brust zu tragen.

Bei Paul in der Seilerstraße ließen sie sich im Laufe der folgenden Woche, über dem Knöchel ihres linken Beines, eine Ranke mit einem verschlungenem „N" tätowieren. Sie arbeiten erst kurze Zeit in diesem Gewerbe, zu kurz, um zu wissen, dass sie damit ihr Leben lang als Eigentum der Nutella-Bande gezeichnet waren. Der „Schakal" verabschiedete sich nach einigen Stunden mit Wangenküsschen. Beide Frauen dachten, er wäre ein wenig verliebt in sie, wunderten sich aber, dass dieser Mann beim Sex nie einen Ton von sich gab. Kein Stöhnen, kein Schreien, nichts regte sich bei ihm,

wenn er sich in oder auf ihnen ergoss. Was der „Schakal" wirklich brauchte, um seinen Drang mit einem übermächtigen Orgasmus zu befriedigen, lag außerhalb ihrer Vorstellungskraft. Sie waren wirklich zu jung, zu neu, in diesem Geschäft, um zu ahnen, dass er sie in das größte Trauma ihres Lebens stürzen würde. Über Geld fiel kein einziges Wort.

Nach wenigen Hundert Metern hüpfte er gut gelaunt, die fünf Stufen zur Eingangstür der Bavaria-Stuben hoch. Durch das mit Eisblumen verzierte Glas sah er Kalle aus der Toilettentür kommen. Gut, dachte er, gut, dass er schon da ist. Kalle blickte hoch, als die Glocke über der Eingangstür schellte. „Komm, setz dich zu mir. Willst du Kaffee? Wie war das mit den beiden Neuen? Erwin," der Boss drehte sich zum Wirt um: „Mach zwei Pott Kaffee klar, wie immer mit Zucker und viel Milch." Lächeln drehte er sich zurück zu Rolf. „Die beiden sind ganz gut, am Montag gehen sie zu Paul und lassen sich tätowieren. Danach bringe ich ihnen bei, was sie zu tun haben. Hast du schon mit Jean-Claude gesprochen?" „Ja, hab ich. Die neue Show wird einmalig. Gibt's in ganz Deutschland noch nicht. Eins wollte ich dir noch sagen, sei nicht zu grob mit den Neuen. Versuche sie erst so zu überzeugen, dann sehen wir weiter. Wann meinst du, können wir mit den Proben anfangen?" „Samstag gehe ich noch mal hin, vielleicht am übernächsten Montag." „OK, ich verlasse mich auf dich." „Mach die Ischen nicht schon am Anfang kaputt. Und, mit wem hast du über den Plan gesprochen?" Wie

von einem Eisschauer überrascht, zuckte Rolf in sich zusammen. Verwirrt sah er auf die Tischplatte: „Nee, Kalle mit niemandem, echt nicht. Kannst mir glauben." „Gut so, du weißt was passiert, wenn du deine Klappe nicht halten kannst."

„Mit mir redet sowie so keiner, musst mir glauben! Kannst dich drauf verlassen, Kalle. Ich bin doch nicht blöd."

Da bin ich anderer Meinung, dachte Kalle. Ihm war sehr wohl bewusst, dass er immer ein Auge auf alles haben musste, besonders auf das was sein Assistent tat. „Übrigens, heute ist Sonnabend, du gehst, wenn du den Kaffee ausgetrunken hast, zu deiner Mutter und bringst ihr den Wochenendeinkauf. Wie geht es deiner Schwester? Sie muss das Gymnasium unbedingt zu Ende machen und dann studieren. Um Geld braucht sie sich keinen Gedanken zu machen. Sag ihr das noch einmal. Ich will das!" Ohne eine Antwort abzuwarten, schob er einen Hundertmarkschein über den Tisch. „Kauf ihr was, und vergiss den Einkauf und die Blumen für deine Mutter nicht." Das mochte Rolf, der Schakal, an seinem Chef. Der dachte an alles.

Kapitel 13

Mord an Emilia Schmiedebach
Hamburg

Es ist Mittwoch, der 25. März. An diesem Vormittag verließ Emilia Schmiedebach, vor sich hin lächelnd, den kleinen Bäckerladen in der Straße Hellkamp, Haunummer 48 in Hamburg-Eimsbüttel. Die junge Bedienung hatte ihr, so wie jeden Tag, zwei Brötchen mit Kochschinken und Schnittkäse geschmiert. Der Sohn des Bäckers, Ulli, bereitete den Tresen vor. Er stellte die Backbleche mit frischen Kopenhagenern, Bienenstich und Käsekuchen ordentlich hinein. Der Laden lag in einem flachen Vorbau eines Altbaus, wenige Meter entfernt von der viel befahrenen Osterstraße. Erst im August hatte Emilia ihre Wohnung in diesem Stadtteil Hamburgs bezogen. Im kommenden Jahr wollte sie sich ganz aus dem Sexgeschäft zurückziehen und ein bürgerliches Leben als Modeverkäuferin beginnen. Seit dem vergangenen Winter hatte ihre Freundin Charlotte nach und nach die kleine Boutique am Eppendorfer Baum von ihrem Freund übernommen. Sie hatte noch etwas Zeit, ihre Schicht im Eroscenter begann erst um 12:00 Uhr. Es war etwa 10:45 Uhr, als sie in ihr Auto vor dem Bäckerladen stieg und losfuhr. Seit zehn Jahren lebte Emilia jetzt in Hamburg. Ihre Eltern waren schon vorher nach

Hamburg umgezogen, sie hatte drei Geschwister, die jedoch im Saarland bei den Großeltern geblieben waren. Alle zusammen hatten sich vorgenommen, erst viel Geld zu verdienen, bevor ihre ganze Familie nachkommen sollte. In der großen Stadt hatten sich die Eltern mehr und mehr um Geld gestritten, schließlich trennten sie sich. Emilia lebte seitdem allein. Ihren Vater hatte sie nie wieder gesehen. Mit ihrer Mutter unterhielt sie ein rein formelles Verhältnis. Sie gab der alten Frau Geld. Nie fragte die nach ihrer Arbeit oder was sie mache. Gegen 11:15 Uhr parkte sie ihren roten, in die Jahre gekommenen VW-Golf, unten am Fischmarkt. Alles Geld, das sie erübrigen konnte, brachte sie zur Hamburger Sparkasse. „Man weiß ja nie, wofür man mal Geld braucht," riet sie ihren Kolleginnen, die sie zu Partys und anderen Vergnügen einladen wollten. Sie ging nicht aus, lebte vollkommen zurückgezogen. Wenn einige der anderen Mädchen sie auslachten, weil sie fast keine modische Bekleidung besaß, lächelte sie nur: „Ach wisst ihr, hier im Puff sitze ich ja fast nackt herum, und Zuhause habe ich meinen Turnanzug."

Die frische Luft, die von der Elbe herüberwehte, roch ganz leicht nach Fisch. Sie atmete tief ein, sah zum Himmel hoch. Die wenigen weißen Wolken vor dem ansonsten blauen Himmel strahlten ihr entgegen. Wieder einmal wurde ihr bewusst, sie lächelte bei dem Gedanken, wie richtig sie entschieden hatte, mit dem Sexgeschäft aufzuhören. Lächelnd passierte sie den

Tunnel unter der Elbstraße, vom Fischmarkt kommend. Rechts der kleine Park hatte immer noch Winterfarben. Die hohen gelblichen Grasbüschel trotzten dem nächtlichen Frost. Einige der Büsche und Bäume zeigten bereits vorsichtig grüne Spitzen. Der Park lag vor ihr. Mit wenigen Schritten würde sie die Reeperbahn überqueren. Unbemerkt konnte sie zu dieser Tageszeit ihren Job als Dame im Ledertanga antreten. Ihre Stammkunden kannten die Zeiten, in denen Natascha, so nannte sich Emilia, an ihrer Arbeitsstelle zur Verfügung stand. An Montagen hatte sie besonders viele Kunden, die offensichtlich ein sehr langweiliges Wochenende mit ihren Frauen und den Kindern verbracht hatten. Letztes Jahr im Sommer brachte ein Kunde einmal im Monat eine Plastiktasche von Edeka mit. Er sammelte am Sonntag Brennnessel. Nur um sich bei Natascha darin nackt zu wälzen. „Bitte reib' mich mit deinem Öl ein, das brennt noch mehr. Ich brauche das. Du machst das gut." Der Mann stöhnte laut auf, wenn sie mit Gummihandschuhen das Öl aus der Apotheke auf seinem Körper verteilte. Es enthielt Bienengift und brannte wie Feuer auf der Haut. Und jetzt mit dem vorhergegangenen Bad in den Brennnesseln? Emilia, genannt Natascha lächelte dann. Sie tröpfelte sich etwas Öl in die Hände, griff dem Mann zwischen die Beine, massierte seine Geschlechtsteile so lange bis er sich auf den Bauch drehte, sich hin und her wälzte. Sehr laut stöhnte er dann vor Schmerzen.

„Reicht das? Oder brauchst du Bienenbock mehr?" Sehr herrisch, herausfordernd hielt sie dem Stöhnenden die Flasche dann vor die Augen.

Der Mann bezahlte einmal im Monat Hundert Mark für die halbe Stunde bei ihr. Dienstags kamen mehrheitlich Laufkunden, die oft besonders anstrengend waren, weil sie nicht genau wussten, welche Behandlung sie wollten. Am Freitag bediente sie überwiegend Stammkunden, die sich vor einem zu langen langweiligen Wochenende in ihren Familien fürchteten.

Emilia wollte aus diesem Milieu des billigen Sex im Puff auf der Reeperbahn heraus. In dem Edellokal in der Nähe des Hauptbahnhofs hatte sie sich bereits vor einiger Zeit eingeschrieben. Dort am Steindamm, zwischen den teuren Hotels, trafen die jungen Damen zahlungskräftige Kunden. Für die gleichen Dienstleistungen an den Männern würde sie viel mehr Geld bekommen. Vor allem, sie würde für sich selbst arbeiten. Ohne Zuhälter, ohne Aufpasser der sie täglich abkassieren würde. Jede Woche lieferte sie einige Hundert Mark ab. Für sich behielt sie kaum Geld übrig. In dem neuen Lokal würde sie ihrem Ziel Geld zu sparen ein großes Stück näherkommen. Sie wusste genau was sie wollte. Ein eigens Geschäft für edle Damenwäsche in Hamburgs Innenstadt plante sie oft in allem Einzelheiten. Sie träumte sogar von ihrem Geschäft. Es sollte „Nataschas" heißen.

Als sie sich umdrehte, weil sie ein unerwartetes Kribbeln im Rücken verspürte, bemerkte sie zwei Männer, die die andere Straßenseite verließen und auf ihre Seite kamen. Sie trugen Jeans und weiße Unterhemden unter ihren schwarzen, offenen Bomberjacken aus dickem Leder. Der eine von ihnen hielt eine weiße Plastiktüte in der Hand. Als sie Rolf, ihren Betreuer aus dem Eroscenter erkannte, blieb sie stehen. „Na, was treibt euch hierher. Ich muss rüber, kommt ihr mit?"

Fragend sah sie die beiden Männer an. „Nee, lass man Emilia, ich wollt dich nur was fragen. Steigst du wirklich aus? Ich hab so was gehört?" Rolf griff in die Plastiktüte, zog seine Hand jedoch nicht heraus.

„Ja, will ich. Weißt du, ich habe was Neues. Ich kann einfach nicht mehr. Du, die zehn Jahre in Hamburg schlauchen. Ich hab einfach keine Lust mehr. So langsam ekelt mich das ewige Ficken mit fremden Männern an. Ich bin mir auf Dauer zu schade dafür. Und immer so wenig Geld für mich selbst"

„Du hast uns nichts gesagt, wieso nicht?"

„Warum sollte ich, ich bin immer noch frei, kann machen was ich will. Und du, mit dir habe ich nichts zu tun, gar nichts. Wenn schon spreche ich mit Kalle."

Weiter kam sie nicht. Sie sackte auf dem sandigen Parkweg wie ein leerer Müllsack in sich zusammen. Der Schlag mit dem kurzen Totschläger, den Rolf aus dem Plastikbeutel gezogen hatte, traf sie mitten im Gesicht. Ein weiterer Schlag auf den Kehlkopf, löschte ihr Leben

aus. Rolfs Begleiter trat kurz, aber sehr kräftig auf den Kopf der am Boden liegenden Frau. Die Männer schlenderten unbemerkt und unerkannt weiter. Emilia lag zwischen hohem Unkraut und nicht gemähten Gras neben dem gelblich, sandigen Fußweg.

Wenige Minuten später nickte sich ein Ehepaar auf der anderen Straßenseite zu. „Ist schon schrecklich, wieder eine der besoffenen Nutten, die hier liegen," meinte der Mann und schüttelte sich.

„Sollen wir nicht die Polizei anrufen?" Fragte die Frau unsicher.

„Nee, lass die man pennen, solange es nicht regnet oder friert, kommt die alleine klar," erwiderte er.

Eingehakt gingen sie gemütlich weiter. Sie wollten sich das Treiben auf der Reeperbahn einmal tagsüber ansehen. Von diesem Beginn ihrer Tagestour in Hamburg wollten sie nur Interessantes berichten. Betrunkene Frauen, die auf der Straße ihren Rausch ausschliefen, gab es in Bad Pyrmont im Weserbergland nicht.

Im Eros-Center ging der Chef der Nutella-Bande die Abrechnungen des gestrigen Abends durch, sortierte die Einzahlungsbelege der Sparkasse, legte Rechnungen ab und kontrollierte Stundenzettel, die er mit den Zahlungen der Damen aus seiner Etage verglich. Seinem Assistenten würdigte er keines Blickes. „Was willst du, lass mich in Ruhe, ich arbeite, Mann."

„Emilia weißt du, die Natascha, kommt nicht mehr, will bei uns aufhören. Hat wohl was anderes. Hast du für das Zimmer jemanden vorgesehen?" Rolf setzte sich auf den freien Stuhl.

Ohne sich umzudrehen, antworte der: „Ne, hab ich nicht. Das ist dein Ding, das Zimmer muss neu besetzt werden. Wohin ist Natascha?"

„Keine Ahnung, sie wollte aussteigen, wollte in Mode machen." Rolf Sesilski sah aus dem Fenster zum Innenhof, in dem sich die Huren der Tagesschicht halb nackt unter den Heizstrahlern unterhielten. Zu dieser Tageszeit kamen meistens Stammkunden zu ihren Damen.

„Ich bin dann mal wieder weg." Rolf federte besonders lässig zur Tür. „Wenn noch was ist, ich guck wieder rein." „Gut, mach das. Das Zimmer will ich wieder besetzt haben. Schnell." Kalle sah nicht einmal von seinen Papieren auf.

In den Stunden nach dem Mord an Emelia Schmiedebach am 25. November 1979 durchforsteten Polizeibeamte rings um die Reeperbahn Hinterhöfe und Geschäfte, die Suchhunde Alex und Dina kamen zum Einsatz. Die Fahnder unter Leitung von Hauptkommissar Gunnar Hansen sammelten Notizzettel mit Telefonnummern von Zuhältern, Prostituierten, von den Türstehern vor den Cabarets, die normalerweise alles wussten, was in ihrem Bezirk vorging. Sie telefonierten, befragten Anwohner und Angestellte der umliegenden Geschäfte, befragten die

Damen in den unterschiedlichsten Etablissements auf Hamburg St. Pauli. Besonders in den Bordellen hörten sich verdeckte Fahnder um. Von dort ergaben sich keinerlei Hinweise. In der sehr bürgerlichen, ja geradezu altmodisch eingerichteten Wohnung der ermordeten Prostituierten eröffnete sich für die Spurensicherung lediglich das ganz normale Leben einer jungen Frau. Die angesparten hohen Beträge auf ihren Kontoauszügen der Hamburger Sparkasse zeigten lediglich, dass sie sehr fleißig im Bordell gewesen sein musste. Der sehr hohe Betrag unterstrich lediglich ihr bürgerliches, sparsames Leben. Die vielen Modemagazine in ihrem mädchenhaften, weiß eingerichteten Schlafzimmer und eine kurze Notiz mit einer Telefonnummer erbrachten einen Hinweis auf Emilias Wunsch, zukünftig in der eigenen Modeboutique arbeiten zu wollen. Die Vernehmung ihrer Freundin, die das Modegeschäft bereits führte, bestätigte diese Annahme. Emelia wollte noch ein bis zwei Jahre in der Edelbar in Hamburg St. Georg als Prostituierte arbeiten, um dann ganz in die Boutique einzusteigen. Sie wollte sich als echte Partnerin einkaufen. Wer die junge Frau ermordet haben könnte, blieb rätselhaft. Gunnar Hansen saß im Polizeihochhaus in Gedanken versunken über der Akte >>Emilia Schmiedebach<< und dem Bericht der Gerichtsmedizin. Seinen Kollegen Dr. Albert Großjohann, den leitenden Pathologen, kannte er seit Jahren. „Auf den kann ich mich verlassen, der hatte

bisher immer recht", sprach er über seinen Kollegen. Tief über seinen Schreibtisch gebeugt klappte die Mappe mit dem Obduktionsbericht zu. Wie ein Film geisterten die Bilder von ermordeten Frauen, durch seinen, auf beide Hände gestützten, Kopf. „In einer Stunde bin ich zurück." Ohne sich um die fragenden Blicke seiner Mitarbeiter und Kollegen im lichtdurchfluteten Büro zu kümmern, sprang er auf. Sein Bürostuhl rollte bis an die Brüstung vor der großen Glasscheibe. Ohne einen Blick über Hamburg zu werfen, griff er hastig nach seiner Jacke, verschwand hinter der Glastür, drückte nervös wieder und wieder auf den Abwärtsknopf an den drei Fahrstühlen. Endlich entschwand er hinter den sich langsam schließenden, grauen, abgegriffenen Metalltüren. Seine Mitarbeiter blickten ihm erstaunt nach.

„Was hat der denn", fragte sein Kollege und Freund Horst Hinks und drehte sich zu den Mitarbeiterinnen um. „Habt ihr heute schon Telefonate durchgestellt?"

„Nee nichts, nur den Autopsie-Bericht von Albert hat er sich geben lassen. Der liegt auf deinem Schreibtisch, hat er wohl vergessen. Guck mal rein. Ist auch dein Fall!" „Hab ich gestern Abend gelesen. Albert hat festgestellt, dass der Schlag auf den Hals tödlich war, Genickbruch. Sie muss noch einige Minuten gelebt haben. Totgeschlagen, was für ein brutales Arschloch war das. Entschuldigt, aber ist doch wahr!"

Sein Telefon läutete. Hinks drehte sich in seinem Bürostuhl langsam wieder zu seinem Schreibtisch

zurück. Unbewusst stützte er seinen linken Ellenbogen auf Brasilien, den linken auf Russland. Unter seine gläserne Schreibtischunterlage hatte er eine Weltkarte geschoben. Manchmal saß er nur da und träumte von den Ländern, in die er gern reisen würde. In Gedanken reiste er dann durch Asien, blieb in Thailand hängen, flog weiter nach Japan und landete schließlich in Nepal. „Na, fliegst du mal wieder durch die Weltgeschichte, TELEFON," diese Worte und das Lachen seiner Kollegen weckten ihn aus seinen Träumen. Er nahm schnell den Hörer seines Telefons ab, meldete sich mit: „Drittes Kommissariat, Hinks, guten Tag," gleichzeitig zog er den Schreibblock nach vorn, griff nach seinem Kugelschreiber. „Was kann ich für Sie."

„Mensch Hinks, ich bin's, setzt dich sofort ins Auto, komme so schnell wie möglich zur Parzelle meines Großvaters." Dann hörte er nur noch ein leises Klicken, sein Kollege Gunnar Hansen hatte schon wieder aufgelegt.

„Scheiße, so eine Scheiße." Das war alles, was er murmelte, als sein Kollege Hinks in die Gartenlaube trat. „Guck dir die Berichte über die Frauenmorde an. Schon mein Großvater hat alles akribisch auseinandergenommen, jedoch nichts gefunden" Im kleinen Wohnzimmer saß Gunnar Hansen hinter einem riesigen Stapel Akten. „Mann setz dich hin, wir sind ganz nahe dran, bloß jetzt keine Fehler machen. Wir gehen nochmals alles ganz genau durch."

Die beiden Männer sahen sich an. Gedanken und bisherige Erkenntnisse der Frauenmorde galt es zu besprechen, zu sortieren und auf Gemeinsamkeit zu überprüfen. „Gunnar, was haben wir bisher?" Begann Hinks als Erster zu reden. „Eine tote Frau im Grünstreifen an der großen Kreuzung in der Nähe der Reeperbahn. Eine klare Sache haben wir uns wahrscheinlich beim Eingang der Meldung noch gedacht. Verkehrsunfall mit Todesfolge und Fahrerflucht. War aber kein Unfall, die Tote ist erschlagen worden. Die Tote lag noch im hohen Gras und Gebüsch, ihre Handtasche daneben." Gunnar Hansen unterbrach seinen Kollegen. „Die Wucht eines Schlages auf ihren Hals hatte sie dort hingeschleudert. Wahrscheinlich war sie nicht gleich tot. Jemand hat sie in den Grünstreifen gezerrt und dort liegenlassen. So ein Mistkerl. Denk' nach, was ist es, was suchen wir? Mensch, es muss Zusammenhänge geben. Das ist ein Serienmörder, der seit Kriegsende sein dreckiges Geschäft betreibt. Immer wieder Frauen, die verschwinden. Bald werde ich verrückt. Hast du die Rechtsmedizin benachrichtigt. Ich bin vorsichtig auf den Grünstreifen getreten, um keine Spuren zu verwischen. Du kamst vom Fußweg zur Toten, darauf achtend, die neuen Schuhe, die deine Frau dir zum Geburtstag geschenkt hatte, nicht allzu sehr zu verdrecken." Der Kriminalhauptkommissar fasste sich an die Stirn. „Warte mal, da ist was, warte, mir fällt gerade etwas ein. Schuhe, wo sind die Schuhe der

Toten. Wer hat die gefunden?" Der Kollege notierte sich etwas in seinem Block, den er immer bei sich trug. Offensichtlich überkam seinen Freund ein komisches Gefühl. „Was ist los? Du wirst immer unruhiger. Willst du raus in den Garten, blass bist du geworden. Mann was ist los?" Sein Gegenüber lachte ihn gequält an: „Ich hätte gestern nicht so scharf essen sollen. Und dann noch der Bürokaffee, bevor ich losgefahren bin. In spätestens zehn Minuten kommt mir alles wieder hoch. Und hier diese Scheiße mit den Frauen schlägt mir zusätzlich auf den Magen." „Mensch Hinki …" Doch der fing an, zu schwitzen. Zum Glück gab es eine saubere Toilette im Gartenhaus. Aber da war noch etwas anderes. Etwas, das nichts mit Chili und Kaffee zu tun hatte. Irgendwas stimmte nicht. Er würde später darüber nachdenken. Jetzt musste er erst einmal verschwinden. Sein Mitarbeiter wartete, sah sehr angespannt aus dem Fenster in den Garten. Auf dem abgeernteten Kartoffelbeet kratzte eine Drossel in den Laubresten herum. Genau wie wir, die sucht im ganzen Garten nach Regenwürmern, wir suchen nach dem einen, entscheidenden Hinweis.

Erleichtert, aber sehr blass, betrat Hinks wieder das Gartenhäuschen. Aufgeregt meinte er zu seinem Kollegen: „Gunnar, nimm die ganz alte Akte mit dem allerersten Fall raus. Walter Hansen hat was zu den Schuhen von dem damals ermordeten Mädchen notiert. Und, warte mal, was war mit der ermordeten Taubstummen vom Fischmarkt? Wo waren deren

Schuhe? Die wurde auch mit einem brutalen Schlag auf ihren Kehlkopf, durch Genickbruch getötet." „Ja, weiß ich, trotzdem müssen wir alles prüfen, Mann. Hast du den heutigen Bericht aus der Rechtsmedizin gelesen?" „Ne, hab ich nicht, dein Anruf kam zu früh. Hast du was entdeckt." „Auch dieser Scheißtyp mordet durch einen finalen, brutalen Schlag auf den Hals der Opfer. Genickbruch bei allen Frauen. Und das mit den Schuhen, nie wurden Schuhe gefunden. Da zeichnet sich ein Muster ab." Als Hansen wieder an seinem Schreibtisch saß, um den Bericht zu schreiben, massierte er sich den Nacken und rief sich den Unfallort noch einmal ins Gedächtnis. Was hatte ihn gestört? Da fiel es ihm ein. Jemand musste die tote Emilia Schmiedebach gefunden haben. Ihre Handtasche war leer und der Inhalt lag daneben, säuberlich auf einem Haufen. Hätte sich die Tasche bei einem Überfall oder Unfall geöffnet, wären ihre Sachen überall auf der Straße verstreut worden. Doch da hatten sie nichts gefunden. Sie muss ihren Mörder gekannt haben. Die Tasche der Toten war vorsichtig ausgeleert worden, ein Unbekannter sortierte den Inhalt und legte das meiste sorgfältig zurück. Jemand hatte die Frau gefunden und ihre Sachen durchsucht. Selbstverständlich war alles von Wert verschwunden. Neben ihrem Personalausweis fand die Spurensicherung ihre Bescheinigung des Gesundheitsamtes und mehrere Kondome, billige Kugelschreiber, ein Pfefferspray, drei Tuben Gleitcreme und Papiertaschentücher. Er war

froh, dass sein Kollege Horst versucht hatte, die Angehörigen zu verständigen. Der Hauptkommissar hasste das. Er schrieb den Bericht zu Ende und beschloss, die Gerichtsmedizin anzuweisen, bei der veranlassten Obduktion sehr genau hinzuschauen. Dann fuhr er nach Hause. Am kommenden Montag würde er sich mit seinem Kollegen über seine Gedanken zu diesem Fall austauschen.

„Und was machen wir jetzt? Wir haben eine tote, junge Prostituierte, offensichtlich ein Mord, keine Zeugen. „Weißt du, Gunnar," antwortete Hinks, beugte sich zu seinem Hauptkommissar über den Schreibtisch, „Ich würde die Presse einschalten. Vielleicht gibt es doch Zeugen. Einen Versuch ist es wert. Mit etwas Glück kommt was Brauchbares dabei heraus." Sie hatten Glück, die beiden Kommissare verbrachten den ganzen Tag damit, die etwa dreißig Telefonanrufe zu diesem Fall zu analysieren. Alles hörte sich gleich an, nur konkrete Hinweise konnte niemand geben. Dann ergab sich doch etwas. Am späten Nachmittag stand plötzlich ein Ehepaar aus Bad Pyrmont bei Ihnen im Büro. Sie hatten die Frau im hohen Gras liegen gesehen und vermutet, es sei eine vollkommen betrunkene Frau. Die dort ihren Rausch ausschlief. „Als wir an der Davidswache vorbeigingen, meinte meine Frau noch, wir sollten dort Bescheid sagen. Wir haben einem Polizisten von der Frau berichtet. Der hat gelächelt, sich bedankt und uns erklärt, sie würden so etwas kennen und sich darum kümmern. Dann gab er uns einen

Stadtplan und Ihre Adresse hier in der Polizeizentrale. Wir sollten uns bei Ihnen melden, wenn uns noch Wichtiges einfallen würde. „Und ist Ihnen denn noch etwas Wichtiges eingefallen?" Fragte Hansen und lächelte die beiden Touristen freundlich an. „Ach wissen Sie, bei uns im Weserbergland passiert so etwas nicht. Da dachten wir, wir gehen da einfach hin. Ist sehr aufregend und jetzt sind wir da. Und ob wir noch was bemerkt haben. Doch, deswegen sind wir ja hergekommen. Als wir aus der Davidswache herauskamen, gingen wir über die Reeperbahn zur anderen Seite und bummelten zurück. Ich wollte mich überzeugen, ob die Polizei was machen würde. Irgendwie war es schon komisch, eine Frau da so liegen zu lassen. Von der Ecke zur Großen Freiheit sahen wir die Frau immer noch da liegen. Ein Mann stand neben ihr und kramte in ihrer Handtasche. Offensichtlich dachte der auch, dass die Frau ihren Rausch ausschlief. Als er das Heulen eines Polizeiautos hörte, warf er etwas in seinen Rucksack und verschwand blitzschnell in dem kleinen Park."

Oma Elli, wie sie auf St.Pauli genannt wurde, wisperte einen einzigen Satz in ihren Telefonhörer: „Natascha, das war der Schakal, ich stand hinter der Gardine in meiner Küche." Schnell legte sie den Hörer wieder auf. Mehr wollte sie nicht sagen. Hansen hatte verstanden. Die Stimme kannte er. Die alte Dame würde er in den nächsten Tagen besuchen. Natürlich anonym als Jogger verkleidet. Ihre kleine Wohnung lag

unweit der Reeperbahn. Hinter der Elbstraße mit Blick auf einen kleinen Park.

Er machte sich eine Notiz, besprach sich kurz mit Stefanie Gentz, deiner Mitarbeiterin. „Bitte informiere mich sofort, wenn dir etwas vom Kiez gemeldet wird. Bitte informiere Jan in der Davidswache. Es tut sich was in seinem Revier." Die beiden Kommissare nutzten die nächsten Tage, um die Familie, Freunde und Bekannten der Toten zu befragen. Sie war eine beliebte Prostituierte und eine hilfsbereite Nachbarin gewesen. Unter Kolleginnen galt sie, obwohl ihre vielen Stammkunden sie bei den Kolleginnen nicht wirklich beliebt gemacht hatte, als umgänglich und fair. Emilia hatte keine offensichtlichen Feinde gehabt. So kamen sie nicht weiter.

Die tägliche Routine überdeckte das intensive Suchen nach dem Frauenmörder wie ein grauer Nebel. In morgendlichen Sitzungen informierte Hauptkommissar Gunnar Hansen sein Kommissariat über seine Erkenntnisse, bat alle Mitarbeiter Augen und Ohren offenzuhalten, sowie Informanten und Polizeispitzel einzusetzen. Einen so brutalen, hemmungslosen Mörder hatte es seit Kriegsende nur einen gegeben, eben jenen Unbekannten, den sie jetzt intensiv jagten.

Kommissar Hinks zuckte am 28. März 1979 um zehn Uhr dreiundzwanzig zusammen, als sein Telefon schrillte. In Gedanken reiste er gerade von Südafrika nach Feuerland, tief über die Weltkarte unter seiner

Schreibtischauflage gebeugt. Sein Gegenüber, auf der anderen Seite des mit Papieren übersäten Schreibtisches blickte kurz auf, vertieft sich sofort wieder in den Bericht der Gerichtsmedizin.

„Lass alles liegen, wir müssen in die Innenstadt. Am Alsterfleet hat man eine Frauenleiche entdeckt." Gleichzeitig sprangen die Kommissare Hinks und Hansen auf.

Kapitel 14

Walter Hansen wagt Prognosen
In seinen Kleingarten

Ganz bewusst hatte Walter Hansen seinen guten Bekannten Herbert Adler, Chef des Bezirksamtes Hamburg Mitte und seinen Freund Innensenator Werner Bauzius zu sich in den Kleingarten eingeladen. Das Thema, das sie an diesem herrlichen Frühlingstag diskutieren wollten, betraf die Kriminalität im Ortsteil Hamburg St. Pauli, mit dem größten Rotlichtbezirk der Welt und der Reeperbahn. Die Anregung zu diesem Treffen kam aus der Senatskanzlei, denn auf St. Pauli braute sich etwas zusammen, wie Werner Bauzius der Innenbehörde mitgeteilt hatte.

„Es sieht nach Krieg zwischen den Hamburger Zuhältern und den Wienern Louis* auf St. Pauli aus. Darüber müssen wir sprechen. Außerdem nimmt die Prostitution ungeheuer zu. Was sich in den Hinterzimmern abspielt, können wir nicht mehr kontrollieren. Und jetzt planen sie sogar noch Erotikvorführungen mit intensivem Geschlechtsverkehr auf der Bühne. Meine Herren, das geht zu weit. Ach übrigens," Bauzius unterbrach sich, griff zu seinem Bierglas, nahm einen großen Schluck, setzte seine Ansprache dann fort: „Meine Herren, sagt Ihnen der Begriff „Preludin" etwas? Eine gefährliche

Droge, wie uns das Universitätskrankenhaus Eppendorf bestätigt hat. Als Mittel zum Gewichtsverlust kam es seinerzeit auf den Markt. Natürlich hat der Kiez schnell die betäubende Wirkung festgestellt. Besonders den Frauen wird die Pille ununterbrochen gegeben. Von Müdigkeit keine Spur mehr." Er sah in die Runde. „Und was tun wir? Jeder kann das Zeug auf allen öffentlichen Toiletten, bei den Garderobenfrauen oder in den Bordellen kaufen."

Die Männer sahen sich an. „Ist Ihnen bewusst, dass durch diese Pille die Frauen gefügig gemacht werden, um dann bis zu zwanzig Männer in einer Schicht befriedigen zu können? Und wenn sie sich auflehnen, gibt's was an die Backen, wie die Hamburger Loddel* sagen. Die schlagen ohne Warnung zu, dass wissen wir seit Jahren."

Der Senator blickte seinen ihm gegenübersitzenden, langjährigen Freund an: „Walter Hansen, du kennst dich aus. Seit deiner Zeit bei der Kripo mit den Huren, Zuhältern und Mördern im Hamburger Bezirk Mitte aus. Was ist deine Meinung zu dieser Entwicklung? Wie siehst du das?" Hansen griff sich in den Nacken, um eine vermeintliche Versteifung sich weg zu massieren, so wie er es immer wieder machte, wenn er einige Sekunden Zeit zum Nachdenken brauchte. Dann sah er auf seinen Gartentisch. Er antwortete, ohne die beiden Männer anzusehen: „Letztendlich kämpfen die Beteiligten nur um ihr Leben auf der besseren Seite der Gesellschaft. Wisst ihr, durch die Nazizeit und den

Krieg ist die Ethik in der Gesellschaft flöten gegangen. Was gestern als Mord oder Totschlag ungesühnt blieb, gilt heute als Schwerverbrechen. Darin liegt für uns die Schwierigkeit. Die Zuhälter, Schläger und Mörder haben fast jedes Maß an gesellschaftlicher Verantwortung verloren. Unsere heutigen Schwerverbrecher sind alle in der Nazizeit aufgewachsen. Was haben diese Menschen damals kennengelernt. Krieg, Bombenhagel auf die Städte, Gewalt von Polizei, Partei. Gestapo, SS und Wehrmacht gaben den Takt an." Walter Hansen fasste sich ans Kinn. Fügte nachdenklich hinzu: „Diejenigen, die heute gegen die gültigen Gesetze verstoßen werden bald die Vorbilder unserer Jugend sein. Die wehrt sich gegen das Etablissement, gegen die alten Nazis auf den Ämtern, in Schulen und Unis. Die wollen sich nicht mehr reglementieren und bevormunden lassen. Meiner Meinung nach haben wir uns der neuen Zeit anzupassen. Wenn es nicht schon zu spät ist. Wir haben die neuen Gesetze so umzusetzen, dass jeder sie versteht, lernt sie zu akzeptieren. Mit Polizeigewalt und Schlagstock kommen wir nicht weiter. Dazu gehört auch die sexuelle Befreiung. Und meine Freunde, das haben die Herren Zuhälter viel eher erkannt als wir."

Wie eine graue, leicht verfilzte Militärwolldecke breiteten sich erst braune, auf die Vergangenheit fixierte, dann heller werdende Gedanken in den Köpfen der Männer aus. Natürlich hatten auch sie die immer brutaler werdende Nazizeit, den Krieg, die maßlosen,

totbringenden Bombenangriffe erlebt. Selbstverständlich geisterten, gerade bei solchen Diskussionen über die politische Zukunft Hamburgs, die Bilder ihrer zerstörten Stadt, die Gesichter der KZ-Opfer und die der ausgemergelten, seelisch zerstörten Überlebenden des Naziregimes und der Bombennächte, die hohlen Augen der halb verhungerten Kinder in den Trümmerlandschaften, in ihren Köpfen umher.

„Du hast vollkommen recht," mischte der Innensenator sich ein: „Alles schön und gut, das war gestern, wir müssen uns jetzt darum kümmern, dass die Gesetze eingehalten werden."

Walter Hansen erwiderte sofort: „Mein Lieber, kennst du ein Gesetz, das den Geschlechtsverkehr auf Bühnen in privaten Clubs verbietet? Wir können nur mit aller Macht darauf achten, dass die Grenzen der Freizügigkeit, einer neuen Moral und Ethik eingehalten werden".

In seinem Apfelbaum zwitscherte eine Amsel in den nachmittäglichen Himmel. Die hat ihre Freiheit, die kann fliegen, wohin sie will. Nachdenklich, mit seiner tiefen Denkerfalte auf der Stirn, drehte er sich zu Herbert Adler um: „Weißt du, wenn die Polizei Gewalt anwendet, gibt es eine Gegenreaktion, die niemand von uns beherrschen kann. Es wird einen Zuhälterkrieg zwischen den Hamburgern und den Wienern geben. Ich bin fest davon überzeugt, dass die Hamburger den

Kiez zurückbekommen, aber dann haben wir mehr Ruhe."

Nachdenklich fasste er sich erst ans Kinn, dann wieder in den Nacken, stand auf, ging ein paar Schritte auf dem sauber geharkten Gartenweg entlang. Der Innensenator erhob sich ebenfalls. Er reckte und schüttelte sich in seinem grauen Anzug, schlenderte den Gartenweg in entgegengesetzter Richtung entlang, beugte sich zu einer der vielen Rosenblüten herunter. „Schön hast du es hier. Echt schön, diese Ruhe, dieser Duft." Hansen antwortete nicht. „Wunderbar, Walter ich fang an, dich zu beneiden!"

Ohne sich zu den Kollegen umzudrehen, sprach Walter Hansen weiter: „Wie ihr seht, breitet sich sogar bei uns in Hamburg das Verbrechen über unsere Landesgrenzen hinaus aus." Er breitete die Arme aus, so als wolle er die Welt umarmen. „Heute haben wir die Wiener Zuhälter hier, morgen vielleicht die Amerikaner, die Italiener und Spanier. Was wir brauchen, ist eine gemeinsame Verbrecher-Kartei für die sechs EWG-Länder. Großbritannien gehört dazu. Das hat der oberste Polizeichef Frankreichs, Maurice Grimaud, vorgeschlagen. Habt ihr davon gehört?" Der Senator drehte sich um, sah jeden seiner Freunde direkt an, ging zu seinem Gartensessel zurück: „Mensch Walter Hansen, wie herrlich das hier draußen ist." „Der Franzose hat seinen Vorschlag natürlich begründet. Die Verbrecherbanden seien bereits auf Europa-Ebene organisiert. Die Polizei müsse sich dieser Entwicklung

anpassen. Genau das haben wir hier bei uns auf St. Pauli direkt vor Augen." Walter Hansen sah nachdenklich in seinen Garten. Die langstieligen roten und gelben Tulpen neigten sich leicht in der abendlichen Brise.

Herbert Adler sah auf seine Uhr. „Mensch, die Zeit rennt uns weg. Es ist in Walters Garten zu gemütlich." Er nahm einen Schluck Kaffee, lehnte sich zurück und knipste das Feuerzeug in seiner linken Hand an und aus. „In diesem Zusammenhang fällt mir gerade die Hamburg--Premiere dieser Band aus England ein. Richtig guter Rock ′n Roll. Erinnert ihr euch an die Rolling Stones?" Schweigen. „Die wohnten damals im Hotel Lilienhof. Sie spielten zwei Abende in der Hamburger Ernst-Merck-Halle. Drinnen feierten sechstausend Fans frenetisch, aber friedlich. Dennoch haben wir damals Bürgermeister Herbert Weichmann empfohlen, die Halle nicht zu betreten. Niemand konnte wissen, ob die Stimmung friedlich bleiben würde." „Mensch, bleib doch sitzen, du machst mich ganz nervös mit deiner Unruhe. Spazieren gehen kannst du ohne uns".

uns nervös." Hansen blickte hinter seinem Bekannten Herbert Adler her, der jetzt seinen Garten durchwanderte. Ohne sich um diesen leichten Vorwurf zu kümmern, fuhr der mit seiner Ansprache fort: „Und vor der Tür befahl die Polizei: "Wasserwerfer vor!" Tausende Jugendliche hatten sich an den Abenden vor der Halle zusammengerottet und randalierten." „Jetzt

gibt es Putz! Dumpfe Empörung gegen alles!" Empörten sich die Bürger angesichts von hundert umgestürzten Autos und zerfetzten Wahlplakaten. Die Polizei konnte die grölenden Krawalltrupps nur mit Pferdestaffeln und Wasserwerfern zerstreuen. Die Wasserkanone musste das überschäumende Gefühl von Freiheit sorgfältig ablöschen." Nachdenklich knipste er sein Feuerzeug erneut an und aus. „Genutzt hat es nicht viel, wir werden noch vielmehr Gewalt erleben. Nicht nur von den Zuhältern, den Kriminellen, wie ihr vielleicht meint. Nee, unsere Jugend wird uns zeigen, was wir bisher falsch gemacht haben. Mit Gewalt kommen wir nicht weiter. Die neue Freiheit geht auch an uns nicht vorbei. Gerade in den Behörden und bei der Polizei herrscht immer noch der alte Geist der Obrigkeit. Immer von oben herab auf die Bürger." Herbert Adler sah seinen Chef Innensenator Werner Bauzius nachdenklich an. Ergänzte: „In der Politik muss sich was ändern, alte Seilschaften müssen weg, sonst beschwören wir selbst einen Aufstand der Jugend gegen uns herauf. Bei den Studenten gärt es schon lange. Es sind immer noch zu viele alte Nazis in Ämtern und in Unis, selbst an Schulen wird immer noch nicht offen über die zwölf Jahre unter Adolf diskutiert. Alles was totgeschwiegen wird, bricht eines Tages als gewaltiger Vulkan wieder aus. Und meine Lieben, das nutzen die Gangs auf der Reeperbahn und in ganz St. Pauli gnadenlos aus. Wenn wir unsere Kräfte bei den Studenten und Universitäten bündeln, machen die

Zuhälter was sie wollen. Mit gewissen Kreisen im Rotlichtbezirk müssen, ich meine wirklich müssen, wir auf unterer Ebene zusammenarbeiten." Er lehnte ich sich erschöpft zurück. Die anderen Männer schwiegen verblüfft. Bis ihr Freund Herbert Adler plötzlich aufstand und auf seine Freunde herunter -sah. Eindringlich sagte er: „Eines kann ich euch aus Erfahrung sagen, das breite erotische Angebot hier in Hamburg beruhigt die Kreise, die das brauchen. Bekommen wir wenigstens einen Teil der Zuhälter auf unserer Seite, können wir auch das Geschäft mit den Frauen besser lenken. Verhindern lässt sich die Prostitution auf keinen Fall, Gewalt in diesem Geschäft auch nicht. Morde und Totschläge werden nicht ausbleiben, denn es geht immer um viel Geld. Aber." Er klopfte mit seiner rechten Hand auf den Gartentisch, um seinen Worten Nachdruck zu verleihen. „Einschränken, minimieren könnten wir vieles, wenn auch nicht alles." Jetzt stand Walter Hansen schwerfällig auf, stützte sich mit beiden Händen auf den Gartentisch. „Denkt mal alle darüber nach, was ihr eben gehört habt. Ich suche seit vielen Jahren und auch jetzt noch den Mörder, den sie damals die Peitsche genannte haben, das wisst ihr ja. Und was ist herausgekommen, nichts. Weil niemand seit Kriegsende wirklich Zeit hatte, sich um Einzelheiten zu kümmern. Es kommt zu viel und immer Neues auf uns von Polizei und Verwaltung zu. Was in zwölf Jahren Nazizeit kaputtgemacht wurde, verfolgt uns

wahrscheinlich die nächsten fünfzig Jahre noch." Langsam ging er mit hängenden Schultern zu seiner Gartenlaube. „Die zwölf Jahre Nazis und sechs lange Jahre Krieg haben das Gefühl für Ethik und Moral in den Menschen kaputtgemacht. Das wieder hinzukriegen, das muss unsere, eure Aufgabe sein. Kommt rein, es wird langsam etwas frisch draußen."

„Nee, Walter lass man, ich will los. Danke für alles. Ich komme gern wieder, ruf mich an." Werner Bauzius, der Innensenator sah zu seinem Bekannten Herbert Adler hinüber: „Was ist mit dir, willst du mit?"

„Ja, will ich. Walter mach's gut. Melde dich, wenn du was von uns brauchst. Wir rufen dich immer mal wieder an. Wir brauchen deinen Rat wirklich." „Danke, dass ihr gekommen seid. Kommt gut Zuhause an. Und grüßt die Frauen. Ich melde mich."

Walter Hansen verschwand in der verglasten Veranda seines Gartenhauses, drehte sich um und winkte seinen Freunden hinterher.

„Meinst du, das war zu viel für ihn?" Herbert Adler drehte sich im Gehen zu seinem Innensenator. „Meinst du das war heute zu viel für Walter?" Wiederholte er die Frage. „Nee, mein Lieber, der weiß viel besser als wir was draußen auf der Straße Sache ist. Walter ist immer am Puls der Zeit. Und," er blieb kurz stehen. „Und du solltest mehr mit Walter zusammenkommen. Sein Rat ist Gold wert. Hier noch ein Spruch von ihm. Wenn heller Schnee weggetaut ist, findet man viel dunkle Scheiße."

Kapitel 15

Grausiger Fund
Hamburg – Innenstadt

„Wir laufen zur Fleetinsel." Wies Hauptkommissar Hansen seinen Assistenten an; „Die Fundstelle muss direkt zwischen Herrengrabenfleet und Alsterfleet liegen. Den Namen Fleet gibt es schon lange und bezeichnet offenen Kanäle, die Hamburgs Regen- und Oberflächenwasser in die Elbe leiten. Kennst du dich da aus?"

„Nee, nicht wirklich." „Wir nehmen am besten die Fleetbrücke und gucken, wo die Kollegen von der Spurensicherung arbeiten." Eines der alten, vom Krieg sehr beschädigten Häuser musste abgerissen werden. Dort fanden Arbeiter in den Kellertrümmern die Leiche einer Frau. Vor etwa einer Stunde alarmierten sie die Polizei. Für diese historischen Speichergebäude aus dem 17. bis 19. Jahrhundert, die direkt vom Wasser aus beliefert wurden, hatten die beiden Kriminalbeamten keinen Blick übrig. Aus den Schreibstuben der Kontore, Hamburgs typischen Bürohäusern, die an einem Fleet liegen, wo sich auf der einen Seite Büros und auf der anderen Seite Lagerhäuser mit Kanalanschluss befinden, beugten sich vereinzelt Mitarbeiter, der dortigen Firmen aus den Fenstern. Durch die Sirenen, dem Blaulicht der Polizei neugierig geworden, wollten

sie selbstverständlich wissen, was geschehen sei. „Irgendwann muss ich mir diese Gegend genauer ansehen, hier war ich noch nie. Jedenfalls nicht bewusst." Hansen hing seinen Gedanken nach und rannte weiter. „Da vorn von der Brücke aus können wir das gesamte Fleet einsehen."

Der Kollege wandte sich während des schnellen Gehens wieder an seinen Chef: „Es muss das Haus sein, um das es einen Senatsbeschluss gegeben hatte. Weißt du, dieser Investor wollte es einfach abreißen und ein Stahl- und Glasgebäude errichten. Das hat der Senat zwar verhindert, aber den Abriss nicht. Die Gutachten zeigten, dass das Gebäude vom Untergrund zu schlecht erhalten war. Also Abriss und Neubau im alten Stil".

„Da sind sie." Der Hauptkommissar hob den Arm, hielt sich die rechte Hand über die Augen. „Da drüben, in den Trümmern des Abbruchhauses." Er rannte, ohne sich um seinen Begleiter zu kümmern, los. Der Streifenpolizist Ernst Johns redete aufgeregt auf die beiden Kripobeamten ein „Heute um 09:30 Uhr entdeckte ein gewisser Erwin Zienis, eine tote Frau hier im Kellergewölbe Der Mann steht da drüben im nächsten Keller, der ist Mitarbeiter der Abrissfirma. Ich habe sofort meine Dienststelle angerufen. Die Kollegen regelten dann alles Weitere."

„Gut so, wo ist der Mann? Der soll sich zur Verfügung halten. Ich will ihn und die anderen Arbeiter sprechen. Gerichtsmediziner schon da? Lasst uns durch." Gunnar Hansen bahnte sich einen Weg durch die

herumstehenden Polizisten, neugierige Anwohner und die Mitarbeiter der Spurensicherung. „Hinks, sprich du mit den Leuten, ich sehe mir die Tote an. Komm bitte schnellstens nach."

Er beugte sich tief über die Leiche. Der Lichtstrahl seiner Taschenlampe auf Gesicht und Hals der Frau ließ ihn erschaudern. Er sprang einen Schritt zurück. „So eine Scheiße, wieder das Gleiche. Hinks komm' runter. Mann, verdammter Mist." Beide Kripobeamten sahen sich an. „Das war der, den wir seit Jahren suchen. Mensch, was machen wir falsch?" Die nackte Frau lag auf dem nassen Kellerboden seltsam verkrampft. Hände und Beine waren breit gespreizt und mit verschiedenen Hanfseilen, wie sie im Hafen zur Sicherung von Ladung verwendet wurden, festgebunden an Mauerstücken und Haken in der Außenwand. Keine Papiere, kein Schmuck, kein Mantel, nicht einmal Schuhe. Der Körper über und über von blutigen Striemen gezeichnet. Über ihr Gesicht und ihren Hals verliefen breitere blutige Streifen. In ihrem Todeskampf muss sie es geschafft haben, die Fesseln an einer Hand etwas zu lockern. Sie hatte offensichtlich versucht, sich auf den Bauch zu drehen. In dieser verkrampften Haltung verstarb sie unter brutalen Schlägen.

„Mord an einer unbekannten Frau," vermerkt Hansen im Protokoll. Es war sein zweiter Fall, den er selbstständig bearbeiten sollte. Sofort dachte er an die Erzählungen und Berichte seines Großvaters. Auch

dieser Fall brachte schlagartig die Erinnerungen an Morde zurück, die sein Opa Walter Hansen nie aufgeklärt hatte.

Wie oft hatte er mit seinem Großvater auf der Terrasse vor dem Gartenhäuschen im Kleingartenverein „Blühendes Land" in Hamburg Eidelstedt gesessen, hatte den Erzählungen des alten Mannes zugehört. Wenn er es recht bedachte, genug konnte er von dessen Berichten aus der Nachkriegszeit nie bekommen. Immer wieder wollte er wissen, was geschehen war, wie die Menschen auf die neue Moral und Ethik reagiert hätten, wie das Leben weiterging. Die Nachkriegsjahre interessierten ihn, als er älter geworden war, brennend. „Walter," so begann er jede Unterhaltung mit seinem Opa: „Walter, was war mit den Menschen, wie sind die mit dem Wechseln von Gesetzt und Ordnung nach dem Ende der Nazizeit zu Recht gekommen?" Ganz lange hatte er damals den alten Mann angesehen. „Was ist aus denen geworden, die all die Naziverbrechen begangen haben? Hast du selbst Menschen gekannt, die damals gemordet haben und nach dem Krieg so taten, als sei nichts gewesen?"

Nie hatte Walter Hansen seinem Enkel direkt geantwortet. Das konnte er auch nicht. Wen hatte er schon von den Nazimördern gekannt? „Nee Junge, lass man," hatte er dann geantwortet: „Von den Ereignissen aus der Zeit kann ich dir berichten. Von den Menschen gibt es nichts zu erzählen. Plötzlich, nach Kriegsende, hat niemand etwas von Naziunrecht, von KZs, von den

Verbrechen an Juden, Zigeunern und kranken Menschen gewusst. Weißt du," er sah dann seinen Enkel lange sehr nachdenklich an: „Die, die es geschafft hatten, sich den neuen Gesetzen der Nachkriegszeit anzupassen, das waren die meisten, die bereit waren, endlich wieder menschlichen Gesetzen und Regeln zu folgen, die haben es ohne Probleme mit den Engländern, Amerikanern und später mit der neuen Regierung ausgehalten. Die waren froh, dass der Spuk mit den Nazis vorbei war." Dann beugte er sich vor und kam dabei ganz nahe an seinen Enkelsohn heran: „Und die, mein Junge, die es nicht geschafft haben oder die neue Gesetze nicht akzeptieren wollten, die haben wir gejagt." Dann seufzte er tief aus seinem Inneren: „Es hat lange gedauert, bis wir Ordnung nach den neuen Gesetzen überzeugend rüberbringen konnten. Schließlich gab es auch bei den Besatzern so manchen, der sich an den Deutschen rächen wollte." Nach einer winzigen Pause fuhr er dann fort: „Der Zweite Weltkrieg endete für Hamburg am 3. Mai 1945 um 18:25 Uhr, als britische Soldaten das Rathaus besetzten. Ihre Panzer und Lastwagen waren kampflos in unser Hamburg, die zweitgrößte Stadt des Deutschen Reiches eingerückt. Drei Tage nach Hitlers Selbstmord wollte kaum noch jemand gegen die Alliierten kämpfen." Walter Hansen lehnte sich zurück, sah in den Himmel über seinen Obstbäumen und betrachtete die darin herumhüpfenden Meisen und Rotkehlchen. „Weißt du, genau in dieser Stunde, als der Krieg endlich beendet

war, änderten sich schlagartig Moral und Ethik bei den Bürgern. Eines solltest du auf jeden Fall wissen, obwohl nun britische Offiziere die Macht in Hamburg hatten, haben wir uns von der Polizei weitgehend selber verwaltet. Post, Strom-, Gas- und Kohlenversorgung, Eisen- und Straßenbahnen, die Lebensmittelverwaltung, das Wohnungsamt behielten deutsche Amtsleiter. Erstaunlicherweise, wie gesagt, auch wir von der Schutz- und die Kriminalpolizei. Statt des NS-Bürgermeisters setzen die Briten den Kaufmann Rudolf Petersen ein." Walter Hansen nahm einen tiefen Schluck aus seiner Kaffeetasse. Lächelnd sah er zu seinem Enkel herüber: „Mann, das ist wirklich kalter Kaffee, jetzt alles wieder aufzuwärmen; im wahrsten Sinne des Wortes. Mein Kaffee ist inzwischen kalt."

„Meine Frage ist noch immer unbeantwortet," erwiderte Gunnar und sah sein Gegenüber an: „Ich weiß, wir haben schon so oft darüber gesprochen. Was hat die Menschen getrieben, gerade in der schlimmsten Nachkriegszeit, ohne Wohnraum, bei mangelnder Versorgung mit ihrem sehr eingeschränkten Leben fertig zu werden?"

„Junge, das wirst du hoffentlich nie verstehen," unterbrach der alte Mann ihn: „Wenn Menschen leiden, suchen die einen nach einem Sündenbock auf den sie die Schuld an ihrem Elend abwälzen können und die anderen beginnen zu kämpfen, der reine Selbsterhaltungstrieb steuert ihr Handeln. Der eine meckert nur und schimpft, sorgt aber für sich und seine

Familie, der andere lässt seine Wut an anderen aus, wird Räuber, Einbrecher, Zuhälter oder Totschläger. Das gibt es alles. Du wirst, wenn du bei unserer Sache, der Hamburger Kripo bleibst, Dinge erleben, die du dir jetzt und auch später nicht vorstellen kannst. Und doch passieren sie." Gunnar Hansen sah seinen Großvater erwartungsvoll an. „Da gibt es noch was zu Hamburgs Geschichte, das du wirklich wissen musst. Er machte eine winzige Pause: „Um verstehen zu können, warum damals ein Leben nicht viel wert war."

Die Stimme von Oma Hansen unterbrach ihn: „Walter, mache den Jungen nicht verrückt. Lass doch die alten Geschichten stecken. Der Junge hat andere Probleme."

Das Quietschen der Gartenpforte hatten die beiden Männer wohl überhört. „Mensch Lina, was schleichst du so herum. Man erschrickt sich ja zu Tode." Gunnar stand auf, nahm seine Großmutter in den Arm: „Ach weißt du, wir Kriminalisten müssen immer alles genau wissen. Walter kann mir so viel erklären, was ich nur durch Lesen nicht behalten würde. Lass man gut sein, Oma. Wir kommen schon klar," erwiderte Gunnar versöhnlich. „Sag ich doch, der Junge braucht das," brummelte Walter Hansen vor sich hin. Lächelnd wandte sich seine Frau zu ihm um: „Ach Walter, all die Jahre lebst du nur für das Verbrechen, einmal muss doch Schluss sein. Wollt ihr noch Kaffee?" Sie wusste genau, dass es sinnlos sein würde, weiter auf ihre Männer einzureden. Eine Kanne frischen Kaffees

würde wenigstens eine kurze Unterbrechung bringen. Kopfschüttelnd verschwand sie in der Gartenlaube.

„Noch schnell, bevor der Kaffee kommt und Oma wieder meckert." Walter hatte in seinem Enkel einen aufmerksamen Zuhörer gefunden. Seine Erinnerungen mussten aus seinem Kopf raus. Er empfand so etwas wie Zwang. Alles, was er erlebt hatte, lag wie eine bleischwere Weste auf seiner Seele. Walter Hansen fühlte, dass er so etwas wie eine Befreiung brauchte. Noch konnte er sprechen, noch konnte er Erinnerungen aus seiner Vergangenheit hervorgraben. Nur sein Arzt und er wussten, dass das Geschwür in seinem Kehlkopf größer wurde. Weder seiner Frau, noch Freunden, noch seinem Sohn gab er Gelegenheit, ihn zu bedauern, zu bemitleiden oder an seinem Frust teilzuhaben. „Weißt du Gunnar, das Kriegsende, die Verzweiflung der Menschen in Hamburg, die Sorgen und Nöte um das tägliche Überleben ließen Ethik, Verantwortung und Menschlichkeit wie Nebel über der Elbe verschwimmen." Walter Hansen war überzeugt, dass in dieser menschlich seelischen Verzweiflung das Geheimnis zu den unaufgeklärten Mordfällen an den jungen Frauen liegen würde. Und, eines war ihm bewusst geworden, seine Zeit würde nicht reichen, alles aufklären zu können. Er fühlte das Ende seines Lebens kommen.

„Alliierte Bomber hatten insgesamt mehr als zweihundert Angriffe gegen Hamburg geflogen. Am verheerendsten war der "Feuersturm" vom Juli 1943. In

einer einzigen Woche versanken große Teile unserer Stadt im Schutt. Fast eine Million Bürger wurden nun ausgebombt, Hunderttausende hatten die Stadt verlassen. Gerade im Hafengebiet, in Rotenburgsort, auf der Veddel und bei uns in Eimsbüttel erinnerten die Trümmerfelder und die ausgebrannten Häuser an dieses schreckliche Ereignis." Nachdenklich, ja fast sinnlich verlor sich der Blick des Großvaters in der begrenzten Weite seines Kleingartens. Sein Gesicht nahm weiche Züge an. „Und doch, mein Junge, wir haben es geschafft. Das Glück hat uns damals nicht verlassen. Aber lass mich dir erzählen, was du als Junge nicht mitgekriegt hast. Ungefähr eine Million Menschen hausten in der verwüsteten Stadt. Genaue Zahlen kannte niemand."

Gunnar Hansens Gedanken schwirrten wie ein Schwarm Mücken im sommerlichen Licht durch seinen Kopf. *Was besagen Zahlen schon*, dachte er. „Sag mal, schläfst du, bist du eingenickt? Du hast recht, mein Gequatsche langweilt dich!" Walter Hansen sah zu seiner Frau herüber. „Gib ihm noch einen Kaffee, vielleicht wird er dann ganz wach."

„Mensch Walter, nee, ich schlaf nicht. Mir ging nur mein erster Fall durch den Kopf. Weißt du, die ermordete Frau an der Reeperbahn. Manchmal denke ich, dass wir deine alten Fälle durch diesen Mord aufklären können. Deine Fälle, so kurz nach dem Krieg, dann mein erster Mordfall, das waren andere Zeiten. Auch unsere Methoden haben sich weiterentwickelt.

Du musst mir viel mehr aus der Nachkriegszeit berichten. Irgendwann hab ich den Schlüssel, dann klickt es und wir sind durch." Enkel Gunnar lehnte sich damals in seinem Gartensessel zurück, nickte seiner Großmutter zu, hob seine Tasse mit frischem, heißem Kaffee und verfiel erneut in Gedanken an das tote Mädchen in Eimsbüttel.

Um zum Tatort zu gelangen, stolperten sie zuerst über Ziegelschutt, Betonplatten, Kabelgewirr, verbogene Stahlträger, verkohltem Holz und Tapetenfetzen. Sechs, acht, zehn Menschen bildeten ein Spalier, durch das in sich zusammengefallenen Kontor Haus am Fleet. Einige drängten zur Fundstelle der toten Frau, andere hatten sich in den Fenstern ihrer Büros eine gute Aussicht reserviert. Sie guckten erstaunt, sehr überrascht den Beamten nach.

„Macht Platz Leute, lasst uns durch. Wir tun auch nur unsere Arbeit. Seid bitte vernünftig."

An dieser abgelegenen Stelle der Hamburger Innenstadt hatte sich seit dem Ende des Krieges nicht viel verändert. Die historische Schönheit der Gebäudereihe beeindruckte Hansen mehr und mehr. Immer öfter sah er an den Fassaden hoch, um zu ergründen, worin deren Faszination lag. Einige der unvermeidlichen Zuschauer bildeten eine kleine Gasse durch die Trümmer, Männer brummelten vor sich hin, wollten nicht zur Seite gehen. Hansen kannte das. Als Polizist, als Mann der Obrigkeit waren er und seine Kollegen, nach der Nazizeit und der hektischen

Nachkriegszeit, immer noch nicht gern gesehen. Auch wenn es schon Jahre des Wirtschaftswunders gab. Besonders der massive Polizeieinsatz gegen die Studenten 1968, der ihn selbst tief bestürzt, ja fassungslos gemacht hatte, wirkte sich immer noch aus, auch wenn er als junger Polizist auf der Gegenseite der Protestierenden stand.

Er erinnerte sich, als sei es gestern gewesen. Die aufbegehrende Unruhe; das war im Frühjahr 1968 die Stimmungslage in der Hamburger Studentenschaft. Es ging nicht nur, wie anderswo, um Proteste gegen die Reformblockaden, gegen die geplante Notstandsverfassung und gegen den Vietnamkrieg. In der Hansestadt kam ein weiteres Motiv hinzu - Die Tumulte während des Schah-Besuchs im Juni 1967 und die damalige Härte der Polizei. Dieser Konflikt schwärte weiter, belastete das Verhältnis zwischen der politischen Führung unter Bürgermeister Herbert Weichmann und der studentischen Jugend schwer. Zwar hatte der Senat sich bemüht, mit den rebellierenden Studenten zu einer Verständigung zu kommen, und beide Seiten hatten feste Regeln für den friedlichen Verlauf von Demonstrationen vereinbart, aber die aufgeheizte Stimmung war stärker als ein solcher unglaubwürdiger Vergleich. Das zeigte sich bedrückend deutlich, als es am 9. Februar 1968 auf der Moorweide zu einer vom Sozialistischen Deutschen Studentenbund (SDS) angemeldeten Kundgebung gegen den Vietnamkrieg kam. Hauptredner war der

Studentenführer Rudi Dutschke. Der anschließende Umzug zum Verlagshaus Axel Springer in der Neustadt war nicht angemeldet. Demonstranten versuchten, durch Sitzstreiks und Steinwürfe die Auslieferung von Zeitungen zu verhindern. Wenig später, am 22. März, folgte eine weitere SDS-Kundgebung auf der Moorweide. Wieder sollte es um den Vietnamkrieg gehen. Aber das eigentliche Thema ergab sich eindeutig aus den an Ort und Stelle verteilten Flugblättern: „Natürlich können wir heute Abend nicht die Springer-Redaktionen ausmisten! Das dauert erst noch ein Weilchen. Die Verbreitung von falschen Nachrichten aber, die Lügen und Diffamierungen verhindern, das können wir heute Abend. Darüber müssen wir auch mit den Arbeitern der Druckerei diskutieren. Also auf zum Springer-Haus!" In Sprechchören beschimpften die Demonstranten an diesem Abend vor dem Verlagshaus die Redakteure als „Schreibtischmörder". In der Belegschaft des Verlages fanden die SDS-Parolen keinerlei Echo. Zu den in den Flugblättern angekündigten Diskussionen kam es weder an diesem noch an den folgenden Tagen. Aber diese Vorgänge zeigten, dass während des bevorstehenden Osterfestes mit Krawallen gerechnet werden musste. Vorsorglich formulierte Innensenator Heinz Ruhnau (SPD) für die ihm unterstehende Polizei zehn Verhaltensregeln für solche Einsätze. Kernpunkte waren die Ermahnung, sich nicht provozieren zu lassen, sondern auch in schwierigen Situationen

Besonnenheit und Selbstdisziplin zu zeigen. Unter der Ziffer 5 lasen die Beamten allerdings eine Rollenbeschreibung, die sie mit Verwunderung zur Kenntnis nahmen: „Ihre Aufgabe als Polizeibeamter ist die des Schiedsrichters. Sie müssen sich so verhalten, dass jeder das Gefühl hat, er könne sich ohne Vorbehalte an Sie wenden." Wie weit diese Aufforderung des Innensenators von den Realitäten entfernt war, zeigte sich am späten Nachmittag des 11. April, dem Gründonnerstag, als in der Hansestadt die Nachricht vom Attentat auf Rudi Dutschke in Berlin bekannt wurde. Das SDS-Idol war auf dem Kurfürstendamm von dem 23-jährigen Hilfsarbeiter Josef Bachmann niedergeschossen worden und hatte schwer verletzt überlebt. Er starb 1979 an den Spätfolgen seiner Verletzungen.

Dieser Mordanschlag eines Einzelgängers wurde innerhalb weniger Stunden zum Fanal für massive Proteste der Studentenbewegung und der außerparlamentarischen Opposition in der gesamten Bundesrepublik. Die Folge waren Ausschreitungen in einem seit Kriegsende nicht gekannten Ausmaß. Sie richteten sich, zentral gesteuert vom SDS-Bundesvorstand, vor allem gegen die Betriebsstätten des Springer-Verlages und wurden als Osterunruhen 1968 zu einer Zäsur in der Nachkriegsgeschichte.

Gunnar Hansen erinnerte sich sehr genau an die damaligen Ereignisse, so als seien sie gestern geschehen. In seiner Hansestadt Hamburg begannen

die Krawalle am Karfreitag. Um 19 Uhr hatten sich auf der Moorweide rund 2000 Demonstranten mit roten Fahnen, Transparenten und Plakaten eingefunden.

Der Studentensprecher Jens Litten rief ihnen zu: „Unser bisheriger Protest gegen die autoritär-faschistischen Tendenzen in der Bundesrepublik konnte diese nur bloßlegen und öffentlich machen. Jetzt müssen wir den offenen Kampf gegen sie beginnen!" Gegen 20 Uhr erreichte der anschließende Demonstrationszug das Verlagshaus Axel Springer, das von einem Polizeikordon umgeben war. Um 21 Uhr waren alle Straßen in der Umgebung des Verlags von Demonstranten blockiert. Aus dieser Belagerung wurde eine Straßenschlacht, als die Polizei am späten Abend mit Wasserwerfern gegen die Demonstranten vorging, um den Auslieferungsfahrzeugen des Verlags den Weg zu bahnen. Ein erster Durchbruchsversuch scheiterte an den Barrikaden und dem Steinhagel der Studenten. Erst eine halbe Stunde später konnte ein Konvoi von Zeitungswagen passieren, während Hundertschaften der Polizei mit Gummiknüppeln und Wasserwerfern gegen die Demonstranten vorgingen. Der Abend verlief so chaotisch, dass der Senat am nächsten Tag zu einer Sondersitzung zusammentrat. In der regulären Senatssitzung am darauffolgenden Dienstag lag ein interner Vermerk der Hamburger Polizei vor, der die Härte des Konflikts zeigt: 79 in der Zeit vom Gründonnerstag bis Ostermontag zum Teil

schwer verletzte Beamte, die doch eigentlich „Schiedsrichter" sein sollten.

In diesen Tagen verlor Gunnar Hansen fast den Glauben an die Gerechtigkeit und der friedlichen Ordnungskraft der Polizei, für die er arbeitete. Das sture Befolgen eines Einsatzbefehls gegen die eigene Bevölkerung gerichtet, konnte und wollte er nicht verstehen. Warum mussten Hamburger Polizisten so brutal gegen Hamburger Bürger vorgehen? Er verstand es nicht. Tagelang versah er seinen Dienst mechanisch, teilnahmslos, hielt sich dabei am Rande des aktuellen Geschehens auf. Erst als seine Gedanken wieder in seiner eigenen Zukunft gelandet waren, fing er sich. Für ihn stand nunmehr endgültig fest, dass er nach oben wollte. Er musste Führungsoffizier werden, musste alle Stationen einer Polizeikarriere durchlaufen, um gerechte Entscheidungen treffen zu können. Sein Freund Ralph aus der Polizeischule, mit dem er so manchen Einsatz und so manche Nacht in den Kneipen verbracht hatte, verabschiedete sich, ohne zu zögern von der Polizei. Er schloss sich den Studentenbewegungen an, um sofort mit einem Jurastudium zu beginnen.

Kriminalhauptkommissar Gunnar Hansen schüttelte sich, um wieder in die Gegenwart zurückzukommen. Ein kalter Schauer lief ihm über seinen Rücken, als einer der umherstehenden Männer den jungen Kriminalbeamten am Arm packte. Graue Augen starrten ihn an: „Ihr müsst vorher aufpassen Mann, ihr

kommt immer, wenn es zu spät ist. Und dann holt ihr die Falschen." Hansen riss sich los, sah an dem Mann hinunter. Seine zerlumpte Steppjacke, die ausgebeulte Cordhose und die Schuhe ohne Schuhbänder passten zu dem unrasierten, grauen Gesicht und den verfilzten Haaren. Nur die Augen des Mannes blitzen auf, als er plötzlich den linken Ärmel seiner Jacke hochschob. Hansen sprang stolpernd einen Schritt zurück. Fast hätte der Arm des Mannes sein Gesicht getroffen. „Guck dir das an, Mann. Dann weißt du, was ich von euch halte. Hier hatte ich wenigstens nachts Ruhe, Mann." Er spuckte aus. „Muss mir wieder einen neuen Keller suchen, Scheiße, verdammtes Geld, verfluchte Nazis." Er stolperte zurück, verschwand im offenen Kellereingang des Nachbarhauses. Nur sein Gelächter verflog im Wind über dem Wasser des Kanals.

Hansen hastete weiter, die eintätowierte Nummer hatte er aus den Augenwinkeln auf dem Unterarm des Mannes erkannt. Diesen Menschen hatte man offensichtlich im Konzentrationslager seelisch zerstört. Er machte sich keine Gedanken, dass der Mann der Mörder der Frau hätte sein können. Trotzdem wandte er sich an den neben ihm stehenden Polizisten: „Schick einen Beamten hinterher, und schnell, sonst ist er weg. Vielleicht hat der was gesehen oder gehört. Los jetzt!"

Sich tief über die Tote zu beugen, um genau zu sehen, was mit der Frau geschehen war, vermied er. Zum Umgang mit solchen Mordopfern gehörte Erfahrung, die besaß er noch nicht. Mit einem kurzen Blick und

einem noch kürzeren Kopfnicken zu dem alten, offensichtlich lang gedienten Polizisten, den er nicht kannte, veranlasste Hansen die Abdeckplane vom Kopf der Leiche anzuheben. Wie vom Blitz getroffen, zuckte der junge Mann zurück. Wie Nadelstiche schossen blitzartig Bilder durch seinen Kopf, die er seit seiner Jugend kannte. Wie ein Trauma hatten sich die Bilder der Frauenmorde und deren Akten in ihm festgebrannt. Wie ein Symbol zogen sich kreuzweise zwei blutige Striemen über das Gesicht der Toten. Hansen fühlte nicht, wie ihm der Schweiß den Rücken hinunterlief. Seine Hände verkrampften sich, Fingernägel gruben sich in die Handflächen ein. „Das war der perverse Mörder, den Walter nie gefasst hat", redete er in den Raum hinein. Übelkeit stieg in ihm auf. Er schwankte, murmelte weiter vor sich hin. „Na junger Mann, noch nie solche Leiche gesehen?", sprach der alte Schutzpolizist und grinste ihn an. „Man gewöhnt sich an alles. Weißt du, im Krieg ..."

Hansen sah den Mann mit weit aufgerissenen Augen an. „Mann, lass stecken. Die Geschichten kenne ich, lass mich in Ruhe". Abwehrend hob sein Gegenüber die Hände. Die Leiche war bis zur Unkenntlichkeit geschlagen, verprügelt und gequält worden, das wurde ihm sofort klar. Nur ein Stück von einem Bein war unversehrt. „Ausgerechnet diese Leiche muss gerade mein Fall sein, verdammte Scheiße. Wir müssen sofort die älteren Kollegen der Mordkommission, die Gerichtsmedizin und die Staatsanwaltschaft

benachrichtigen. Der verfluchte Serienmörder, das Schwein mit der Peitsche ist wieder aufgetaucht. Ich habe die Fälle von Walter Hansen immer wieder gelesen. Verfluchte Scheiße". Ohne jemanden direkt anzusprechen, hatte sich Gunnar Hansen, der jungen Kriminalbeamte, in Rage geredet. Als Kollege Hinks ihm von hinten die Hand auf die Schulter legte, fuhr er herum. „Mann bist du verrückt geworden," fuhr er ihn an. Seinen falschen Ton bemerkte er sofort. „Entschuldige. Oh Mann, habe ich mich erschreckt. Scheiße, verfluchte." „Lass gut sein, Gunnar, alles ist veranlasst, beruhige dich." Fünf Stunden dauerten die Ermittlungen vor Ort. Mit mehreren Männern, der Polizei und seinem Kollegen Horst durchkämmte er das Abrissgelände, die umliegenden Keller und Toreinfahrten nach Spuren. In den Tagen und Wochen danach führten die beiden jungen Kriminalbeamten Gunnar und Horst zahllose Vernehmungen durch; sogar an Schulen und bei Studenten, in allen Büros der Kontorhäuser. Nichts, jede Vernehmung verebbte wie das Hafenwasser, wenn die Flut zurückging. Selbst der Aufruf im >>Hamburger Abendblatt<<, der meistgelesenen Tageszeitung Hamburgs, brachte nur Rieselsand. Die junge Frau wurde am 8. April 1970 auf dem Zentralfriedhof, Hamburg Ohlsdorf im Bereich der anonymen Gräber beigesetzt. Niemand begleitete sie auf ihrem letzten Weg. Die Hoffnung der Kripo, am Grab jemanden zu treffen, erfüllte sich nicht.

Jeder noch so kleiner Hinweis rieselte wie Elbsand durch die Finger von Horst Hinks und Hauptkommissar Gunnar Hansen. Es ergab sich nichts, was ihnen in ihren Ermittlungen weiterhelfen konnte. Selbst die Identität dieser so grausam getöteten jungen Frau ließ sich nicht ermitteln.

„In diesen Wohlstandszeiten findest du nichts raus. Schließ die Akte, aber verliere sie nicht aus dem Gedächtnis. Dieser Täter wird wieder seine Wut an Frauen auslassen. Da bin ich mir ganz sicher." Gunnar Hansen sah seinen Kollegen Horst über sein Bierglas hinweg mit ernstem Ausdruck in den Augen an. Sie gönnten sich heute das fünfhundert-Gramm-Steak in der Schlachterbörse, dem Inlokal direkt am Schlachthof in der Nachbarschaft der Hamburger Sternschanze. „Denk an meine Worte, der hört nicht auf".

Für die beiden jungen Kriminalbeamten blieb unterdessen quälende Ungewissheit; immer auf den nächsten Mord dieses Täters wartend.

„Da läuft einer immer noch frei herum", klagten sie von Zeit zu Zeit, machten sich gegenseitig Mut. „Durch uns muss dieser perverse Täter gefasst werden, um endlich den Fall abschließen zu können. Horst, Mensch, mein Opa hat daran gearbeitet, mein Vater hat alle Akten nach forensischen Einzelheiten durchforstet. Mit den neuen technischen Mitteln in unserem Job muss uns das einfach gelingen." Gunnar Hansen sah seinen Freund und Kollegen erwartungsvoll an.

Der nickte nur. „Ja klar, eines Tages fassen wir den. Jeder macht mal Fehler. Wenn nur nicht die viele Arbeit wäre. Mann, wir haben genug zu tun. Jeden Tag was Neues. Es ist zum Verrücktwerden."

Sie sollten noch Jahre warten müssen.

„Junge, hallo, hast du wieder geschlafen. Was ist mit den Akten aller Fälle des Peitschenmörders?" Walter Hansen schreckte seinen Enkel aus dessen Gedankenwelt auf. „Ja, hab ich gelesen. Aber sag mal, was passierte denn mit denen, die nach Kriegsende 1945 keine Unterkunft mehr hatten, denen keine Gartenlaube zur Verfügung stand. Das wurden doch Außenseiter einer verzweifelten Gesellschaft. Wurde nicht gerade diese Gruppe kriminell? Es galt nur, selbst zu überleben. Jeder dachte an sich selbst zuerst, dann an die Familie."

„Und," Walter Hansen stützte seinen Kopf in der rechten Hand ab, sah auf die geblümte Tischdecke, „… und besonders diese Gruppe der Bevölkerung setzte sich aus vielen unterschiedlichen Bevölkerungsschichten zusammen. Da waren die Hamburger, die alles verloren hatten, Flüchtlinge, Fremde aus anderen Städten, Kriegsheimkehrer, die ihre Familien nicht mehr finden konnten." Walter Hansen hob seine Hand. „Das war unser größtes Problem. Niemand kannte oder wollte irgendjemanden kennen. Über andere sprach man nicht, schon gar nicht mit der Polizei. Alle Bürger hatten mit sich selbst genug zu tun. Tatsächlich boten die Ruinen nicht genug Platz

zum Wohnen. Viele, viele Menschen mussten in Behelfsheimen unterkommen, zum Beispiel in Bunkern. Ausgebombte, heimgekehrte Kriegsgefangene, Flüchtlinge aus dem Osten, alle suchten Wohnraum. Ende November 1945 befürchtete die britische Militärverwaltung Massenerfrierungen. Sie importierte die ersten von über zweitausend "Nissen Huts" nach Hamburg."

„Das waren doch diese halbrunden Wellblechhütten, die hinten beim ESV-Sportplatz, beim Forsthaus standen. Erinnere ich mich richtig?"

„Ja, da gab es Nissenhütten, waren ganz arme Schweine, die dort fest wohnten. Viele mehrfach ausgebombt, die alles verloren hatten. Am meisten taten mir die Kinder leid." Walter Hansen seufzte tief. „Die Hauptsache war doch, dass sie irgendwo untergekommen waren. Ein Wellblech-Dach überm Kopf, schützte sie etwas vor Wind und Wetter." Er sah seinen Enkel, den jungen Kripobeamten nachdenklich an. „Nissenhütten waren Baracken, die der britische Offizier Peter Nissen entworfen hatte. Sie ähnelten großen, der Länge nach halbierten Wellblechtonnen, die auf den Boden gelegt worden waren. Mit Fenster und Türen an der Stirnseite, einem Ofenrohr nach oben und einem Boden aus Beton oder Holz. Zwischenwände, separierte Bäder, Küchen gab es nicht. Die kleinen Öfen in der Mitte waren nur mit Holz und nicht mit Kohle zu befeuern. Im Winter sank die Temperatur innen unter null. Manchmal trugen die

Menschen morgens einen Mitbewohner heraus, der nachts auf seiner Liege erfroren war. Weißt du …", der alte Mann lehnte sich über den Gartentisch, „… weißt du, mein Junge, wenn die unbekannte Tote, deren Mörder du immer noch suchst, irgendwo in den Ruinen gelebt hat, in Bunkern oder eben in diesen Nissenhütten, wer sollte sie gekannt haben?" „Wenn wir von der Kripo unsere Streifen westlich der Alster ausdehnten, betraten wir eine ganz andere Welt. Manche der Villenviertel an Alster und Elbe sahen aus, als hätte der Zweite Weltkrieg nie stattgefunden. Denn die Bombenangriffe sollten vor allem die Industriearbeiter demoralisieren - und umbringen. Doch den vielen Wohlhabenden nördlich und westlich der Außenalster nützte ihr Kriegsglück nichts. Die Briten requirierten ihre Villen als Quartiere, Clubs und Casinos."

Walter Hansen lehnte sich in seinem Gartenstuhl zurück, seufzte nachdenklich: „Kannst du dir vorstellen Gunnar, nur selten saßen Deutsche am Steuer von Lastwagen und Autos. Jeder hatte ein Fahrtenbuch zu führen. Alle Touren, deren Ziel mehr als 80 Kilometer vom Heimatort entfernt war, mussten von der Militärverwaltung erlaubt werden. Denn Benzin war knapp. Von Samstag, 18 Uhr, bis Montag, 6 Uhr, waren den Deutschen alle Fahrten untersagt. Es gab nur wenige Ausnahmegenehmigungen. Etwa für Ärzte im Einsatz und für uns von der Polizei."

Großmutter Hansen hatte sich zu ihren beiden Männern gesetzt und erzählte nun von ihren Erinnerungen: „Es waren fast immer die Frauen, die in den düsteren, kalten Wohnungen, mit rationiertem Strom und wenig Brennmaterial, auf lächerlich kleinen Kochstellen mit erbärmlichen Rationen die Familien am Leben erhielten. Der Ehemann war oft gefallen, vermisst oder invalide. Frauen, die noch nebenbei arbeiteten, etwa in einer Behörde, schufteten oft achtzehn Stunden täglich. In den Krankenhäusern wurden Babys geboren, die ausgezehrt waren wie Greise. Die Säuglingssterblichkeit erhöhte sich um das Dreifache". Nachdenklich senkte Oma Hansen den Kopf und schob ihre Hände über das geblümte Wachstuch auf dem Gartentisch. So als wolle sie etwas von sich wegschieben „Ich habe diese Babys gesehen", begann sie erneut, zu berichten, „schrecklich, glaub mir das. Aber tun konnten wir nichts dagegen, was hätten wir auch tun können. Wir hatten doch selbst nichts. Eigentlich nur das, was hier im Garten geerntet wurde. Und das haben sie uns oft auch noch geklaut. Weißt du noch Walter, einmal waren alle Kaninchen und die meisten Hühner weg. Was habe ich damals geweint. Ich wusste wirklich nicht mehr weiter." Sie zupfte an der Tischdecke, sah ihren Mann nachdenklich an. „Eines kann ich dir versichern Junge, Hunger macht erfinderisch. Rezepte der Not machten die Runde. Etwa für „falsche Bratwürste"; einen Kopf Weißkohl weich kochen und mit einem halben Kilogramm gekochter

Kartoffeln durch den Fleischwolf drehen. Eine Tasse geriebenes Brot dazugeben, was einfach war, wegen des hohen Maismehlgehalts zerfiel das Brot oft schon auf dem Rückweg vom Bäcker. Die Masse zu langen Laiben kneten und in der Pfanne mit wenig Fett anbraten, fertig." Oma Hansen lachte: „Und für die Männer, in den Ruinen wuchs der Tabak. Andere trockneten Eicheln im Ofen, zerstießen und rösteten sie und würzten damit den faden Kaffee-Ersatz. Die Blätter von Ahorn, Brombeere, Eiche oder Kirsche ergaben Tabakersatz. Wem das nicht schmeckte, der legte sich zwischen den Ruinen eigene kleine Tabakpflanzungen an. Weißt du noch Walter, aus den Samen ließ sich ein Speiseöl pressen." „Vergiss nicht die vielen Einbrüche, Diebstähle auf offener Straße und die Hamsterfahrten. Kriegsinvalide, alte Männer, Kinder gingen durch die Villenalleen und durchstöberten die Mülltonnen. Weniger entwürdigend, dafür aber gefährlich waren die "Hamsterfahrten" - im Behördendeutsch "Erzeuger-Verbraucher-Verkehr". Schon 20 Tage nach Kriegsende fuhr der erste Güterzug von Hamburg aus ins Ruhrgebiet. Bald durften Reisende auch in den leeren Güterwagen mitfahren. Im September 1945 führte die Reichsbahn "Stehwagen" ein; alte Personenwaggons, aus denen alle Sitze und Trennwände herausgerissen worden waren. Wo früher höchstens achtzig Passagiere Platz gefunden haben, zwängten sich jetzt zweihundertfünfzig zusammen. Hauptsache - raus aus Hamburg - dorthin, wo Bauern Obst, Gemüse,

Kartoffeln anbauten. Die Hamsterfahrten waren illegal, denn hierbei wurden Lebensmittel gehandelt, die der Zwangsbewirtschaftung unterlagen. Die deutsche Polizei organisierte immer wieder Razzien. Bereits im Juni 1945 sperrten sie alle Elbbrücken - und beschlagnahmte 2800 Zentner Kartoffeln. Auf dem Hauptbahnhof wurden binnen einer Stunde 36 Menschen mit insgesamt 744 Kilogramm Kartoffeln erwischt." Plötzlich rief Walter Hansen: „Hurra, wir leben wenigstens noch." Niemand sagte etwas. Überraschend fuhr dann fort: „Eines kann ich dir versichern Junge, zur Routine wurden auch Morde und Diebstähle, die Kriminalität des Elends nie, wie ein Jurist es nannte. Über sechshundert Raubüberfälle, mehr als zwanzigtausend schwere, sowie mehr als sechzigtausend einfache Diebstähle wies die Kriminalstatistik allein für das Jahr 1946 aus. Und, mein lieber Junge, allein in dem einen Jahr geschahen dreißig Morde. Wir waren siebenhundert Mitarbeiter bei der Kripo. Unsere Zentrale lag am Karl-Muck-Platz und nutzte moderne Labors, denn die Ausrüstung des Berliner Reichskriminalpolizeiamtes war nach dem Krieg teilweise nach Hamburg geschafft worden. Doch es war nicht die Technik, die uns Polizeiinspektoren auf die entscheidenden Spuren in Mordfällen führte. Unser Nase, unsere Gedanken und unsere Beharrlichkeit hat dazu geführt, dass der eine oder andere Mord aufgeklärt werden konnte."

„Und doch," warf Oma Lina ein: „Trotz des Elends gab es alles, was das Herz begehrt. Der Schwarzmarkt war der Markt des Mangels. Hier wurde illegal angeboten, was die Militärverwaltung rationierte, was nicht mehr importiert oder nicht ausreichend produziert wurde. Weißt du noch Walter, ein Elektrostecker kostete sechs Reichsmark, eine Rolle Garn achtzehn RM. Für 22,50 Mark war ein Essbesteck der Wehrmacht, rostfrei, vierteilig, zu haben, für zwanzig Mark ein drei Pfund schweres Brot, für sechzig Mark ein Pfund Fleisch, für achtzig ein Pfund Zucker und für zweihundertfünfzig ein Pfund Butter. Ein Arbeiter verdiente damals im Durchschnitt 42,21 Reichsmark brutto pro Woche. Und du Walter, du hast zweihundert bis dreihundert Mark im Monat mit nach Hause gebracht". Nachdenklich kratzte Walter sich am Kopf: „Ja Junge, im Verlauf des Jahres 1946 hat die Hamburger Polizei über tausend Tonnen Lebensmittel beschlagnahmt. Gegen Schieberei war die Polizei machtlos, uniformierte Polizisten, außerdem Einheiten der britischen Militärpolizei, jagten die Händler und Schieber. Seit 1. Januar 1946 hatte die Bekämpfung des Schwarzmarktes höchste Priorität. Vergebens. Allein von dem Obst und Gemüse, das in den Sperrbezirken vor der Stadt angebaut und vermeintlich gut kontrolliert wurde, kam mindestens ein Viertel auf den Schwarzen Markt, vielleicht sogar die Hälfte. Die damals Dreißigjährigen kannten keine Normalität. Ein Menschenleben galt nichts. Hunger, Kälte und

Einsamkeit mit Verzweiflung bestimmten den Alltag. Wie sollten wir in diesem Chaos Morde aufklären und Täter überführen? Und jetzt geht das weiter. Den perversen Mörder mit der Peitsche oder seinen Schlagstöcken habt ihr immer noch nicht."

„Lass man Walter", warf Gunnar unbewusst scharf ein, „lass man, den kriege ich, das verspreche ich dir. Irgendwo im damaligen Chaos begann diese Mordserie. Sag mal, wer hat in den Nissenhütten hinter dem Forsthaus am Eidelstedt Weg gewohnt, kannst du dich an Namen erinnern." „Nee, weiß ich nicht mehr. Das waren ganz arme Schweine. Ich weiß nur, dass die Kinder zur Hilfsschule gingen oder der eine Junge wenigstens. Ich weiß leider nicht wohin. Das waren Kinder. Der Vater ist irgendwo von den Engländern als Kriegsverbrecher und Nazischerge interniert gewesen. Mit unseren Fällen hatten die armen Schweine bestimmt nichts zu tun." Dachte sich Kriminalinspektor Gunnar Hansen seinen Teil.

Kapitel 16

Rolf Sesilski und die Frauen
Hamburg - St. Pauli, 1981

Trotz seiner täglichen Begegnungen mit vielen Menschen aus dem Hamburger Rotlichtmilieu, blieb Rolf Sesilski einsam. Zwanghaft fraß sich die Vorstellung in ihm fest, die Welt von menschlichem Abfall und Dreck reinigen zu müssen. Eine innere Stimme befahl ihm, seinem Vater zu folgen. Dessen Werk fortzusetzen, fühlte er sich verpflichtet. So wie der wollte er selbst werden. Einer der für Recht und Ordnung sorgt. Moral und menschliche Gefühle wurden ihm immer fremder. Darüber hinaus überfiel ihn mehr und mehr die Angst vor der Macht seiner Bosse. Denn ihm war sehr wohl bewusst geworden, diese Männer diskutieren nicht, wenn er nicht funktionieren würde. Wie sollte er nur die Angst und den mächtigen Zwang zum Töten kompensieren können? Dieser innere Kampf zerriss ihn. Rolf Sesilski fand keinen Ausweg. Sein bisheriges Verlangen nach brutalem Sex reichte schon lange nicht mehr. Nichts als Verachtung empfand er für die, von ihm zu beaufsichtigen Frauen in den einzelnen Bordellen und auf dem Straßenstrich. Mit diesen Frauen seine Triebhaftigkeit zu befriedigen, ekelte ihn an. Unter seinen ständigen Kontrollen, seinen Schlägen und

Beleidigungen duckten sich die Frauen weg. Sie arbeiteten mehr Stunden, erledigten mehr ungewöhnliche, perverse Dienstleistungen, die Freier von ihnen verlangten. Sie riskierten ihre Gesundheit, nur um mehr Liebeslohn fordern zu können. Jeden, noch so abstoßenden Mann nahmen sie mit auf ihre Zimmer, um die von ihnen erzwungenen Gelder beschaffen zu können.

Seine Schläge und Bedrohungen beherrschten die Szene und wurde zum Trauma vieler Frauen. Natürlich blieb diese Entwicklung den Bossen des Gewerbes nicht verborgen.

„Heute Abend um 11 Uhr kommst du zum Hans-Albers-Platz, verstanden und jetzt raus," brüllte ihn sein Chef Kalle an, als er an diesem Montagnachmittag die Tür zu dessen Büro öffnete. „Ich wollte nur abrechnen kommen." Entgegnete Rolf Sesilski. Er hielt dabei einen Ordner mit den Bankbelegen durch die halb geöffnete Tür.

„Hörst du schwer? Mach die Tür dicht, von außen und ab!" Gefährlich leise, ohne von seinen Akten aufzusehen, flüsterte der Chef seine Anweisungen. „Heute Abend sehe ich dich, kommst du nicht, lasse ich dich finden. Raus jetzt."

Sehr vorsichtig schloss sein Mitarbeiter die Bürotür. Er ahnte, dass hier etwas brannte, sich zusammenbraute, das für ihn gefährlich werden könnte. Eine innere Unruhe erfasste ihn so stark, dass seine eisblauen Augen hin und her rollten. Er war sich

sicher, dass er herausfinden würde, was gegen ihn lief. Schließlich hatte er ja seine Stuten, wie er so schön die ihm zugeteilten Prostituierten nannte, die würden ihm berichten. Und wenn ich das aus ihnen herausprügeln muss. So dachte er. Wie immer. Weiterhin nachdenklich, sich selbst Mut machend, schlenderte er zielstrebig auf das Bordell am Hamburger Berg zu. Rolf ahnte nicht, dass er an diesem Nachmittag und Abend gegen eine Gummiwand des Schweigens, der Ablehnung laufen würde.

Lächelnd schob er die junge Frau, die wartend auf Freier in der Tür stand, zurück in ihr Zimmer. „He, was soll das, bist du verrückt? Du kannst mich fragen Mann, wenn du was von mir willst."

Wie der Biss einer Cobra trafen seine Fingerspitzen Chantals linke Brustwarze. Vor Schmerzen und von diesem Karatestoß blass geworden, griff sie hinter sich, um sich irgendwo abzustützen, fiel jedoch gleich auf ihr Bett. Sofort versuchte sie, den versteckten Notrufknopf zu erreichen. Leider gelang es ihr nicht. Im Gegenteil, wie ein Gummiball federte sie hoch, als der mit ungeheurer Wucht ausgeführte Faustschlag ihren Arm traf. Kraftlos sackte sie auf dem breiten Bett zusammen. Als sie die Augen wieder öffnete, nachdem der Schmerz ganz langsam zurückging, saß Rolf Sesilski lächelnd in dem mit Leder bezogenen, roten Sessel vor ihrem Schminktisch. Er sah herausfordernd auf die junge Frau herab. „Und was hast du zu sagen, was läuft hier gegen mich? Du weißt doch immer alles." Mit eisigem Blick,

aber ohne jede Regung in seinem Gesicht, blickte er auf die blasse, junge Frau herunter. Mit einer Hand massierte sie ihre rechte Brust. Seine eisblauen Augen rollten jetzt vor Erregung hin und her. „Was willst du Schwein von mir, deine Zeit ist um." Blitzschnell drehte sich Chantal auf ihrem Bett zur Wand, schlug auf den Notrufknopf und rannte zur Tür. Überrascht, aber dennoch betont lässig erhob sich ihr Peiniger. Ohne Hast, dafür aber mit einem fiesen Grinsen im Gesicht, trat er auf den von rotem Licht nur schwach erleuchteten Gang. Die junge Frau schrie laut um Hilfe. Das durchdringende Läuten der Notrufanlage allarmierten die Prostituierten im gesamten Laufhaus.

Türen öffneten sich, leicht bekleidete junge Frauen traten auf den Gang, kümmerten sich sofort um die Kollegin und zogen sie in eines der Zimmer. Die Tür fiel krachend zu. Einige Männer hasteten aus dem Haus, schnell noch ihre Hemden in die Hose steckend.

Vier weitere Frauen starrten Rolf feindselig an. „Lass uns in Ruhe, du Schwein. Verschwinde von hier," riefen sie ihm feindselig zu. Langsam zogen sie sich mit kleinen vorsichtigen Schritten in den hinteren, etwas dunkleren Teil des Hausflures zurück. Rolfs rechter Ellenbogen schnellte zurück, traf aber niemanden. Jemand hatte ihn an seinem Nacken von hinten gepackt, drückte ihn langsam nach unten, bis er auf die Knie sackte. „Lass es gut sein mein Lieber. Mach dich weg hier." Die Hand ließ ihn wieder los. Als er sich

umdrehte, traf ihn eine kräftige Ohrfeige, die ihn beinahe umgehauen hätte.

„Mann, Uwe, was ist los", rief er und sah erschrocken den ganz in schwarz gekleideten Mann an. Die bestickte Kutte, das bärtige Gesicht und die muskulöse Figur kannte er sehr genau.

„Nichts, gar nichts, lass die Frauen in Ruhe. Für Heute ist für dich Feierabend, und Tschüss. Raus hier. Um 11 Uhr bist du in den Bavaria-Stuben. Wenn nicht, hole ich dich. Dann tut es sehr weh, klar."

So wie an jedem Tag wanderte Rolf Sesilski wieder durch die Kneipen und Bordelle auf St. Pauli. Zum einen, um sich als wichtigen Mann zu zeigen, zum anderen um seine Position als vermeintlicher Oberaufseher über das horizontale Gewerbe zu festigen. Was sollte ihm schon geschehen. Er war es doch, der den ganzen Betrieb für die Nutella-Bande am Laufen hielt. „Sollen sie nur kommen, ich weiß zu viel." Vor sich hin lächelnd setzte er seinen Rundgang fort. Der Ansage seines ehemaligen Freundes Uwe, Feierabend zu machen, folgte er selbstverständlich nicht. Aber, genau um 11 Uhr betrat er das Stammlokal der Nutella-Bande.

„Von Sitzen hat niemand etwas gesagt. Oder? Stell dich da hin." Befahl Uwe, der ihn am Nachmittag so brutal im Nacken gepackt hatte. Der Mann zeigte auf den Heizkörper vor dem Fenster zum Hinterhof des Lokals am Hans-Albers-Platz.

„Was soll ich hier, Mann. Es ist nach elf. Ich will nach Hause. Mir reicht es für heute." Verlegen griff Rolf Sesilski in seine Hosentasche und spielte mit seinem dicken Schlüsselbund.

„Lass die Hände draußen. Du wartest." Die Stimme seines Bewachers ließ keinen Widerspruch zu. Am kräftigen Schritt auf den vier Stufen zum Lokal, in dem er bereits einige Zeit, ohne ein Wort zu sagen, stehend wartete, erkannte er seine Bosse. Einer nach dem anderen betraten sie ganz ruhig, ohne Aufsehen, Geschreie oder Aggressionen die Gaststätte. Sie würdigten dem Wartenden keines Blickes, setzen sich mit dem Rücken zu ihm an den braunen Kneipentisch. „Hannes mach' uns vier Kaffee fertig, vergiss nicht eiskaltes Wasser beizustellen. Kaffee macht durstig. Uwe komm' her, der läuft uns nicht weg. Was willst du?" „Wenn du mich schon fragst, ich brauch ein Bier!" „Hast du gehört Hannes?"

„Alles klar, Bier kommt." Langsam drehte sich Kalle zu seinem Mitarbeiter Rolf um. „Ach übrigens, setz dich zu uns. Wir warten noch, dann wollen wir reden. Was dagegen?" „Nee, lass stecken Kalle, alles läuft gut, alles paletti." Federnd stieß sich Rolf, bewusst langsam, von dem Heizkörper ab, nahm einen Stuhl, setze sich rücklings an den Tisch.

„Hannes, für mich kein Kaffee, gib mir 'ne Cola." Die vier Männer lehnten sich zurück und warteten schweigend auf ihre Bestellung.

Nur Uwe, der breitschultrige Mann in seiner schwarzen Kutte blickte oft grinsend zu Rolf hinüber und meinte beiläufig: „Du hast bestimmt deine Schlüssel bei?" Sofort griff Rolf in seine Hosentasche, legte sein dickes Schlüsselbund vor sich auf den Kneipentisch. „Und, weiter, was soll das?" „Ich wollte nur mal wissen, lass man liegen." Blitzschnell griff Rolf wieder nach den Schlüsseln, bevor Uwe diese an sich nehmen konnte. Ein gezielter Schlag traf genau den Unterarmmuskel des rechten Armes. „Musste nicht machen, liegen lassen hatte ich gesagt. Hörst du schlecht?" Kalle, der Wortführer der Gruppe, sah ihn mit zusammengekniffenen Augen wütend an. Uwe stand auf, ging zum Tresen: „Übrigens Hannes, es kommt noch jemand. Mach schon mal 'ne Brause klar. Eine Kleine." Wie auf ein geheimes Kommando hin trippelten Schritte die Stufen zum Lokal hoch.

„Was willst du denn hier? Sieh zu, dass du an deinen Platz kommst, ich will Kohle sehen. Sonst setzt es was." Rolf war aufgesprungen, wollte Chantal an den Schultern packen, zur Tür hinauswerfen. Jedoch ein unglaublich brutaler Griff in seinen Nacken drückte ihn zurück auf den Stuhl.

„Versau uns nicht den Kaffee, Mann. Ich hab Chantal eingeladen. Was dagegen?"

„Nee Kalle, kann ich doch nicht wissen."

„Musst du auch nicht. Hannes gib Gas, wir haben nicht ewig Zeit."

Der bärtige Wirt in Lederhose und Lederweste warf seinen Zopf zurück, stellte vier Kaffee, vier eiskaltes Wasser in beschlagenen Gläsern, eine Cola, ein Bier und einen Piccolo Sekt auf den Tisch. „Ihr bedient euch." Er verschwand in seiner Küche.

Die vier Bosse nahmen ihren Kaffee und das Wasser. Uwe griff hastig nach seinem Bier, Kalle öffnete geschickt die kleine Flasche Sekt, füllte das bereitgestellte Sektglas und schob es Chantal über den Tisch. „Prost Kaffee." meinte der Boss, sah in die Runde und hob seine Tasse. „Chantal lass hören, was gab es?"

„Ach da ist so viel. Wie immer, wenn der Schakal auftaucht, wird es eng. Heute wollte er von mir wissen, was gegen ihn läuft. Weiß ich doch nicht. Hier mein Arm ist blau wie Enzian und meine Brust, soll ich mal zeigen. Sie schob ihr Unterhemd hoch, die Brust schimmerte bereits in vielen Blautönen. Genau mit den Fingerspitzen, wie Karate. Bist du bescheuert, was willst du von mir. Wie soll ich so arbeiten." Wütend sah sie Rolf an. Hannes hustete hinter seinen Tresen, selbstverständlich hatte er alles gehört. Das kurze peinliche Schweigen am Tisch fing bereits an zu nerven, als Kalle seinen Bewirtschafter ansprach: „Was soll das Rolf, willst du uns die Frauen kaputtmachen?"

„Mann, die Scheißnutten, was wollt ihr von mir. Die Drecksweiber sollen gehorchen, sonst setzt es was. Mehr als ficken, können die doch nicht, Scheißweiber." Er nahm einen Schluck von seiner Cola. „Klappt doch alles prima, so viel Kohle habt ihr noch nie gekriegt.

Und wenn die sich totficken, ich will für euch Kohle sehen. Mich bescheißen die Nutten nicht." Wieder sprang er auf, wollte auf Chantal losgehen. Das schwere Schlüsselbund traf ihn mitten im Gesicht. Eiskaltes Wasser ließ ihn sich schütteln. Ein brutaler Faustschlag landete auf seinem Kopf. Er sackte in sich zusammen.

Wieder schoss ihm Wasser ins Gesicht, eine schallende Ohrfeige riss ihn von Stuhl. Ein Fußtritt in den Magen, ließ ihn röchelnd nach Luft ringen.

„Na Junge," meinte Uwe und hob ihn wie einen leeren Mehlsack hoch, schmiss ihn auf seinen Stuhl, packte ihn am Haar so, dass er die Männer auf der anderen Seite des Tisches direkt ansehen musste.

Der Boss Kalle lächelte ihn an. „Du bist raus, Mann. Hören oder sehen wir dich noch einmal in einem unserer Häuser, bist du alle. Hier dein Geld. Raus jetzt. Verpiss dich, du bist unser Mann gewesen."

Zu Chantal gewandt meinte er bestimmt: „Du bleibst ein paar Tage Zuhause, bis du wieder fit bist. Scheine kriegst du sowieso. Einverstanden? Uwe begleitet dich. Kauf dir 'ne anständige Salbe. Immer kühlen" Kalle hielt ihr drei Hundertmarkscheine hin. Schob einen Umschlag zu Rolf über den Tisch, den der blitzschnell griff. Uwe packte seinen langjährigen Freund und Kollegen wieder im Nacken, schob ihn zur Tür.

Rolf Sesilski riss sich los: „Ihr hört von mir, ihr Schweine, ich weiß zu viel."

In weitem Bogen flog er die vier Stufen nach draußen. Lag zusammengerollt, die Hände schützend über seinem Kopf haltend, auf dem Hans-Albers-Platz.

„Besser du weißt gar nichts, letzte Warnung!" Rief ihm Uwe hinterher und schloss dann ganz langsam die schwarze Eingangstür der Gaststätte. „Wie schrecklich, wie kann man so betrunken sein."

Eva Steiner packte ihren Mann fest am Arm, drückte sich und ihn seitlich an dem auf der Straße liegenden Mann vorbei. „Das gibt es bei uns in Wiesbaden nicht. Was man hier alles erleben kann".

Rolf Sesilski suchte nach Frauen zum Reden und zum Ausleben seiner sexuellen Machtfantasien. Nur er gehörte nicht mehr zu den Bossen des horizontalen Gewerbes in Hamburg. Daher wurde es für ihn sehr schwierig, unter den registrierten Prostituierten eine Frau zu finden, die mit ihm ging. Zu seinen Sexualpartnern gehörten nunmehr betrunkene, stark geschminkte Frauen, denen gegenüber er sich als überlegener Wichtigtuer aufspielte. Diese Prostituierten der untersten Stufe hatten ihn oft für einen Job in einem der von ihm kontrollierten Bordelle oder Laufhäuser angebettelt. Manch einer hatte er geholfen, sie in einem der Puffs untergebracht. Sie waren bisher für ihn nur menschlicher Dreck, der beseitigt werden musste. Die Vorstellungen seines Vaters von einer heilen Welt pulsierten mehr und mehr durch seinen Kopf. Sein Vater hatte ihm den Weg gezeigt. Nun war er verpflichtet, mehr denn je, ihm zu

folgen. Jetzt jedoch lockte er gerade diese Frauen, seiner Meinung nach den Abschaum der Gesellschaft, in sein Gartenhaus. Wenn sich eine Gelegenheit bot, überredete er fremde Frauen, die als Besucherinnen St. Pauli erleben wollten, mit ihm zu gehen. Er gab sich zuvorkommend, erzählte wie gut er sich in Hamburg auskennen würde und dass er ihnen das echte Milieu auf St. Pauli zeigen könne.

Grit sah sich gelangweilt in dem verräucherten, merkwürdigen Lokal am Hans-Albers-Platz, neben der Reeperbahn in Hamburg um. Ihre Freundinnen hatten sie überredet, mitzugehen. Sie hatte eigentlich keine große Lust abends das Hotel noch zu verlassen. Aber die beiden Freundinnen gaben keine Ruhe. Sie meinten dieses Lokal sei zurzeit "In" und man müsse es unbedingt sehen, wenn man schon in Hamburg sei. Ihr Blick schweifte über die Tanzfläche, wo sich einige Paare eng umschlungen im Takt der Musik wiegten, streifte die Bar, an der mehrere Männer saßen, gelangweilt an ihren Drinks nippten. Es war noch relativ ruhig zu dieser für das Hamburger Nachtleben frühen Stunde. Grit dachte sehnsüchtig an ihre gemütliche Couch und das spannende Buch, das sie für diesen Ausflug auf die Reeperbahn im Stich gelassen hatte. Sie nahm sich gerade vor, sich so bald wie möglich wieder zu verabschieden und den Rest des Abends gemütlich im Hotel zu verbringen, als sich die Tür öffnete und ein hochgewachsener, durch seine tiefen, eisblauen Augen und die buschigen

Augenbrauen darüber, leicht brutal aussehender Mann den Raum betrat. Sein Blick glitt prüfend über die Anwesenden, nickte zur Theke hin und traf sich mit Grit. Als sie in diese Augen sah, schlug ihr Herz einen aufgeregten Trommelwirbel. Gletscherblau waren sie, eiskalt und doch loderte tief im Hintergrund eine Begierde, die sie erschauern ließ. Seinen durchdringenden Blick nicht von ihr wendend, kam er langsam auf sie zu, nahm ihre Hand, zog sie zu sich hoch und führte sie wie selbstverständlich auf die Tanzfläche. Seinen Arm legte er sehr fest, zu fest um sie. Zu eng, zu nahe dachte sie, wollte ihn etwas von sich fortstoßen. Es gelang ihr nicht. Sie roch ihn. Automatisch begann sie zu tanzen. Grit war total verwirrt, ihre Freundinnen nickten, lachten ihr zu.

Was fiel diesem arroganten Menschen ein, sie einfach ohne zu fragen, auf die Tanzfläche zu zerren? Sie öffnete bereits den Mund, um ihm gehörig die Meinung zu sagen, hob den Kopf und blieb stumm. Dieser Blick, er lähmte sie. Erstickte ihren Protest. Automatisch passte sie sich seiner sehr engen Führung an. Er tanzte hervorragend. Sie entspannte sich etwas. Sie genoss es. Ihre beiden Körper wurden eins im Rhythmus der Musik. Diesen Mann so wirklich zu fühlen, ließ ihren Verstand aussetzen. Als das Lied zu Ende war, er seinen Griff etwas lockerte, bedauerte sie dieses fast. Irgendwie hatte sie sich wohlgefühlt in seinen Armen. Sofort rief sie sich selbst zur Ordnung, drehte sich von ihm fort, wollte zurück zu ihrem Tisch. Da fühlte sie

seinen festen Griff an ihrem Ellbogen, der sie sanft, aber bestimmt in Richtung Tür dirigierte. „Meine Handtasche," konnte sie gerade noch stammeln. Er durchquerte den Raum mit schnellen Schritten, nahm ihre Handtasche, nickte den unbekannten Damen an Grits Tisch zu, ergriff wieder ihren Ellbogen und schob sie durch die Tür ins Freie. Ihre Freundinnen, hinten links hinter der Theke, an dem runden Tisch lachten ihr hinterher. Sofia winkte ihr zu. Draußen war es bereits dunkel. Er führte sie auf den Parkplatz, blieb vor der Beifahrertür einer großen dunklen Limousine stehen, öffnete sie und warf ihr einen auffordernden Blick zu. Grit fühlte sich unter diesem, keinen Widerspruch duldendem Blick vollkommen willenlos. Als sie gerade einsteigen wollte, flüsterte eine dunkle, scharfe Stimme ihr ins Ohr: „Du brauchst keine Angst zu haben. Vertrau mir." Grits Herz schlug bis zum Hals. Auf welches Abenteuer ließ sie sich da bloß ein? Sie musste verrückt geworden sein. Aber die prickelnde Neugier, die sie ergriffen hatte, erlaubte keine Zweifel. Sie wollte etwas in Hamburg erleben. Jetzt begann für sie ein Abenteuer, das sie immer gesucht hatte. Was sollte schon passieren, sie war schließlich erwachsen. Der Motor wurde angelassen und setzte sich sanft in Bewegung. Die Fahrt dauerte nicht lange und keiner von beiden sprach ein Wort. Als der Motor wieder abgestellt wurde, wartete Grit unsicher ab, was jetzt geschehen würde. Sollte sie jetzt dieses Spielchen beenden? Was würden ihre Freundinnen denken. Die

würden nur lachen und von ihrer Angst vorm schwarzen Mann noch lange erzählen. Die Autotür wurde geöffnet, ein fester Griff, führte und dirigierte sie sicher aus dem Wagen. Haus- oder Wohnungstüren öffneten und schlossen sich wieder. Die Hand des Unbekannten ließ sie los. Mit klopfendem Herzen und rasendem Puls stand sie hilflos da. Sekunden wurden zur Ewigkeit. Die Zeit schien still zu stehen. Sie hörte, wie er hinter sie trat und spürte seine Hand an ihrer Wange, die er zärtlich streichelte. Die Hand wanderte langsam an ihrem Hals hinab und begann schließlich ihre Bluse zu öffnen. Als sie sich verwundert umdrehte, traf ein fürchterlicher Schlag mit einer Stahlrute ihren Kehlkopf. Sorgfältig entkleidete er die röchelnd auf dem Boden liegende Frau. Übertrieben penibel faltete er sein Hemd zusammen, zog seine Hose exakt an der Bügelfalte über einen Hosenbügel, Strümpfe und Unterhose warf er in den Wäschekorb, der in seinem Bad stand. Dort rieb er sich am ganzen Körper mit Baby Öl und Vaseline ein. Mit der rechten Fußspitze trat er kurz gegen den Kopf der ihm unbekannten Frau, die nur leicht stöhnte. „Gut so", murmelte er vor sich hin, „jetzt lernst du das kennen, was Hamburger Männer alles können." Seine brutalen Vergewaltigungen, seine Fausthiebe auf ihren Unterleib spürte sie nicht mehr, auch nicht die vielen Schläge mit einer Peitsche, die minutenlang auf ihren Körper einprasselten. Erst als Rolfs Arm ermüdete, nahm er alle Kraft noch einmal

zusammen, zerschlug ihr mit einem ungeheuren Hieb die Schädeldecke.

Das Verschwinden der Frau blieb ohne Folgen, niemand erstattete Anzeige bei der Polizei. Lediglich die Freundinnen von Grit schrieben eine kurze Mitteilung an das Polizeirevier Davidwache auf der Reeperbahn, dass ihre Freundin mit einem unbekannten Mann das Lokal verlassen habe. Das Gepäck von Grit nahmen sie mit nach Bamberg. Alle waren der Meinung, dass sie das Glück gefunden hatte, von dem sie so lange geträumt hatte. „Irgendwann haue ich von hier einfach ab. Dahin, wo immer Sonne ist. Ich muss hier raus, Bamberg ist mir einfach zu engstirnig." Wie oft hatte sie dies mit Freundinnen und ihrem Bruder diskutiert. Niemand machte sich Gedanken um sie. „Die wird sich schon melden hat. Wenn nicht, dann wissen wir sicher, dass sie ihr Glück gefunden hat." Auch ihr Bruder war sehr zuversichtlich, was das Leben seiner Schwester anging.

Ohne seine bisherigen Freunde, ohne die Bosse, fühlte sich Rolf Sesilski vollkommen entwurzelt. Zu Niemandem außerhalb des bisherigen Kreises hatte er jemals eine Bindung aufgebaut. Alle seine Versuche im Hamburg-Rotlichtmilieu erneut anerkannt zu werden, scheiterten. Überall wurde er abgewiesen, von Kontakthöfen gejagt, aus Lokalen hinausgeworfen und immer wieder bedroht. Diese Isolation zerstörte sein Selbstwertgefühl vollends. Wochenlang lief er mit verbundenen Unterarmen herum, weil er sich blutig

geritzt hatte. Er hatte von Prostituierten gehört, dass die Schmerzen beim Ritzen Frust beseitigen würden. Doch auch diese Versuche scheiterten, sein Frust verstärkte sich lediglich. Er gab den Frauen die Schuld an seiner Misere. Schließlich hatten die ihn bei den Bossen schlecht gemacht, dabei hatte er nur sein Bestes geben wollen. Für die Frauen empfand er nichts mehr. Als menschlichen Dreck hatte er sie zu beseitigen. Anneliese Gärtner (42 J), Friseurin und Gelegenheitsprostituierte, ermordet er im Dezember. Die Frau wurde von Sesilskis Bekannte Ursel Schmalz in dessen Gartenlaube mitgenommen, wo er Sex zu Dritt von den Frauen forderte. Als sich Anneliese Gärtner weigerte, wurde sie von ihm getötet. Ursel Schmalz hat aus Angst nie etwas zu seinen Mordtaten gesagt. Kopf, Brüste, Hände und ein Bein der Ermordeten wurden ein Jahr später im Verschiebebahnhof der Bundesbahn, auf einem Schrottplatz gefunden. Der Restkörper von Anneliese Gärtner wurde erst Jahre später in den verkohlten Zwischenwänden der Gartenlaube entdeckt.

Linda Guit aus Holland (24 J), Hausfrau, ermordete er im folgenden Sommer. Sesilski lernte die Prostituierte im „Silbernen Trichter" kennen. „Ich hab Lust, dich zu ficken, sonst nix. Kannst bei mir übernachten, etwas Kohle gibt's auch noch." In seiner Gartenlaube strangulierte er sie mit einer Lederpeitsche, bevor er sie peitschte, bis sie tot war. Die Leiche verstümmelte er; ihre Überreste wurden Jahre später auf dem

Grundstück unter einem Apfelbaum tief vergraben aufgefunden.

Ulrike "Rike" Durde (27 J), Prostituierte, ermordet er im Dezember des folgenden Jahres. Als er feststellte, dass sie ihm Geld gestohlen hatte, obwohl er sie für Liebesdienste bereits entlohnt hatte.

Elli, die ebenfalls aus dem Milieu auf der Reeperbahn stammende, sehr verwahrloste Frau zog aus Verzweiflung in die Gartenlaube ein. Mit dem Schlag seines Stahltotschlägers über den Kopf betäubte er sie, um sie anschließend mit einer dünnen Stahlrute tot zu prügeln. Erstmals wollte er sich beweisen, dass er besser als ein Schlachter mit Toten umgehen konnte: Er trennte ihre Beine an den Oberschenkelknochen ab. Beide Brüste ebenfalls. Die Ohrmuscheln, die Nasen-, Zungenspitze schnitt er glatt ab. „Die sind einfach zu schwer. Als ich die eine wegschaffen wollte, bin ich auf die Kellertreppe gestolpert und runter gestürzt." So begründete er später das Zerstückeln der Toten. Im Januar ermordete er die 25-jährige Prostituierte Elfriede Scheinlich. Ihren Körper zerteilte er in kleine Stücke und verstaute diese in den Zwischenwänden seines Gartenhauses.

Alle ermordeten Frauen waren unterschiedlichen Alters. Sie stammten aus dem niedrigsten Milieu der Hamburger Reeperbahn. Sie galten bei der Polizei und den Behörden insgesamt als bindungslose, junge Frauen, die der Unzucht nachgingen, die sich bei jeder Gelegenheit für Unterkunft und alkoholische Getränke

oder auch geringe Geldbeträge, prostituierten. Niemand vermisste diese Frauen, weshalb es vor dem Auffinden der Leichen auch nicht zu polizeilichen Ermittlungen kam.

„Mensch Rolf," sprach ihn mehrfach sein Nachbarn Reiner Murks aus der Gartenkolonie, in der Sesilski lebte, an. „Das stinkt so schlimm aus deinem Garten. Mann, tu endlich was dagegen. Irgendwas fault da vor sich hin." Jedes Mal antwortete er: „Ja, mach ich. Die vergrabenen Kaninchenabfälle hol ich wieder raus und verbrenn die. Ich mach das schon, lass mich bloß in Ruhe. Kannst dich ja über mich beschweren. Du weißt ja, wo. Meine Freunde auf St. Pauli helfen dir bestimmt. Willst wohl keinen Fisch mehr verkaufen. Dein Fischgestank weht von dir hier rüber."

Kapitel 17

Rolf Sesilski Verurteilung
Hamburg, Herbst 1981

Auszug aus der LOS ANGELES Times:
Von Gloria Alfred

Fest steht, was immer schon galt: Verschwundene Prostituierte interessieren die Polizei nicht oder nur mäßig; erst als Leichname und in Serie ziehen sie die Aufmerksamkeit auf sich, die sie verdienen. Wer seine Haut und Sexualität zu Markte trägt, muss mit dem Schlimmsten rechnen. Als Berufsrisiko galt lange Zeit Mord. Niemand in Deutschland, Europa und Amerika, außer ein paar verrückten Kults, die Huren und eine Menge anderer Leute im Bund mit dem Teufel sahen, sprach das allerdings offen aus. Stillschweigend wurde geduldet, dass die Gesellschaft Huren und Strichern im Leben ihren Schutz und im Tod das Mitgefühl entzog. Die prominente US-Staatsanwältin Gloria Alfred allerdings vermutete im Zusammenhang mit den Leichenfunden in Long Island früh einen Serienmörder: „Es ist ein Mann, der Prostituierte jagt und behandelt, als seien sie keine Menschen, die Respekt verdienen; und dann entsorgt er sie wie Müll, wie Dreck, der weg muss."

Gunnar Hansen sah zu seinem Kollegen Hinks über den Schreibtisch: „Nur schade Mann, solche Erkenntnisse dringen nie bis zu uns in Hamburg durch. Die Studienkollegin aus Los Angeles hat mir den und noch viel mehr Artikel geschickt. Wenn ich damit fertig bin, kriegst du alles." „Vielleicht bist du so freundlich und erklärst mir, wovon du sprichst."

Mit sehr nachdenklichem Gesicht reichte der Hauptkommissar seinem besten Freund und Kollegen eine Seite nach der anderen aus einer roten Vorgangsmappe der Hamburger Kriminalpolizei. „Die landete heute auf meinem Schreibtisch. Das musst du lesen, hoffentlich wirst du nicht verrückt dabei. Manchmal zweifle ich an unserem Polizeisystem. Bilde dir deine Meinung selbst, verfluchte Scheiße."

Der Mann auf der anderen Schreibtischseite zuckte zusammen. Tief in Gedanken hatte er sich in seinem Schreibtischsessel zurückgelehnt und begonnen, zu wippen. So wie immer, wenn er meinte, der Aufklärung eines Mordfalles nähergekommen zu sein. In der rechten Hand schwenkte er sein Glas so stark hin und her, dass die Cola fast auf seine Hose geschwappt wäre. Er schob seine Ray-Ban-Brille, natürlich hatte er solch ein Teil, weil er das cool fand, zurück auf die Nase. Er nahm Schwung. Erst beim zweiten Anlauf schaffte er es, sich in eine aufrechte Position zu schwingen. Die Cola durchweichte die Akten. „Mann, Scheiße, lass mich doch mal nachdenken. Was hast du gefunden? Ist das so wichtig?" Er nahm seine Brille ab, suchte im

Schreibtisch nach einem Tempotuch oder einer der Servietten, die er immer stapelweise aus der Kantine oder von McDonalds mitnahm.

„Was hast du denn, wieder was mit deinem Peitschenmörder?" Hinks fragte vorsichtig.

„Gib mir die letzten Blätter, die ich dir rübergeschoben habe wieder her. Besser ich lese dir das vor, dann weiß ich wenigstens, dass du zuhörst." „Ach 'ne, das musst du gerade sagen. Der große Nachdenker, der Analytiker." Lachend warf er die von der Cola feuchten Schriftstücke auf die andere Seite des Schreibtischvierecks. „Na, dann lass mal hören:"

„Du, dieser Polizeibericht ist mir heute unter die Finger gekommen. Wieso weiß ich noch nicht. Irgendjemand muss ihn mir hingelegt haben. Der kam heute jedenfalls mit dem internen Verteilerdienst. Hör bitte zu.

Örtlichkeit: Kleingartengebiet GLEISDREIECK, Hamburg-Eidelstedt.
Rotdornweg
Ereigniszeit: 22:40 Uhr - im Rahmen der Streife stellten wir, die Besatzung des FuSTW (Funkstreifenwagen) Peter 15/1, Hans Krahne und Helmut Schroff fest, dass an o. g. Örtlichkeit aus einem der dortigen bewohnten Kleingartenhäuser elektrischer Lichtschein und erhebliche Mengen warmer Abluft aus dem offensichtlichen Ofenausgangsrohr drangen. Darüber hinaus stellten wir fest, dass der, auf einer

Rasenfläche neben dem Gartenhaus abgestellte Wohnwagen mit der dafür vorgesehenen Außensteckdose per Verlängerungskabel mit Strom versorgt wurde. Die Stromversorgung wurde offensichtlich aus dem beschriebenen Haus sichergestellt. Da das Kabel im dortigen Eingang verschwand. Ich klopfte an die Tür des Kleingartenhauses. Der Betroffene öffnete mir. Informatorisch befragt, teilte er mir mit, dass er sich in seiner Ruhe gestört fühle. Er wolle gerade schlafen gehen. Gegen genauere Inspektion meines Dienstausweises, Aushändigung meiner Visitenkarte, erklärte er sich bereit seinen Bundespersonalausweis auszuhändigen. Er fragte nach dem Grund der von mir durchgeführten Überprüfung seiner Person zu dieser Nachtzeit. Ich erklärte ihm, dass wir erheblich Rauchentwicklung aus seinem Haus bemerkt hätten und der Meinung gewesen seien, dass eventuell ein Feuer die Ursache sein könnte. Ferner sei uns aufgefallen, dass es starke stank, nach verfaultem Fleisch. Der Mann namens Rolf Sesilski bat uns letztendlich ins Haus und zeigte uns seine kleine Küche, in der er sich sein Essen für den nächsten Tag vorbereitet hatte. Stark angebratenes Fleisch schmorte immer noch in einem Topf. Auf dem Boden lagen zwei saubere Kaninchenfelle, die er zum Trocknen auf eine bereits vorbereitet Wäscheleine über dem Herd hängen wollte. Die Abfälle von den Kaninchen habe er draußen in einer Tonne gesammelt, um sie in den nächsten

Tagen zu vergraben. Er zeigte uns die Tonne, als wir zu unserem Dienstwagen zurückgingen. Es stank bereits stark in deren Nähe. Wir forderten den Mann auf, die Abfälle sorgfältiger und schneller zu entsorgen. Was er zusagte. Gegen 22:55 Uhr beendeten wir diesen Einsatz.

Hauptkommissar Gunnar Hansen warf den Ordner auf die andere Seite des Schreibtisches. Dann drehte er sich, in seinem Sessel weit zurück gelehnt langsam zum großen Fenster um. Sah zuerst nachdenklich, dann scheinbar interessiert nach draußen, ohne wirklich etwas zu erkennen. Dann schaute er sich zu seinem Kollegen, über seine rechte Schulter blinzelnd, um: „Warum haben wir das übersehen, der Mann ist in der Szene auf dem Kiez bekannt, das ist der „Schakal." Mann, Horst warum passiert uns so etwas?"

Hinks stützte seinen Kopf in beide Hände, die Ellbogen auf dem Schreibtisch, sah sein Gegenüber aus tief liegenden Augen an.

„Mensch, guck mich nicht wie ein trauender Cockerspaniel an, vielleicht könnten viele Frauen noch leben. Vielleicht auch nicht." Er schloss die Augen.

„Und, was soll sein, dein Großvater Walter Hansen und wir beiden Kommissare, wir sind auch nur Menschen. Mehr als arbeiten können wir nicht. Wir sind ganz nahe dran, den Schakal von der Reeperbahn nehmen wir uns vor. Darauf kannst du dich verlassen," erwidert Hinks.

Rolf Sesilskis Morde, die Verbrechen des „Schakals", wurden nur durch Zufall einige Tage später aufgedeckt. Noch bevor die beiden Hauptkommissare mit dem Verdächtigen überhaupt sprechen konnten. In der Gartenlaube im Kleingartengebiet „Gleisdreieck Eidelstedt, Rotdornweg 11", in dem Sesilski wohnte, brach ein Feuer aus, als sich niemand im Hause aufhielt. Während der Löscharbeiten entdeckte ein Feuerwehrmann Leichenteile, woraufhin die Wohnung von der Polizei durchsucht wurde. Man fand die teils verwesenden Überreste von drei Frauen, die später identifiziert werden konnten. Rolf Sesilski wurde an seinen neuen Arbeitsplatz bei den Hamburger Kanalreinigern festgenommen. Er gestand, die Frauen getötet zu haben. Auch die Verbindung zu dem Mord an der Reeperbahn und im Keller des Abbruchhauses am Alsterfleet wurde ihm von den Hauptkommissaren nachgewiesen; auch diese gestand er. Auf den Tod von Ella Kruse in Eimsbüttel angesprochen, verfiel der Mann zusehends. Der damalige Ermittler Walter Hansen ermittelte damals in die Richte Richtung. Es kam nur jemand aus dem Umfeld der Ermordeten als Täter infrage. Sesilski gestand auch dien Mord. Er habe damals unter einem sehr großen seelischen Druck durch die Verhaftung seines Vaters gestanden. Sein Vater sei als die Peitsche in der NS-Zeit bekannt gewesen. Seine Verhörmethoden seinen erfolgreich gewesen und dienten ihm, dem Sohn als Vorbild. Auch

wenn durch seinen Vater Menschen zu Tode gekommen seien. Vater blieb Vater.

Ein Jahr später begann unter großem Interesse der Medien der Prozess. Es erging durch den Vorsitzenden Richter von der Großen Strafkammer beim Hamburger Landgericht das entsprechende Urteil. Rolf Sesilski war ein untersetzter, muskulöser Mann und stellte bei einer Körpergröße von 1,82 Meter, dem Stiernacken und seinen eisblauen Augen einen richtigen Mann dar. Nur, er litt an einem leichten Sprachfehler, für den er sich schämte. Er stotterte etwas, wenn er unter Druck stand. Das schrieb er den Gewalttaten seines Vaters gegen ihn zu. Außerdem blinzelte er sehr stark mit dem linken Auge, was sein Selbstbewusstsein ebenfalls stark beeinträchtigte, weil er meinte, die anderen, mit denen er sprach, dachten, er würde schielen.

Zeugenaussagen beschrieben Sesilski als vollkommen unauffällige Person: *„Der Rolf, der guckte immer zu Boden, wenn er mich sah. Ich grüßte zuerst, hier in den Gärten grüßt man sich und mehr auch nicht. Der Rolf aber bildete sich ein, was Besseres zu sein, in seiner auffälligen Kleidung sah er für mich zuerst wie einer der Großen von St. Pauli aus, und ich dachte wirklich, der ist einer der Paten von St. Pauli. Aber der war nur Aufpasser bei den Nutten, der war gar nichts. "*

Über die Motive des Täters schrieben die Gutachter:
„Unter der Wirkung von erheblichem sexuellem Druck habe Angeklagte Aggressionen entwickelt und an „relativ

hilflosen weiblichen Personen" ausgelassen. Mitgespielt habe das Bedürfnis, die überlegene Rolle des Mannes herauszukehren. Am Ende habe er sich gar als Herrn über „Leben und Tod" gesehen.

Das Bild, das die, vom Gericht bestellte, Psychologin gewonnen hatte, ergab folgendes:

Der Angeklagte suchte im weiblichen Partner ursprünglich die saubere, junge Hausfrau, die willige, erfahrene Bettgenossin und den guten Kumpel. Er hatte ein sehr starkes sexuelles Bedürfnis, aber gleichzeitig stießen ihn Frauen ab, die ihm entgegenkamen. Es gab da eine psychologische Sperre, die er nicht überwinden konnte. Dass er sich jungen Frauen zuwandte, mag für sein Bedürfnis sprechen, alle sexuellen Erwartungen erfüllt zu bekommen. Die ermordeten Frauen waren jedoch in seinen Augen so heruntergekommen, dass er sich ihnen zu Recht oder zu Unrecht sozial überlegen fühlen konnte. Er erwartete von ihnen bedingungslos, dass sie sich auf alle seine sexuellen Wünsche einließen, und stieß immer wieder auf Widerstand, weil gerade diese Frauen gewohnt waren, sich alles vorher bezahlen zu lassen. Sie wollten nicht im privaten Bereich auch noch auf ungewöhnliche Praktiken der Befriedigung eingehen, weil sie sich ein Leben ohne Prostitution, der puren Nutzung ihres Körpers, wünschten. Deshalb mussten sie sterben

Im Januar 1946 beging Rolf Sesilski, als Schuljunge, in der Zeit seiner Pubertät, die von seinem Vater durch Schläge und massive körperlich Gewalt unterdrückt

worden war, seinen ersten Mord an Ella Kruse, ein Mädchen aus der Nachbarschaft. Besinnungslos vor Wut erschlug er sein Opfer mit einer Stahlrute, die sein Vater in ihrer Gartenlaube versteckt hatte. Als Grund nannte er Jahrzehnte später bei einer polizeilichen Vernehmung, ihre Weigerung sich von ihm „untenrum, wie er sich ausdrückte", zu zeigen und befummeln zu lassen. Nach der Tat in der zerbombten Hausruine schleppte er die Leiche in den Abwasserkanal unter den Straßen und bedeckte sie mit einem Stück von einem Fallschirm der britischen Armee. Er meinte bei seiner Vernehmung durch Hauptkommissar Gunnar Hansen, die Ratten würden sie schon auffressen. Die Tote wurde gefunden und von der Hamburger Polizei identifiziert, die Ermittlungen erbrachten jedoch keinen Hinweis auf den Täter. Seinen nächsten Mord beging er zwei Jahre später, im August 1948, als er abermals in einer abgelegenen Ruine, in der Nähe der Reeperbahn, die 17-jährige taubstumme Prostituierte Annegret Schneiderhahn, oberhalb des Fischmarkts mit einer Stahlrute massiv verprügelte, schließlich erschlug. Als Grund gab er an, dass sie sich beim Geschlechtsverkehr zu lustlos verhalten habe. Sie drohte ihm, seinem Chef, dem Zuhälter Kalle, von seiner Absicht, sie zum Sex zu zwingen, zu berichten. Dieses Mal schleppte er die junge Frau direkt an den dicht bewachsenen Randstreifen der Elbdeiches, versteckte sie dort unter undurchdringlichen Rosenbüschen, wo sie der Hund eines Spaziergängers witterte und verbellte. Im

gleichen Monat tötete er auf diese Weise den arbeitslosen 21-jährigen Prostituiertenaufseher Helmut Schnalske und entsorgte den Toten in einer Frachtschute unterhalb der Kläranlage in der Nähe des alten Elbtunnels. Angeblich war der Mann für den Tod von Annegret Schneiderhahn verantwortlich, weil er diese nicht ausreichend beobachtet hatte. Sich weder das Nummernschild des Wagens, in den sie angeblich eingestiegen war, noch den Freier gemerkt zu haben, galt in seinen Kreisen als sehr unzuverlässig.

Das die junge Frau den Mann kannte, auf die Idee kamen weder die Polizei noch die Zuhälter auf St. Pauli.

Der vorsitzende Richter verlas letztendlich das Urteil:

>> Der Beklagte wird wegen Mordes in zwei Fällen und Totschlags in drei Fällen, begangen im Zustand verminderter Schuldfähigkeit, zu einer Freiheitsstrafe von fünfzehn Jahren verurteilt. Die Unterbringung in einem psychiatrischen Krankenhaus wird angeordnet. <<

Begründet wurde das Urteil mit der *"seelischen Abnormität des Angeklagten"* und seinem *"Krankheitswert"*. Der Forderung der Staatsanwaltschaft auf Mord in vier Fällen und lebenslänglicher Haftstrafe wurde nicht stattgegeben. Die Anklage hatte Zweifel am Tatverlauf der Vergewaltigungsmorde. Sie legte die Vorgehensweise Sesilskis, Fichtennadel-Duftsteine über die Leichen zu streuen als Vertuschung aus. Als Vorsatz bewertete man die Tatsache, dass er wieder

und wieder neue potenzielle Opfer seines Tötungstriebes gesucht hatte. Für die Staatsanwaltschaft galt das als typische vorausschauende Handlung eines Mörders. Die Rechtsanwälte der Verteidigung sahen ihren Mandanten durch *„Kränkungen"* der Frauen *"schwer provoziert"*. So sollen ihn die Opfer damals *„Penner"*, *„Dreckschwein"* *"Hurenhund"* oder *„Sau"* genannt haben. Während seiner Vernehmung sagte Sesilski aus: „Sie hätten ihn beleidigt. Da habe er sie totgemacht." Bei einer seiner Vernehmungen behauptete er sogar, sein Vater und Fritz Haarmann aus Hannover, hätten ihm die Morde befohlen. Immer wieder berief sich der Verhaftete auf den Auftrag seines Vaters, den menschlichen Dreck aus Deutschland zu beseitigen. Zu Dreck zählte er sich selbst nicht, sondern all die Frauen, die für seine Vorstellung zu tief durch Alkohol und Drogen gesunken waren oder nicht den Wünschen seiner Freunde auf der Hamburger Reeperbahn auf St. Pauli entsprachen. „Wer nur ficken kann, muss wenigsten viel Geld beschaffen, sonst ist sie Dreck." Diesen Gedanken hatte er sich ungezählte Male laut vorgesagt. Solange bis er selbst daran glaubte. Er wollte seine Pflicht tun und das, was man ihm auftrug, hatte er zu erfüllen, auch wenn sein Vater schon tot war. Und Kalle, den er viele Jahre für seinen Freund hielt, hatte ihn letztendlich doch nicht verstanden. Sonst hätte er ihn niemals fallen gelassen.

Auf Nachfrage der Staatsanwaltschaft nach seiner Tätigkeit auf St. Pauli und auf die Frage, wovon er gelebt habe, antwortete Rolf immer das Gleiche, wie auswendig gelernt: „Ich kenne niemanden auf St. Pauli. Schon überhaupt nicht von einer Bande. Wenn ich mal da war, nur so, immer für mich allein. Klar habe ich manchmal für Ordnung gesorgt, muss doch sein."

Bei Vernehmungen und im Gericht stand er jedes Mal auf, zog seine Jacke zu Recht, verbeugte sich hin zum Richter und kratzte sich am Kopf oder fuhr sich mit der rechten Hand über die Augen. Man hätte denken können, dass er bei Befragungen aufgehört hätte, zu atmen. So still und steif stand er auf seinem Platz in der Anklagebank. Der vorsitzende Richter unterbrach den Angeklagten Rolf Sesilski jedes Mal, wenn der seinen Text zu St. Pauli aufsagte. Die Staatsanwälte wies er mit den Worten zurecht: „Die Begebenheiten des Beklagten auf St. Pauli bleiben einem späteren Verfahren vorbehalten. Vermischen Sie die bitte nicht mit den Erkenntnissen aus der Gartenkolonie in Eidelstedt. Das sind zwei völlig getrennte Vorgänge. Einen Termin für die zweite Verhandlung werden wir gemeinsam erarbeiten." Ein Verteidiger plädierten für den Angeklagten mit problematischer Jugend und sah den persönlichen Werdegang des Rolf Sesilski in einer abwärts gerichteten Spirale, bis der eine Stufe erreicht hätte, bei der er auf dem gleichen sozial entwurzelten Status seiner Opfer angekommen wäre.

Er stellte die negative Persönlichkeitsentwicklung heraus und sah die Mordfälle als so etwas wie *"Milieutaten"* an, die in dieser Form im Strafgesetzbuch nicht berücksichtigt würden. Im Prozess fielen die Begrifflichkeiten der *"schweren anderen seelischen Abartigkeit"* (§ 20), *"tiefgreifende Bewusstseinsstörung"* und *"Schwachsinn"*, welche zur Beurteilung der Persönlichkeit des Täters herangezogen wurden. Das psychiatrische Gutachten sprach von einem *biografischen Krüppel, der durch seinen abartigen Sexualtrieb, die Brutalitäten seines Vaters in Lebensumstände geriet und Situationen - in denen er allein aus der Situation heraus getötet habe."*

Epilog

Man versuchte die Taten durch seine ungewöhnliche sexuelle Veranlagung zu erklären. Sie könnte in einer Art Sammelleidenschaft von eigenhändig getöteten Frauen geendet haben. Psychologen kannten das Phänomen der Nekrophilie. Dabei geht es um Menschen, die sich zu Leichen hingezogen fühlen, davon sexuell erregt werden, um in *„völliger abartiger Triebhaftigkeit"* ihre Befriedigung zu finden. Die Tatsache, dass er auf längere Zeit Leichenteile der ermordeten Frauen in seinem Wohnraum versteckte, in die Wände einarbeitete, ja sogar aufbewahrte, waren Indizien gewesen, dass Sesilski *„eine unbezwingbare Sucht verspürt haben musste, die toten Frauen zusätzlich noch zu verstümmeln."* Im November des gleichen Jahres widerrief Rolf Sesilski sein Schuldeingeständnis vor dem Schwurgericht. Er behauptete, sich an nichts mehr erinnern zu können. Immer wieder erschien ihn in seiner Zelle sein toter Vater, der ihm befahl, alles zu leugnen: „Ich habe hier in dem Gefängnis, in welchem du jetzt sitzt, für Ordnung gesorgt. Das hast du auch getan, mein Sohn. Du hast nichts falsch gemacht. Denke immer daran. Dreck muss weg, daran ändern auch neue Zeiten nichts." Rolf stand jedes Mal, wenn ihm sein Vater in der Zelle erschien, von seiner Pritsche auf, stellte sich steif und gerade vor den Geist seines Vaters: „Ich bin stolz auf dich, mein Junge. Und, denk daran,

ich bin immer bei dir." Solch einen Satz hatte Rolf nie von seinem Vater gehört. Einmal rannen ihm Tränen über das Gesicht. Sein Vater hatte ihn endlich anerkannt.

Als der Schließer des Gefängnistraktes, in dem schon Rolf Sesilskis Vater in der Nazizeit Gefangene misshandelt hatte, so gegen 22:00 Uhr seinen Abendrundgang durch die Zellentrakte machte, fiel ihm auf, dass das Licht in der Duschanlage Nr. 2 noch brannte. Er hörte beim Näherkommen Wasser rauschen. An einen Defekt denkend, bahnte er sich, mit den Armen fuchtelnd, einen Weg durch die Dampfschwaden. Aus voll aufgedrehten Duschen rauschte sehr heißes Wasser in die Dusche. Rechts hinten sah der Mann etwas durch den Dampf. In sich zusammengerollt lag Rolf Sesilski auf dem Boden. Durch kraftvolle Schläge seines Kopfes gegen die Duscharmaturen hervorgerufen, fanden die Gerichtsmediziner tiefe Einkerbungen in seiner Stirn, die seinen Schädel gespalten hatten: „Der muss ausgerutscht sein. Der ist immer spät zum Duschen gegangen." Die Mitgefangenen hatten nichts bemerkt, selbstverständlich nicht. Jedermann im Hamburger Gefängnis am Holsten Wall wusste sehr genau, wie lang die Arme der Bosse von St. Pauli reichten.

Wie hatte einer der Rechtsanwälte zum Schluss seiner Verteidigungsrede in der Mordsache des Rolf Sesilski gesagt:

„Seine Lebens- und Persönlichkeitsverwahrlosung fand, nach Jahren kontinuierlichen Abstiegs, ihren Tiefpunkt darin, dass der Mann schließlich im niedersten Milieu St. Paulis angekommen war und als Dreck entsorgt, ja weggeworfen wurde."

Handelnde Personen

Protagonist: Rolf Sesilski, geb. 1929, geistig leicht zurückgebliebener, unehelicher Sohn von Emma-Luise Heussen

Vater: Karl Sesilski, Ehemann von Emma-Luise, geboren 1908 in Hamburg-Bergedorf; war früher als Mitarbeiter auf dem väterlichen Obsthof tätig, außerhalb der Saison, als Kanalarbeiter bei der Hamburger Stadtentwässerung beschäftigt. NSDAP-Parteimitglied seit 1928. Sehr aktiv beim Kampf der Partei gegen Kommunisten und Sozialdemokraten in Hamburg. Beteiligte sich aktiv an Aufmärschen und Straßenkämpfen, nahm an fast allen Parteiversammlungen teil. Machte sich dabei einen Namen als furchtloser, brutaler Schläger. Ab 1938 im Untersuchungsgefängnis Holstenwall in Hamburg eingesetzt. Im gleichen Jahr leitender Beamter für Verhöre von Systemkritikern. Aufnahme in die Gestapo (Geheime Staatspolizei).

Mutter: Emma-Luise Heussen, geboren 1910, stammt aus einer bürgerlichen Familie von Postbeamten in Bergedorf. Ohne Schulabschluss. Sonderschülerin. Eltern privilegierte Parteimitglieder der NSDAP seit 1928. Ihre leicht geistig zurückgebliebene Tochter

Emma-Louise kommt als Haushaltshilfe bei einem Parteigenossen unter.

Sohn Rolf kommt im Januar 1929 unehelich zur Welt. Emma-Luise war gerade mal neunzehn Jahre alt. Es wird gemunkelt, der Vater sei ihr Arbeitgeber, der Parteigenosse. Sie lebt mit ihrem Kind im Hause ihrer Eltern, die beide weiter bei der Post arbeiteten. Schnell erkannten die Großeltern, dass ihr Enkel in seiner Entwicklung zurückgeblieben war. Er lernte alles mit großer Verzögerung und mit viel mehr Aufwand als andere Kinder.

Karl und Emma-Louise waren sich auf Ortsversammlungen der NSDAP des Öfteren begegnet. Seit Anfang 1934 begannen sie ein Techtelmechtel. Auf den Parteiversammlungen umgarnte Karl Emma-Luise immer mehr. Im Herbst 1934 heiraten sie in aller Stille. Die Ortsgruppe der NSDAP drängte Karl zu dieser Heirat, forderte ihn geradezu auf, sein Treiben mit den "Weibern" durch diese Heirat ein Ende zu machen.

Eva Sesilski, die gemeinsame Tochter von Karl und Emma-Louise wird am 12. Dezember 1938 geboren.

Uwe, der Nachbarsjunge und Freund von Rolf, lebte mit seiner Großmutter in einem Gartenhaus nebenan. Er wurde zum engsten Freund von Rolf, als dieser mit

seiner Familie in die benachbarte Gartenlaube einzog. Ihr bisheriges Heim war durch Bomben zerstört.

Die Familie blieb von der Zerstörung ihrer Luxuswohnung in den Hamburgern Bombennächten nicht verschont. Sie bekamen ein Gartenhaus in Hamburg-Eimsbüttel als neuen Wohnsitz zugewiesen Dort lebten Sie bis zum Kriegsende. Nach der Verhaftung von Karl Sesilski noch im Mai 1945 durch das englische Militär, zog Emma-Louise mit ihrer Tochter Eva in die obere Wohnung im Hause ihrer Eltern nach Hamburg-Bergedorf.

Rolf hatte als 14-jähriger Flakhelfer auf dem ETV - Sportplatz Dienst getan. (ETV Eimsbüttler Turn Verein). Dort lernte er mit Waffen umzugehen. Nachdem sein Vater verhaftet worden war, verlor seine Mutter jeglichen Einfluss auf ihren Sohn. Er weigerte sich, wieder zur Schule zu gehen, brachte jedoch Geld nach Hause. Das sicherte seiner Mutter sowie seiner Schwester ein Überleben in den Nachkriegsjahren und später ein gesichertes Einkommen. Er sorgte für sie vorbildlich. Nie ging Rolf jemals zu den Eltern seines Vaters. Diese verkauften bis weit nach dem Krieg Obst auf dem Wochenmarkt in Hamburg-Bergedorf.

Kripo:
Walter Hansen, sehr angesehener Polizist in Hamburg–Eimsbüttel, später Kripobeamter bei der Mordkommission in Hamburg
Lina Hansen, seine Frau

Gunnar Hansen, ihr Enkel, Hauptkommissar bei der Hamburger Mordkommission

Willi Schweiger, Kripobeamter der Hamburger Mordkommission. Er holte Walter Hansen zur Kripo. Seit Jahrzehnten waren sie befreundet. Beide haben in der Nazizeit heimlich für die Hamburger SPD im Untergrund gearbeitet. Dadurch hatten sich wertvolle Verbindungen in den Hamburger Innensenat der Nachkriegszeit ergeben.

… und viele andere mehr …

Alle Orte, Namen und Ereignisse sind zwar realen Geschehnissen nachempfunden, haben jedoch mit realen Personen nichts zu tun.

Personen, Namen und Einzelheiten der Handlungen entstammen der Fantasie des Autors.

KLAPPENTEXT

In diesem Roman geht es um die Frage: Wie verarbeiten Menschen dem plötzlichen Wechsel von Recht, Ordnung und Ethik?

Das Buch soll zeigen, welche menschlichen Abgründe unter dem Deckmantel einer fehlgeleiteten Politik möglich waren.

Die beschriebenen, unfassbaren Verbrechen sollen vor möglicher Idealisierung der Nazis warnen und verhindern, dass junge Menschen den heutigen Neo-Nazis vertrauen, ihnen sogar auf den Leim gehen.

Als Autor bin ich der Meinung, dass die Darstellung von lokalen Verbrechen im begrenzten, daher weitgehend unbekannten Umfang, deutlicher ist, zum Nachdenken anregt. Besser als globale Schuldzuweisungen.

Bürger, die die Verlegung des „Geisterschiffes" in Bremerhaven aus Gründen der nächtlichen Ruhestörung durch Geschrei der Gefolterten, verlangten, weisen bereits 1938 den Verlust von Ethik und Menschlichkeit auf.

Väter, die ihre taubstummen Töchter an Männer vermieten, haben jegliches menschliche Gefühl und Verantwortung verloren.

Was muss im Kopf eines leicht geistig behinderten Jungen in der Pubertät vorgehen, der den Kampf seines Vaters gegen das Schlechte fortsetzen will.

Die Beurteilung von Menschen nach Herkunft, Rasse und Glauben hat sich damals so stark eingeprägt, dass selbst heute noch Antisemitismus, Ausländerfeindlichkeit und Diskriminierung von anders Aussehenden an der Tagesordnung sind.

Das kann und darf nicht sein.

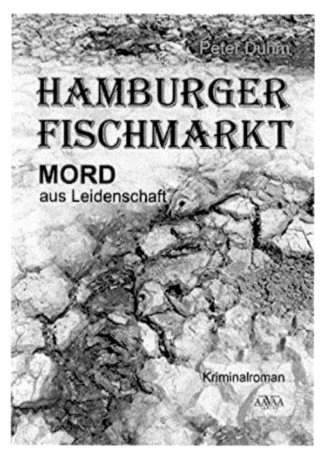

Hamburger Fischmarkt

Der Peitschenmörder

Schmuck der Erde

Der Verschnittene

Jugend-Stil

Der Prinz und sein Papagei

Gekämpft... und gewonnen

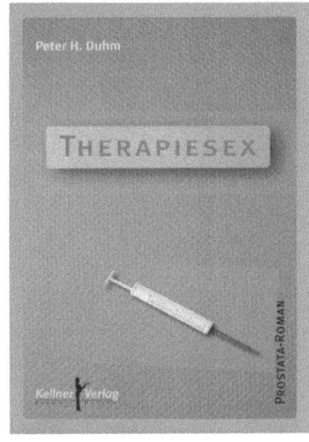

Therapiesex

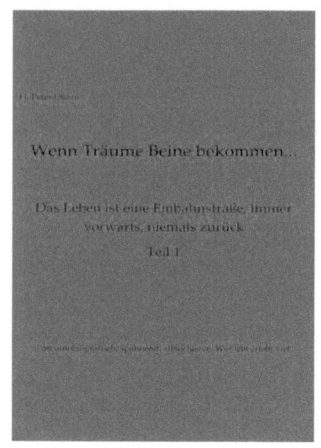

Wenn Träume Beine
bekommen...

Harburger Horror

Rache